« 813 »

Paru dans Le Livre de Poche :

ARSÈNE LUPIN, GENTLEMAN CAMBRIOLEUR.
ARSÈNE LUPIN CONTRE HERLOCK SHOLMES.
L'AIGUILLE CREUSE.
LES CONFIDENCES D'ARSÈNE LUPIN.
LE BOUCHON DE CRISTAL.
LA DEMOISELLE AUX YEUX VERTS.
LA COMTESSE DE CAGLIOSTRO.
LES HUIT COUPS DE L'HORLOGE.
LA BARRE-Y-VA.
LE TRIANGLE D'OR.
L'ÎLE AUX TRENTE CERCUEILS.
LES DENTS DU TIGRE.
LA DEMEURE MYSTÉRIEUSE.
L'ÉCLAT D'OBUS.
L'AGENCE BARNETT ET Cie.
VICTOR, DE LA BRIGADE MONDAINE.
LA FEMME AUX DEUX SOURIRES.
LA CAGLIOSTRO SE VENGE.
LES TROIS YEUX.
LE FORMIDABLE ÉVÉNEMENT.
DOROTHÉE, DANSEUSE DE CORDE.
LA VIE EXTRAVAGANTE DE BALTHAZAR.

Dans la Série « Jeunesse » :

ARSÈNE LUPIN, GENTLEMAN CAMBRIOLEUR.
813 — LES TROIS CRIMES D'ARSÈNE LUPIN.
813 — LA DOUBLE VIE D'ARSÈNE LUPIN.
L'AIGUILLE CREUSE.

MAURICE LEBLANC

« 813 »

LA DOUBLE VIE D'ARSÈNE LUPIN
LES TROIS CRIMES D'ARSÈNE LUPIN

LE LIVRE DE POCHE

PREMIÈRE PARTIE

LA DOUBLE VIE D'ARSÈNE LUPIN

LE MASSACRE

I

M. KESSELBACH s'arrêta net au seuil du salon, prit le bras de son secrétaire, et murmura d'une voix inquiète :

« Chapman, *on* a encore pénétré ici.

— Voyons, voyons, monsieur, protesta le secrétaire, vous venez vous-même d'ouvrir la porte de l'antichambre, et, pendant que nous déjeunions au restaurant, la clef n'a pas quitté votre poche.

— Chapman, *on* a encore pénétré ici », répéta M. Kesselbach.

Il montra un sac de voyage qui se trouvait sur la cheminée.

« Tenez, la preuve est faite. Ce sac était fermé. Il ne l'est plus. »

Chapman objecta :

« Etes-vous bien sûr de l'avoir fermé, monsieur? D'ailleurs, ce sac ne contient que des bibelots sans valeur, des objets de toilette...

— Il ne contient que cela parce que j'en ai retiré

mon portefeuille avant de sortir, par précaution... sans quoi... Non, je vous le dis, Chapman, *on* a pénétré ici pendant que nous déjeunions. »

Au mur, il y avait un appareil téléphonique. Il décrocha le récepteur.

« Allô... C'est pour M. Kesselbach... l'appartement 415... C'est cela... mademoiselle, veuillez demander la Préfecture de police... Service de la Sûreté... Vous n'avez pas besoin du numéro, n'est-ce pas? Bien... merci... J'attends à l'appareil. »

Une minute après, il reprenait :

« Allô? allô? Je voudrais dire quelques mots à M. Lenormand, le chef de la Sûreté. C'est de la part de M. Kesselbach... Allô? Mais oui, M. le chef de la Sûreté sait de quoi il s'agit. C'est avec son autorisation que je téléphone... Ah! il n'est pas là... A qui ai-je l'honneur de parler? M. Gourel, inspecteur de police... Mais il me semble, monsieur Gourel, que vous assistiez, hier, à mon entrevue avec M. Lenormand... Eh bien, monsieur, le même fait s'est reproduit aujourd'hui. On a pénétré dans l'appartement que j'occupe. Et si vous veniez dès maintenant, vous pourriez peut-être découvrir, d'après les indices... D'ici une heure ou deux? Parfaitement. Vous n'aurez qu'à vous faire indiquer l'appartement 415. Encore une fois, merci! »

De passage à Paris, Rudolf Kesselbach, le roi du diamant, comme on l'appelait — ou, selon son autre surnom, le Maître du Cap —, le multimillionnaire Rudolf Kesselbach (on estimait sa fortune à plus de cent millions), occupait depuis une semaine, au quatrième étage du Palace Hôtel, l'appartement 415, composé de trois pièces, dont les deux plus grandes à droite, le salon et la chambre principale, avaient vue sur l'avenue, et dont l'autre, à gauche, qui servait au secrétaire Chapman, prenait jour sur la rue de Judée.

A la suite de cette chambre, cinq pièces étaient retenues pour Mme Kesselbach, qui devait quitter Monte-Carlo, où elle se trouvait actuellement, et rejoindre son mari au premier signal de celui-ci.

Durant quelques minutes, Rudolf Kesselbach se promena d'un air soucieux. C'était un homme de haute taille, coloré de visage, jeune encore, auquel des yeux rêveurs, dont on apercevait le bleu tendre à travers des lunettes d'or, donnaient une expression de douceur et de timidité, qui contrastait avec l'énergie du front carré et de la mâchoire osseuse.

Il alla vers la fenêtre : elle était fermée. Du reste, comment aurait-on pu s'introduire par là? Le balcon particulier qui entourait l'appartement s'interrompait à droite; et, à gauche, il était séparé par un refend de pierre des balcons de la rue de Judée.

Il passa dans sa chambre : elle n'avait aucune communication avec les pièces voisines. Il passa dans la chambre de son secrétaire : la porte qui s'ouvrait sur les cinq pièces réservées à Mme Kesselbach était close, et le verrou poussé.

« Je n'y comprends rien, Chapman, voilà plusieurs fois que je constate ici des choses... des choses étranges, vous l'avouerez. Hier, c'était ma canne qu'on a dérangée... Avant-hier, on a certainement touché à mes papiers... et cependant comment serait-il possible?

— C'est impossible, monsieur, s'écria Chapman, dont la placide figure d'honnête homme ne s'animait d'aucune inquiétude. Vous supposez, voilà tout... vous n'avez aucune preuve... rien que des impressions... Et puis quoi! on ne peut pénétrer dans cet appartement que par l'antichambre. Or, vous avez fait faire une clef spéciale le jour de votre arrivée, et il n'y a que votre domestique Edwards qui en possède le double. Vous avez confiance en lui?

— Parbleu!... depuis dix ans qu'il est à mon service... Mais Edwards déjeune en même temps que nous, et c'est un tort. A l'avenir, il ne devra descendre qu'après notre retour. »

Chapman haussa légèrement les épaules. Décidément, le Maître du Cap devenait quelque peu bizarre avec ses craintes inexpliquées. Quel risque court-on dans un hôtel, alors surtout qu'on ne garde sur soi ou près de soi aucune valeur, aucune somme d'argent importante?

Ils entendirent la porte du vestibule qui s'ouvrait. C'était Edwards.

M. Kesselbach l'appela.

« Vous êtes en livrée, Edwards? Ah! bien! Je n'attends pas de visite aujourd'hui, Edwards... ou plutôt si, une visite, celle de M. Gourel. D'ici là, restez dans le vestibule et surveillez la porte. Nous avons à travailler sérieusement, M. Chapman et moi. »

Le travail sérieux dura quelques instants pendant lesquels M. Kesselbach examina son courrier, parcourut trois ou quatre lettres et indiqua les réponses qu'il fallait faire. Mais soudain Chapman, qui attendait, la plume levée, s'aperçut que M. Kesselbach pensait à autre chose qu'à son courrier.

Il tenait entre ses doigts, et regardait attentivement, une épingle noire recourbée en forme d'hameçon.

« Chapman, fit-il, voyez ce que j'ai trouvé sur la table. Il est évident que cela signifie quelque chose, cette épingle recourbée. Voilà une preuve, une pièce à conviction. Et vous ne pouvez plus prétendre qu'on n'ait pas pénétré dans ce salon. Car enfin, cette épingle n'est pas venue là toute seule.

— Certes non, répondit le secrétaire, elle y est venue grâce à moi.

— Comment?

— Oui, c'est une épingle qui fixait ma cravate à mon col. Je l'ai retirée hier soir tandis que vous lisiez, et l'ai tordue machinalement. »

M. Kesselbach se leva, très vexé, fit quelques pas, et s'arrêtant :

« Vous riez sans doute, Chapman... et vous avez raison... Je ne le conteste pas, je suis plutôt... excentrique, depuis mon dernier voyage au Cap. C'est que... voilà... vous ne savez pas ce qu'il y a de nouveau dans ma vie... un projet formidable... une chose énorme... que je ne vois encore que dans les brouillards de l'avenir, mais qui se dessine pourtant... et qui sera colossale... Ah! Chapman, vous ne pouvez pas imaginer. L'argent, je m'en moque, j'en ai... j'en ai trop... Mais cela, c'est davantage, c'est la puissance, la force, l'autorité. Si la réalité est conforme à ce que je pressens, je ne serai plus seulement le Maître du Cap, mais le maître aussi d'autres royaumes... Rudolf Kesselbach, le fils du chaudronnier d'Augsbourg, marchera de pair avec bien des gens qui jusqu'ici le traitaient de haut... Il aura même le pas sur eux, Chapman, il aura le pas sur eux, soyez-en certain... et si jamais... »

Il s'interrompit, regarda Chapman comme s'il regrettait d'en avoir trop dit, et cependant, entraîné par son élan, il conclut :

« Vous comprenez, Chapman, les raisons de mon inquiétude... Il y a là, dans le cerveau, une idée qui vaut cher... et cette idée, on la soupçonne peut-être... et l'on m'épie... j'en ai la conviction... »

Une sonnerie retentit.

« Le téléphone, dit Chapman...

— Est-ce que, par hasard, murmura M. Kesselbach, ce serait... »

Il prit l'appareil.

« Allô?... De la part de qui? Le colonel?... Ah! Eh bien, oui, c'est moi... Il y a du nouveau?... Parfait... Alors je vous attends... Vous viendrez avec vos hommes? Parfait... Allô! Non, nous ne serons pas dérangés... je vais donner les ordres nécessaires... C'est donc si grave?... Je vous répète que la consigne sera formelle... mon secrétaire et mon domestique garderont la porte, et personne n'entrera. Vous connaissez le chemin, n'est-ce pas? Par conséquent, ne perdez pas une minute. »

Il raccrocha le récepteur, et aussitôt :

« Chapman, deux messieurs vont venir... Oui, deux messieurs... Edwards les introduira...

— Mais... M. Gourel... le brigadier...

— Il arrivera plus tard... dans une heure... Et puis, quand même, ils peuvent se rencontrer. Donc, dites à Edwards d'aller dès maintenant au bureau et de prévenir. Je n'y suis pour personne... sauf pour deux messieurs, le Colonel et son ami, et pour M. Gourel. Qu'on inscrive les noms. »

Chapman exécuta l'ordre. Quand il revint, il trouva M. Kesselbach qui tenait à la main une enveloppe, ou plutôt une petite pochette de maroquin noir, vide sans doute, à en juger par l'apparence. Il semblait hésiter, comme s'il ne savait qu'en faire. Allait-il la mettre dans sa poche ou la déposer ailleurs?

Enfin, il s'approcha de la cheminée et jeta l'enveloppe de cuir dans son sac de voyage.

« Finissons le courrier, Chapman. Nous avons dix minutes. Ah! une lettre de Mme Kesselbach. Comment se fait-il que vous ne me l'ayez pas signalée, Chapman? Vous n'aviez donc pas reconnu l'écriture? »

Il ne cachait pas l'émotion qu'il éprouvait à toucher et à contempler cette feuille de papier que sa femme avait tenue entre ses doigts, et où elle avait mis un peu de sa pensée secrète. Il en respira le parfum, et, l'ayant décachetée, lentement il la lut, à mi-voix, par bribes que Chapman entendait :

« Un peu lasse... je ne quitte pas la chambre... je m'ennuie... quand pourrai-je vous rejoindre? Votre télégramme sera le bienvenu...

— Vous avez télégraphié ce matin, Chapman? Ainsi donc Mme Kesselbach sera ici demain mercredi. »

Il paraissait tout joyeux, comme si le poids de ses affaires se trouvait subitement allégé, et qu'il fût délivré de toute inquiétude. Il se frotta les mains et respira largement, en homme fort, certain de réussir, en homme heureux, qui possédait le bonheur et qui était de taille à se défendre.

« On sonne, Chapman, on a sonné au vestibule. Allez voir. »

Mais Edwards entra et dit :

« Deux messieurs demandent monsieur. Ce sont les personnes...

— Je sais. Elles sont là, dans l'antichambre?

— Oui, monsieur.

— Refermez la porte de l'antichambre, et n'ouvrez plus... sauf à M. Gourel, brigadier de la Sûreté. Vous, Chapman, allez chercher ces messieurs, et dites-leur que je voudrais d'abord parler au colonel, au colonel seul. »

Edwards et Chapman sortirent, en ramenant sur eux la porte du salon. Rudolf Kesselbach se dirigea vers la fenêtre et appuya son front contre la vitre.

Dehors, tout au-dessous de lui, les voitures et les automobiles roulaient dans les sillons parallèles, que marquait la double ligne des refuges. Un clair soleil de printemps faisait étinceler les cuivres et les vernis. Aux arbres un peu de verdure s'épanouissait, et les bourgeons des marronniers commençaient à déplier leurs petites feuilles naissantes.

« Que diable fait Chapman? murmura Kesselbach... Depuis le temps qu'il parlemente!... »

Il prit une cigarette sur la table, puis, l'ayant allumée, il tira quelques bouffées. Un léger cri lui échappa. Près de lui, debout, se tenait un homme qu'il ne connaissait point.

Il recula d'un pas.

« Qui êtes-vous? »

L'homme — c'était un individu correctement habillé, plutôt élégant, noir de cheveux et de moustache, les yeux durs — l'homme ricana :

« Qui je suis? Mais, le colonel...

— Mais non, mais non, celui que j'appelle ainsi, celui qui m'écrit sous cette signature... de convention... ce n'est pas vous.

— Si, si... l'autre n'était que... Mais, voyez-vous, mon cher monsieur, tout cela n'a aucune importance. L'essentiel c'est que moi, je sois... moi. Et je vous jure que je le suis.

— Mais enfin, monsieur, votre nom?

— Le colonel... jusqu'à nouvel ordre. »

Une peur croissante envahissait M. Kesselbach. Qui était cet homme? Que lui voulait-il?

Il appela :

« Chapman!

— Quelle drôle d'idée d'appeler! Ma société ne vous suffit pas?

— Chapman! répéta M. Kesselbach. Chapman! Edwards!

— Chapman! Edwards! dit à son tour l'inconnu. Que faites-vous donc, mes amis? On vous réclame.

— Monsieur, je vous prie, je vous ordonne de me laisser passer.

— Mais, mon cher monsieur, qui vous en empêche? »

Il s'effaça poliment. M. Kesselbach s'avança vers la porte, l'ouvrit, et brusquement sauta en arrière. Devant cette porte il y avait un autre homme, le pistolet au poing.

Il balbutia :

« Edwards... Chap... »

Il n'acheva pas. Il avait aperçu dans un coin de l'antichambre, étendus l'un près de l'autre, bâillonnés et ficelés, son secrétaire et son domestique.

M. Kesselbach, malgré sa nature inquiète, impressionnable, était brave, et le sentiment d'un danger précis, au lieu de l'abattre, lui rendait tout son ressort et toute son énergie.

Doucement, tout en simulant l'effroi, la stupeur, il recula vers la cheminée et s'appuya contre le mur. Son doigt cherchait la sonnerie électrique. Il trouva et pressa le bouton longuement.

« Et après? » fit l'inconnu.

Sans répondre, M. Kesselbach continua d'appuyer.

« Et après? Vous espérez qu'on va venir, que tout l'hôtel est en rumeur parce que vous pressez ce bouton?... Mais, mon pauvre monsieur, retournez-vous donc, et vous verrez que le fil est coupé. »

M. Kesselbach se retourna vivement, comme s'il voulait se rendre compte, mais, d'un geste rapide, il s'empara du sac de voyage, plongea la main, saisit un revolver, le braqua sur l'homme et tira.

« Bigre! fit celui-ci, vous chargez donc vos armes avec de l'air et du silence? »

Une seconde fois le chien claqua, puis une troisième. Aucune détonation ne se produisit.

« Encore trois coups, roi du Cap. Je ne serai content que quand j'aurai six balles dans la peau. Comment! vous y renoncez? Dommage... le carton s'annonçait bien. »

Il agrippa une chaise par le dossier, la fit tournoyer, s'assit à califourchon, et montrant un fauteuil à M. Kesselbach :

« Prenez donc la peine de vous asseoir, cher monsieur, et faites ici comme chez vous. Une cigarette? Pour moi, non. Je préfère les cigares. »

Il y avait une boîte sur la table. Il choisit un Upman blond et bien façonné, l'alluma et, s'inclinant :

« Je vous remercie. Ce cigare est délicieux. Et maintenant, causons, voulez-vous? »

Rudolf Kesselbach écoutait avec stupéfaction. Quel était cet étrange personnage? A le voir si paisible cependant, et si loquace, il se rassurait peu à peu et commençait à croire que la situation pourrait se dénouer sans violence ni brutalité. Il tira de sa poche un portefeuille, le déplia, exhiba un paquet respectable de bank-notes et demanda :

« Combien? »

L'autre le regarda d'un air ahuri, comme s'il avait de la peine à comprendre. Puis au bout d'un instant, appela :

« Marco! »

L'homme au revolver s'avança.

« Marco, monsieur a la gentillesse de t'offrir ces quelques chiffons pour ta bonne amie. Accepte, Marco. »

Tout en braquant son revolver de la main droite, Marco tendit la main gauche, reçut les billets et se retira.

« Cette question réglée selon votre désir, reprit l'inconnu, venons au but de ma visite. Je serai bref et précis. Je veux deux choses. D'abord une petite enveloppe en maroquin noir, que vous portez généralement sur vous. Ensuite, une cassette d'ébène qui, hier encore, se trouvait dans le sac de voyage. Procédons par ordre. L'enveloppe de maroquin?

— Brûlée. »

L'inconnu fronça le sourcil. Il dut avoir la vision des bonnes époques où il y avait des moyens péremptoires de faire parler ceux qui s'y refusent.

« Soit. Nous verrons ça. Et la cassette d'ébène?

— Brûlée.

— Ah! gronda-t-il, vous vous payez ma tête, mon brave homme. »

Il lui tordit le bras d'une façon implacable.

« Hier, Rudolf Kesselbach, hier, vous êtes entré au Crédit Lyonnais, sur le boulevard des Italiens, en dissimulant un paquet sous votre pardessus. Vous avez loué un coffre-fort... Précisons : le coffre numéro 16, travée 9. Après avoir signé et payé, vous êtes descendu dans les sous-sols, et, quand vous êtes remonté, vous n'aviez plus votre paquet. Est-ce exact?

— Absolument.

— Donc, la cassette et l'enveloppe sont au Crédit Lyonnais.

— Non.

— Donnez-moi la clef de votre coffre.

— Non.

— Marco! »

Marco accourut.

« Vas-y, Marco. Le quadruple nœud. »

Avant même qu'il eût le temps de se mettre sur la défensive, Rudolf Kesselbach fut enserré dans un jeu de cordes qui lui meurtrirent les chairs dès qu'il voulut se débattre. Ses bras furent immobilisés derrière son dos, son buste attaché au fauteuil et ses jambes entourées de bandelettes comme les jambes d'une momie.

« Fouille, Marco. »

Marco fouilla. Deux minutes après, il remettait à son chef une petite clef plate, nickelée, qui portait les numéros 16 et 9.

« Parfait. Pas d'enveloppe de maroquin?

— Non, patron.

— Elle est dans le coffre. Monsieur Kesselbach, veuillez me dire le chiffre secret.

— Non.

— Vous refusez?

— Oui.

— Marco?

— Patron?

— Applique le canon de ton revolver sur la tempe de monsieur.

— Ça y est.

— Appuie ton doigt sur la détente.

— Voilà.

— Eh bien, mon vieux Kesselbach, es-tu décidé à parler?

— Non.

— Tu as dix secondes, pas une de plus. Marco?

— Patron?

— Dans dix secondes tu feras sauter la cervelle de monsieur.

— Entendu.

— Kesselbach, je compte : Une, deux, trois, quatre, cinq, six... »

Rudolf Kesselbach fit un signe.

« Tu veux parler?

— Oui.

— Il était temps. Alors, le chiffre... le mot de la serrure?...

— Dolor.

— Dolor... Douleur... Mme Kesselbach ne s'appelle-t-elle pas Dolorès? Chéri, va... Marco, tu vas faire ce qui est convenu... Pas d'erreur, hein? Je répète... Tu vas rejoindre Jérôme au bureau où tu sais, tu lui remettras la clef et tu lui diras le mot d'ordre : Dolor. Vous irez ensemble au Crédit Lyonnais. Jérôme entrera seul, signera le registre d'identité, descendra dans les caves, et emportera tout ce qui se trouve dans le coffre-fort. Compris?

— Oui, patron. Mais si par hasard le coffre n'ouvre pas, si le mot « Dolor »...

— Silence, Marco. Au sortir du Crédit Lyonnais, tu lâcheras Jérôme, tu rentreras chez toi, et tu me téléphoneras le résultat de l'opération. Si par hasard le mot « Dolor » n'ouvre pas le coffre, nous aurons, mon ami Kesselbach et moi, un petit entretien suprême. Kesselbach, tu es sûr de ne t'être point trompé?

— Oui.

— C'est qu'alors tu escomptes la nullité de la perquisition. Nous verrons ça. File, Marco.

— Mais vous, patron?

— Moi, je reste. Oh! ne crains rien. Je n'ai jamais couru aussi peu de danger. N'est-ce pas, Kesselbach, la consigne est formelle?

— Oui.

— Diable, tu me dis ça d'un air bien empressé. Est-ce que tu aurais cherché à gagner du temps? Alors je serais pris au piège, comme un idiot?... »

Il réfléchit, regarda son prisonnier et conclut :

« Non... ce n'est pas possible... nous ne serons pas dérangés... »

Il n'avait pas achevé ce mot que la sonnerie du vestibule retentit. Violemment il appliqua sa main sur la bouche de Rudolf Kesselbach.

« Ah! vieux renard, tu attendais quelqu'un! »

Les yeux du captif brillaient d'espoir.

On l'entendit ricaner, sous la main qui l'étouffait.

L'homme tressaillit de rage.

« Tais-toi... sinon, je t'étrangle. Tiens, Marco, bâillonne-le. Fais vite... Bien. »

On sonna de nouveau. Il cria, comme s'il était, lui, Rudolf Kesselbach, et qu'Edwards fût encore là :

« Ouvrez donc, Edwards. »

Puis il passa doucement dans le vestibule, et, à voix basse, désignant le secrétaire et le domestique :

« Marco, aide-moi à pousser ça dans la chambre... là... de manière qu'on ne puisse les voir. »

Il enleva le secrétaire, Marco emporta le domestique.

« Bien, maintenant retourne au salon. »

Il le suivit, et aussitôt, repassant une seconde fois dans le vestibule, il prononça très haut d'un air étonné :

« Mais votre domestique n'est pas là, monsieur Kesselbach... non, ne vous dérangez pas... finissez votre lettre... J'y vais moi-même. »

Et tranquillement il ouvrit la porte d'entrée.

« M. Kesselbach? » lui demanda-t-on.

Il se trouvait en face d'une sorte de colosse, à la large figure réjouie, aux yeux vifs, qui se dandinait d'une jambe sur l'autre et tortillait entre ses mains les rebords de son chapeau. Il répondit :

« Parfaitement, c'est ici. Qui dois-je annoncer?

— M. Kesselbach a téléphoné... il m'attend...

— Ah! c'est vous... je vais prévenir... voulez-vous patienter une minute?... M. Kesselbach va vous parler. »

Il eut l'audace de laisser le visiteur sur le seuil de l'antichambre, à un endroit d'où l'on pouvait apercevoir, par la porte ouverte, une partie du salon. Et lentement, sans même se retourner, il rentra, rejoignit son complice auprès de M. Kesselbach, et lui dit :

« Nous sommes fichus. C'est Gourel, de la Sûreté... »

L'autre empoigna son couteau. Il lui saisit le bras :

« Pas de bêtises, hein! J'ai une idée. Mais, pour Dieu, comprends-moi bien, Marco, et parle à ton tour... Parle *comme si tu étais Kesselbach*... Tu entends, Marco, tu es Kesselbach. »

Il s'exprimait avec un tel sang-froid et une autorité si violente que Marco comprit, sans plus d'explication, qu'il devait jouer le rôle de Kesselbach, et prononça, de façon à être entendu :

« Vous m'excuserez, mon cher. Dites à M. Gourel que je suis désolé, mais que j'ai à faire par-dessus la tête... Je le recevrai demain matin à neuf heures, oui, à neuf heures exactement.

— Bien, souffla l'autre, ne bouge plus. »

Il revint dans l'antichambre. Gourel attendait. Il lui dit :

« M. Kesselbach s'excuse. Il achève un travail important. Vous est-il possible de venir demain matin, à neuf heures? »

Il y eut un silence. Gourel semblait surpris et vaguement inquiet. Au fond de sa poche, le poing de l'homme se crispa. Un geste équivoque, et il frappait.

Enfin, Gourel dit :

« Soit... A demain neuf heures... mais tout de même... Eh bien, oui, neuf heures, je serai là... »

Et, remettant son chapeau, il s'éloigna par les couloirs de l'hôtel.

Marco, dans le salon, éclata de rire.

« Rudement fort, le patron. Ah! ce que vous l'avez roulé!

— Débrouille-toi, Marco, tu vas le filer. S'il sort de l'hôtel, lâche-le, retrouve Jérôme, comme c'est convenu... et téléphone. »

Marco s'en alla rapidement.

Alors l'homme saisit une carafe sur la cheminée, se versa un grand verre d'eau qu'il avala d'un trait, mouilla son mouchoir, baigna son front que la sueur couvrait, puis s'assit auprès de son prisonnier, et lui dit avec une affectation de politesse :

« Il faut pourtant bien, monsieur Kesselbach, que j'aie l'honneur de me présenter à vous. »

Et, tirant une carte de sa poche, il prononça :

« Arsène Lupin, gentleman-cambrioleur. »

II

Le nom du célèbre aventurier sembla faire sur M. Kesselbach la meilleure impression. Lupin ne manqua pas de le remarquer et s'écria :

« Ah! ah! cher monsieur, vous respirez! Arsène Lupin est un cambrioleur délicat, le sang lui répugne, il n'a jamais commis d'autre crime que de s'approprier le bien d'autrui... une peccadille, quoi! et vous vous dites qu'il ne va pas se charger la conscience d'un assassinat inutile. D'accord... Mais votre suppression sera-t-elle inutile? Tout est là. En ce moment, je vous jure que je ne rigole pas. Allons-y, camarade. »

Il rapprocha sa chaise du fauteuil, relâcha le bâillon de son prisonnier, et, nettement :

« Monsieur Kesselbach, le jour même de ton arrivée à Paris, tu entrais en relation avec le nommé Barbareux, directeur d'une agence de renseignements confidentiels, et, comme tu agissais à l'insu de ton secrétaire Chapman, le sieur Barbareux, quand il communiquait avec toi, par lettre ou par téléphone, s'appelait « le Colonel ». Je me hâte de te dire que Barbareux est le plus honnête homme du monde. Mais j'ai la chance de compter un de ses employés parmi mes meilleurs amis. C'est ainsi que j'ai su le motif de ta démarche auprès de Barbareux, et c'est ainsi que j'ai été amené à m'occuper de toi, et à te rendre, grâce à de fausses clefs, quelques visites domiciliaires... au cours desquelles, hélas! je n'ai pas trouvé ce que je voulais. »

Il baissa la voix, et, les yeux dans les yeux de son prisonnier, scrutant son regard, cherchant sa pensée obscure, il articula :

« Monsieur Kesselbach, tu as chargé Barbareux de découvrir dans les bas-fonds de Paris un homme qui porte, ou a porté, le nom de Pierre Leduc, et dont voici le signalement sommaire : taille, un mètre soixante-quinze, blond, moustaches. Signe particulier : à la suite d'une blessure, l'extrémité du petit doigt de la main gauche a été coupée. En outre, une cicatrice presque effacée à la joue droite. Tu sembles attacher à la découverte de cet homme une importance énorme, comme s'il pouvait en résulter pour toi des avantages considérables. Qui est cet homme?

— Je ne sais pas. »

La réponse fut catégorique, absolue. Savait-il ou ne savait-il pas? Peu importait. L'essentiel, c'est qu'il était décidé à ne point parler.

« Soit, fit son adversaire, mais tu as sur lui des renseignements plus détaillés que ceux que tu as fournis à Barbareux?

— Aucun.

— Tu mens, monsieur Kesselbach. Deux fois, devant Barbareux, tu as consulté des papiers enfermés dans l'enveloppe de maroquin.

— En effet.

— Alors, cette enveloppe?

— Brûlée. »

Lupin tressaillit de rage. Evidemment, l'idée de la torture et des commodités qu'elle offrait traversa de nouveau son cerveau.

« Brûlée? mais la cassette... avoue donc... avoue donc qu'elle est au Crédit Lyonnais?

— Oui.

— Et qu'est-ce qu'elle contient?

— Les deux cents plus beaux diamants de ma collection particulière. »

Cette affirmation ne sembla pas déplaire à l'aventurier.

« Ah! ah! les deux cents plus beaux diamants! Mais dis donc, c'est une fortune... Oui, ça te fait sourire... Pour toi, c'est une bagatelle. Et ton secret vaut mieux que ça... Pour toi, oui, mais pour moi?... »

Il prit un cigare, alluma une allumette qu'il laissa éteindre machinalement et resta quelque temps pensif, immobile.

Les minutes passaient.

Il se mit à rire.

« Tu espères bien que l'expédition ratera, et qu'on n'ouvrira pas le coffre? Possible, mon vieux. Mais alors il faudra me payer mon dérangement. Je ne suis pas venu ici pour voir la tête que tu fais sur un fauteuil... Les diamants, puisque diamants il y a... Sinon, l'enveloppe de maroquin... Le dilemme est posé... »

Il consulta sa montre.

« Une demi-heure... Bigre!... Le destin se fait tirer l'oreille... Mais ne rigole donc pas, monsieur Kesselbach. Foi d'honnête homme, je ne rentrerai pas bredouille... Enfin! »

C'était la sonnerie du téléphone. Lupin s'empara vivement du récepteur, et changeant le timbre de sa voix, imitant les intonations rudes de son prisonnier :

« Oui, c'est moi, Rudolf Kesselbach... Ah! bien, mademoiselle, mettez-moi en communication... C'est toi, Marco?... Parfait... Ça s'est bien passé?... A la bonne heure... Pas d'accrocs?... Compliments, l'enfant... Alors qu'est-ce qu'on a ramassé? La cassette d'ébène... Pas autre chose? aucun papier?... Tiens, tiens!... Et dans la cassette?... Sont-ils beaux, ces diamants?... Parfait... parfait... Une minute, Marco, que je réfléchisse... tout ça, vois-tu... si je te disais mon opinion... Tiens, ne bouge pas... reste à l'appareil... »

Il se retourna :

« Monsieur Kesselbach, tu y tiens, à tes diamants?

— Oui.

— Tu me les rachèterais?

— Peut-être.

— Combien? Cinq cent mille?

— Cinq cent mille... oui...

— Seulement, voilà le hic... Comment se fera l'échange? Un chèque? Non, tu me roulerais... ou bien je te roulerais... Ecoute, après-demain matin, passe au Lyonnais, prends tes cinq cents billets et va te promener au Bois, près d'Auteuil... moi, j'aurai les diamants... dans un sac, c'est plus commode... la cassette se voit trop...

— Non... non... la cassette... je veux tout...

— Ah! fit Lupin, éclatant de rire... tu es tombé dans le panneau... Les diamants, tu t'en fiches... ça se remplace... Mais la cassette, tu y tiens comme à ta peau... Eh bien, tu l'auras, ta cassette... foi d'Arsène... tu l'auras, demain matin par colis postal! »

Il reprit le téléphone.

« Marco, tu as la boîte sous les yeux?... Qu'est-ce qu'elle a de particulier? De l'ébène, incrusté d'ivoire... oui, je connais ça... style japonais faubourg Saint-Antoine... Pas de marque? Ah! une petite étiquette ronde, bordée de bleu, et portant un numéro... oui, une indication commerciale... aucune importance. Et le dessous de la boîte, est-il épais?... Bigre! pas de double fond, alors... Dis donc, Marco, examine les incrustations d'ivoire sur le dessus... ou plutôt, non, le couvercle. »

Il exulta de joie.

« Le couvercle! c'est ça, Marco! Kesselbach a cligné de l'œil... Nous brûlons!... Ah! mon vieux Kesselbach, tu ne voyais donc pas que je te guignais. Fichu maladroit! »

Et, revenant à Marco :

« Eh bien, où en es-tu? Une glace à l'intérieur du couvercle?... Est-ce qu'elle glisse?... Y a-t-il des rainures? Non... eh bien, casse-la... Mais oui, je te dis de la casser... Cette glace n'a aucune raison d'être... elle a été rajoutée. »

Il s'impatienta :

« Mais, imbécile, ne te mêle pas de ce qui ne te regarde pas... Obéis... »

Il dut entendre le bruit que Marco faisait, au bout du fil, pour briser le miroir, car il s'écria, triomphalement :

« Qu'est-ce que je te disais, monsieur Kesselbach, que la chasse serait bonne?... Allô? Ça y est? Eh bien?... Une lettre? Victoire! Tous les diamants du Cap et le secret du bonhomme! »

Il décrocha le second récepteur, appliqua soigneusement les deux plaques sur ses oreilles, et reprit :

« Lis, Marco, lis doucement... l'enveloppe d'abord... Bon... Maintenant, répète. »

Lui-même répéta :

« Copie de la lettre contenue dans la pochette de « maroquin noir. »

« Et après? Déchire l'enveloppe, Marco. Vous permettez, monsieur Kesselbach? Ça n'est pas très correct, mais enfin... Vas-y, Marco, M. Kesselbach t'y autorise. Ça y est? Eh bien, lis. »

Il écouta, puis ricanant :

« Fichtre! ce n'est pas aveuglant. Voyons, je résume. Une simple feuille de papier pliée en quatre et dont les plis paraissent tout neufs... Bien... En haut et à droite de cette feuille, ces mots : *un mètre soixante-quinze, petit doigt gauche coupé,* etc. Oui, c'est le signalement du sieur Pierre Leduc. De l'écriture de Kesselbach, n'est-ce pas?... Bien... Et au milieu de la feuille ce mot, en lettres capitales d'imprimerie :

APOON

« Marco, mon petit, tu vas laisser le papier tranquille, tu ne toucheras pas à la cassette ni aux diamants. Dans dix minutes j'en aurai fini avec mon bonhomme. Dans vingt minutes je te rejoins... Ah! à propos, tu m'as envoyé l'auto? Parfait. A tout à l'heure. »

Il remit l'appareil en place, passa dans le vestibule, puis dans la chambre, s'assura que le secrétaire et le domestique n'avaient pas desserré leurs liens et que, d'autre part, ils ne risquaient pas d'être étouffés par leurs bâillons, et il revint vers son prisonnier.

Il avait une expression résolue, implacable.

« Fini de rire, Kesselbach. Si tu ne parles pas, tant pis pour toi. Es-tu décidé?

— A quoi?

— Pas de bêtises. Dis ce que tu sais.

— Je ne sais rien.

— Tu mens. Que signifie ce mot Apoon?

— Si je le savais, je ne l'aurais pas inscrit.

— Soit, mais à qui, à quoi se rapporte-t-il? Où l'as-tu copié? D'où cela te vient-il? »

M. Kesselbach ne répondit pas.

Lupin reprit, plus nerveux, plus saccadé :

« Ecoute, Kesselbach, je vais te faire une proposition. Si riche, si gros monsieur que tu sois, il n'y a pas entre toi et moi tant de différence. Le fils du chaudronnier d'Augsbourg et Arsène Lupin, prince des cambrioleurs, peuvent s'accorder sans honte ni pour l'un ni pour l'autre. Moi, je vole en appartement; toi, tu voles en Bourse. Tout ça, c'est kifkif. Donc, voilà, Kesselbach. Associons-nous pour cette affaire. J'ai besoin de toi puisque je l'ignore. Tu as besoin de moi parce que, tout seul, tu n'en sortiras pas. Barbareux est un niais. Moi, je suis Lupin. Ça colle? »

Un silence. Lupin insista, d'une voix qui tremblait :

« Réponds, Kesselbach, ça colle? Si oui, en quarante-huit heures, je te le retrouve, ton Pierre Leduc. Car il s'agit bien de lui, hein? C'est ça, l'affaire? Mais réponds donc! Qu'est-ce que c'est que cet individu? Pourquoi le cherches-tu? Que sais-tu de lui? Je veux savoir. »

Il se calma subitement, posa sa main sur l'épaule de l'Allemand et, d'un ton sec :

« Un mot seulement. Oui... ou non?

— Non. »

Il tira du gousset de Kesselbach un magnifique chronomètre en or et le plaça sur les genoux du prisonnier.

Il déboutonna le gilet de Kesselbach, écarta la chemise, découvrit la poitrine, et, saisissant un stylet d'acier, à manche niellé d'or, qui se trouvait près de lui, sur la table, il en appliqua la pointe à l'endroit où les battements du cœur faisaient palpiter la chair nue.

« Une dernière fois?

— Non.

— Monsieur Kesselbach, il est trois heures moins huit. Si dans huit minutes vous n'avez pas répondu, vous êtes mort. »

III

Le lendemain matin, à l'heure exacte qui lui avait été fixée, le brigadier Gourel se présenta au Palace Hôtel. Sans s'arrêter, et dédaigneux de l'ascenseur, il monta les escaliers. Au quatrième étage il tourna à droite, suivit le couloir, et vint sonner à la porte du 415.

Aucun bruit ne se faisant entendre, il recommença. Après une demi-douzaine de tentatives infructueuses, il se dirigea vers le bureau de l'étage. Un maître d'hôtel s'y trouvait.

« M. Kesselbach, s'il vous plaît? Voilà dix fois que je sonne.

— M. Kesselbach n'a pas couché là. Nous ne l'avons pas vu depuis hier après-midi.

— Mais son domestique, son secrétaire?

— Nous ne les avons pas vus non plus.

— Alors, eux non plus, n'auraient pas couché à l'hôtel?

— Sans doute.

— Sans doute! Mais vous devriez avoir une certitude.

— Pourquoi? M. Kesselbach n'est pas à l'hôtel ici, il est chez lui, dans son appartement particulier. Son service n'est pas fait par nous, mais par son domestique, et nous ne savons rien de ce qui se passe chez lui.

— En effet... en effet... »

Gourel semblait fort embarrassé. Il était venu avec des ordres formels, une mission précise, dans les limites de laquelle son intelligence pouvait s'exercer. En dehors de ces limites, il ne savait trop comment agir.

« Si le chef était là... murmura-t-il, si le chef était là... »

Il montra sa carte et déclina ses titres. Puis il demanda, à tout hasard :

« Donc, vous ne les avez pas vus rentrer?

— Non.

— Mais vous les avez vus sortir?

— Non plus.

— En ce cas, comment savez-vous qu'ils sont sortis?

— Par un monsieur qui est venu hier après-midi au 415.

— Un monsieur à moustaches brunes?

— Oui. Je l'ai rencontré comme il s'en allait vers trois heures. Il m'a dit. « Les personnes du 415 vien-« nent de sortir. M. Kesselbach couchera ce soir à « Versailles, aux Réservoirs, où vous pouvez lui en-« voyer son courrier. »

— Mais quel était ce monsieur? A quel titre parlait-il?

— Je l'ignore. »

Gourel était inquiet. Tout cela lui paraissait assez bizarre.

« Vous avez la clef?

— Non. M. Kesselbach avait fait faire des clefs spéciales.

— Allons voir. »

Gourel sonna de nouveau furieusement. Rien. Il se disposait à partir quand soudain il se baissa et appliqua vivement son oreille contre le trou de la serrure.

« Ecoutez... on dirait... mais oui... c'est très net... des plaintes... des gémissements... »

Il donna dans la porte un véritable coup de poing.

« Mais, monsieur, vous n'avez pas le droit...

— Je n'ai pas le droit! »

Il frappait à coups redoublés, mais si vainement qu'il y renonça aussitôt.

« Vite, vite, un serrurier. »

Un des garçons d'hôtel s'éloigna en courant. Gourel allait de droite et de gauche, bruyant et indécis. Les domestiques des autres étages formaient des groupes. Les gens du bureau, de la direction, arrivaient. Gourel s'écria :

« Mais pourquoi n'entrerait-on pas par les chambres contiguës? Elles communiquent avec l'appartement?

— Oui, mais les portes de communication sont toujours verrouillées des deux côtés.

— Alors, je téléphone à la Sûreté, dit Gourel, pour qui, visiblement, il n'existait point de salut en dehors de son chef.

— Et au commissariat, observa-t-on.

— Oui, si ça vous plaît », répondit-il du ton d'un monsieur que cette formalité intéresse peu.

Quand il revint du téléphone, le serrurier achevait d'essayer ses clefs. La dernière fit jouer la serrure. Gourel entra vivement.

Aussitôt il courut à l'endroit d'où venaient les

plaintes, et se heurta aux deux corps du secrétaire Chapman et du domestique Edwards. L'un d'eux, Chapman, à force de patience, avait réussi à détendre un peu son bâillon, et poussait de petits grognements sourds. L'autre semblait dormir.

On les délivra. Gourel s'inquiétait.

« Et M. Kesselbach? »

Il passa dans le salon. M. Kesselbach était assis et attaché au dossier du fauteuil, près de la table. Sa tête était inclinée sur sa poitrine.

« Il est évanoui, dit Gourel en s'approchant de lui. Il a dû faire des efforts qui l'ont exténué. »

Rapidement, il coupa les cordes qui liaient les épaules. D'un bloc, le buste s'écroula en avant. Gourel l'empoigna à bras-le-corps, et recula en poussant un cri d'effroi :

« Mais il est mort! Tâtez... les mains sont glacées, et regardez les yeux! »

Quelqu'un hasarda :

« Une congestion, sans doute... ou une rupture d'anévrisme.

— En effet, il n'y a pas de trace de blessure... c'est une mort naturelle. »

On étendit le cadavre sur le canapé, et l'on défit ses vêtements. Mais, tout de suite, sur la chemise blanche, des taches rouges apparurent, et, dès qu'on l'eut écartée, on s'aperçut que, à l'endroit du cœur, la poitrine était trouée d'une petite fente par où coulait un mince filet de sang.

Et sur la chemise était épinglée une carte.

Gourel se pencha. C'était la carte d'Arsène Lupin, toute sanglante elle aussi.

Alors Gourel se redressa, autoritaire et brusque :

« Un crime!... Arsène Lupin!... Sortez... Sortez tous... Que personne ne reste dans ce salon ni dans la chambre... Qu'on transporte et qu'on soigne ces messieurs dans une autre pièce!... Sortez tous... Et qu'on ne touche à rien... *Le chef va venir!* »

IV

Arsène Lupin!

Gourel répétait ces deux mots fatidiques d'un air absolument pétrifié. Ils résonnaient en lui comme un glas. Arsène Lupin! le bandit-roi! l'aventurier suprême! Voyons, était-ce possible?

« Mais non, mais non, murmura-t-il, ce n'est pas possible, *puisqu'il est mort!* »

Seulement, voilà... était-il réellement mort?

Arsène Lupin!

Debout, près du cadavre, il demeurait stupide, abasourdi, tournant et retournant la carte avec une certaine crainte, comme s'il venait de recevoir la provocation d'un fantôme. Arsène Lupin! Qu'allait-il faire? Agir? Engager la bataille avec ses propres ressources?... Non, non... il valait mieux ne pas agir... Les fautes étaient inévitables s'il relevait le défi d'un tel adversaire. Et puis le chef n'allait-il pas venir?

Le chef va venir! Toute la psychologie de Gourel se résumait dans cette petite phrase. Habile et persévérant, plein de courage et d'expérience, d'une force herculéenne, il était de ceux qui ne vont de l'avant que lorsqu'ils sont dirigés et qui n'accomplissent de bonne besogne que lorsqu'elle leur est commandée.

Combien ce manque d'initiative s'était aggravé depuis que M. Lenormand avait pris la place de M. Dudouis au service de la Sûreté! Celui-là était un chef, M. Lenormand! Avec celui-là, on était sûr de marcher dans la bonne voie! Si sûr même que Gourel s'arrêtait dès que l'impulsion du chef ne lui était plus donnée.

Mais le chef allait venir! Sur sa montre, Gourel calculait l'heure exacte de cette arrivée. Pourvu que le commissaire de police ne le précédât point et que le juge d'instruction, déjà désigné sans doute, ou le médecin légiste, ne vinssent pas faire d'inopportunes constatations avant que le chef n'eût eu le temps de fixer dans son esprit les points essentiels de l'affaire!

« Eh bien, Gourel, à quoi rêves-tu?

— Le chef! »

M. Lenormand était un homme encore jeune, si l'on considérait l'expression même de son visage, ses yeux qui brillaient sous ses lunettes; mais c'était presque un vieillard si l'on notait son dos voûté, sa peau sèche et comme jaunie à la cire, sa barbe et ses cheveux grisonnants, toute son apparence brisée, hésitante, maladive.

Il avait péniblement passé sa vie aux colonies, comme commissaire du gouvernement, dans les postes les plus périlleux. Il y avait gagné des fièvres, une énergie indomptable malgré sa déchéance physique, l'habitude de vivre seul, de parler peu et d'agir en silence, une certaine misanthropie et, soudain, vers cinquante-cinq ans, à la suite de la fameuse affaire des trois Espagnols de Biskra, la grande, la juste notoriété. On réparait alors l'injustice, et, d'emblée, on le nommait à Bordeaux, puis sous-chef à Paris, puis, à la mort de M. Dudouis, chef de la Sûreté. Et, en chacun de ces postes, il avait montré une invention si curieuse dans les procédés, de telles ressources, des qualités si neuves, si originales, et surtout il avait abouti à des résultats si précis dans la conduite des quatre ou cinq derniers scandales qui avaient passionné l'opinion publique qu'on opposait son nom à celui des plus illustres policiers. Gourel, lui, n'hésita pas. Favori du chef, qui l'aimait pour sa candeur et pour son obéissance passive, il mettait M. Lenormand au-dessus de tous. C'était l'idole, le dieu qui ne se trompe pas.

M. Lenormand, ce jour-là, semblait particulièrement fatigué. Il s'assit avec lassitude, écarta les pans de sa redingote, une vieille redingote célèbre par sa coupe surannée et par sa couleur olive, dénoua son foulard, un foulard marron également fameux, et murmura : « Parle. »

Gourel raconta tout ce qu'il avait vu et tout ce qu'il avait appris, et il le raconta sommairement, selon l'habitude que le chef lui avait imposée.

Mais quand il exhiba la carte de Lupin, M. Lenormand tressaillit.

« Lupin! s'écria-t-il.

— Oui, Lupin, le voilà revenu sur l'eau, cet animal-là.

— Tant mieux, tant mieux, fit M. Lenormand après un instant de réflexion.

— Evidemment, tant mieux, reprit Gourel, qui se plaisait à commenter les rares paroles d'un supérieur auquel il ne reprochait que d'être trop peu loquace, tant mieux, car vous allez enfin vous mesurer avec un adversaire digne de vous... Et Lupin trouvera son maître... Lupin n'existera pas... Lupin...

— Cherche », fit M. Lenormand, lui coupant la parole.

On eût dit l'ordre d'un chasseur à son chien. Et, de fait, ce fut à la manière d'un bon chien, vif, intelligent, fureteur, que chercha Gourel sous les yeux de son maître. Du bout de sa canne, M. Lenormand désignait tel coin, tel fauteuil, comme on désigne un buisson ou une touffe d'herbe avec une conscience minutieuse.

« Rien, conclut le brigadier.

— Rien pour toi, grogna M. Lenormand.

— C'est ce que je voulais dire... Je sais que pour vous, il y a des choses qui parlent comme des personnes, de vrais témoins. N'empêche que voilà un crime bel et bien établi à l'actif du sieur Lupin.

— Le premier, observa M. Lenormand.

— Le premier, en effet... Mais c'était inévitable. On ne mène pas cette vie-là, sans, un jour ou l'autre, être acculé au crime par les circonstances. M. Kesselbach se sera défendu...

— Non, puisqu'il était attaché.

— En effet, avoua Gourel déconcerté, et c'est même fort curieux... Pourquoi tuer un adversaire qui n'existe déjà plus?... Mais n'importe, si je lui avais mis la main au collet, hier, quand nous nous sommes trouvés l'un en face de l'autre, au seuil du vestibule... »

M. Lenormand avait passé sur le balcon. Puis il visita la chambre de M. Kesselbach, à droite, vérifia la fermeture des fenêtres et des portes.

« Les fenêtres de ces deux pièces étaient fermées quand je suis entré, affirma Gourel.

— Fermées ou poussées?

— Personne n'y a touché. Or, elles sont fermées, chef... »

Un bruit de voix les ramena au salon. Ils y trouvèrent le médecin légiste, en train d'examiner le cadavre, et M. Formerie, juge d'instruction.

Et M. Formerie s'exclamait :

« Arsène Lupin! Enfin, je suis heureux qu'un hasard bienveillant me remette en face de ce bandit! Le gaillard verra de quel bois je me chauffe!... Et cette fois il s'agit d'un assassin!... A nous deux, maître Lupin! »

M. Formerie n'avait pas oublié l'étrange aventure du diadème de la princesse de Lamballe [1] et l'admirable façon dont Lupin l'avait roulé, quelques années auparavant. La chose était restée célèbre dans les annales du Palais. On en riait encore, et M. Formerie, lui, en conservait un juste sentiment de rancune et le désir de prendre une revanche éclatante.

« Le crime est évident, prononça-t-il de son air le plus convaincu, le mobile nous sera facile à découvrir. Allons, tout va bien... Monsieur Lenormand, je vous salue... et je suis enchanté... »

M. Formerie n'était nullement enchanté. La présence de M. Lenormand lui agréait au contraire fort peu, le chef de la Sûreté ne dissimulant guère le mépris où il le tenait. Pourtant il se redressa, et toujours solennel :

« Alors, docteur, vous estimez que la mort remonte à une douzaine d'heures environ, peut-être davantage?... C'est ce que je suppose... nous sommes tout à fait d'accord... Et l'instrument du crime?

1. Voir *Arsène Lupin,* pièce.

— Un couteau à lame très fine, monsieur le juge d'instruction, répondit le médecin... Tenez, on a essuyé la lame avec le mouchoir même du mort...

— En effet... en effet... la trace est visible... Et maintenant nous allons interroger le secrétaire et le domestique de M. Kesselbach. Je ne doute pas que leur interrogatoire ne nous fournisse quelque lumière. »

Chapman, que l'on avait transporté dans sa propre chambre, à gauche du salon, ainsi qu'Edwards, était déjà remis de ses épreuves. Il exposa par le menu les événements de la veille, les inquiétudes de M. Kesselbach, la visite annoncée du soi-disant colonel, et enfin raconta l'agression dont ils avaient été victimes.

« Ah! ah! s'écria M. Formerie, il y a un complice! et vous avez entendu son nom... Marco, dites-vous... Ceci est très important. Quand nous tiendrons le complice, la besogne sera avancée...

— Oui, mais nous ne le tenons pas, risqua M. Lenormand.

— Nous allons voir... chaque chose à son temps. Et alors, monsieur Chapman, ce Marco est parti aussitôt après le coup de sonnette de M. Gourel?

— Oui, nous l'avons entendu partir.

— Et après ce départ vous n'avez plus rien entendu?

— Si... de temps à autre, mais vaguement... La porte était close.

— Et quelle sorte de bruit?

— Des éclats de voix. L'individu...

— Appelez-le par son nom, Arsène Lupin.

— Arsène Lupin a dû téléphoner.

— Parfait! Nous interrogerons la personne de l'hôtel qui est chargée du service des communications avec la ville. Et plus tard, vous l'avez entendu sortir, lui aussi?

— Il a constaté que nous étions toujours bien attachés, et, un quart d'heure après, il partait en refermant sur lui la porte du vestibule.

— Oui, aussitôt son forfait accompli. Parfait... Parfait... Tout s'enchaîne... Et après?...

— Après, nous n'avons plus rien entendu... la nuit s'est passée... la fatigue m'a assoupi... Edwards également... et ce n'est que ce matin...

— Oui... je sais... Allons, ça ne va pas mal... tout s'enchaîne... »

Et, marquant les étapes de son enquête, du ton dont il aurait marqué autant de victoires sur l'inconnu, il murmura pensivement :

« Le complice... le téléphone... l'heure du crime... les bruits perçus... Bien... Très bien... il nous reste à fixer le mobile du crime. En l'espèce, comme il s'agit de Lupin, le mobile est clair. Monsieur Lenormand, vous n'avez pas remarqué la moindre trace d'effraction?

— Aucune.

— C'est qu'alors le vol aura été effectué sur la personne même de la victime. A-t-on retrouvé son portefeuille?

— Je l'ai laissé dans la poche de la jaquette », dit Gourel.

Ils passèrent tous dans le salon, où M. Formerie constata que le portefeuille ne contenait que des cartes de visite et des papiers d'identité.

« C'est bizarre. Monsieur Chapman, vous ne pourriez pas nous dire si M. Kesselbach avait sur lui une somme d'argent?

— Oui; la veille, c'est-à-dire avant-hier lundi, nous sommes allés au Crédit Lyonnais, où M. Kesselbach a loué un coffre...

— Un coffre au Crédit Lyonnais? Bien... il faudra voir de ce côté.

— Et, avant de partir, M. Kesselbach s'est fait ouvrir un compte, et il a emporté cinq ou six mille francs en billets de banque.

— Parfait... nous sommes éclairés. »

Chapman reprit :

« Il y a un autre point, monsieur le juge d'instruction. M. Kesselbach, qui depuis quelques jours était très inquiet — je vous en ai dit la cause... un projet auquel il attachait une importance extrême — M. Kesselbach semblait tenir particulièrement à deux choses : d'abord une cassette d'ébène, et cette cassette il l'a mise en sûreté au Crédit Lyonnais, et ensuite une petite enveloppe de maroquin noir où il avait enfermé quelques papiers.

— Et cette enveloppe?

— Avant l'arrivée de Lupin, il l'a déposée devant moi dans ce sac de voyage. »

M. Formerie prit le sac et fouilla. L'enveloppe ne s'y trouvait pas. Il se frotta les mains.

« Allons, tout s'enchaîne... Nous connaissons le coupable, les conditions et le mobile du crime. Cette affaire-là ne traînera pas. Nous sommes bien d'accord sur tout, monsieur Lenormand?

— Sur rien. »

Il y eut un instant de stupéfaction. Le commissaire de police était arrivé et, derrière lui, malgré les agents qui gardaient la porte, la troupe des journalistes et le personnel de l'hôtel avaient forcé l'entrée et stationnaient dans l'antichambre.

Si notoire que fût la rudesse du bonhomme, rudesse qui n'allait pas sans quelque grossièreté et qui lui avait déjà valu certaines semonces en haut lieu, la brusquerie de la réponse déconcerta. Et M. Formerie, tout spécialement, parut interloqué.

« Pourtant, dit-il, je ne vois rien là que de très simple : Lupin est le voleur...

— Pourquoi a-t-il tué? lui jeta M. Lenormand.

— Pour voler.

— Pardon, le récit des témoins prouve que le vol a eu lieu avant l'assassinat. M. Kesselbach a d'abord été ligoté et bâillonné, puis volé. Pourquoi Lupin, qui jusqu'ici n'a jamais commis de crime, aurait-il tué un homme réduit à l'impuissance et déjà dépouillé? »

Le juge d'instruction caressa ses longs favoris blonds d'un geste qui lui était familier quand une question lui paraissait insoluble. Il répondit d'un ton pensif :

« Il y a à cela plusieurs réponses...

— Lesquelles?

— Cela dépend... cela dépend d'un tas d'éléments encore inconnus... Et puis, d'ailleurs, l'objection ne vaut que pour la nature des motifs. Pour le reste, nous sommes d'accord.

— Non. »

Cette fois encore, ce fut net, coupant, presque impoli, au point que le juge, tout à fait désemparé, n'osa même pas protester et qu'il resta interdit devant cet étrange collaborateur. A la fin il articula :

« Chacun son système. Je serais curieux de connaître le vôtre.

— Je n'en ai pas. »

Le chef de la Sûreté se leva et fit quelques pas à travers le salon en s'appuyant sur sa canne. Autour de lui, on se taisait... et c'était assez curieux de voir ce vieil homme malingre et cassé dominer les autres par la force d'une autorité que l'on subissait sans l'accepter encore.

Après un long silence, il prononça :

« Je voudrais visiter les pièces qui touchent à cet appartement. »

Le directeur lui montra le plan de l'hôtel. La chambre de droite, celle de M. Kesselbach, n'avait point d'autre issue que le vestibule même de l'appartement. Mais la chambre de gauche, celle du secrétaire, communiquait avec une autre pièce.

Il dit :

« Visitons-la. »

M. Formerie ne put s'empêcher de hausser les épaules et de bougonner :

« Mais la porte de communication est verrouillée et la fenêtre close.

— Visitons-la », répéta M. Lenormand.

On le conduisit dans cette pièce qui était la première des cinq chambres réservées à Mme Kesselbach. Puis, sur sa prière, on le conduisit dans les chambres qui suivaient. Toutes les portes de communication étaient verrouillées des deux côtés.

Il demanda :

« Aucune de ces pièces n'est occupée?

— Aucune.

— Les clefs?

— Les clefs sont toujours au bureau.

— Alors, personne ne pouvait s'introduire?...

— Personne, sauf le garçon d'étage chargé d'aérer et d'épousseter.

— Faites-le venir. »

Le domestique, un nommé Gustave Beudot, répondit que la veille, selon sa consigne, il avait fermé les fenêtres des cinq chambres.

« A quelle heure?

— A six heures du soir.

— Et vous n'avez rien remarqué?

— Non, rien.

— Et ce matin?

— Ce matin, j'ai ouvert les fenêtres, sur le coup de huit heures.

— Et vous n'avez rien trouvé?

— Non... rien... Ah! cependant... »

Il hésitait. On le pressa de questions, et il finit par avouer :

« Eh bien, j'ai ramassé, près de la cheminée du 420, un étui à cigarettes... que je me proposais de porter ce soir au bureau.

— Vous l'avez sur vous?

— Non, il est dans ma chambre. C'est un étui en acier bruni. D'un côté, on met du tabac et du papier à cigarettes, de l'autre des allumettes. Il y a deux initiales en or... un L et un M.

— Que dites-vous? »

C'était Chapman qui s'était avancé. Il semblait très surpris, et, interpellant le domestique :

« Un étui en acier bruni, dites-vous?

— Oui.

— Avec trois compartiments pour le tabac, le papier et les allumettes... du tabac russe, n'est-ce pas, fin, blond?...

— Oui.

— Allez le chercher... Je voudrais voir... me rendre compte moi-même... »

Sur un signe du chef de la Sûreté, Gustave Beudot s'éloigna. M. Lenormand s'était assis, et, de son regard aigu, il examinait le tapis, les meubles, les rideaux. Il s'informa :

« Nous sommes bien au 420, ici?

— Oui. »

Le juge ricana

« Je voudrais bien savoir quel rapport vous établissez entre cet incident et le drame. Cinq portes fermées nous séparent de la pièce où Kesselbach a été assassiné. »

M. Lenormand ne daigna pas répondre.

Du temps passa. Gustave ne revenait pas.

« Où couche-t-il, monsieur le directeur? demanda le chef.

— Au sixième, sur la rue de Judée, donc, au-dessus de nous. Il est curieux qu'il ne soit pas encore là.

— Voulez-vous avoir l'obligeance d'envoyer quelqu'un? »

Le directeur s'y rendit lui-même, accompagné de Chapman. Quelques minutes après, il revenait seul, en courant, les traits bouleversés.

« Eh bien?

— Mort...

— Assassiné?

— Oui.

— Ah! tonnerre, ils sont de force, les misérables! proféra M. Lenormand. Au galop, Gourel, qu'on ferme les portes de l'hôtel... Veille aux issues... Et vous, monsieur le directeur, conduisez-nous dans la chambre de Gustave Beudot. »

Le directeur sortit. Mais, au moment de quitter la chambre, M. Lenormand se baissa et ramassa une toute petite rondelle de papier sur laquelle ses yeux s'étaient déjà fixés.

C'était une étiquette encadrée de bleu. Elle portait le chiffre 813. A tout hasard, il la mit dans son portefeuille et rejoignit les autres personnes.

V

Une fine blessure au dos, entre les deux omoplates... Le médecin déclara :

« Exactement la même blessure que M. Kesselbach.

— Oui, fit M. Lenormand, c'est la même main qui a frappé, et c'est la même arme qui a servi. »

D'après la position du cadavre, l'homme avait été surpris à genoux devant son lit, et cherchant sous son matelas l'étui à cigarettes qu'il y avait caché. Le bras était encore engagé entre le matelas et le sommier, mais on ne trouva pas l'étui.

« Il fallait que cet objet fût diablement compromettant, insinua M. Formerie, qui n'osait plus avancer une opinion trop précise.

— Parbleu! fit le chef de la Sûreté.

— Mais on connaît les initiales, un L et un M, et avec cela, d'après ce que M. Chapman a l'air de savoir, nous serons facilement renseignés. »

M. Lenormand sursauta :

« Chapman! Où est-il? »

On regarda dans le couloir parmi les groupes de gens qui s'y entassaient. Chapman n'était pas là.

« M. Chapman m'avait accompagné, fit le directeur.

— Oui, oui, je sais, mais il n'est pas redescendu avec vous.

— Non, je l'avais laissé près du cadavre.

— Vous l'avez laissé!... Seul?

— Je lui ai dit : « Restez, ne bougez pas. »

— Et il n'y avait personne? Vous n'avez vu personne?

— Dans le couloir, non.

— Mais dans les mansardes voisines... ou bien, tenez, après ce tournant... personne ne se cachait là? »

M. Lenormand semblait très agité. Il allait, il venait, il ouvrait la porte des chambres. Et soudain il partit en courant, avec une agilité dont on ne l'aurait pas cru capable.

Il dégringola les six étages, suivi de loin par le directeur et par le juge d'instruction. En bas, il retrouva Gourel devant la grand-porte.

« Personne n'est sorti?

— Personne.

— A l'autre porte, rue Orvieto?

— J'ai mis Dieuzy de planton.

— Avec des ordres formels?

— Oui, chef. »

Dans le vaste hall de l'hôtel, la foule des voyageurs se pressait avec inquiétude, commentant les versions plus ou moins exactes qui lui parvenaient sur le crime étrange. Tous les domestiques, convoqués par téléphone, arrivaient un à un. M. Lenormand les interrogeait aussitôt.

Aucun d'eux ne put donner le moindre renseignement. Mais une bonne du cinquième étage se présenta. Dix minutes auparavant, peut-être, elle avait croisé deux messieurs qui descendaient l'escalier de service entre le cinquième et le quatrième étage.

« Ils descendaient très vite. Le premier tenait l'autre par la main. Ça m'a étonnée de voir ces deux messieurs dans l'escalier de service.

— Vous pourriez les reconnaître?

— Le premier, non. Il a tourné la tête. C'est un mince, blond. Il avait un chapeau mou, noir... et des vêtements noirs.

— Et l'autre?

— Ah! l'autre, c'est un Anglais, avec une grosse figure toute rasée et des vêtements à carreaux. Il avait la tête nue. »

Le signalement se rapportait en toute évidence à Chapman. La femme ajouta :

« Il avait un air... un air tout drôle... comme s'il était fou. »

L'affirmation de Gourel ne suffit pas à M. Lenormand. Il questionnait tour à tour les grooms qui stationnaient aux deux portes.

« Vous connaissez M. Chapman?

— Oui, monsieur, il causait toujours avec nous.

— Et vous ne l'avez pas vu sortir?

— Pour ça, non. Il n'est pas sorti ce matin. »

M. Lenormand se retourna vers le commissaire de police :

« Combien avez-vous d'hommes, monsieur le commissaire?

— Quatre.

— Ce n'est pas suffisant. Téléphonez à votre secrétaire qu'il vous expédie tous les hommes disponibles. Et veuillez organiser vous-même la surveillance la plus étroite à toutes les issues. L'état de siège, monsieur le commissaire...

— Mais enfin, protesta le directeur, mes clients...

— Je me fiche de vos clients, monsieur. Mon devoir passe avant tout et mon devoir est d'arrêter, coûte que coûte...

— Vous croyez donc?... hasarda le juge d'instruction.

— Je ne crois pas, monsieur... je suis sûr que l'auteur du double assassinat se trouve encore dans l'hôtel.

— Mais alors, Chapman...

— A l'heure qu'il est, je ne puis répondre que Chapman soit encore vivant. En tout cas, c'est une question de minutes, de secondes... Gourel, prends deux hommes et fouille toutes les chambres du quatrième étage... Monsieur le directeur, un de vos employés les accompagnera. Pour les autres étages, je marcherai quand nous aurons du renfort. Allons, Gourel, en chasse, et ouvre l'œil... C'est du gros gibier. »

Gourel et ses hommes se hâtèrent. M. Lenormand, lui, resta dans le hall et près des bureaux de l'hôtel. Cette fois, il ne pensait pas à s'asseoir, selon son habitude. Il marchait de l'entrée principale à l'entrée de la rue Orvieto, et revenait à son point de départ.

De temps à autre, il ordonnait :

« Monsieur le directeur, qu'on surveille les cuisines, on pourrait s'échapper par là... Monsieur le directeur, dites à votre demoiselle de téléphone qu'elle n'accorde la communication à aucune des personnes de l'hôtel qui voudraient téléphoner avec la ville. Si on lui téléphone de la ville, qu'elle mette en communication avec la personne demandée, mais alors qu'elle prenne note du nom de la personne. Monsieur le directeur, faites dresser la liste de vos clients dont le nom commence par un L ou par un M. »

Il disait tout cela à haute voix, en général d'armée

qui jette à ses lieutenants des ordres dont dépendra l'issue de la bataille.

Et c'était vraiment une bataille implacable et terrible que celle qui se jouait dans le cadre élégant d'un palace parisien, entre le puissant personnage qu'est un chef de la Sûreté et ce mystérieux individu poursuivi, traqué, presque captif déjà, mais si formidable de ruse et de sauvagerie.

L'angoisse étreignait les spectateurs, tous groupés au centre du hall, silencieux et pantelants, secoués de peur au moindre bruit, obsédés par l'image infernale de l'assassin. Où se cachait-il? Allait-il apparaître? N'était-il point parmi eux?... celui-ci peut-être?... ou cet autre?...

Les nerfs étaient si tendus que, sous un coup de révolte, on eût forcé les portes et gagné la rue, si le maître n'avait pas été là, et sa présence avait quelque chose qui rassurait et qui calmait. On se sentait en sécurité, comme des passagers sur un navire que dirige un bon capitaine.

Et tous les regards se portaient vers ce vieux monsieur à lunettes et à cheveux gris, à redingote olive et à foulard marron, qui se promenait, le dos voûté, les jambes vacillantes.

Parfois accourait, envoyé par Gourel, un des garçons qui suivaient l'enquête du brigadier.

« Du nouveau? demandait M. Lenormand.

— Rien, monsieur, on ne trouve rien. »

A deux reprises, le directeur essaya de faire fléchir la consigne. La situation était intolérable. Dans les bureaux, plusieurs voyageurs, appelés par leurs affaires ou sur le point de partir, protestaient.

« Je m'en fiche, répétait M. Lenormand.

— Mais je les connais tous.
— Tant mieux pour vous.
— Vous outrepassez vos droits.
— Je le sais.
— On vous donnera tort.
— J'en suis persuadé.
— M. le juge d'instruction lui-même.
— Que M. Formerie me laisse tranquille! Il n'a pas mieux à faire que d'interroger les domestiques comme il s'y emploie actuellement. Pour le reste, ce n'est pas de l'instruction. C'est de la police. Ça me regarde. »

A ce moment une escouade d'agents fit irruption dans l'hôtel. Le chef de la Sûreté les répartit en plusieurs groupes qu'il envoya au troisième étage, puis, s'adressant au commissaire :

« Mon cher commissaire, je vous laisse la surveillance. Pas de faiblesses, je vous en conjure. Je prends la responsabilité de ce qui surviendra. »

Et, se dirigeant vers l'ascenseur, il se fit conduire au second étage.

La besogne n'était pas facile. Elle fut longue, car il fallait ouvrir les portes des soixante chambres, inspecter toutes les salles de bain, toutes les alcôves, tous les placards, tous les recoins. Elle fut aussi infructueuse. Une heure après, sur le coup de midi, M. Lenormand avait tout juste fini le second étage, les autres agents n'avaient pas terminé les étages supérieurs, et nulle découverte n'avait été faite.

M. Lenormand hésita : l'assassin était-il remonté vers les mansardes?

Il se décidait cependant à descendre, quand on l'avertit que Mme Kesselbach venait d'arriver avec sa demoiselle de compagnie. Edwards, le vieux serviteur de confiance, avait accepté la tâche de lui apprendre la mort de M. Kesselbach.

M. Lenormand la trouva dans un des salons, terrassée, sans larmes, mais le visage tordu de douleur et le corps tout tremblant, comme agité par des frissons de fièvre.

C'était une femme assez grande, brune, dont les yeux noirs, d'une grande beauté, étaient chargés d'or, de petits points d'or, pareils à des paillettes qui brillent dans l'ombre. Son mari l'avait connue en Hollande où Dolorès était née d'une vieille famille d'origine espagnole : les Amonti. Tout de suite il l'avait aimée, et, depuis quatre ans, leur accord, fait de tendresse et de dévouement, ne s'était jamais démenti.

M. Lenormand se présenta. Elle le regarda sans répondre et il se tut, car elle n'avait pas l'air, dans sa stupeur, de comprendre ce qu'il disait.

Puis, tout à coup, elle se mit à pleurer abondamment et demanda qu'on la conduisît auprès de son mari.

Dans le hall, M. Lenormand trouva Gourel, qui le cherchait, et qui lui tendit précipitamment un chapeau qu'il tenait à la main.

« Patron, j'ai ramassé ça... Pas d'erreur sur la provenance, hein? »

C'était un chapeau mou, un feutre noir. A l'intérieur, il n'y avait pas de coiffe, pas d'étiquette.

« Où l'as-tu ramassé?

— Sur le palier de l'escalier de service, au second.

— Aux autres étages, rien?

— Rien. Nous avons tout fouillé. Il n'y a plus que

le premier. Et ce chapeau prouve que l'homme est descendu jusque-là. Nous brûlons, patron.

— Je le crois. »

Au bas de l'escalier, M. Lenormand s'arrêta.

« Rejoins le commissaire et donne-lui la consigne : deux hommes au bas de chacun des quatre escaliers, revolver au poing. Et qu'on tire s'il le faut. Comprends ceci, Gourel, si Chapman n'est pas sauvé, et si l'individu s'échappe, je saute. Voilà deux heures que je fais de la fantaisie. »

Il monta l'escalier. Au premier étage, il rencontra deux agents qui sortaient d'une chambre, conduits par un employé.

Le couloir était désert. Le personnel de l'hôtel n'osait s'y aventurer, et certains pensionnaires s'étaient enfermés à double tour dans leurs chambres, de sorte qu'il fallait frapper longtemps et se faire reconnaître avant que la porte s'ouvrît.

Plus loin, M. Lenormand aperçut un autre groupe d'agents qui visitaient l'office et, à l'extrémité du long couloir, il en aperçut d'autres encore qui approchaient du tournant, c'est-à-dire des chambres situées sur la rue de Judée.

Et, soudain, il entendit ceux-là qui poussaient des exclamations, et ils disparurent en courant. Il se hâta.

Les agents s'étaient arrêtés au milieu du couloir. A leurs pieds, barrant le passage, la face sur le tapis, gisait un corps.

M. Lenormand se pencha et saisit entre ses mains la tête inerte.

« Chapman, murmura-t-il... il est mort. »

Il l'examina. Un foulard de soie blanche, tricotée, serrait le cou. Il le défit. Des taches rouges apparurent, et il constata que ce foulard maintenait, contre la nuque, un épais tampon d'ouate tout sanglant.

Cette fois encore, c'était la même petite blessure, nette, franche, impitoyable.

Tout de suite prévenus, M. Formerie et le commissaire accoururent.

« Personne n'est sorti? demanda le chef. Aucune alerte?

— Rien, fit le commissaire. Deux hommes sont en faction au bas de chaque escalier.

— Peut-être est-il remonté? dit M. Formerie.

— Non!... Non!...

— Pourtant on l'aurait rencontré.

— Non... Tout cela est fait depuis plus longtemps. Les mains sont froides déjà... Le meurtre a dû être commis presque aussitôt après l'autre... dès le moment où les deux hommes sont arrivés ici par l'escalier de service.

— Mais on aurait vu le cadavre! Pensez donc, depuis deux heures, cinquante personnes ont passé par là...

— Le cadavre n'était pas ici.

— Mais alors, où était-il?

— Eh! qu'est-ce que j'en sais? riposta brusquement le chef de la Sûreté... Faites comme moi, cherchez!... Ce n'est pas avec des paroles que l'on trouve. »

De sa main nerveuse, il martelait avec rage le pommeau de sa canne, et il restait là, les yeux fixés au cadavre, silencieux et pensif. Enfin il prononça :

« Monsieur le commissaire, ayez l'obligeance de faire porter la victime dans une chambre vide. On appellera le médecin. Monsieur le directeur, voulez-vous m'ouvrir les portes de toutes les chambres de ce couloir. »

Il y avait à gauche trois chambres et deux salons qui composaient un appartement inoccupé, et que M. Lenormand visita. A droite, quatre chambres. Deux étaient habitées par un M. Reverdat et un Italien, le baron Giacomici, tous deux sortis à cette heure-là. Dans la troisième chambre, on trouva une vieille demoiselle anglaise, encore couchée, et dans la quatrième un Anglais qui lisait et fumait paisiblement et que les bruits du corridor n'avaient pu distraire de sa lecture. Il s'appelait le major Parbury.

Perquisitions et interrogatoires, d'ailleurs, ne donnèrent aucun résultat. La vieille demoiselle n'avait rien entendu avant les exclamations des agents, ni bruit de lutte, ni cri d'agonie, ni querelle; le major Parbury non plus.

En outre, on ne recueillit aucun indice équivoque, aucune trace de sang, rien qui laissât supposer que le malheureux Chapman eût passé par l'une de ces pièces.

« Bizarre, murmura le juge d'instruction... Tout cela est vraiment bizarre... »

Et il ajouta naïvement :

« Je comprends de moins en moins. Il y a là une série de circonstances qui m'échappent en partie. Qu'en pensez-vous, monsieur Lenormand? »

M. Lenormand allait lui décocher sans doute une de ces ripostes aiguës par quoi se manifestait sa mauvaise humeur ordinaire, quand Gourel survint tout essoufflé.

« Chef... on a trouvé ça... en bas... dans le bureau de l'hôtel... sur une chaise... »

C'était un paquet de dimensions restreintes, noué dans une enveloppe de serge noire.

« On l'a ouvert? demanda le chef.

— Oui, mais lorsqu'on a vu ce qu'il contenait, on a refait le paquet exactement comme il était... serré très fort, vous pouvez le voir.

— Dénoue! »

Gourel enleva l'enveloppe et découvrit un pantalon et une veste en molleton noir, que l'on avait dû, les plis de l'étoffe l'attestaient, empiler hâtivement.

Au milieu, il y avait une serviette toute tachée de sang, et que l'on avait plongée dans l'eau, sans doute, pour détruire la marque des mains qui s'y étaient essuyées.

Dans la serviette, un stylet d'acier, au manche incrusté d'or. Il était rouge de sang, du sang de trois hommes égorgés, en quelques heures, par une main invisible, parmi la foule des trois cents personnes qui allaient et venaient dans le vaste hôtel. Edwards, le domestique, reconnut aussitôt le stylet comme appartenant à M. Kesselbach. La veille encore, avant l'agression de Lupin, Edwards l'avait vu sur la table.

« Monsieur le directeur, fit le chef de la Sûreté, la consigne est levée. Gourel va donner l'ordre qu'on fasse les portes libres.

— Vous croyez donc que ce Lupin a pu sortir? interrogea M. Formerie.

— Non. L'auteur du triple assassinat que nous venons de constater est dans l'hôtel, dans une des chambres, ou plutôt mêlé aux voyageurs qui sont dans le hall ou dans les salons. Pour moi, il habitait l'hôtel.

— Impossible! Et puis, où aurait-il changé de vêtements? et quels vêtements aurait-il maintenant?

— Je l'ignore, mais j'affirme.

— Et vous lui livrez passage? Mais il va s'en aller tout tranquillement, les mains dans ses poches.

— Celui des voyageurs qui s'en ira ainsi, sans ses bagages, et qui ne reviendra pas, sera le coupable. Monsieur le directeur, veuillez m'accompagner au bureau. Je voudrais étudier de près la liste de vos clients. »

Au bureau, M. Lenormand trouva quelques lettres à l'adresse de M. Kesselbach. Il les remit au juge d'instruction.

Il y avait aussi un colis que venait d'apporter le service des colis postaux parisiens. Comme le papier qui l'entourait était en partie déchiré, M. Lenormand put voir une cassette d'ébène sur laquelle était gravé le nom de Rudolf Kesselbach.

Il ouvrit. Outre les débris d'une glace dont on voyait encore l'emplacement à l'intérieur du couvercle, la cassette contenait la carte d'Arsène Lupin.

Mais un détail sembla frapper le chef de la Sûreté. A l'extérieur, sous la boîte, il y avait une petite étiquette bordée de bleu, pareille à l'étiquette ramassée dans la chambre du quatrième étage où l'on avait trouvé l'étui à cigarettes, *et cette étiquette portait également le chiffre* 813.

M. LENORMAND COMMENCE SES OPÉRATIONS

I

« Auguste, faites entrer M. Lenormand. »

L'huissier sortit et quelques secondes plus tard introduisit le chef de la Sûreté.

Il y avait, dans le vaste cabinet du ministère de la place Beauvau, trois personnes : le fameux Valenglay, leader du parti radical depuis trente ans, actuellement président du Conseil et ministre de l'Intérieur, M. Testard, procureur général, et le préfet de police Delaume.

Le préfet de police et le procureur général ne quittèrent pas les chaises où ils avaient pris place pendant la longue conversation qu'ils venaient d'avoir avec le président du Conseil, mais celui-ci se leva, et, serrant la main du chef de la Sûreté, lui dit du ton le plus cordial :

« Je ne doute pas, mon cher Lenormand, que vous ne sachiez la raison pour laquelle je vous ai prié de venir?

— L'affaire Kesselbach?

— Oui. »

L'affaire Kesselbach! Il n'est personne qui ne se rappelle, non seulement cette tragique affaire Kesselbach dont j'ai entrepris de débrouiller l'écheveau complexe, mais encore les moindres péripéties du drame qui nous passionna tous, deux ans avant la guerre. Et personne non plus qui ne se souvienne de l'extraordinaire émotion qu'elle souleva en France et hors de France. Et cependant, plus encore que ce triple meurtre accompli dans des circonstances si mystérieuses, plus encore que l'atrocité détestable de cette boucherie, plus encore que tout, il est une chose qui bouleversa le public, ce fut la réapparition, on peut dire la résurrection d'Arsène Lupin.

Arsène Lupin! Nul n'avait plus entendu parler de lui depuis quatre ans, depuis son incroyable, sa stupéfiante aventure de l'Aiguille creuse[1], depuis le jour où, sous les yeux de Herlock Sholmès et d'Isidore Beautrelet, il s'était enfui dans les ténèbres, emportant sur son dos le cadavre de celle qu'il aimait, et suivi de sa vieille nourrice, Victoire.

Depuis ce jour-là, généralement, on le croyait mort. C'était la version de la police, qui, ne retrouvant aucune trace de son adversaire, l'enterrait purement et simplement.

D'aucuns, pourtant, le supposant sauvé, lui attribuaient l'existence paisible d'un bon bourgeois, qui cultive son jardin entre son épouse et ses enfants; tandis que d'autres prétendaient que, courbé sous le poids du chagrin, et las des vanités de ce monde, il s'était cloîtré dans un couvent de trappistes.

1. *L'Aiguille creuse,* Le Livre de Poche n° 1352.

Et voilà qu'il surgissait de nouveau! Voilà qu'il reprenait sa lutte sans merci contre la société! Arsène Lupin redevenait Arsène Lupin, le fantaisiste, l'intangible, le déconcertant, l'audacieux, le génial Arsène Lupin.

Mais cette fois un cri d'horreur s'éleva. Arsène Lupin avait tué! et la sauvagerie, la cruauté, le cynisme implacable du forfait étaient tels que, du coup, la légende du héros sympathique, de l'aventurier chevaleresque et, au besoin, sentimental, fit place à une vision nouvelle de monstre inhumain, sanguinaire et féroce. La foule exécra et redouta son ancienne idole, avec d'autant plus de violence qu'elle l'avait admirée naguère pour sa grâce légère et sa bonne humeur amusante.

Et l'indignation de cette foule apeurée se tourna dès lors contre la police. Jadis, on avait ri. On pardonnait au commissaire rossé, pour la façon comique dont il se laissait rosser. Mais la plaisanterie avait trop duré, et, dans un élan de révolte et de fureur, on demandait compte à l'autorité des crimes inqualifiables qu'elle était impuissante à prévenir.

Ce fut, dans les journaux, dans les réunions publiques, dans la rue, à la tribune même de la Chambre, une telle explosion de colère que le gouvernement s'émut et chercha par tous les moyens à calmer la surexcitation publique.

Valenglay, le président du Conseil, avait précisément un goût très vif pour toutes les questions de police, et s'était plu souvent à suivre de près certaines affaires avec le chef de la Sûreté, dont il prisait les qualités et le caractère indépendant. Il convoqua dans son cabinet le préfet et le procureur général, avec lesquels il s'entretint, puis M. Lenormand.

« Oui, mon cher Lenormand, il s'agit de l'affaire Kesselbach. Mais avant d'en parler, j'attire votre attention sur un point... sur un point qui tracasse particulièrement M. le préfet de police. Monsieur Delaume, voulez-vous expliquer à M. Lenormand?...

— Oh! M. Lenormand sait parfaitement à quoi s'en tenir à ce sujet, répliqua le préfet d'un ton qui indiquait peu de bienveillance pour son subordonné; nous en avons causé tous deux; je lui ai dit ma façon de penser sur sa conduite incorrecte au Palace Hôtel. D'une façon générale, on est indigné. »

M. Lenormand se leva, sortit de sa poche un papier qu'il déposa sur la table.

« Qu'est ceci? demanda Valenglay.

— Ma démission, monsieur le président. »

Valenglay bondit.

« Quoi! Votre démission? Pour une observation bénigne que M. le préfet vous adresse et à laquelle il n'attribue d'ailleurs aucune espèce d'importance... n'est-ce pas, Delaume, aucune espèce d'importance? Et voilà que vous prenez la mouche!... Vous avouerez, mon bon Lenormand, que vous avez un fichu caractère. Allons, rentrez-moi ce chiffon de papier et parlons sérieusement. »

Le chef de la Sûreté se rassit, et Valenglay, imposant le silence au préfet qui ne cachait pas son mécontentement, prononça :

« En deux mots, Lenormand, voici la chose : la rentrée en scène de Lupin nous embête. Assez longtemps cet animal-là s'est fichu de nous. C'était drôle, je le confesse, et, pour ma part, j'étais le premier à en rire. Il s'agit maintenant de crimes. Nous pouvions subir Arsène Lupin tant qu'il amusait la galerie. S'il tue, non.

— Et alors, monsieur le président, que me demandez-vous?

— Ce que nous demandons? Oh! c'est bien simple. D'abord son arrestation... ensuite sa tête.

— Son arrestation, je puis vous la promettre pour un jour ou l'autre. Sa tête, non.

— Comment! Si on l'arrête, c'est la cour d'assises, la condamnation inévitable... et l'échafaud.

— Non.

— Et pourquoi non?

— Parce que Lupin n'a pas tué.

— Hein? Mais vous êtes fou, Lenormand. Et les cadavres du Palace Hôtel, c'est une fable, peut-être! Il n'y a pas eu triple assassinat?

— Oui, mais ce n'est pas Lupin qui l'a commis. »

Le chef articula ces mots très posément, avec une tranquillité et une conviction impressionnantes.

Le procureur et le préfet protestèrent. Mais Valenglay reprit :

« Je suppose, Lenormand, que vous n'avancez pas cette hypothèse sans de sérieux motifs?

— Ce n'est pas une hypothèse.

— La preuve?

— Il en est deux, d'abord, deux preuves de nature morale, que j'ai sur-le-champ exposées à M. le juge d'instruction et que les journaux ont soulignées. Avant tout, Lupin ne tue pas. Ensuite, pourquoi aurait-il tué puisque le but de son expédition, le vol, était accompli, et qu'il n'avait rien à craindre d'un adversaire attaché et bâillonné?

— Soit. Mais les faits?

— Les faits ne valent pas contre la raison et la logique, et puis les faits sont encore pour moi. Que signifierait la présence de Lupin dans la chambre où l'on a trouvé l'étui à cigarettes? D'autre part, les vêtements noirs que l'on a trouvés, et qui étaient évidemment ceux du meurtrier, ne concordent nullement, comme taille, avec ceux d'Arsène Lupin.

— Vous le connaissez donc, vous?

— Moi, non. Mais Edwards l'a vu, Gourel l'a vu, et celui qu'ils ont vu n'est pas celui que la femme de chambre a vu dans l'escalier de service, entraînant Chapman par la main.

— Alors, votre système?

— Vous voulez dire « la vérité », monsieur le président. La voici, ou du moins, ce que je sais de la vérité. Le mardi 16 avril, un individu... Lupin... a fait irruption dans la chambre de M. Kesselbach, vers deux heures de l'après-midi... »

Un éclat de rire interrompit M. Lenormand. C'était le préfet de police.

« Laissez-moi vous dire, monsieur Lenormand, que vous précisez avec une hâte un peu excessive. Il est prouvé que, à trois heures, ce jour-là, M. Kesselbach est entré au Crédit Lyonnais et qu'il est descendu dans la salle des coffres. Sa signature sur le registre en témoigne. »

M. Lenormand attendit respectueusement que son supérieur eût fini de parler. Puis, sans même se donner la peine de répondre directement à l'attaque, il continua :

« Vers deux heures de l'après-midi, Lupin, aidé d'un complice, un nommé Marco, a ligoté M. Kesselbach, l'a dépouillé de tout l'argent liquide qu'il avait sur lui, et l'a contraint à révéler le chiffre de son coffre du Crédit Lyonnais. Aussitôt le secret connu, Marco est parti. Il a rejoint un deuxième complice, lequel, profitant d'une certaine ressemblance avec M. Kesselbach — ressemblance, d'ailleurs, qu'il accentua ce jour-là en portant des habits semblables à ceux de M. Kesselbach, et en se munissant de lunettes d'or — entra au Crédit Lyonnais, imita la signature de M. Kesselbach, vida le coffre et s'en retourna, accompagné de Marco. Celui-ci, aussitôt, téléphona à Lupin. Lupin, sûr alors que M. Kesselbach ne l'avait pas trompé, et le but de son expédition étant rempli, s'en alla. »

Valenglay semblait hésitant.

« Oui... oui... admettons... Mais ce qui m'étonne, c'est qu'un homme comme Lupin ait risqué si gros pour un si piètre bénéfice... quelques billets de banque et le contenu, toujours hypothétique, d'un coffre-fort.

— Lupin convoitait davantage. Il voulait, ou bien l'enveloppe en maroquin qui se trouvait dans le sac de voyage, ou bien la cassette en ébène qui se trouvait dans le coffre-fort. Cette cassette, il l'a eue, puisqu'il l'a renvoyée vide. Donc, aujourd'hui, il connaît ou il est en voie de connaître le fameux projet que formait M. Kesselbach et dont il entretenait son secrétaire quelques instants avant sa mort.

— Quel est ce projet?

— Je ne sais pas. Le directeur de l'agence Barbareux, auquel il s'en était ouvert, m'a dit que M. Kesselbach recherchait un individu, un déclassé, paraît-il, nommé Pierre Leduc. Pour quelle raison cette recherche? Et par quels liens peut-on la rattacher à son projet? Je ne saurais le dire.

— Soit, conclut Valenglay. Voilà pour Arsène Lupin. Son rôle est fini. M. Kesselbach est ligoté, dépouillé... mais vivant!... Que se passe-t-il jusqu'au moment où on le retrouve mort?

— Rien, pendant des heures; rien jusqu'à la nuit. Mais au cours de la nuit quelqu'un est entré.

— Par où?

— Par la chambre 420, une des chambres qu'avait retenues M. Kesselbach. L'individu possédait évidemment une fausse clef.

— Mais, s'écria le préfet de police, entre cette chambre et l'appartement, toutes les portes étaient verrouillées et il y en a cinq!

— Restait le balcon.

— Le balcon!

— Oui, c'est le même pour tout l'étage, sur la rue de Judée.

— Et les séparations?

— Un homme agile peut les franchir. Le nôtre les a franchies. J'ai relevé les traces.

— Mais toutes les fenêtres de l'appartement étaient closes, et on a constaté, après le crime, qu'elles l'étaient encore.

— Sauf une, celle du secrétaire Chapman, laquelle n'était que poussée, j'en ai fait l'épreuve moi-même. »

Cette fois le président du Conseil parut quelque peu ébranlé, tellement la version de M. Lenormand semblait logique, serrée, étayée de faits solides.

Il demanda avec un intérêt croissant :

« Mais cet homme, dans quel but venait-il?

— Je ne sais pas.

— Ah! vous ne savez pas...

— Non, pas plus que je ne sais son nom.

— Mais pour quelle raison a-t-il tué?

— Je ne sais pas. Tout au plus a-t-on le droit de supposer qu'il n'était pas venu dans l'intention de tuer, mais dans l'intention, lui aussi, de prendre les documents contenus dans l'enveloppe de maroquin et dans la cassette, et que, placé par le hasard en face d'un ennemi réduit à l'impuissance, il l'a tué. »

Valenglay murmura :

« Cela se peut... oui, à la rigueur... Et, selon vous, trouva-t-il les documents?

— Il ne trouva pas la cassette, puisqu'elle n'était pas là, mais il trouva, au fond du sac de voyage, l'enveloppe de maroquin noir. De sorte que Lupin et... l'autre en sont au même point tous les deux : tous les deux ils savent, sur le projet de Kesselbach, les mêmes choses.

— C'est-à-dire, nota le président, qu'ils vont se combattre.

— Justement. Et la lutte a déjà commencé. L'assassin, trouvant une carte d'Arsène Lupin, l'épingla sur le cadavre. Toutes les apparences seraient ainsi contre Arsène Lupin... Donc, Arsène Lupin serait le meurtrier.

— En effet... en effet... déclara Valenglay, le calcul ne manquait pas de justesse.

— Et le stratagème aurait réussi, continua M. Lenormand, si, par la suite d'un autre hasard, défavorable celui-là, l'assassin, soit à l'aller, soit au retour, n'avait perdu, dans la chambre 420, son étui à cigarettes, et si le garçon d'hôtel, Gustave Beudot, ne l'y avait ramassé. Dès lors, se sachant découvert ou sur le point de l'être...

— Comment le savait-il?

— Comment? Mais par le juge d'instruction Formerie lui-même. L'enquête a eu lieu toutes portes ouvertes! Il est certain que le meurtrier se cachait parmi les assistants, employés d'hôtel ou journalistes, lorsque le juge d'instruction envoya Gustave Beudot dans sa mansarde chercher l'étui à cigarettes. Beudot monta. L'individu le suivit et frappa. Seconde victime. »

Personne ne protestait plus. Le drame se reconstituait, saisissant de réalité et d'exactitude vraisemblable.

« Et la troisième? fit Valenglay.

— Celle-là s'offrit elle-même aux coups. Ne voyant pas revenir Beudot, Chapman, curieux d'examiner lui-même cet étui à cigarettes, partit avec le directeur de l'hôtel. Surpris par le meurtrier, il fut entraîné par lui, conduit dans une des chambres, et, à son tour, assassiné.

— Mais pourquoi se laissa-t-il ainsi entraîner et diriger par un homme qu'il savait être l'assassin de M. Kesselbach et de Gustave Beudot?

— Je ne sais pas, pas plus que je ne connais la chambre où le crime fut commis, pas plus que je ne devine la façon vraiment miraculeuse dont le coupable s'échappa.

— On a parlé, demanda M. Valenglay, de deux étiquettes bleues?

— Oui, l'une trouvée sur la cassette que Lupin a renvoyée, l'autre trouvée par moi et provenant sans doute de l'enveloppe en maroquin que l'assassin avait volée.

— Eh bien?

— Eh bien, pour moi, elles ne signifient rien. Ce

qui signifie quelque chose, c'est ce chiffre 813 que M. Kesselbach inscrivit sur chacune d'elles : on a reconnu son écriture.

— Et ce chiffre 813?

— Mystère.

— Alors?

— Alors, je dois vous répondre une fois de plus que je n'en sais rien.

— Vous n'avez pas de soupçons?

— Aucun. Deux hommes à moi habitent une des chambres du Palace Hôtel, à l'étage où l'on a retrouvé le cadavre de Chapman. Par eux, je fais surveiller toutes les personnes de l'hôtel. Le coupable n'est pas au nombre de celles qui sont parties.

— N'a-t-on pas téléphoné pendant le massacre?

— Oui. De la ville quelqu'un a téléphoné au major Parbury, une des quatre personnes qui habitaient le couloir du premier étage.

— Et ce major?

— Je le fais surveiller par mes hommes; jusqu'ici, on n'a rien relevé contre lui.

— Et dans quel sens allez-vous chercher?

— Oh! dans un sens très précis. Pour moi, l'assassin compte parmi les amis ou les relations du ménage Kesselbach. Il suivait leur piste, il connaissait leurs habitudes, la raison pour laquelle M. Kesselbach était à Paris, et il soupçonnait tout au moins l'importance de ses desseins.

— Ce ne serait donc pas un professionnel du crime?

— Non! non! mille fois non. Le crime fut exécuté avec une habileté et une audace inouïes, mais il fut commandé par les circonstances. Je le répète, c'est dans l'entourage de M. et Mme Kesselbach qu'il faut chercher. Et la preuve, c'est que l'assassin de M. Kesselbach n'a tué Gustave Beudot que parce que le garçon d'hôtel possédait l'étui à cigarettes, et Chapman que parce que le secrétaire en connaissait l'existence. Rappelez-vous l'émotion de Chapman : sur la description seule de l'étui à cigarettes, Chapman a eu l'intuition du drame. S'il avait vu l'étui à cigarettes, nous étions renseignés. L'inconnu ne s'y est pas trompé : il a supprimé Chapman. Et nous ne savons rien, que ses initiales L. et M. »

Il réfléchit et prononça :

« Encore une preuve qui est une réponse à l'une de vos questions, monsieur le président. Croyez-vous que Chapman eût suivi cet homme à travers les couloirs et les escaliers de l'hôtel, s'il ne l'avait déjà connu? »

Les faits s'accumulaient. La vérité, ou du moins la vérité probable, se fortifiait. Bien des points, les plus intéressants peut-être, demeuraient obscurs. Mais quelle lumière! A défaut des motifs qui les avaient inspirés, comme on apercevait clairement la série des actes accomplis en cette tragique matinée!

Il y eut un silence. Chacun méditait, cherchait des arguments, des objections. Enfin, Valenglay s'écria :

« Mon cher Lenormand, tout cela est parfait... Vous m'avez convaincu... Mais, au fond, nous n'en sommes pas plus avancés pour cela.

— Comment?

— Mais oui. Le but de notre réunion n'est pas du tout de déchiffrer une partie de l'énigme, que, un jour ou l'autre, je n'en doute pas, vous déchiffrerez tout entière, mais de donner satisfaction, dans la plus large mesure possible, aux exigences du public. Or, que le meurtrier soit Lupin ou non, qu'il y ait deux coupables, ou bien trois, ou bien un seul, cela ne nous donne ni le nom du coupable ni son arrestation. Et le public a toujours cette impression désastreuse que la justice est impuissante.

— Qu'y puis-je faire?

— Précisément, donner au public la satisfaction qu'il demande.

— Mais il me semble que ces explications suffiraient déjà...

— Des mots! Il veut des actes. Une seule chose le contenterait : une arrestation.

— Diable! diable! Nous ne pouvons pourtant pas arrêter le premier venu.

— Ça vaudrait mieux que de n'arrêter personne, fit Valenglay en riant... Voyons, cherchez bien... Etes-vous sûr d'Edwards, le domestique de Kesselbach?

— Absolument sûr... Et puis, non, monsieur le président, ce serait dangereux, ridicule... et je suis persuadé que M. le procureur général lui-même... Il n'y a que deux individus que nous avons le droit d'arrêter... l'assassin... je ne le connais pas... et Arsène Lupin.

— Eh bien?

— On n'arrête pas Arsène Lupin... ou du moins il faut du temps, un ensemble de mesures... que je n'ai pas encore eu le loisir de combiner, puisque je croyais Lupin rangé... ou mort. »

Valenglay frappa du pied avec l'impatience d'un homme qui aime bien que ses désirs soient réalisés sur-le-champ.

« Cependant... cependant... mon cher Lenormand, il le faut... Il le faut pour vous aussi... Vous n'êtes pas sans savoir que vous avez des ennemis puissants... et que si je n'étais pas là... Enfin, il est inadmissible que vous, Lenormand, vous vous dérobiez ainsi... Et les complices, qu'en faites-vous? Il n'y a pas que Lupin... Il y a Marco... Il y a aussi le coquin qui a joué le personnage de M. Kesselbach pour descendre dans les caves du Crédit Lyonnais.

— Celui-là vous suffirait-il, monsieur le président?

— S'il me suffirait! Nom d'un chien, je vous crois.

— Eh bien, donnez-moi huit jours.

— Huit jours! mais ce n'est pas une question de jours, mon cher Lenormand, c'est plus simplement une question d'heures.

— Combien m'en donnez-vous, monsieur le président? »

Valenglay tira sa montre et ricana :

« Je vous donne dix minutes, mon cher Lenormand. »

Le chef de la Sûreté tira la sienne et scanda, d'une voix posée :

« C'est quatre de trop, monsieur le président. »

II

Valenglay le regarda, stupéfait.

« Quatre de trop? Qu'est-ce que vous voulez dire?

— Je dis, monsieur le président, que les dix minutes que vous m'accordez sont inutiles. J'en ai besoin de six, pas une de plus.

— Ah çà! mais, Lenormand... la plaisanterie ne serait peut-être pas d'un goût... »

Le chef de la Sûreté s'approcha de la fenêtre et fit un signe à deux hommes qui se promenaient en devisant tout tranquillement dans la cour d'honneur du ministère. Puis il revint.

« Monsieur le procureur général, ayez l'obligeance de signer un mandat d'arrêt au nom de Daileron, Auguste-Maximin-Philippe, âgé de quarante-sept ans. Vous laisserez la profession en blanc. »

Il ouvrit la porte d'entrée.

« Tu peux venir, Gourel... toi aussi, Dieuzy. »

Gourel se présenta, escorté de l'inspecteur Dieuzy.

« Tu as les menottes, Gourel?

— Oui, chef. »

M. Lenormand s'avança vers Valenglay.

« Monsieur le président, tout est prêt. Mais j'insiste

auprès de vous de la façon la plus pressante pour que vous renonciez à cette arrestation. Elle dérange tous mes plans; elle peut les faire avorter, et, pour une satisfaction, somme toute minime, elle risque de tout compromettre.

— Monsieur Lenormand, je vous ferai remarquer que vous n'avez plus que quatre-vingts secondes. »

Le chef réprima un geste d'agacement, arpenta la pièce de droite et de gauche en s'appuyant sur sa canne, s'assit d'un air furieux. comme s'il décidait de se taire, puis, soudain, prenant son parti :

« Monsieur le président, la première personne qui entrera dans ce bureau sera celle dont vous avez voulu l'arrestation... contre mon gré, je tiens à bien le spécifier.

— Plus que quinze secondes, Lenormand.

— Gourel... Dieuzy... la première personne, n'est-ce pas? Monsieur le procureur général, vous avez mis votre signature?

— Plus que dix secondes, Lenormand.

— Monsieur le président, voulez-vous avoir l'obligeance de sonner? »

Valenglay sonna.

L'huissier se présenta au seuil de la porte et attendit.

Valenglay se tourna vers le chef.

« Eh bien, Lenormand, on attend vos ordres... Qui doit-on introduire?

— Personne.

— Mais ce coquin dont vous nous avez promis l'arrestation? Les six minutes sont largement écoulées.

— Oui, mais le coquin est ici.

— Comment? Je ne comprends pas, personne n'est entré.

— Si.

— Ah çà!... Mais... voyons... Lenormand, vous vous moquez de moi... Je vous répète qu'il n'est entré personne.

— Nous étions quatre dans ce bureau, monsieur le président, nous sommes cinq. Par conséquent, il est entré quelqu'un. »

Valenglay sursauta.

« Hein? C'est de la folie!... que voulez-vous dire?... »

Les deux agents s'étaient glissés entre la porte et l'huissier.

M. Lenormand s'approcha de celui-ci, lui plaqua les mains sur l'épaule, et d'une voix forte :

« Au nom de la loi, Daileron, Auguste-Maximin-Philippe, chef des huissiers à la Présidence du Conseil, je vous arrête. »

Valenglay éclata de rire :

« Ah! elle est bonne... Celle-là est bonne... Ce sacré Lenormand, il en a de drôles! Bravo, Lenormand, il y a longtemps que je n'avais ri comme ça... »

M. Lenormand se tourna vers le procureur général :

« Monsieur le procureur général, n'oubliez pas de mettre sur le mandat la profession du sieur Daileron, n'est-ce pas? chef des huissiers à la Présidence du Conseil...

— Mais oui... mais oui... chef des huissiers à... la présidence du Conseil... bégaya Valenglay qui se tenait les côtes... Ah! ce bon Lenormand a des trouvailles de génie... Le public réclamait une arrestation... V'lan, il lui flanque par la tête, qui? Mon chef des huissiers...

Auguste... le serviteur modèle... Eh bien, vrai, Lenormand, je vous savais une certaine dose de fantaisie, mais pas à ce point-là, mon cher! Quel culot! »

Depuis le début de la scène, Auguste n'avait pas bougé et semblait ne rien comprendre à ce qui se passait autour de lui. Sa bonne figure de subalterne loyal et fidèle avait un air absolument ahuri. Il regardait tour à tour ses interlocuteurs avec un effort visible pour saisir le sens de leurs paroles.

M. Lenormand dit quelques mots à Gourel qui sortit. Puis, s'avançant vers Auguste, il prononça nettement :

« Rien à faire. Tu es pincé. Le mieux est d'abattre son jeu quand la partie est perdue. Qu'est-ce que tu as fait, mardi?

— Moi? rien. J'étais ici.

— Tu mens. C'était ton jour de congé. Tu es sorti.

— En effet... je me rappelle... un ami de province qui est venu... nous nous sommes promenés au Bois.

— L'ami s'appelait Marco. Et vous vous êtes promenés dans les caves du Crédit Lyonnais.

— Moi! en voilà une idée!... Marco? Je ne connais personne de ce nom-là.

— Et ça, connais-tu ça? s'écria le chef en lui mettant sous le nez une paire de lunettes à branches d'or.

— Mais non... mais non... je ne porte pas de lunettes...

— Si, tu en portes quand tu vas au Crédit Lyonnais et que tu te fais passer pour M. Kesselbach. Celles-là viennent de la chambre que tu occupes, sous le nom de M. Jérôme, au numéro 5 de la rue du Colisée.

— Moi, une chambre? Je couche au ministère.

— Mais tu changes de vêtements là-bas, pour jouer tes rôles dans la bande de Lupin. »

L'autre passa la main sur son front couvert de sueur. Il était livide. Il balbutia :

« Je ne comprends pas... vous dites des choses... des choses...

— T'en faut-il une que tu comprennes mieux? Tiens, voilà ce qu'on trouve parmi les chiffons de papier que tu jettes à la corbeille, sous ton bureau de l'antichambre, ici même. »

Et M. Lenormand déplia une feuille de papier à en-tête du ministère, où on lisait à divers endroits, tracés d'une écriture qui tâtonne : Rudolf Kesselbach.

« Eh bien, qu'en dis-tu de celle-là, brave serviteur? Des exercices d'application sur la signature de M. Kesselbach, est-ce une preuve? »

Un coup de poing en pleine poitrine fit chanceler M. Lenormand. D'un bond, Auguste fut devant la fenêtre ouverte, enjamba l'appui et sauta dans la cour d'honneur.

« Nom d'un chien! cria Valenglay... Ah! le bandit! »

Il sonna, courut, voulut appeler par la fenêtre. M. Lenormand lui dit avec le plus grand calme :

« Ne vous agitez pas, monsieur le président...

— Mais cette canaille d'Auguste...

— Une seconde, je vous en prie... j'avais prévu ce dénouement... je l'escomptais même... il n'est pas de meilleur aveu. »

Dominé par tant de sang-froid, Valenglay reprit sa place. Au bout d'un instant, Gourel faisait son entrée en tenant par le collet le sieur Daileron, Auguste-

Maximin-Philippe, dit Jérôme, chef des huissiers à la présidence du Conseil.

« Amène, Gourel, dit M. Lenormand, comme on dit : « Apporte! » au bon chien de chasse qui revient avec le gibier en travers de sa gueule... Il s'est laissé faire?

— Il a un peu mordu, mais je serrais dur, répliqua le brigadier, en montrant sa main énorme et noueuse.

— Bien, Gourel. Maintenant, mène-moi ce bonhomme-là au Dépôt, dans un fiacre. Sans adieu, monsieur Jérôme. »

Valenglay s'amusait beaucoup. Il se frottait les mains en riant. L'idée que le chef des huissiers était un des complices de Lupin lui semblait la plus charmante et la plus ironique des aventures.

« Bravo, mon cher Lenormand, tout cela est admirable, mais comment diable avez-vous manœuvré?

— Oh! de la façon la plus simple. Je savais que M. Kesselbach s'était adressé à l'agence Barbareux, et que Lupin s'était présenté chez lui soi-disant de la part de cette agence. J'ai cherché de ce côté-là, et j'ai découvert que l'indiscrétion commise au préjudice de M. Kesselbach et de Barbareux n'avait pu l'être qu'au profit d'un nommé Jérôme, ami d'un employé de l'agence. Si vous ne m'aviez pas ordonné de brusquer les choses, je surveillais l'huissier, et j'arrivais à Marco, puis à Lupin.

— Vous y arriverez, Lenormand. Et nous allons assister au spectacle le plus passionnant du monde, la lutte entre Lupin et vous. Je parie pour vous. »

Le lendemain matin, les journaux publiaient cette lettre :

« *Lettre ouverte à M. Lenormand, chef de la Sûreté.*

« Tous mes compliments, cher monsieur et ami, pour l'arrestation de l'huissier Jérôme. Ce fut de la bonne besogne, bien faite et digne de vous.

« Toutes mes félicitations également pour la façon ingénieuse avec laquelle vous avez prouvé au président du Conseil que je n'étais pas l'assassin de M. Kesselbach. Votre démonstration fut claire, logique, irréfutable, et, qui plus est, véridique. Comme vous le savez, je ne tue pas. Merci de l'avoir établi en cette occasion. L'estime de mes contemporains et la vôtre, cher monsieur et ami, me sont indispensables.

« En revanche, permettez-moi de vous assister dans la poursuite du monstrueux assassin et de vous donner un coup d'épaule dans l'affaire Kesselbach. Affaire très intéressante, vous pouvez m'en croire, si intéressante et si digne de mon attention que je sors de la retraite où je vivais depuis quatre ans, entre mes livres et mon bon chien Sherlock, que je bats le rappel de tous mes camarades, et que je me jette de nouveau dans la mêlée.

« Comme la vie a des retours imprévus! Me voici votre collaborateur. Soyez sûr, cher monsieur et ami, que je m'en félicite, et que j'apprécie à son juste prix cette faveur de la destinée.

« Signé : ARSÈNE LUPIN.

« *Post-scriptum.* — Un mot encore pour lequel je ne doute pas que vous m'approuviez. Comme il est inconvenant qu'un gentleman, qui eut le glorieux privilège de combattre sous ma bannière, pourrisse sur la paille humide de vos prisons, je crois devoir loyalement vous prévenir que, dans cinq semaines, le vendredi 31 mai, je mettrai en liberté le sieur Jérôme, promu par moi au grade de chef des huissiers à la présidence du Conseil. N'oubliez pas la date : le vendredi 31 mai. — A. L. »

LE PRINCE SERNINE A L'OUVRAGE

I

UN rez-de-chaussée, au coin du boulevard Haussmann et de la rue de Courcelles.. C'est là qu'habite le prince Sernine, un des membres les plus brillants de la colonie russe à Paris, et dont le nom revient à chaque instant dans les « Déplacements et Villégiatures » des journaux.

Onze heures du matin. Le prince entre dans son cabinet de travail. C'est un homme de trente-cinq à trente-huit ans, dont les cheveux châtains se mêlent de quelques fils d'argent. Il a un teint de belle santé, de fortes moustaches, et des favoris coupés très court, à peine dessinés sur la peau fraîche des joues.

Il est correctement vêtu d'une redingote grise qui lui serre la taille, et d'un gilet à dépassant de coutil blanc.

« Allons, dit-il à mi-voix, je crois que la journée va être rude. »

Il ouvrit une porte qui donnait dans une grande pièce où quelques personnes attendaient, et il dit :

« Varnier est là? Entre donc, Varnier. »

Un homme, à l'allure de petit bourgeois, trapu, solide, bien d'aplomb sur ses jambes, vint à son appel. Le prince referma la porte sur lui.

« Eh bien, où en es-tu, Varnier?

— Tout est prêt pour ce soir, patron.

— Parfait. Raconte, en quelques mots.

— Voilà. Depuis l'assassinat de son mari, Mme Kesselbach, sur la foi du prospectus que vous lui avez fait envoyer, a choisi comme demeure la maison de retraite pour dames, située à Garches. Elle habite, au fond du jardin, le dernier des quatre pavillons que la direction loue aux dames qui désirent vivre tout à fait à l'écart des autres pensionnaires, le pavillon de l'Impératrice.

— Comme domestiques?

— Sa demoiselle de compagnie, Gertrude, avec laquelle elle est arrivée quelques heures après le crime, et la sœur de Gertrude, Suzanne, qu'elle a fait venir de Monte-Carlo, et qui lui sert de femme de chambre. Les deux sœurs lui sont toutes dévouées.

— Edwards, le valet de chambre?

— Elle ne l'a pas gardé. Il est retourné dans son pays.

— Elle voit du monde?

— Personne. Elle passe son temps étendue sur un divan. Elle semble très faible, malade. Elle pleure beaucoup. Hier, le juge d'instruction est resté deux heures auprès d'elle.

— Bien. La jeune fille, maintenant?

— Mlle Geneviève Ernemont habite de l'autre côté de la route... une ruelle qui s'en va vers la pleine campagne, et, dans cette ruelle, la troisième maison à droite. Elle tient une école libre et gratuite pour enfants retardataires. Sa grand-mère, Mme Ernemont, demeure avec elle.

— Et, d'après ce que tu m'as écrit, Geneviève Ernemont et Mme Kesselbach ont fait connaissance?

— Oui. La jeune fille a été demander à Mme Kesselbach des subsides pour son école. Elles ont dû se plaire, car voici quatre jours qu'elles sortent ensemble dans le parc de Villeneuve, dont le jardin de la maison de retraite n'est qu'une dépendance.

— A quelle heure sortent-elles?

— De cinq à six. A six heures juste, la jeune fille rejoint son école.

— Donc, tu as organisé la chose?

— Pour aujourd'hui, six heures. Tout est prêt.

— Il n'y aura personne?

— Il n'y a jamais personne dans le parc à cette heure-là.

— C'est bien. J'y serai. Va. »

Il le fit sortir par la porte du vestibule, et revenant vers la salle d'attente, il appela :

« Les frères Doudeville. »

Deux jeunes gens entrèrent, habillés avec une élégance un peu trop recherchée, les yeux vifs, l'air sympathique.

« Bonjour, Jean. Bonjour, Jacques. Quoi de nouveau à la préfecture?

— Pas grand-chose, patron.

— M. Lenormand a toujours confiance en vous?

— Toujours. Après Gourel, nous sommes ses inspecteurs favoris. La preuve, c'est qu'il nous a installés au Palace Hôtel pour surveiller les gens qui habitaient le couloir du premier étage, au moment de l'assassinat de Chapman. Tous les matins Gourel vient, et nous lui faisons le même rapport qu'à vous.

— Parfait. Il est essentiel que je sois au courant de tout ce qui se fait et de tout ce qui se dit à la préfecture de police. Tant que Lenormand vous croira ses hommes, je suis maître de la situation. Et dans l'hôtel, avez-vous découvert une piste quelconque? »

Jean Doudeville, l'aîné, répondit :

« L'Anglaise, celle qui habitait une des chambres, l'Anglaise est partie.

— Celle-là ne m'intéresse pas. J'ai mes renseignements. Mais son voisin, le major Parbury? »

Ils semblèrent embarrassés. Enfin l'un des deux répondit :

« Ce matin, le major Parbury a commandé qu'on transportât ses bagages à la gare du Nord, pour le train de midi cinquante, et il est parti de son côté en automobile. Nous avons été au départ du train. Le major n'est pas venu.

— Et les bagages?

— Il les a fait reprendre à la gare.

— Par qui?

— Par un commissionnaire, nous a-t-on dit.

— De sorte que sa trace est perdue?

— Oui.

— Enfin! » s'écria joyeusement le prince.

Les autres le regardèrent, étonnés.

« Eh oui, dit-il... voilà un indice!

— Vous croyez?

— Evidemment. L'assassinat de Chapman n'a pu être commis que dans une des chambres de ce couloir. C'est là, chez un complice, que le meurtrier de M. Kesselbach avait conduit le secrétaire, c'est là qu'il l'a tué, c'est là qu'il a changé de vêtements, et c'est le complice qui, une fois l'assassin parti, a déposé le cadavre dans le couloir. Mais quel complice? La manière dont disparaît le major Parbury tendrait à prouver qu'il n'est pas étranger à l'affaire. Vite, téléphonez la bonne nouvelle à M. Lenormand ou à Gourel. Il faut qu'on soit au courant le plus vite possible à la préfecture. Ces messieurs et moi, nous marchons la main dans la main. »

Il leur fit encore quelques recommandations, concernant leur double rôle d'inspecteurs de la police au service du prince Sernine, et il les congédia.

Dans la salle d'attente, il restait deux visiteurs. Il introduisit l'un d'eux.

« Mille excuses, docteur, lui dit-il. Je suis tout à toi. Comment va Pierre Leduc?

— Mort.

— Oh! oh! dit Sernine. Je m'y attendais depuis ton mot de ce matin. Mais, tout de même, le pauvre garçon n'a pas été long...

— Il était usé jusqu'à la corde. Une syncope, et c'était fini.

— Il n'a pas parlé?

— Non.

— Tu es sûr que, depuis le jour où nous l'avons cueilli ensemble sous la table d'un café à Belleville, tu es sûr que personne, dans ta clinique, n'a soupçonné que c'était lui, Pierre Leduc, que la police recherche, ce mystérieux Pierre Leduc que Kesselbach voulait trouver à tout prix?

— Personne. Il occupait une chambre à part. En outre, j'avais enveloppé sa main gauche d'un pansement pour qu'on ne pût voir la blessure du petit doigt. Quant à la cicatrice de la joue, elle est invisible sous la barbe.

— Et tu l'as surveillé toi-même?

— Moi-même. Et, selon vos instructions, j'ai profité, pour l'interroger, de tous les instants où il semblait plus lucide. Mais je n'ai pu obtenir que des balbutiements indistincts. »

Le prince murmura pensivement :

« Mort... Pierre Leduc est mort... Toute l'affaire Kesselbach reposait évidemment sur lui, et voilà... voilà qu'il disparaît... sans une révélation, sans un seul mot sur lui, sur son passé... Faut-il m'embarquer dans cette aventure à laquelle je ne comprends encore rien? C'est dangereux... Je peux sombrer... »

Il réfléchit un moment et s'écria :

« Ah! tant pis! je marche quand même. Ce n'est pas une raison parce que Pierre Leduc est mort pour que j'abandonne la partie. Au contraire! Et l'occasion est trop tentante. Pierre Leduc est mort. Vive Pierre Leduc!... Va, docteur. Rentre chez toi. Ce soir je te téléphonerai. »

Le docteur sortit.

« A nous deux, Philippe, dit Sernine au dernier visiteur, un petit homme aux cheveux gris, habillé comme un garçon d'hôtel, mais d'hôtel de dixième ordre.

— Patron, commença Philippe, je vous rappellerai que, la semaine dernière, vous m'avez fait entrer comme valet de chambre à l'hôtel des Deux-Empereurs, à Versailles, pour surveiller un jeune homme.

— Eh oui, je sais... Gérard Baupré. Où en est-il?

— A bout de ressources.

— Toujours des idées noires?

— Toujours. Il veut se tuer.

— Est-ce sérieux?

— Très sérieux. J'ai trouvé dans ses papiers cette petite note au crayon.

— Ah! ah! fit Sernine, en lisant la note, il annonce sa mort... et ce serait pour ce soir!

— Oui, patron, la corde est achetée et le crochet fixé au plafond. Alors, selon vos ordres, je suis entré en relation avec lui, il m'a raconté sa détresse, et je lui ai conseillé de s'adresser à vous. « Le prince Ser-
« nine est riche, lui ai-je dit, il est généreux, peut-être
« vous aidera-t-il. »

— Tout cela est parfait. De sorte qu'il va venir?

— Il est là.

— Comment le sais-tu?

— Je l'ai suivi. Il a pris le train de Paris, et maintenant il se promène de long en large sur le boulevard. D'un moment à l'autre il se décidera. »

A cet instant un domestique apporta une carte. Le prince lut et dit :

« Introduisez M. Gérard Baupré. »

Et s'adressant à Philippe :

« Passe dans ce cabinet, écoute et ne bouge pas. »

Resté seul, le prince murmura :

« Comment hésiterais-je? C'est le destin qui l'envoie, celui-là... »

Quelques minutes après, entrait un grand jeune homme blond, mince, au visage amaigri, au regard fiévreux, et qui se tint sur le seuil, embarrassé, hésitant, dans l'attitude d'un mendiant qui voudrait tendre la main et qui n'oserait pas.

La conversation fut courte.

« C'est vous, M. Gérard Baupré?

— Oui... oui... c'est moi.

— Je n'ai pas l'honneur...

— Voilà... monsieur... voilà... on m'a dit...

— Qui, on?

— Un garçon d'hôtel... qui prétend avoir servi chez vous...

— Enfin, bref...?

— Eh bien... »

Le jeune homme s'arrêta, intimidé, bouleversé par l'attitude hautaine du prince. Celui-ci s'écria :

« Cependant, monsieur, il serait peut-être nécessaire...

— Voilà, monsieur... on m'a dit que vous étiez très riche et généreux... Et j'ai pensé qu'il vous serait possible... »

Il s'interrompit, incapable de prononcer la parole de prière et d'humiliation.

Sernine s'approcha de lui.

« Monsieur Gérard Baupré, n'avez-vous pas publié un volume de vers intitulé : *Le sourire du printemps?*

— Oui, oui, s'écria le jeune homme dont le visage s'éclaira... vous avez lu?

— Oui... Très jolis, vos vers... très jolis... Seulement, est-ce que vous comptez vivre avec ce qu'ils vous rapporteront?

— Certes... un jour ou l'autre...

— Un jour ou l'autre... plutôt l'autre, n'est-ce pas? Et, en attendant, vous venez me demander de quoi vivre?

— De quoi manger, monsieur. »

Sernine lui mit la main sur l'épaule, et froidement :

« Les poètes ne mangent pas, monsieur. Ils se nourrissent de rimes et de rêves. Faites ainsi. Cela vaut mieux que de tendre la main. »

Le jeune homme frissonna sous l'insulte. Sans une parole il se dirigea vivement vers la porte.

Sernine l'arrêta.

« Un mot encore, monsieur. Vous n'avez plus la moindre ressource?

— Pas la moindre.

— Et vous ne comptez sur rien?

— J'ai encore un espoir... J'ai écrit à un de mes parents, le suppliant de m'envoyer quelque chose. J'aurai sa réponse aujourd'hui. C'est la dernière limite.

— Et, si vous n'avez pas de réponse, vous êtes décidé sans doute, ce soir même, à...

— Oui, monsieur. »

Ceci fut dit simplement et nettement.

Sernine éclata de rire.

« Dieu! que vous êtes comique, brave jeune homme! Et quelle conviction ingénue! Revenez me voir l'année prochaine, voulez-vous?... Nous reparlerons de tout cela... C'est si curieux, si intéressant... et si drôle surtout... ah! ah! ah! »

Et, secoué de rires, avec des gestes affectés et des salutations, il le mit à la porte.

« Philippe, dit-il en ouvrant au garçon d'hôtel, tu as entendu?

— Oui, patron.

— Gérard Baupré attend cet après-midi un télégramme, une promesse de secours...

— Oui, sa dernière cartouche.

— Ce télégramme, il ne faut pas qu'il le reçoive. S'il arrive, cueille-le au passage et déchire-le.

— Bien, patron.

— Tu es seul dans ton hôtel?

— Oui, seul avec la cuisinière qui ne couche pas. Le patron est absent.

— Bon. Nous sommes les maîtres. A ce soir, vers onze heures. File. »

II

Le prince Sernine passa dans sa chambre et sonna son domestique.

« Mon chapeau, mes gants et ma canne. L'auto est là?

— Oui, monsieur. »

Il s'habilla, sortit et s'installa dans une vaste et confortable limousine qui le conduisit au bois de Boulogne, chez le marquis et la marquise de Gastyne, où il était prié à déjeuner.

A deux heures et demie, il quittait ses hôtes, s'arrêtait avenue Kléber, prenait deux de ses amis et un docteur, et arrivait à trois heures moins cinq au parc des Princes.

A trois heures, il se battait au sabre avec le commandant italien Spinelli, dès la première reprise coupait l'oreille à son adversaire, et, à trois heures trois quarts, taillait au cercle de la rue Cambon une banque d'où il se retirait, à cinq heures vingt, avec un bénéfice de quarante-sept mille francs.

Et tout cela sans hâte, avec une sorte de nonchalance hautaine, comme si le mouvement endiablé qui semblait emporter sa vie dans un tourbillon d'actes et d'événements était la règle même de ses journées les plus paisibles.

« Octave, dit-il à son chauffeur, nous allons à Garches. »

Et, à six heures moins dix, il descendait devant les vieux murs du parc de Villeneuve.

Dépecé maintenant, abîmé, le domaine de Villeneuve conserve encore quelque chose de la splendeur qu'il connut au temps où l'impératrice Eugénie venait s'y reposer. Avec ses vieux arbres, son étang, l'horizon de feuillage que déroulent les bois de Saint-Cloud, le paysage a de la grâce et de la mélancolie. Une partie importante du domaine fut donnée à l'Institut Pasteur. Une portion plus petite, et séparée de la première par tout l'espace réservé au public, forme une propriété encore assez vaste, et où s'élèvent, autour de la maison de retraite, quatre pavillons isolés.

« C'est là que demeure Mme Kesselbach », se dit le prince en voyant de loin les toits de la maison et des quatre pavillons.

Cependant, il traversait le parc et se dirigeait vers l'étang.

Soudain il s'arrêta derrière un groupe d'arbres. Il avait aperçu deux dames accoudées au parapet du pont qui franchit l'étang.

« Varnier et ses hommes doivent être dans les environs. Mais, fichtre, ils se cachent rudement bien. J'ai beau chercher... »

Les deux dames foulaient maintenant l'herbe des pelouses, sous les grands arbres vénérables. Le bleu du ciel apparaissait entre les branches que berçait une brise calme, et il flottait dans l'air des odeurs de printemps et de jeune verdure.

Sur les pentes de gazon, qui descendaient vers l'eau immobile, les marguerites, les pommeroles, les violettes, les narcisses, le muguet, toutes les petites fleurs d'avril et de mai se groupaient et formaient çà et là comme des constellations de toutes les couleurs. Le soleil se penchait à l'horizon.

Et tout à coup trois hommes surgirent d'un bosquet et vinrent à la rencontre des promeneuses.

Ils les abordèrent.

Il y eut quelques paroles échangées. Les deux dames donnaient des signes visibles de frayeur. L'un des hommes s'avança vers la plus petite et voulut saisir la bourse en or qu'elle tenait à la main.

Elles poussèrent des cris, et les trois hommes se jetèrent sur elles.

« C'est le moment ou jamais de surgir », se dit le prince.

Et il s'élança.

En dix secondes il avait presque atteint le bord de l'eau.

A son approche les trois hommes s'enfuirent.

« Fuyez, malandrins, ricana-t-il, fuyez à toutes jambes. Voilà le sauveur qui émerge. »

Et il se mit à les poursuivre. Mais une des dames le supplia :

« Oh! monsieur, je vous en prie... mon amie est malade. »

La plus petite des promeneuses, en effet, était tombée sur le gazon, évanouie.

Il revint sur ses pas et, avec inquiétude :

« Elle n'est pas blessée? dit-il... Est-ce que ces misérables?...

— Non... non... c'est la peur seulement... l'émotion... Et puis... vous allez comprendre... cette dame est Mme Kesselbach...

— Oh! » dit-il.

Il offrit un flacon de sels que la jeune femme fit aussitôt respirer à son amie. Et il ajouta :

« Soulevez l'améthyste qui sert de bouchon... Il y a une petite boîte, et, dans cette boîte, des pastilles. Que madame en prenne une... une, pas davantage... c'est très violent... »

Il regardait la jeune femme soigner son amie. Elle était blonde, très simple d'aspect, le visage doux et grave, avec un sourire qui animait ses traits alors même qu'elle ne souriait pas.

« C'est Geneviève », pensa-t-il.

Et il répéta en lui-même, tout ému.

« Geneviève... Geneviève... »

Mme Kesselbach cependant se remettait peu à peu. Etonnée d'abord, elle parut ne pas comprendre. Puis, la mémoire lui revenant, d'un signe de tête elle remercia son sauveur.

Alors il s'inclina profondément et dit :

« Permettez-moi de me présenter... Le prince Sernine. »

Elle dit à voix basse :

« Je ne sais comment vous exprimer ma reconnaissance.

— En ne l'exprimant pas, madame. C'est le hasard qu'il faut remercier, le hasard qui a dirigé ma promenade de ce côté. Mais puis-je vous offrir mon bras? »

Quelques minutes après, Mme Kesselbach sonnait à la maison de retraite, et elle disait au prince :

« Je réclamerai de vous un dernier service, monsieur. Ne parlez pas de cette agression.

— Cependant, madame, ce serait le seul moyen de savoir...

— Pour savoir, il faudrait une enquête, et ce serait encore du bruit autour de moi, des interrogatoires, de la fatigue, et je suis à bout de forces. »

Le prince n'insista pas. La saluant, il demanda :

« Me permettrez-vous de prendre de vos nouvelles?

— Mais certainement... »

Elle embrassa Geneviève et rentra.

La nuit cependant commençait à tomber. Sernine ne voulut pas que Geneviève retournât seule. Mais ils ne s'étaient pas engagés dans le sentier qu'une silhouette détachée de l'ombre accourut au-devant d'eux.

« Grand-mère! » s'écria Geneviève.

Elle se jeta dans les bras d'une vieille femme qui la couvrit de baisers.

« Ah! ma chérie, ma chérie, que s'est-il passé? Comme tu es en retard; toi si exacte! »

Geneviève présenta :

« Mme Ernemont, ma grand-mère. Le prince Sernine... »

Puis elle raconta l'incident et Mme Ernemont répétait :

« Oh! ma chérie, comme tu as dû avoir peur!... je n'oublierai jamais, monsieur... je vous le jure... Mais comme tu as dû avoir peur, ma pauvre chérie!

— Allons, bonne-maman, tranquillise-toi puisque me voilà...

— Oui, mais la frayeur a pu te faire mal... On ne sait jamais les conséquences... Oh! c'est horrible... »

Ils longèrent une haie par-dessus laquelle on devinait une cour plantée d'arbres, quelques massifs, un préau, et une maison blanche.

Derrière la maison s'ouvrait, à l'abri d'un bouquet de sureaux disposés en tonnelle, une petite barrière.

La vieille dame pria le prince Sernine d'entrer et le conduisit dans un petit salon qui servait à la fois de parloir.

Geneviève demanda au prince la permission de se retirer un instant, pour aller voir ses élèves, dont c'était l'heure du souper.

Le prince et Mme Ernemont restèrent seuls.

La vieille dame avait une figure pâle et triste, sous ses cheveux blancs dont les bandeaux se terminaient par deux anglaises. Trop forte, de marche lourde, elle avait, malgré son apparence et ses vêtements de dame, quelque chose d'un peu vulgaire, mais les yeux étaient infiniment bons.

Tandis qu'elle mettait un peu d'ordre sur la table tout en continuant à dire son inquiétude, le prince Sernine s'approcha d'elle, lui saisit la tête entre les deux mains et l'embrassa sur les deux joues.

« Eh bien, la vieille, comment vas-tu? »

Elle demeura stupide, les yeux hagards, la bouche ouverte.

Le prince l'embrassa de nouveau en riant.

Elle bredouilla :

« Toi! c'est toi! Ah! Jésus-Marie... Jésus-Marie... Est-ce possible!... Jésus-Marie!...

— Ma bonne Victoire!

— Ne m'appelle pas ainsi, s'écria-t-elle en frissonnant. Victoire est morte... Ta vieille nourrice n'existe plus. J'appartiens tout entière à Geneviève... »

Elle dit encore à voix basse :

« Ah! Jésus... j'avais bien lu ton nom dans les journaux... Alors, c'est vrai, tu recommences ta mauvaise vie?

— Comme tu vois.

— Tu m'avais pourtant juré que c'était fini, que tu partais pour toujours, que tu voulais devenir honnête.

— J'ai essayé. Voilà quatre ans que j'essaie... Tu ne prétendras point que pendant ces quatre ans j'aie fait parler de moi?

— Eh bien?

— Eh bien, ça m'ennuie. »

Elle soupira :

« Toujours le même... Tu n'as pas changé... Ah! c'est bien fini, tu ne changeras jamais... Ainsi, tu es dans l'affaire Kesselbach?

— Parbleu! Sans quoi me serais-je donné la peine d'organiser contre Mme Kesselbach, à six heures, une agression pour avoir l'occasion, à six heures cinq, de l'arracher aux griffes de mes hommes? Sauvée par moi, elle est obligée de me recevoir. Me voilà au cœur de la place, et, tout en protégeant la veuve, je surveille les alentours. Ah! que veux-tu, la vie que je mène ne me permet pas de flâner et d'employer le régime des petits soins et des hors-d'œuvre. Il faut que j'agisse par coups de théâtre, par victoires brutales. »

Elle l'observait avec effarement, et elle balbutia :

« Je comprends... je comprends... tout ça, c'est du mensonge... Mais alors... Geneviève...

— Eh! d'une pierre, je faisais deux coups. Tant qu'à préparer un sauvetage, autant marcher pour deux. Pense à ce qu'il m'eût fallu de temps, d'efforts, inutiles, peut-être, pour me glisser dans l'intimité de cette enfant! Qu'étais-je pour elle? Que serais-je encore? Un inconnu... un étranger. Maintenant je suis le sauveur. Dans une heure je serai... l'ami. »

Elle se mit à trembler.

« Ainsi... tu n'as pas sauvé Geneviève... ainsi tu vas nous mêler à tes histoires... »

Et soudain, dans un accès de révolte, l'agrippant aux épaules :

« Eh bien, non, j'en ai assez, tu entends? Tu m'as amené cette petite un jour en me disant : « Tiens, je « te la confie... ses parents sont morts... prends-la sous « ta garde. » Eh bien, elle y est, sous ma garde, et je saurai la défendre contre toi et contre toutes tes manigances. »

Debout, bien d'aplomb, ses deux poings crispés, le visage résolu, Mme Ernemont semblait prête à toutes les éventualités.

Posément, sans brusquerie, le prince Sernine détacha l'une après l'autre les deux mains qui l'étreignaient, à son tour empoigna la vieille dame par les épaules, l'assit dans un fauteuil, se baissa vers elle, et, d'un ton très calme, lui dit :

« Zut! »

Elle se mit à pleurer, vaincue tout de suite, et, croisant ses mains devant Sernine :

« Je t'en prie, laisse-nous tranquilles. Nous étions si heureuses! Je croyais que tu nous avais oubliées, et je bénissais le Ciel chaque fois qu'un jour s'écoulait. Mais oui... je t'aime bien, cependant. Mais Geneviève...

vois-tu, je ne sais pas ce que je ferais pour cette enfant. Elle a pris ta place dans mon cœur.

— Je m'en aperçois, dit-il en riant. Tu m'enverrais au diable avec plaisir. Allons, assez de bêtises! Je n'ai pas de temps à perdre. Il faut que je parle à Geneviève.

— Tu vas lui parler!

— Eh bien, c'est donc un crime?

— Et qu'est-ce que tu as à lui dire?

— Un secret... un secret très grave... très émouvant... »

La vieille dame s'effara :

« Et qui lui fera de la peine, peut-être? Oh! je crains tout... je crains tout pour elle...

— La voilà, dit-il.

— Non, pas encore.

— Si, si, je l'entends... essuie tes yeux et sois raisonnable...

— Ecoute, fit-elle vivement, écoute, je ne sais pas quels sont les mots que tu vas prononcer, quel secret tu vas révéler à cette enfant que tu ne connais pas... Mais, moi qui la connais, je te dis ceci : Geneviève est une nature vaillante, forte, mais très sensible. Fais attention à tes paroles... Tu pourrais blesser en elle des sentiments... qu'il ne t'est pas possible de soupçonner...

— Et pourquoi, mon Dieu?

— Parce qu'elle est d'une race différente de la tienne, d'un autre monde... je parle d'un autre monde moral... Il y a des choses qu'il t'est défendu de comprendre maintenant. Entre vous deux, l'obstacle est infranchissable... Geneviève a la conscience la plus pure et la plus haute... et toi...

— Et moi?

— Et toi, tu n'es pas un honnête homme. »

III

Geneviève entra, vive et charmante.

« Toutes mes petites sont au dortoir, j'ai dix minutes de répit... Eh bien, grand-mère, qu'est-ce que c'est? Tu as une figure toute drôle... Est-ce encore cette histoire?

— Non, mademoiselle, dit Sernine, je crois avoir été assez heureux pour rassurer votre grand-mère. Seulement nous causions de vous, de votre enfance, et c'est un sujet, semble-t-il, que votre grand-mère n'aborde pas sans émotion.

— De mon enfance?... dit Geneviève en rougissant... Oh! grand-mère!

— Ne la grondez pas, mademoiselle, c'est le hasard qui a amené la conversation sur ce terrain. Il se trouve que j'ai passé souvent par le petit village où vous avez été élevée.

— Aspremont?

— Aspremont, près de Nice... Vous habitiez là une maison neuve, toute blanche...

— Oui, dit-elle, toute blanche, avec un peu de peinture bleue autour des fenêtres... J'étais bien jeune, puisque j'ai quitté Aspremont à sept ans; mais je me rappelle les moindres choses de ce temps-là. Et je n'ai pas oublié l'éclat du soleil sur la façade blanche, ni l'ombre de l'eucalyptus au bout du jardin...

— Au bout du jardin, mademoiselle, il y avait un champ d'oliviers, et, sous un de ces oliviers, une table où votre mère travaillait les jours de chaleur...

— C'est vrai, c'est vrai, dit-elle, toute remuée... moi, je jouais à côté...

— Et c'est là, dit-il, que j'ai vu votre mère plusieurs fois... Tout de suite, en vous voyant, j'ai retrouvé son image... plus gaie, plus heureuse.

— Ma pauvre mère, en effet, n'était pas heureuse. Mon père était mort le jour même de ma naissance, et rien n'avait pu la consoler. Elle pleurait beaucoup. J'ai gardé de cette époque un petit mouchoir avec lequel j'essuyais ses larmes.

— Un petit mouchoir à dessins roses.

— Quoi! fit-elle, saisie d'étonnement, vous savez...

— J'étais là, un jour, quand vous la consoliez... Et vous la consoliez si gentiment que la scène est restée précise dans ma mémoire. »

Elle le regarda profondément, et murmura, presque en elle-même :

« Oui... oui... il me semble bien... l'expression de vos yeux... et puis le son de votre voix... »

Elle baissa les paupières un instant, et se recueillit comme si elle cherchait vainement à fixer un souvenir qui lui échappait Et elle reprit :

« Alors vous la connaissiez?

— J'avais des amis près d'Aspremont, chez qui je la rencontrais. La dernière fois, elle m'a paru plus triste encore... plus pâle, et quand je suis revenu...

— C'était fini, n'est-ce pas? dit Geneviève... oui, elle

est partie très vite... en quelques semaines... et je suis restée seule avec des voisins qui la veillaient... et un matin on l'a emportée... Et le soir de ce jour, comme je dormais, il est venu quelqu'un qui m'a prise dans ses bras, qui m'a enveloppée de couvertures...

— Un homme? dit le prince.

— Oui, un homme. Il me parlait tout bas, très doucement... sa voix me faisait du bien... et, en m'emmenant sur la route, puis en voiture dans la nuit, il me berçait et me racontait des histoires... de sa même voix... de sa même voix... »

Elle s'était interrompue peu à peu, et elle le regardait de nouveau, plus profondément encore et avec un effort visible pour saisir l'impression fugitive qui l'effleurait par instants.

Il lui dit :

« Et après? Où vous a-t-il conduite?

— Là, mon souvenir est vague... C'est comme si j'avais dormi plusieurs jours... Je me retrouve seulement dans le bourg de Vendée où j'ai passé toute la seconde moitié de mon enfance, à Montégut, chez le père et la mère Izereau, de braves gens qui m'ont nourrie, qui m'ont élevée, et dont je n'oublierai jamais le dévouement et la tendresse.

— Et ils sont morts aussi, ceux-là?

— Oui, dit-elle... une épidémie de fièvre typhoïde dans la région... mais je ne le sus que plus tard... Dès le début de leur maladie, j'avais été emportée comme la première fois, et dans les mêmes conditions, la nuit, par quelqu'un qui m'enveloppa également de couvertures... Seulement, j'étais plus grande, je me débattis, je voulus crier... et il dut me fermer la bouche avec un foulard.

— Vous aviez quel âge?

— Quatorze ans... il y a de cela quatre ans.

— Donc, vous avez pu distinguer cet homme?

— Non, celui-là se cachait davantage, et il ne m'a pas dit un seul mot... Cependant j'ai toujours pensé que c'était le même... car j'ai gardé le souvenir de la même sollicitude, des mêmes gestes attentifs, pleins de précaution.

— Et après?

— Après, comme jadis, il y a de l'oubli, du sommeil... Cette fois, j'ai été malade, paraît-il, j'ai eu la fièvre... Et je me réveille dans une chambre gaie, claire. Une dame à cheveux blancs est penchée sur moi et me sourit. C'est grand-mère... et la chambre, c'est celle que j'occupe là-haut. »

Elle avait repris sa figure heureuse, sa jolie expression lumineuse, et elle termina en souriant :

« Et voilà comme quoi Mme Ernemont m'a trouvée un soir au seuil de sa porte, endormie, paraît-il, comme quoi elle m'a recueillie, comme quoi elle est devenue ma grand-mère, et comme quoi, après quelques épreuves, la petite fille d'Aspremont goûte les joies d'une existence calme, et apprend le calcul et la grammaire à des petites filles rebelles ou paresseuses... mais qui l'aiment bien. »

Elle s'exprimait gaiement, d'un ton à la fois réfléchi et allègre, et l'on sentait en elle l'équilibre d'une nature raisonnable.

Sernine l'écoutait avec une surprise croissante, et sans chercher à dissimuler son trouble.

Il demanda :

« Vous n'avez jamais entendu parler de cet homme, depuis?

— Jamais.

— Et vous seriez contente de le revoir?

— Oui, très contente.

— Eh bien, mademoiselle... »

Geneviève tressaillit.

« Vous savez quelque chose... la vérité peut-être...

— Non... non... seulement... »

Il se leva et se promena dans la pièce. De temps à autre son regard s'arrêtait sur Geneviève, et il semblait qu'il était sur le point de répondre par des mots plus précis à la question qui lui était posée. Allait-il parler? Mme Ernemont attendait avec angoisse la révélation de ce secret dont pouvait dépendre le repos de la jeune fille.

Il revint s'asseoir auprès de Geneviève, parut encore hésiter, et lui dit enfin :

« Non... non... une idée m'était venue... un souvenir...

— Un souvenir?... Et alors?

— Je me suis trompé. Il y avait dans votre récit certains détails qui m'ont induit en erreur.

— Vous en êtes sûr? »

Il hésita encore, puis affirma :

« Absolument sûr.

— Eh! dit-elle désappointée... j'avais cru deviner... que vous connaissiez... »

Elle n'acheva pas, attendant une réponse à la question qu'elle lui posait, sans oser la formuler complètement.

Il se tut. Alors, n'insistant pas davantage, elle se pencha vers Mme Ernemont.

« Bonsoir, grand-mère, mes petites doivent être au lit, mais aucune d'elles ne pourrait dormir avant que je l'aie embrassée. »

Elle tendit la main au prince.

« Merci encore...

— Vous partez? dit-il vivement.

— Excusez-moi; grand-mère vous reconduira... »

Il s'inclina devant elle et lui baisa la main. Au moment d'ouvrir la porte, elle se retourna et sourit. Puis elle disparut.

Le prince écouta le bruit de ses pas qui s'éloignait, et il ne bougeait point, la figure pâle d'émotion.

« Eh bien, dit la vieille dame, tu n'as pas parlé?

— Non...

— Ce secret...

— Plus tard... aujourd'hui... c'est étrange... je n'ai pas pu.

— Etait-ce donc si difficile? Ne l'a-t-elle pas senti, elle, que tu étais l'inconnu qui, deux fois, l'avait emportée?... Il suffisait d'un mot...

— Plus tard... plus tard... dit-il en reprenant toute son assurance. Tu comprends bien... cette enfant me connaît à peine... Il faut d'abord que je conquière des droits à son affection, à sa tendresse... Quand je lui aurai donné l'existence qu'elle mérite, une existence merveilleuse, comme on en voit dans les contes de fées, alors je parlerai. »

La vieille dame hocha la tête.

« J'ai bien peur que tu ne te trompes... Geneviève n'a pas besoin d'une existence merveilleuse... Elle a des goûts simples.

— Elle a les goûts de toutes les femmes, et la fortune, le luxe, la puissance procurent des joies qu'aucune d'elles ne méprise.

— Si, Geneviève. Et tu ferais mieux...

— Nous verrons bien. Pour l'instant, laisse-moi faire.

Et sois tranquille. Je n'ai nullement l'intention, comme tu dis, de mêler Geneviève à toutes mes manigances. C'est à peine si elle me verra... Seulement, quoi, il fallait bien prendre contact... C'est fait... Adieu. »

Il sortit de l'école, et se dirigea vers son automobile. Il était tout heureux.

« Elle est charmante... et si douce, si grave! Les yeux de sa mère, ces yeux qui m'attendrissaient jusqu'aux larmes... Mon Dieu, comme tout cela est loin! Et quel joli souvenir... un peu triste, mais si joli! »

Et dit à haute voix :

« Certes oui, je m'occuperai de son bonheur. Et tout de suite encore! Et dès ce soir! Parfaitement, dès ce soir, elle aura un fiancé! Pour les jeunes filles, n'est-ce par la condition du bonheur? »

IV

Il retrouva son auto sur la grand-route.

« Chez moi », dit-il à Octave.

Chez lui il demanda la communication de Neuilly, téléphona ses instructions à celui de ses amis qu'il appelait le docteur, puis s'habilla.

Il dîna au cercle de la rue Cambon, passa une heure à l'Opéra, et remonta dans son automobile.

« A Neuilly, Octave. Nous allons chercher le docteur. Quelle heure est-il?

— Dix heures et demie.

— Fichtre! Active! »

Dix minutes après, l'automobile s'arrêtait à l'extrémité du boulevard Inkermann, devant une villa isolée. Au signal de la trompe, le docteur descendit. Le prince lui demanda :

« L'individu est prêt?

— Empaqueté, ficelé, cacheté.

— En bon état?

— Excellent. Si tout se passe comme vous me l'avez téléphoné, la police n'y verra que du feu.

— C'est son devoir. Embarquons-le. »

Ils transportèrent dans l'auto une sorte de sac allongé

qui avait la forme d'un individu, et qui semblait assez lourd...

Et le prince dit :

« A Versailles, Octave, rue de la Vilaine, devant l'hôtel des Deux-Empereurs.

— Mais c'est un hôtel borgne, fit remarquer le docteur, je le connais.

— A qui le dis-tu? Et la besogne sera dure, pour moi du moins... Mais sapristi, je ne donnerais pas ma place pour une fortune! Qui donc prétendait que la vie est monotone? »

L'hôtel des Deux-Empereurs... une allée boueuse... deux marches à descendre, et l'on pénètre dans un couloir où veille la lueur d'une lampe.

Du poing, Sernine frappa contre une petite porte.

Un garçon d'hôtel apparut. C'était Philippe, celui-là même à qui, le matin, Sernine avait donné des ordres au sujet de Gérard Baupré.

« Il est toujours là? demanda le prince.

— Oui.

— La corde?

— Le nœud est fait.

— Il n'a pas reçu le télégramme qu'il espérait?

— Le voici, je l'ai intercepté. »

Sernine saisit le papier bleu et lut.

« Bigre, dit-il avec satisfaction, il était temps. On lui annonçait pour demain un billet de mille francs. Allons, le sort me favorise. Minuit moins un quart. Dans un quart d'heure le pauvre diable s'élancera dans l'éternité. Conduis-moi, Philippe. Reste là, docteur. »

Le garçon prit la bougie. Ils montèrent au troisième étage et suivirent, en marchant sur la pointe des pieds, un corridor bas et puant, garni de mansardes, et qui aboutissait à un escalier de bois où moisissaient les vestiges d'un tapis.

« Personne ne pourra m'entendre? demanda Sernine.

— Personne. Les deux chambres sont isolées. Mais ne vous trompez pas, il est dans celle de gauche.

— Bien. Maintenant, redescends. A minuit, le docteur, Octave et toi, vous apporterez l'individu là où nous sommes, et vous attendrez. »

L'escalier de bois avait dix marches que le prince gravit avec des précautions infinies... En haut, un palier et deux portes... Il fallut cinq longues minutes à Sernine pour ouvrir celle de droite sans qu'un grincement rompît le silence.

Une lumière luisait dans l'ombre de la pièce. A tâtons, pour ne pas heurter une des chaises, il se dirigea vers cette lumière. Elle provenait de la chambre voisine et filtrait à travers une porte vitrée que recouvrait un lambeau de tenture.

Le prince écarta ce lambeau. Les carreaux étaient dépolis, mais abîmés, rayés par endroits, de sorte que, en appliquant un œil, on pouvait voir aisément tout ce qui se passait dans l'autre pièce.

Un homme s'y trouvait, qu'il aperçut de face, assis devant une table. C'était le poète Gérard Baupré.

Il écrivait à la clarté d'une bougie.

Au-dessus de lui pendait une corde qui était attachée à un crochet fixé dans le plafond. A l'extrémité inférieure de la corde, un nœud coulant s'arrondissait.

Un coup léger tinta à une horloge de la ville.

« Minuit moins cinq, pensa Sernine... Encore cinq minutes. »

Le jeune homme écrivait toujours. Au bout d'un

instant il déposa sa plume, mit en ordre les dix ou douze feuillets de papier qu'il avait noircis d'encre, et se mit à les relire.

Cette lecture ne parut pas lui plaire, car une expression de mécontentement passa sur son visage. Il déchira son manuscrit et en brûla les morceaux à la flamme de la bougie.

Puis, d'une main fiévreuse, il traça quelques mots sur une feuille blanche, signa brutalement et se leva.

Mais, ayant aperçu, à dix pouces au-dessus de sa tête, la corde, il se rassit d'un coup avec un grand frisson d'épouvante.

Sernine voyait distinctement sa pâle figure, ses joues maigres contre lesquelles il serrait ses poings crispés. Une larme coula, une seule, lente et désolée. Les yeux fixaient le vide, des yeux effrayants de tristesse, et qui semblaient voir déjà le redoutable néant.

Et c'était une figure si jeune! des joues si tendres encore, que ne rayait la cicatrice d'aucune ride! et des yeux bleus, d'un bleu de ciel oriental.

Minuit... les douze coups tragiques de minuit, auxquels tant de désespérés ont accroché la dernière seconde de leur existence!

Au douzième, il se dressa de nouveau, et bravement, cette fois, sans trembler, regarda la corde sinistre. Il essaya même un sourire — pauvre sourire, lamentable grimace du condamné que la mort a déjà saisi.

Rapidement il monta sur la chaise et prit la corde d'une main.

Un instant il resta là, immobile, non point qu'il hésitât ou manquât de courage, mais c'était l'instant suprême, la minute de grâce que l'on s'accorde avant le geste fatal.

Il contempla la chambre infâme où le mauvais destin l'avait acculé, l'affreux papier des murs, le lit misérable.

Sur la table, pas un livre : tout avait été vendu. Pas une photographie, pas une enveloppe de lettre! il n'avait plus ni père, ni mère, plus de famille... Qu'est-ce qui l'attachait à l'existence? Rien, ni personne.

D'un mouvement brusque, il engagea sa tête dans le nœud coulant et tira sur la corde jusqu'à ce que le nœud lui serrât bien le cou.

Et, les deux pieds renversant la chaise, il sauta dans le vide.

V

Dix secondes, vingt secondes s'écoulèrent, vingt secondes formidables, éternelles...

Le corps avait eu deux ou trois convulsions. Les jambes avaient instinctivement cherché un point d'appui. Plus rien maintenant ne bougeait...

Quelques secondes encore... La petite porte vitrée s'ouvrit.

Sernine entra.

Sans la moindre hâte, il saisit la feuille de papier où le jeune homme avait apposé sa signature et il lut :

Las de la vie, malade, sans argent, sans espoir, je me tue. Qu'on n'accuse personne de ma mort.

30 avril. — Gérard Baupré.

Il remit la feuille sur la table, bien en vue, approcha la chaise et la posa sous les pieds du jeune homme. Lui-même il escalada la table, et, tout en tenant le corps serré contre lui, il le souleva, élargit le nœud coulant et dépassa la tête.

Le corps fléchit entre ses bras. Il le laissa glisser sur

le long de la table, et, sautant à terre, il l'étendit sur le lit.

Puis, toujours avec le même flegme, il entrebâilla la porte de sortie.

« Vous êtes là tous les trois? » murmura-t-il.

Près de lui, au pied de l'escalier de bois, quelqu'un répondit :

« Nous sommes là. Faut-il hisser notre paquet?

— Allez-y! »

Il prit le bougeoir et les éclaira.

Péniblement les trois hommes montèrent l'escalier en portant le sac où était ficelé l'individu.

« Déposez-le ici », dit-il en montrant la table.

A l'aide d'un canif il coupa les ficelles qui entouraient le sac. Un drap blanc apparut qu'il écarta.

Dans ce drap, il y avait un cadavre, le cadavre de Pierre Leduc.

« Pauvre Pierre Leduc, dit Sernine, tu ne sauras jamais ce que tu as perdu en mourant si jeune! Je t'aurais mené loin, mon bonhomme. Enfin, on se passera de tes services... Allons, Philippe, grimpe sur la table, et toi, Octave, sur la chaise. Soulevez-lui la tête et engagez le nœud coulant. »

Deux minutes plus tard le corps de Pierre Leduc se balançait au bout de la corde.

« Parfait, ce n'est pas plus difficile que cela, une substitution de cadavres. Maintenant vous pouvez vous retirer tous. Toi, docteur, tu repasseras ici demain matin, tu apprendras le suicide du sieur Gérard Baupré, tu entends, de Gérard Baupré — voici sa lettre d'adieu — tu feras appeler le médecin légiste et le commissaire, tu t'arrangeras pour que ni l'un ni l'autre ne constatent que le défunt a un doigt coupé et une cicatrice à la joue...

— Facile.

— Et tu feras en sorte que le procès-verbal soit écrit aussitôt et sous ta dictée.

— Facile.

— Enfin, évite l'envoi à la Morgue et qu'on donne le permis d'inhumer séance tenante.

— Moins facile.

— Essaie. Tu as examiné celui-là? »

Il désignait le jeune homme qui gisait inerte sur le lit.

« Oui, affirma le docteur. La respiration redevient normale. Mais on risquait gros... la carotide eût pu...

— Qui ne risque rien... Dans combien de temps reprendra-t-il connaissance?

— D'ici quelques minutes.

— Bien. Ah! ne pars pas encore, docteur. Reste en bas. Ton rôle n'est pas fini ce soir. »

Demeuré seul, le prince alluma une cigarette et fuma tranquillement, en lançant vers le plafond de petits anneaux de fumée bleue.

Un soupir le tira de sa rêverie. Il s'approcha du lit. Le jeune homme commençait à s'agiter, et sa poitrine se soulevait et s'abaissait violemment, ainsi qu'un dormeur sous l'influence d'un cauchemar.

Il porta ses mains à sa gorge comme s'il éprouvait une douleur, et ce geste le dressa d'un coup, terrifié, pantelant...

Alors, il aperçut, en face de lui, Sernine.

« Vous! murmura-t-il sans comprendre... Vous!... »

Il le contemplait d'un regard stupide, comme il eût contemplé un fantôme.

De nouveau il toucha sa gorge, palpa son cou, sa nuque... Et soudain il eut un cri rauque, une folie d'épouvante agrandit ses yeux, hérissa le poil de son crâne, le secoua tout entier comme une feuille! Le prince s'était effacé, et il avait vu, il voyait au bout de la corde, le pendu!

Il recula jusqu'au mur. Cet homme, ce pendu, c'était lui! c'était lui-même. Il était mort, et il se voyait mort! Rêve atroce qui suit le trépas?... Hallucination de ceux qui ne sont plus, et dont le cerveau bouleversé palpite encore d'un reste de vie?...

Ses bras battirent l'air. Un moment il parut se défendre contre l'ignoble vision. Puis, exténué, vaincu une seconde fois, il s'évanouit.

« A merveille, ricana le prince... Nature sensible... impressionnable... Actuellement, le cerveau est désorbité... Allons, l'instant est propice... Mais si je n'enlève pas l'affaire en vingt minutes, il m'échappe... »

Il poussa la porte qui séparait les deux mansardes, revint vers le lit, enleva le jeune homme, et le transporta sur le lit de l'autre pièce.

Puis il lui bassina les tempes avec de l'eau fraîche et lui fit respirer des sels.

La défaillance, cette fois, ne fut pas longue.

Timidement Gérard entrouvrit les paupières et leva les yeux vers le plafond. La vision était finie.

Mais la disposition des meubles, l'emplacement de la table et de la cheminée, certains détails encore, tout le surprenait, — et puis le souvenir de son acte... la douleur qu'il ressentait à la gorge...

Il dit au prince :

« J'ai fait un rêve, n'est-ce pas?

— Non.

— Comment, non? »

Et soudain se rappelant :

« Ah! c'est vrai, je me souviens... j'ai voulu mourir... et même... »

Il se pencha anxieusement :

« Mais le reste? la vision?

— Quelle vision?

— L'homme... la corde... cela, c'est un rêve?...

— Non, affirma Sernine, cela aussi, c'est la réalité...

— Que dites-vous? que dites-vous? oh! non... non... je vous en prie... éveillez-moi si je dors... ou bien que je meure!... Mais je suis mort, n'est-ce pas? et c'est le cauchemar d'un cadavre... Ah! je sens ma raison qui s'en va... Je vous en prie... »

Sernine posa doucement sa main sur les cheveux du jeune homme, et s'inclinant vers lui :

« Ecoute-moi... écoute-moi bien, et comprends. Tu es vivant. Ta substance et ta pensée sont identiques et vivent. Mais Gérard Baupré est mort. Tu me comprends, n'est-ce pas? L'être social qui avait nom Gérard Baupré n'existe plus. Tu l'as supprimé, celui-là. Demain, sur les registres de l'état civil, en face de ce nom que tu portais, on inscrira la mention : « décédé » — et la date de ton décès.

— Mensonge! balbutia le jeune homme terrifié, mensonge! puisque me voilà, moi, Gérard Baupré!...

— Tu n'es pas Gérard Baupré », déclara Sernine.

Et désignant la porte ouverte :

« Gérard Baupré est là, dans la chambre voisine. Veux-tu le voir? Il est suspendu au clou où tu l'as accroché. Sur la table se trouve la lettre par laquelle tu as signé sa mort. Tout cela est bien régulier, tout cela est définitif. Il n'y a plus à revenir sur ce fait irrévocable et brutal : Gérard Baupré n'existe plus! »

Le jeune homme écoutait éperdument. Plus calme, maintenant que les faits prenaient une signification moins tragique, il commençait à comprendre.

« Et alors?

— Et alors, causons...

— Oui... oui... causons...

— Une cigarette? dit le prince... Tu acceptes? Ah! je vois que tu te rattaches à la vie. Tant mieux, nous nous entendrons, et cela rapidement. »

Il alluma la cigarette du jeune homme, la sienne, et, tout de suite, en quelques mots, d'une voix sèche, il s'expliqua :

« Feu Gérard Baupré, tu étais las de vivre, malade, sans argent, sans espoir... Veux-tu être bien portant, riche, puissant?

— Je ne saisis pas.

— C'est bien simple. Le hasard t'a mis sur mon chemin, tu es jeune, joli garçon, poète, tu es intelligent, et — ton acte de désespoir le prouve — d'une belle honnêteté. Ce sont là des qualités que l'on trouve rarement réunies. Je les estime... et je les prends à mon compte.

— Elles ne sont pas à vendre.

— Imbécile! Qui te parle de vente ou d'achat? Garde ta conscience. C'est un joyau trop précieux pour que je t'en délivre.

— Alors qu'est-ce que vous me demandez?

— Ta vie! »

Et, désignant la gorge encore meurtrie du jeune homme :

« Ta vie! ta vie que tu n'as pas su employer! Ta

vie que tu as gâchée, perdue, détruite, et que je prétends refaire, moi, et suivant un idéal de beauté, de grandeur et de noblesse qui te donnerait le vertige, mon petit, si tu entrevoyais le gouffre où plonge ma pensée secrète... »

Il avait saisi entre ses mains la tête de Gérard, et il continuait avec une emphase ironique :

« Tu es libre! Pas d'entraves! Tu n'as plus à subir le poids de ton nom! Tu as effacé ce numéro matricule que la société avait imprimé sur toi comme un fer rouge sur l'épaule. Tu es libre! Dans ce monde d'esclaves où chacun porte son étiquette, toi tu peux, ou bien aller et venir inconnu, invisible, comme si tu possédais l'anneau de Gygès... ou bien choisir ton étiquette, celle qui te plaît! Comprends-tu?... comprends-tu le trésor magnifique que tu représentes pour un artiste, pour toi si tu le veux? Une vie vierge, toute neuve! Ta vie, c'est de la cire que tu as le droit de modeler à ta guise, selon les fantaisies de ton imagination ou les conseils de ta raison. »

Le jeune homme eut un geste de lassitude.

« Eh! que voulez-vous que je fasse de ce trésor? Qu'en ai-je fait jusqu'ici? Rien.

— Donne-le-moi.

— Qu'en pourrez-vous faire?

— Tout. Si tu n'es pas un artiste, j'en suis un, moi! et enthousiaste, inépuisable, indomptable, débordant. Si tu n'as pas le feu sacré, je l'ai, moi! Où tu as échoué, je réussirai, moi! Donne-moi ta vie.

— Des mots, des promesses!... s'écria le jeune homme dont le visage s'animait... Des songes creux! Je sais bien ce que je vaux!... Je connais ma lâcheté, mon découragement, mes efforts qui avortent, toute ma misère. Pour recommencer ma vie, il me faudrait une volonté que je n'ai pas...

— J'ai la mienne...

— Des amis...

— Tu en auras!

— Des ressources...

— Je t'en apporte, et quelles ressources! Tu n'auras qu'à puiser, comme on puiserait dans un coffre magique.

— Mais qui êtes-vous donc? s'écria le jeune homme avec égarement.

— Pour les autres, le prince Sernine... Pour toi... qu'importe! Je suis plus que prince, plus que roi, plus qu'empereur.

— Qui êtes-vous?... qui êtes-vous? balbutia Baupré.

— Le Maître... celui qui veut et qui peut... celui qui agit... Il n'y a pas de limites à ma volonté, il n'y en a pas à mon pouvoir. Je suis plus riche que le plus riche, car sa fortune m'appartient... Je suis plus puissant que les plus forts, car leur force est à mon service. »

Il lui saisit de nouveau la tête, et le pénétrant de son regard :

« Sois riche aussi... sois fort... c'est le bonheur que je t'offre... c'est la douceur de vivre... la paix pour ton cerveau de poète... c'est la gloire aussi. Acceptes-tu?

— Oui... oui... murmura Gérard, ébloui et dominé... Que faut-il faire?

— Rien.

— Cependant...

— Rien, te dis-je. Tout l'échafaudage de mes projets repose sur toi, mais tu ne comptes pas. Tu n'as pas à jouer de rôle actif. Tu n'es, pour l'instant, qu'un figurant... même pas! un pion que je pousse.

— Que ferai-je?

— Rien... des vers! Tu vivras à ta guise. Tu auras de l'argent. Tu jouiras de la vie. Je ne m'occuperai même pas de toi. Je te le répète, tu ne joues pas de rôle dans mon aventure.

— Et qui serai-je? »

Sernine tendit le bras et montra la chambre voisine :

« Tu prendras la place de celui-là. *Tu es celui-là.* »

Gérard tressaillit de révolte et de dégoût.

« Oh! non! celui-là est mort... et puis... c'est un crime... non, je veux une vie nouvelle, faite pour moi, imaginée pour moi... un nom inconnu...

— Celui-là, te dis-je, s'écria Sernine, irrésistible d'énergie et d'autorité... tu seras celui-là et pas un autre! Celui-là, parce que son destin est magnifique, parce que son nom est illustre et qu'il te transmet un héritage dix fois séculaire de noblesse et d'orgueil.

— C'est un crime, gémit Baupré, tout défaillant...

— Tu seras celui-là, proféra Sernine avec une violence inouïe... celui-là! Sinon tu redeviens Baupré, et sur Baupré, j'ai droit de vie ou de mort. Choisis. »

Il tira son revolver, l'arma et le braqua sur le jeune homme.

« Choisis! » répéta-t-il.

L'expression de son visage était implacable. Gérard eut peur et s'abattit sur le lit en sanglotant.

« Je veux vivre!

— Tu le veux fermement, irrévocablement?

— Oui, mille fois oui! Après la chose affreuse que j'ai tentée, la mort m'épouvante... Tout... tout plutôt que la mort!... Tout!... la souffrance... la faim... la maladie... toutes les tortures, toutes les infamies... le crime même, s'il le faut... mais pas la mort. »

Il frissonnait de fièvre et d'angoisse, comme si la grande ennemie rôdait encore autour de lui et qu'il se sentît impuissant à fuir l'étreinte de ses griffes.

Le prince redoubla d'efforts, et d'une voix ardente, le tenant sous lui comme une proie :

« Je ne te demande rien d'impossible, rien de mal... S'il y a quelque chose, j'en suis responsable... Non, pas de crime... un peu de souffrance, tout au plus,... un peu de ton sang qui coulera. Mais qu'est-ce que c'est, auprès de l'effroi de mourir?

— La souffrance m'est indifférente.

— Alors, tout de suite! clama Sernine. Tout de suite! dix secondes de souffrance, et ce sera tout... dix secondes, et la vie de l'autre t'appartiendra... »

Il l'avait empoigné à bras-le-corps, et, courbé sur une chaise, il lui tenait la main gauche à plat sur la table, les cinq doigts écartés. Rapidement il sortit de sa poche un couteau, en appuya le tranchant contre le petit doigt, entre la première et la deuxième jointure, et ordonna :

« Frappe! frappe toi-même! un coup de poing et c'est tout! »

Il lui avait pris la main droite et cherchait à l'abattre sur l'autre comme un marteau.

Gérard se tordit, convulsé d'horreur. Il comprenait.

« Jamais! bégaya-t-il, jamais!

— Frappe! un seul coup et c'est fait, un seul coup, et tu seras pareil à cet homme, nul ne te reconnaîtra.

— Son nom...

— Frappe d'abord...

— Jamais! oh! quel supplice... Je vous en prie... plus tard...

— Maintenant... je le veux... il le faut...

— Non... non... je ne peux pas...

— Mais frappe donc, imbécile, c'est la fortune, la gloire, l'amour. »

Gérard leva le poing, dans un élan...

« L'amour, dit-il... oui... pour cela, oui...

— Tu aimeras et tu seras aimé, proféra Sernine. Ta fiancée t'attend. C'est moi qui l'ai choisie. Elle est plus pure que les plus pures, plus belle que les plus belles. Mais il faut la conquérir. Frappe! »

Le bras se raidit pour le mouvement fatal, mais l'instinct fut plus fort. Une énergie surhumaine convulsa le jeune homme. Brusquement il rompit l'étreinte de Sernine et s'enfuit.

Il courut comme un fou vers l'autre pièce. Un hurlement de terreur lui échappa, à la vue de l'abominable spectacle, et il revint tomber auprès de la table, à genoux devant Sernine.

« Frappe! » dit celui-ci en étalant de nouveau les cinq doigts et en disposant la lame du couteau.

Ce fut mécanique. D'un geste d'automate, les yeux hagards, la face livide, le jeune homme leva son poing et frappa.

« Ah! » fit-il, dans un gémissement de douleur.

Le petit bout de chair avait sauté. Du sang coulait. Pour la troisième fois, il s'était évanoui.

Sernine le regarda quelques secondes et prononça doucement :

« Pauvre gosse!... Va, je te revaudrai ça, et au centuple. Je paie toujours royalement. »

Il descendit et retrouva le docteur en bas :

« C'est fini. A ton tour... Monte et fais-lui une incision dans la joue droite, pareille à celle de Pierre Leduc. Il faut que les deux cicatrices soient identiques. Dans une heure, je viens le rechercher.

— Où allez-vous?

— Prendre l'air. J'ai le cœur qui chavire. »

Dehors il respira longuement, puis il alluma une autre cigarette.

« Bonne journée, murmura-t-il. Un peu chargée, un peu fatigante, mais féconde, vraiment féconde. Me voici l'ami de Dolorès Kesselbach. Me voici l'ami de Geneviève. Je me suis confectionné un nouveau Pierre Leduc fort présentable et entièrement à ma dévotion. Et enfin j'ai trouvé pour Geneviève un mari comme on n'en trouve pas à la douzaine. Maintenant ma tâche est finie. Je n'ai plus qu'à recueillir le fruit de mes efforts. A vous de travailler, monsieur Lenormand. Moi, je suis prêt. »

Et il ajouta, en songeant au malheureux mutilé qu'il avait ébloui de ses promesses :

« Seulement... il y a un seulement... j'ignore tout à fait ce qu'était ce Pierre Leduc dont j'ai octroyé généreusement la place à ce bon jeune homme. Et ça, c'est embêtant... Car, enfin, rien ne me prouve que Pierre Leduc n'était pas le fils d'un charcutier!... »

M. LENORMAND A L'OUVRAGE

I

Le 31 mai, au matin, tous les journaux rappelaient que Lupin, dans une lettre écrite à M. Lenormand, avait annoncé pour cette date l'évasion de l'huissier Jérôme.

Et l'un deux résumait fort bien la situation à ce jour :

« L'affreux carnage du Palace Hôtel remonte au 17 avril. Qu'a-t-on découvert depuis? Rien.

« On avait trois indices : l'étui à cigarettes, les lettres L et M, le paquet de vêtements oublié dans le bureau de l'hôtel. Quel profit en a-t-on tiré? Aucun.

« On soupçonne, paraît-il, un des voyageurs qui habitaient le premier étage, et dont la disparition semble suspecte. L'a-t-on retrouvé? A-t-on établi son identité? Non.

« Donc, le drame est aussi mystérieux qu'à la première heure, les ténèbres aussi épaisses.

« Pour compléter ce tableau, on nous assure qu'il

y aurait désaccord entre le préfet de police et son subordonné M. Lenormand, et que celui-ci, moins vigoureusement soutenu par le président du Conseil, aurait virtuellement donné sa démission depuis plusieurs jours. L'affaire Kesselbach serait poursuivie par le sous-chef de la Sûreté, M. Weber, l'ennemi personnel de M. Lenormand.

« Bref, c'est le désordre, l'anarchie.

« En face, Lupin, c'est-à-dire la méthode, l'énergie, l'esprit de suite.

« Notre conclusion? Elle sera brève. Lupin enlèvera son complice aujourd'hui, 31 mai, ainsi qu'il l'a prédit. »

Cette conclusion, que l'on retrouvait dans toutes les autres feuilles, c'était celle également que le public avait adoptée. Et il faut croire que la menace n'avait pas été non plus sans porter en haut lieu, car le préfet de police, et, en l'absence de M. Lenormand, soi-disant malade, le sous-chef de la Sûreté, M. Weber, avaient pris les mesures les plus rigoureuses, tant au Palais de justice qu'à la prison de la Santé où se trouvait le prévenu.

Par pudeur on n'osa point suspendre, ce jour-là, les interrogatoires quotidiens de M. Formerie, mais, de la prison au boulevard du Palais, une véritable mobilisation de forces de police gardait les rues du parcours.

Au grand étonnement de tous, le 31 mai se passa et l'évasion annoncée n'eut pas lieu.

Il y eut bien quelque chose, un commencement d'exécution qui se traduisit par un embarras de tramways, d'omnibus et de camions au passage de la voiture cellulaire, et le bris inexplicable d'une des roues de cette voiture. Mais la tentative ne se précisa point davantage.

C'était donc l'échec. Le public en fut presque déçu, et la police triompha bruyamment.

Or, le lendemain, samedi, un bruit incroyable se répandit dans le Palais, courut dans les bureaux de rédaction : l'huissier Jérôme avait disparu.

Etait-ce possible?

Bien que les éditions spéciales confirmassent la nouvelle, on se refusait à l'admettre. Mais, à six heures, une note publiée par la *Dépêche du Soir* la rendit officielle :

Nous recevons la communication suivante signée d'Arsène Lupin. Le timbre spécial qui s'y trouve apposé, conformément à la circulaire que Lupin adressait dernièrement à la presse, nous certifie l'authenticité du document.

« Monsieur le Directeur,

« Veuillez m'excuser auprès du public de n'avoir point tenu ma parole hier. Au dernier moment je me suis aperçu que le 31 mai tombait un vendredi! Pouvais-je, un vendredi, rendre la liberté à mon ami? Je n'ai pas cru devoir assumer une telle responsabilité.

« Je m'excuse aussi de ne point donner ici, avec ma franchise habituelle, des explications sur la façon dont ce petit événement s'est effectué. Mon procédé est tellement ingénieux et tellement simple que je craindrais, en le dévoilant, que tous les malfaiteurs ne s'en inspirassent. Quel étonnement le jour où il me sera permis de parler! C'est tout cela, dira-t-on? Pas davantage, mais il fallait y penser.

« Je vous prie d'agréer, monsieur le Directeur...

« Signé : ARSÈNE LUPIN. »

Une heure après, M. Lenormand recevait un coup de téléphone : Valenglay, le président du Conseil, le demandait au ministère de l'Intérieur.

« Quelle bonne mine vous avez, mon cher Lenormand! Et moi qui vous croyais malade et qui n'osais pas vous déranger!

— Je ne suis pas malade, monsieur le président.

— Alors, cette absence, c'était par bouderie!... Toujours ce mauvais caractère.

— Que j'aie mauvais caractère, monsieur le président, je le confesse... mais que je boude, non.

— Mais vous restez chez vous! et Lupin en profite pour donner la clef des champs à ses amis...

— Pouvais-je l'en empêcher?

— Comment! mais la ruse de Lupin est grossière. Selon son procédé habituel, il a annoncé la date de l'évasion, tout le monde y a cru, un semblant de tentative a été esquissé. l'évasion ne s'est pas produite, et le lendemain, quand personne n'y pense plus, pffft, les oiseaux s'envolent.

— Monsieur le président, dit gravement le chef de la Sûreté, Lupin dispose de moyens tels que nous ne sommes pas en mesure d'empêcher ce qu'il a décidé. L'évasion était certaine, mathématique. J'ai préféré passer la main... et laisser le ridicule aux autres. »

Valenglay ricana :

« Il est de fait que M. le préfet de police, à l'heure actuelle, et que M. Weber ne doivent pas se réjouir...

Mais enfin, pouvez-vous m'expliquer, Lenormand?...

— Tout ce qu'on sait, monsieur le président, c'est que l'évasion s'est produite au Palais de justice. Le prévenu a été amené dans une voiture cellulaire et conduit dans le cabinet de M. Formerie... mais il n'est pas sorti du Palais de justice. Et cependant on ne sait ce qu'il est devenu.

— C'est ahurissant.

— Ahurissant.

— Et l'on n'a fait aucune découverte?

— Si. Le couloir intérieur qui longe les cabinets d'instruction était encombré d'une foule absolument insolite de prévenus, de gardes, d'avocats, d'huissiers, et l'on a fait cette découverte que tous ces gens avaient reçu de fausses convocations à comparaître à la même heure. D'autre part, aucun des juges d'instruction qui les avaient soi-disant convoqués n'est venu ce jour-là à son cabinet, et cela par suite de fausses convocations du parquet, les envoyant dans tous les coins de Paris... et de la banlieue.

— C'est tout?

— Non. On a vu deux gardes municipaux et un prévenu qui traversaient les cours. Dehors, un fiacre les attendait où ils sont montés tous les trois.

— Et votre hypothèse, Lenormand? Votre opinion?

— Mon hypothèse, monsieur le président, c'est que les deux gardes municipaux étaient des complices qui, profitant du désordre du couloir, se sont substitués aux vrais gardes. Et mon opinion, c'est que cette évasion n'a pu réussir que grâce à des circonstances si spéciales, à un ensemble de faits si étrange, que nous devons admettre comme certaines les complicités les plus inadmissibles. Au Palais, ailleurs, Lupin a des attaches qui déjouent tous nos calculs. Il en a dans la préfecture de police, il en a autour de moi. C'est une organisation formidable, un service de la Sûreté mille fois plus habile, plus audacieux, plus divers et plus souple que celui que je dirige.

— Et vous supportez cela, Lenormand!

— Non.

— Alors, pourquoi votre inertie depuis le début de cette affaire? Qu'avez-vous fait contre Lupin?

— J'ai préparé la lutte.

— Ah! parfait! Et pendant que vous prépariez, il agissait, lui.

— Moi aussi.

— Et vous savez quelque chose?

— Beaucoup.

— Quoi? parlez donc. »

M. Lenormand fit, en s'appuyant sur sa canne, une petite promenade méditative à travers la vaste pièce. Puis il s'assit en face de Valenglay, brossa du bout de ses doigts les parements de sa redingote olive, consolida sur son nez ses lunettes à branches d'argent, et lui dit nettement :

« Monsieur le président, j'ai dans la main trois atouts. D'abord, je sais le nom sous lequel se cache actuellement Arsène Lupin, le nom sous lequel il habitait boulevard Haussmann, recevant chaque jour ses collaborateurs, reconstituant et dirigeant sa bande.

— Mais alors, nom d'un chien, pourquoi ne l'arrêtez-vous pas?

— Je n'ai eu ces renseignements qu'après coup. Depuis, le prince... appelons-le prince Trois Etoiles, a disparu. Il est à l'étranger pour d'autres affaires.

— Et s'il ne reparaît pas?

— La situation qu'il occupe, la manière dont il s'est engagé dans l'affaire Kesselbach exigent qu'il reparaisse, et sous le même nom.

— Néanmoins...

— Monsieur le président, j'en arrive à mon second atout. J'ai fini par découvrir Pierre Leduc.

— Allons donc!

— Ou plutôt, c'est Lupin qui l'a découvert, et c'est Lupin qui, avant de disparaître, l'a installé dans une petite villa aux environs de Paris.

— Fichtre! mais comment avez-vous su?...

— Oh! facilement. Lupin a placé auprès de Pierre Leduc, comme surveillants et défenseurs, deux de ses complices. Or, ces complices sont des agents à moi, deux frères que j'emploie en grand secret et qui me le livreront à la première occasion.

— Bravo! bravo! de sorte que...

— De sorte que, comme Pierre Leduc est, pourrait-on dire, le point central autour duquel convergent tous les efforts de ceux qui sont en quête du fameux secret Kesselbach... par Pierre Leduc, j'aurai un jour ou l'autre : 1° l'auteur du triple assassinat, puisque ce misérable s'est substitué à M. Kesselbach dans l'accomplissement d'un projet grandiose, et jusqu'ici inconnu, et puisque M. Kesselbach avait besoin de retrouver Pierre Leduc pour l'accomplissement de ce projet; 2° j'aurai Arsène Lupin, puisque Arsène Lupin poursuit le même but.

— A merveille. Pierre Leduc est l'appât que vous tendez à l'ennemi.

— Et le poisson mord, monsieur le président. Je viens de recevoir un avis par lequel on a vu tantôt un individu suspect qui rôdait autour de la petite villa que Pierre Leduc occupe sous la protection de mes deux agents secrets. Dans quatre heures, je serai sur les lieux.

— Et le troisième atout, Lenormand?

— Monsieur le président, il est arrivé hier à l'adresse de M. Rudolf Kesselbach une lettre que j'ai interceptée.

— Interceptée, vous allez bien.

— ... que j'ai ouverte et que j'ai gardée pour moi. La voici. Elle date de deux mois. Elle est timbrée du Cap et contient ces mots :

« Mon bon Rudolf, je serai le 1er juin à Paris, et toujours aussi misérable que quand vous m'avez secouru. Mais j'espère beaucoup dans cette affaire de Pierre Leduc que je vous ai indiquée. Quelle étrange histoire! L'avez-vous retrouvé, lui? Où en sommes-nous? J'ai hâte de le savoir.

« Signé : votre fidèle Steinweg. »

« Le 1er juin, continua M. Lenormand, c'est aujourd'hui. J'ai chargé un de mes inspecteurs de me dénicher ce nommé Steinweg. Je ne doute pas de la réussite.

— Moi non plus, je n'en doute pas, s'écria Valenglay en se levant, et je vous fais toutes mes excuses, mon cher Lenormand, et mon humble confession : j'étais sur le point de vous lâcher... mais en plein! Demain, j'attendais le préfet de police et M. Weber.

— Je le savais, monsieur le président.

— Pas possible!

— Sans quoi, me serais-je dérangé? Aujourd'hui vous voyez mon plan de bataille. D'un côté je tends des pièges où l'assassin finira par se prendre : Pierre Leduc ou Steinweg me le livreront. De l'autre côté je rôde autour de Lupin. Deux de ses agents sont à ma solde et il les croit ses plus dévoués collaborateurs. En outre, il travaille pour moi, puisqu'il poursuit comme moi l'auteur du triple assassinat. Seulement il s'imagine me rouler, et c'est moi qui le roule. Donc, je réussirai, mais à une condition.

— Laquelle?

— C'est que j'aie les coudées franches, et que je puisse agir selon les nécessités du moment sans me soucier du public qui s'impatiente et de mes chefs qui intriguent contre moi.

— C'est convenu.

— En ce cas, monsieur le président, d'ici quelques jours je serai vainqueur... ou je serai mort. »

II

A Saint-Cloud. Une petite villa située sur l'un des points les plus élevés du plateau, le long d'un chemin peu fréquenté. Il est onze heures du soir. M. Lenormand a laissé son automobile à Saint-Cloud, et, suivant le chemin avec précaution, il s'approche.

Une ombre se détache.

« C'est toi, Gourel?

— Oui, chef.

— Tu as prévenu les frères Doudeville de mon arrivée?

— Oui, votre chambre est prête, vous pouvez vous coucher et dormir... A moins qu'on n'essaie d'enlever Pierre Leduc cette nuit, ce qui ne m'étonnerait pas, étant donné le manège de l'individu que les Doudeville ont aperçu. »

Ils franchirent le jardin, entrèrent doucement, et montèrent au premier étage. Les deux frères Jean et Jacques Doudeville étaient là.

« Pas de nouvelles du prince Sernine? leur demanda-t-il.

— Aucune, chef.

— Pierre Leduc?

— Il reste étendu toute la journée dans sa chambre du rez-de-chaussée, ou dans le jardin. Il ne monte jamais nous voir.

— Il va mieux?

— Bien mieux. Le repos le transforme à vue d'œil.

— Il est tout dévoué à Lupin?

— Au prince Sernine plutôt, car il ne se doute pas que les deux ça ne fait qu'un. Du moins, je le suppose, on ne sait rien avec lui. Il ne parle jamais. Ah! c'est un drôle de pistolet. Il n'y a qu'une personne qui ait le don de l'animer, de le faire causer, et même rire. C'est une jeune fille de Garches, à laquelle le prince Sernine l'a présenté, Geneviève Ernemont. Elle est venue trois fois déjà... Encore aujourd'hui... »

Il ajouta en plaisantant :

« Je crois bien qu'on flirte un peu... C'est comme Son Altesse le prince Sernine et Mme Kesselbach... il paraît qu'il lui fait des yeux!... ce sacré Lupin!... »

M. Lenormand ne répondit pas. On sentait que tous ces détails, dont il ne paraissait pas faire état, s'enregistraient au plus profond de sa mémoire, pour l'instant où il lui faudrait en tirer les conclusions logiques.

Il alluma un cigare, le mâchonna sans le fumer, le ralluma et le laissa tomber.

Il posa encore deux ou trois questions, puis, tout habillé, il se jeta sur son lit.

« S'il y a la moindre chose, qu'on me réveille... Sinon, je dors. Allez... chacun à son poste. »

Les autres sortirent. Une heure s'écoula, deux heures...

Soudain, M. Lenormand sentit qu'on le touchait, et Gourel lui dit :

« Debout, chef, on a ouvert la barrière.

— Un homme, deux hommes?

— Je n'en ai vu qu'un... La lune a paru à ce moment... il s'est accroupi contre un massif.

— Et les frères Doudeville?

— Je les ai envoyés dehors, par-derrière. Ils lui couperont la retraite quand le moment sera venu. »

Gourel saisit la main de M. Lenormand, le conduisit en bas, puis dans une pièce obscure.

« Ne bougez pas, chef, nous sommes dans le cabinet de toilette de Pierre Leduc. J'ouvre la porte de l'alcôve où il couche... Ne craignez rien... il a pris son véronal comme tous les soirs... rien ne le réveille. Venez là... Hein, la cachette est bonne?... ce sont les rideaux de son lit... D'ici, vous voyez la fenêtre et tout le côté de la chambre qui va du lit à la fenêtre. »

Elle était grande ouverte, cette fenêtre, et une confuse clarté pénétrait, très précise par moments, lorsque la lune écartait le voile des nuages.

Les deux hommes ne quittaient pas des yeux le cadre vide de la croisée, certains que l'événement attendu se produirait par là.

Un léger bruit... un craquement...

« Il escalade le treillage, souffla Gourel.

— C'est haut?

— Deux mètres... deux mètres cinquante... »

Les craquements se précisèrent.

« Va-t'en, Gourel, murmura Lenormand, rejoins les Doudeville... ramène-les au pied du mur, et barrez la route à quiconque descendra d'ici. »

Gourel s'en alla.

Au même moment une tête apparut au ras de la fenêtre, puis une ombre enjamba le balcon. M. Lenormand distingua un homme mince, de taille au-dessous de la moyenne, vêtu de couleur foncée, et sans chapeau.

L'homme se retourna et, penché au-dessus du balcon, regarda quelques secondes dans le vide comme pour s'assurer qu'aucun danger ne le menaçait. Puis il se courba et s'étendit sur le parquet. Il semblait immobile. Mais, au bout d'un instant, M. Lenormand se rendit compte que la tache noire qu'il formait dans l'obscurité avançait, s'approchait.

Elle gagna le lit.

Il eut l'impression qu'il entendait la respiration de cet être, et même qu'il devinait ses yeux, des yeux étincelants, aigus, qui perçaient les ténèbres comme des traits de feu, et qui *voyaient,* eux, à travers ces ténèbres.

Pierre Leduc eut un profond soupir et se retourna.

De nouveau le silence.

L'être avait glissé le long du lit par mouvements insensibles, et la silhouette sombre se détachait sur la blancheur des draps qui pendaient.

Si M. Lenormand avait allongé le bras, il l'eût touché. Cette fois il distingua nettement cette respiration nouvelle qui alternait avec celle du dormeur, et il eut l'illusion qu'il percevait aussi le bruit d'un cœur qui battait.

Tout à coup un jet de lumière... L'homme avait fait jouer le ressort d'une lanterne électrique à projecteur, et Pierre Leduc se trouva éclairé en plein visage. Mais l'homme, lui, restait dans l'ombre, et M. Lenormand ne put voir sa figure.

Il vit seulement quelque chose qui luisait dans le champ de la clarté, et il tressaillit. C'était la lame d'un couteau, et ce couteau, effilé, menu, stylet plutôt que poignard, lui parut identique au couteau qu'il avait ramassé près du cadavre de Chapman, le secrétaire de M. Kesselbach.

De toute sa volonté il se retint pour ne pas sauter sur l'homme. Auparavant, il voulait voir ce qu'il venait faire...

La main se leva. Allait-elle frapper? M. Lenormand calcula la distance pour arrêter le coup. Mais non, ce n'était pas un geste de meurtre, mais un geste de précaution.

Si Pierre Leduc remuait, s'il tentait d'appeler, la main s'abattrait. Et l'homme s'inclina vers le dormeur, comme s'il examinait quelque chose.

« La joue droite... pensa M. Lenormand, la cicatrice de la joue droite... il veut s'assurer que c'est bien Pierre Leduc. »

L'homme s'était un peu tourné, de sorte qu'on n'apercevait que les épaules. Mais les vêtements, le pardessus étaient si proches qu'ils frôlaient les rideaux derrière lesquels se cachait M. Lenormand.

« Un mouvement de sa part, pensa-t-il, un frisson d'inquiétude, et je l'empoigne. »

Mais l'homme ne bougea pas, tout entier à son examen.

Enfin, après avoir passé son poignard dans la main qui tenait la lanterne, il releva le drap de lit, à peine d'abord, puis un peu plus, puis davantage, de sorte qu'il advint que le bras gauche du dormeur fut découvert et que la main fut à nu.

Le jet de la lanterne éclaira cette main. Quatre

doigts s'étalaient. Le cinquième était coupé à la seconde phalange.

Une deuxième fois Pierre Leduc fit un mouvement. Aussitôt la lumière s'éteignit, et durant un instant l'homme resta auprès du lit, immobile, tout droit. Allait-il se décider à frapper? M. Lenormand eut l'angoisse du crime qu'il pouvait empêcher si aisément, mais qu'il ne voulait prévenir cependant qu'à la seconde suprême.

Un long, un très long silence. Subitement, il eut la vision, inexacte d'ailleurs, d'un bras qui se levait. Instinctivement il bougea, tendant la main au-dessus du dormeur. Dans son geste il heurta l'homme.

Un cri sourd. L'individu frappa dans le vide, se défendit au hasard, puis s'enfuit vers la fenêtre. Mais M. Lenormand avait bondi sur lui, et lui encerclait les épaules de ses deux bras.

Tout de suite, il le sentit qui cédait, et qui, plus faible, impuissant, se dérobait à la lutte et cherchait à glisser entre ses bras. De toutes ses forces il le plaqua contre lui, le ploya en deux et l'étendit à la renverse sur le parquet.

« Ah! je te tiens... je te tiens », murmura-t-il, triomphant.

Et il éprouvait une singulière ivresse à emprisonner de son étreinte irrésistible ce criminel effrayant, ce monstre innommable. Il se sentait vivre et frémir, rageur et désespéré, leurs deux existences mêlées, leurs souffles confondus.

« Qui es-tu? dit-il... qui es-tu?... il faudra bien parler... »

Et il serrait le corps de l'ennemi avec une énergie croissante, car il avait l'impression que ce corps diminuait entre ses bras, qu'il s'évanouissait. Il serra davantage... et davantage...

Et soudain il frissonna des pieds à la tête. Il avait senti, il sentait une toute petite piqûre à la gorge... Exaspéré, il serra encore plus : la douleur augmenta. Et il se rendit compte que l'homme avait réussi à tordre son bras, à glisser sa main jusqu'à sa poitrine et à dresser son poignard. Le bras, certes, était immobilisé, mais à mesure que M. Lenormand resserrait le nœud de l'étreinte, la pointe du poignard entrait dans la chair offerte.

Il renversa un peu la tête pour échapper à cette pointe : la pointe suivit le mouvement et la plaie s'élargit.

Alors il ne bougea plus, assailli par le souvenir des trois crimes, et par tout ce que représentait d'effarant, d'atroce et de fatidique cette même petite aiguille d'acier qui trouait sa peau, et qui s'enfonçait, elle aussi, implacablement...

D'un coup, il lâcha prise et bondit en arrière. Puis, tout de suite, il voulut reprendre l'offensive. Trop tard.

L'homme enjambait la fenêtre et sautait.

« Attention, Gourel! » cria-t-il, sachant que Gourel était là, prêt à recevoir le fugitif.

Il se pencha.

Un froissement de galets... une ombre entre deux arbres... le claquement de la barrière... Et pas d'autre bruit... Aucune intervention...

Sans se soucier de Pierre Leduc, il appela :

« Gourel!... Doudeville! »

Aucune réponse. Le grand silence nocturne de la campagne...

Malgré lui il songea encore au triple assassinat, au stylet d'acier. Mais non, c'était impossible, l'homme n'avait pas eu le temps de frapper, il n'en avait même pas eu besoin, ayant trouvé le chemin libre.

A son tour il sauta et, faisant jouer le ressort de sa lanterne, il reconnut Gourel qui gisait sur le sol.

« Crebleu! jura-t-il... S'il est mort, on me le paiera cher. »

Mais Gourel vivait, étourdi seulement, et, quelques minutes plus tard, revenant à lui, il grognait :

« Un coup de poing, chef... un simple coup de poing en pleine poitrine. Mais quel gaillard!

— Ils étaient deux alors?

— Oui, un petit, qui est monté, et puis un autre qui m'a surpris pendant que je veillais.

— Et les Doudeville?

— Pas vus. »

On retrouva l'un d'eux, Jacques, près de la barrière, tout sanglant, la mâchoire démolie, l'autre un peu plus loin, suffoquant, la poitrine défoncée.

« Quoi? Qu'y a-t-il? » demanda M. Lenormand.

Jacques raconta que son frère et lui s'étaient heurtés à un individu qui les avait mis hors de combat avant qu'ils n'eussent le temps de se défendre.

« Il était seul?

— Non, quand il est repassé près de nous, il était accompagné d'un camarade, plus petit que lui.

— As-tu reconnu celui qui t'a frappé?

— A la carrure, ça m'a semblé l'Anglais du Palace Hôtel, celui qui a quitté l'hôtel et dont nous avons perdu la trace.

— Le major?

— Oui, le major Parbury. »

III

Après un instant de réflexion, M. Lenormand prononça :

« Le doute n'est plus permis. Ils étaient deux dans l'affaire Kesselbach, l'homme au poignard, qui a tué, et son complice, le major.

— C'est l'avis du prince Sernine, murmura Jacques Doudeville.

— Et ce soir, continua le chef de la Sûreté, ce sont eux encore... les deux mêmes. »

Et il ajouta :

« Tant mieux. On a cent fois plus de chances de prendre deux coupables qu'un seul. »

M. Lenormand soigna ses hommes, les fit mettre au lit, et chercha si les assaillants n'avaient point perdu quelque objet ou laissé quelque trace. Il ne trouva rien, et se coucha.

Au matin, Gourel et les Doudeville ne se ressentant pas trop de leurs blessures, il ordonna aux deux frères de battre les environs, et il partit avec Gourel pour Paris, afin d'expédier ses affaires et de donner ses ordres.

Il déjeuna dans son bureau. A deux heures, il apprit une bonne nouvelle. Un de ses meilleurs agents, Dieuzy, avait cueilli, à la descente d'un train venant de Marseille, l'Allemand Steinweg, le correspondant de Rudolf Kesselbach.

« Dieuzy est là? dit-il.

— Oui, chef, répondit Gourel, il est là avec l'Allemand.

— Qu'on me les amène. »

A ce moment il reçut un coup de téléphone. C'était Jean Doudeville qui le demandait, du bureau de Garches. La communication fut rapide.

« C'est toi, Jean? du nouveau?

— Oui, chef, le major Parbury...

— Eh bien?

— Nous l'avons retrouvé. Il est devenu Espagnol et il s'est bruni la peau. Nous venons de le voir. Il pénétrait dans l'école libre de Garches. Il a été reçu par cette demoiselle... vous savez, la jeune fille qui connaît le prince Sernine, Geneviève Ernemont.

— Tonnerre! »

M. Lenormand lâcha l'appareil, sauta sur son chapeau, se précipita dans le couloir, rencontra Dieuzy et l'Allemand, et leur cria :

« A six heures... rendez-vous ici... »

Il dégringola l'escalier, suivi de Gourel et de trois inspecteurs qu'il avait cueillis au passage, et s'engouffra dans son automobile.

« A Garches... dix francs de pourboire. »

Un peu avant le parc de Villeneuve, au détour de la ruelle qui conduit à l'école, il fit stopper. Jean Doudeville, qui l'attendait, s'écria aussitôt :

« Le coquin a filé par l'autre côté de la ruelle, il y a dix minutes.

— Seul?

— Non, avec la jeune fille. »

M. Lenormand empoigna Doudeville au collet :

« Misérable! tu l'as laissé partir! mais il fallait...

— Mon frère est sur sa piste.

— Belle avance! il le sèmera, ton frère. Est-ce que vous êtes de force? »

Il prit lui-même la direction de l'auto et s'engagea résolument dans la ruelle, insouciant des ornières et des fourrés. Très vite, ils débouchèrent sur un chemin vicinal qui les conduisit à un carrefour où s'embranchaient cinq routes. Sans hésiter, M. Lenormand choisit la route de gauche, celle de Saint-Cucufa. De fait, au haut de la côte qui descend vers l'étang, ils dépassèrent l'autre frère Doudeville qui leur cria :

« Ils sont en voiture... à un kilomètre. »

Le chef n'arrêta pas. Il lança l'auto dans la descente, brûla les virages, contourna l'étang et soudain jeta une exclamation de triomphe.

Au sommet d'une petite montée qui se dressait audevant d'eux, il avait vu la capote d'une voiture.

Malheureusement, il s'était engagé sur une mauvaise route. Il dut faire machine en arrière.

Quand il fut revenu à l'embranchement, la voiture était encore là, arrêtée. Et, tout de suite, pendant qu'il virait, il aperçut une femme qui sautait de la voiture. Un homme apparut sur le marchepied. La femme allongea le bras. Deux détonations retentirent.

Elle avait mal visé sans doute, car une tête surgit de l'autre côté de la capote, et l'homme, avisant l'automobile, cingla d'un grand coup de fouet son cheval qui partit au galop. Et aussitôt un tournant cacha la voiture.

En quelques secondes, M. Lenormand acheva la manœuvre, piqua droit sur la montée, dépassa la jeune fille sans s'arrêter, et hardiment tourna.

C'était un chemin forestier qui descendait, abrupt et rocailleux, entre des bois épais, et qu'on ne pouvait suivre que très lentement, avec les plus grandes précautions. Mais qu'importait! A vingt pas en avant, la voiture, une sorte de cabriolet à deux roues, dansait sur les pierres, traînée, retenue plutôt par un cheval qui ne se risquait que prudemment et à pas comptés. Il n'y avait plus rien à craindre, la fuite était impossible.

Et les deux véhicules roulèrent de haut en bas, cahotés et secoués. Un moment même, ils furent si près l'un de l'autre que M. Lenormand eut l'idée de mettre pied à terre et de courir avec ses hommes. Mais il sentit le péril qu'il y aurait à freiner sur une pente aussi brutale, et il continua, serrant l'ennemi de près, comme une proie que l'on tient à portée de son regard, à portée de sa main.

« Ça y est, chef... ça y est!... » murmuraient les inspecteurs, étreints par l'imprévu de cette chasse.

En bas de la route s'amorçait un chemin qui se dirigeait vers la Seine, vers Bougival. Sur terrain plat, le cheval partit au petit trot, sans se presser, et en tenant le milieu de la voie.

Un effort violent ébranla l'automobile. Elle eut l'air, plutôt que de rouler, d'agir par bonds ainsi qu'un fauve qui s'élance, et, se glissant le long du talus, prête à briser tous les obstacles, elle rattrapa la voiture, se mit à son niveau, la dépassa...

Un juron de M. Lenormand... Des clameurs de rage... La voiture était vide!

La voiture était vide. Le cheval s'en allait paisiblement les rênes sur le dos, retournant sans doute à l'écurie de quelque auberge environnante où on l'avait pris en location pour la journée.

Etouffant sa colère, le chef de la Sûreté dit simplement :

« Le major aura sauté pendant les quelques secondes où nous avons perdu de vue la voiture, au début de la descente.

— Nous n'avons qu'à battre les bois, chef, et nous sommes sûrs...

— De rentrer bredouilles. Le gaillard est loin, allez, et il n'est pas de ceux qu'on pince deux fois dans la même journée. Ah! crénom de crénom! »

Ils rejoignirent la jeune fille qu'ils trouvèrent en compagnie de Jacques Doudeville, et qui ne paraissait nullement se ressentir de son aventure.

M. Lenormand, s'étant fait connaître, s'offrit à la ramener chez elle, et, tout de suite, il l'interrogea sur le major anglais Parbury. Elle s'étonna :

« Il n'est ni major ni Anglais, et il ne s'appelle pas Parbury.

— Alors il s'appelle?

— Juan Ribeira, il est Espagnol, et chargé par son gouvernement d'étudier le fonctionnement des écoles françaises.

— Soit. Son nom et sa nationalité n'ont pas d'importance. C'est bien celui que nous cherchons. Il y a longtemps que vous le connaissez?

— Une quinzaine de jours. Il avait entendu parler d'une école que j'ai fondée à Garches, et il s'intéressait à ma tentative, au point de me proposer une subvention annuelle à la seule condition qu'il pût venir de temps à autre constater les progrès de mes élèves. Je n'avais pas le droit de refuser...

— Non, évidemment, mais il fallait consulter autour de vous... N'êtes-vous pas en relation avec le prince Sernine? C'est un homme de bon conseil.

— Oh! j'ai toute confiance en lui, mais actuellement il est en voyage.

— Vous n'aviez pas son adresse?

— Non. Et puis, que lui aurais-je dit? Ce monsieur se conduisait fort bien. Ce n'est qu'aujourd'hui... Mais je ne sais...

— Je vous en prie, mademoiselle, parlez-moi franchement... En moi aussi vous pouvez avoir confiance.

— Eh bien, M. Ribiera est venu tantôt. Il m'a dit qu'il était envoyé par une dame française de passage à Bougival, que cette dame avait une petite fille dont elle désirait me confier l'éducation, et qu'elle me priait de venir sans retard. La chose me parut toute naturelle. Et comme c'est aujourd'hui congé, comme M. Ribeira avait loué une voiture qui l'attendait au bout du chemin, je ne fis point de difficulté pour y prendre place.

— Mais enfin, quel était son but? »

Elle rougit et prononça :

« M'enlever tout simplement. Au bout d'une demi-heure il me l'avouait.

— Vous ne savez rien sur lui?

— Non.

— Il demeure à Paris?

— Je le suppose.

— Il ne vous a pas écrit? Vous n'avez pas quelques lignes de sa main, un objet oublié, un indice qui puisse nous servir?

— Aucun indice... Ah! cependant... mais cela n'a sans doute aucune importance...

— Parlez!... parlez!... je vous en prie.

— Eh bien, il y a deux jours, ce monsieur m'a demandé la permission d'utiliser la machine à écrire dont je me sers, et il a composé — difficilement, car il n'était pas exercé — une lettre dont j'ai surpris par hasard l'adresse.

— Et cette adresse?

— Il écrivait au *Journal,* et il glissa dans l'enveloppe une vingtaine de timbres.

— Oui, la petite correspondance sans doute, fit Lenormand.

— J'ai le numéro d'aujourd'hui, chef », dit Gourel.

M. Lenormand déplia la feuille et consulta la huitième page. Après un instant il eut un sursaut. Il avait lu cette phrase rédigée avec les abréviations d'usage :

Nous informons toute personne connaissant M. Steinweg que nous voudrions savoir s'il est à Paris, et son adresse. Répondre par la même voie.

« Steinweg, s'écria Gourel, mais c'est précisément l'individu que Dieuzy nous amène. »

« Oui, oui, fit M. Lenormand en lui-même, c'est l'homme dont j'ai intercepté la lettre à Kesselbach, l'homme qui a lancé celui-ci sur la piste de Pierre Leduc... Ainsi donc, eux aussi, ils ont besoin de renseignements sur Pierre Leduc et sur son passé... Eux aussi, ils tâtonnent... »

Il se frotta les mains : Steinweg était à sa disposition. Avant une heure Steinweg aurait parlé. Avant une heure le voile des ténèbres qui l'opprimaient et qui faisaient de l'affaire Kesselbach la plus angoissante et la plus impénétrable des affaires dont il eût poursuivi la solution, ce voile serait déchiré.

M. LENORMAND SUCCOMBE

I

A SIX heures du soir, M. Lenormand rentrait dans son cabinet de la préfecture de police.

Tout de suite il manda Dieuzy.

« Ton bonhomme est là?

— Oui.

— Où en es-tu avec lui?

— Pas bien loin. Il ne souffle pas mot. Je lui ai dit que, d'après une nouvelle ordonnance, les étrangers étaient tenus à une déclaration de séjour à la Préfecture et je l'ai conduit ici, dans le bureau de votre secrétaire.

— Je vais l'interroger. »

Mais à ce moment un garçon survint.

« C'est une dame, chef, qui demande à vous parler tout de suite.

— Sa carte?

— Voici.

— Mme Kesselbach! Fais entrer. »

Lui-même il alla au-devant de la jeune femme et

la pria de s'asseoir. Elle avait toujours son même regard désolé, sa mine maladive et cet air d'extrême lassitude où se révélait la détresse de sa vie.

Elle tendit le numéro du *Journal,* en désignant à l'endroit de la petite correspondance la ligne où il était question du sieur Steinweg.

« Le père Steinweg était un ami de mon mari, dit-elle, et je ne doute pas qu'il ne sache beaucoup de choses.

— Dieuzy, fit Lenormand, amène la personne qui attend... Votre visite, madame, n'aura pas été inutile. Je vous prie seulement, quand cette personne entrera, de ne pas dire un mot. »

La porte s'ouvrit. Un homme apparut, un vieillard à collier de barbe blanche, à figure striée de rides profondes, pauvrement vêtu, l'air traqué de ces misérables qui roulent à travers le monde en quête de la pitance quotidienne.

Il resta sur le seuil, les paupières clignotantes, regarda M. Lenormand, sembla gêné par le silence qui l'accueillait, et tourna son chapeau entre ses mains avec embarras.

Mais soudain il parut stupéfait, ses yeux s'agrandirent, et il bégaya :

« Madame... madame Kesselbach. »

Il avait vu la jeune femme.

Et rasséréné, souriant, sans plus de timidité, il s'approcha d'elle, et avec un mauvais accent :

« Ah! je suis content... enfin!... je croyais bien que jamais... j'étais étonné... pas de nouvelles là-bas... pas de télégramme... Et comment va ce bon Rudolf Kesselbach? »

La jeune femme eut un geste de recul, comme

frappée en plein visage, et, d'un coup, elle tomba sur une chaise et se mit à sangloter.

« Quoi! eh bien, quoi?... » fit Steinweg.

M. Lenormand s'interposa aussitôt.

« Je vois, monsieur, que vous ignorez certains événements qui ont eu lieu récemment. Il y a donc longtemps que vous êtes en voyage?

— Oui, trois mois... J'étais remonté jusqu'aux mines. Ensuite, je suis revenu à Capetown, d'où j'ai écrit à Rudolf. Mais en route j'ai accepté du travail à Port-Saïd. Rudolf a reçu ma lettre, je suppose?

— Il est absent. Je vous expliquerai les raisons de cette absence. Mais, auparavant, il est un point sur lequel nous voudrions quelques renseignements. Il s'agit d'un personnage que vous avez connu, et que vous désigniez dans vos entretiens avec M. Kesselbach sous le nom de Pierre Leduc.

— Pierre Leduc! Quoi! Qui vous a dit? »

Le vieillard fut bouleversé.

Il balbutia de nouveau :

« Qui vous a dit? Qui vous a révélé?

— M. Kesselbach.

— Jamais! c'est un secret que je lui ai révélé, et Rudolf garde ses secrets... surtout celui-ci...

— Cependant il est indispensable que vous nous répondiez. Nous faisons actuellement sur Pierre Leduc une enquête qui doit aboutir sans retard, et vous seul pouvez nous éclairer, puisque M. Kesselbach n'est plus là.

— Enfin, quoi, s'écria Steinweg, paraissant se décider, que vous faut-il?

— Vous connaissez Pierre Leduc?

— Je ne l'ai jamais vu, mais depuis longtemps je

suis possesseur d'un secret qui le concerne. A la suite d'incidents inutiles à raconter, et grâce à une série de hasards, j'ai fini par acquérir la certitude que celui dont la découverte m'intéressait vivait à Paris dans le désordre, et qu'il se faisait appeler Pierre Leduc, ce qui n'est pas son véritable nom.

— Mais le connaît-il, lui, son véritable nom?

— Je le suppose.

— Et vous?

— Moi, je le connais.

— Eh bien, dites-le-nous. »

Il hésita, puis violemment :

« Je ne le peux pas... je ne le peux pas...

— Mais pourquoi?

— Je n'en ai pas le droit. Tout le secret est là. Or, ce secret, quand je l'ai dévoilé à Rudolf, il y a attaché tant d'importance qu'il m'a donné une grosse somme d'argent pour acheter mon silence, et qu'il m'a promis une fortune, une vraie fortune, pour le jour où il parviendrait, d'abord à retrouver Pierre Leduc, et ensuite à tirer parti du secret. »

Il sourit amèrement :

« La grosse somme d'argent est déjà perdue. Je venais prendre des nouvelles de ma fortune.

— M. Kesselbach est mort », prononça le chef de la Sûreté.

Steinweg bondit.

« Mort! est-ce possible! non, c'est un piège. Madame Kesselbach, est-il vrai? »

Elle baissa la tête.

Il sembla écrasé par cette révélation imprévue, et, en même temps, elle devait lui être infiniment douloureuse, car il se mit à pleurer.

« Mon pauvre Rudolf, je l'avais vu tout petit... il venait jouer chez moi à Augsbourg... Je l'aimais bien. »

Et invoquant le témoignage de Mme Kesselbach :

« Et lui aussi, n'est-ce pas, madame, il m'aimait bien? il a dû vous le dire... son vieux père Steinweg, comme il m'appelait. »

M. Lenormand s'approcha de lui, et, de sa voix la plus nette :

« Ecoutez-moi. M. Kesselbach est mort assassiné... Voyons, soyez calme... les cris sont inutiles... Il est mort assassiné, et toutes les circonstances du crime prouvent que le coupable était au courant de ce fameux projet. Y aurait-il quelque chose dans la nature de ce projet qui vous permettrait de deviner?... »

Steinweg restait interdit. Il balbutia :

« C'est de ma faute... Si je ne l'avais pas lancé sur cette voie... »

Mme Kesselbach s'avança suppliante.

« Vous croyez... vous avez une idée... Oh! je vous en prie, Steinweg...

— Je n'ai pas d'idée... je n'ai pas réfléchi, murmura-t-il... il faudrait que je réfléchisse...

— Cherchez dans l'entourage de M. Kesselbach, lui dit Lenormand... Personne n'a été mêlé à vos conférences à ce moment-là? Lui-même n'a pu se confier à personne?

— A personne.

— Cherchez bien. »

Tous deux, Dolorès et M. Lenormand, penchés sur lui, attendaient anxieusement sa réponse.

« Non, fit-il... je ne vois pas...

— Cherchez bien, reprit le chef de la Sûreté... le

prénom et le nom de l'assassin ont comme initiale un L et un M.

— Un L, répéta-t-il... je ne vois pas... un L... un M...

— Oui, les lettres sont en or et marquent le coin d'un étui à cigarettes qui appartenait à l'assassin.

— Un étui à cigarettes? fit Steinweg avec un effort de mémoire.

— En acier bruni... et l'un des compartiments intérieurs est divisé en deux parties, la plus petite pour le papier à cigarettes, l'autre pour le tabac...

— En deux parties, en deux parties, redisait Steinweg, dont les souvenirs semblaient réveillés par ce détail. Ne pourriez-vous me montrer cet objet?

— Le voici, ou plutôt en voici une reproduction exacte, dit Lenormand en lui donnant un étui à cigarettes.

— Hein! Quoi!... » fit Steinweg en prenant l'étui.

Il le contemplait d'un œil stupide, l'examinait, le retournait en tous sens, et soudain il poussa un cri, le cri d'un homme que heurte une effroyable idée. Et il resta là, livide, les mains tremblantes, les yeux hagards.

« Parlez, mais parlez donc, ordonna M. Lenormand.

— Oh! fit-il comme aveuglé de lumière, tout s'explique...

— Parlez, mais parlez donc... »

Il les repoussa tous deux, marcha jusqu'aux fenêtres en titubant, puis revint sur ses pas, et se jetant sur le chef de la Sûreté :

« Monsieur, monsieur... l'assassin de Rudolf, je vais vous le dire... Eh bien... »

Il s'interrompit.

« Eh bien?... » firent les autres.

Une minute de silence... Dans la grande paix du bureau, entre ces murs qui avaient entendu tant de confessions, tant d'accusations, le nom de l'abominable criminel allait-il résonner? Il semblait à M. Lenormand qu'il était au bord de l'abîme insondable, et qu'une voix montait, montait jusqu'à lui... Quelques secondes encore et il saurait...

« Non, murmura Steinweg, non, je ne peux pas...

— Qu'est-ce que vous dites? s'écria le chef de la Sûreté, furieux.

— Je dis que je ne peux pas.

— Mais vous n'avez pas le droit de vous taire! La justice exige.

— Demain, je parlerai, demain... il faut que je réfléchisse... Demain je vous dirai tout ce que je sais sur Pierre Leduc... tout ce que je suppose à propos de cet étui... Demain, je vous le promets... »

On sentait en lui cette sorte d'obstination à laquelle se heurtent vainement les efforts les plus énergiques. M. Lenormand céda.

« Soit. Je vous donne jusqu'à demain, mais je vous avertis que si demain vous ne parlez pas, je serai obligé d'avertir le juge d'instruction. »

Il sonna, et prenant l'inspecteur Dieuzy à part :

« Accompagne-le jusqu'à son hôtel... et restes-y... je vais t'envoyer deux camarades... Et surtout, ouvre l'œil et le bon. On pourrait essayer de nous le prendre. »

L'inspecteur emmena Steinweg, et M. Lenormand, revenant vers Mme Kesselbach que cette scène avait violemment émue, s'excusa :

« Croyez à tous mes regrets, madame... je comprends à quel point vous devez être affectée... »

Il l'interrogea sur l'époque où M. Kesselbach était

rentré en relations avec le vieux Steinweg et sur la durée de ces relations. Mais elle était si lasse qu'il n'insista pas.

« Dois-je revenir demain? demanda-t-elle.

— Mais non, mais non. Je vous tiendrai au courant de tout ce que dira Steinweg. Voulez-vous me permettre de vous offrir mon bras jusqu'à votre voiture?... Ces trois étages sont si durs à descendre... »

Il ouvrit la porte et s'effaça devant elle. Au même moment des exclamations se firent entendre dans le couloir, et des gens accoururent, des inspecteurs de service, des garçons de bureau...

« Chef! Chef!

— Qu'y a-t-il?

— Dieuzy!...

— Mais il sort d'ici...

— On l'a trouvé dans l'escalier.

— Mort?...

— Non, assommé, évanoui...

— Mais l'homme?... l'homme qui était avec lui?... le vieux Steinweg?...

— Disparu...

— Tonnerre!... »

II

Il s'élança dans le couloir, dégringola l'escalier, et, au milieu d'un groupe de personnes qui le soignaient, il trouva Dieuzy étendu sur le palier du premier étage.

Il aperçut Gourel qui remontait.

« Ah! Gourel, tu viens d'en bas? Tu as rencontré quelqu'un?

— Non, chef... »

Mais Dieuzy se ranimait, et tout de suite, les yeux à peine ouverts, il marmotta :

« Ici, sur le palier, la petite porte...

— Ah! bon sang, la porte de la septième chambre! s'écria le chef de la Sûreté... J'avais pourtant bien dit qu'on la ferme à clef... Il était certain qu'un jour ou l'autre[1]... »

Il se rua sur la poignée.

« Eh parbleu! le verrou est poussé de l'autre côté, maintenant. »

1. Depuis que M. Lenormand n'est plus à la Sûreté, deux malfaiteurs se sont enfuis par la même porte, après s'être débarrassés des agents qui les escortaient. La police a fait le silence sur cette double évasion. Pourquoi donc, si ce passage est indispensable, ne supprime-t-on pas de l'autre côté l'inutile verrou qui permet au fugitif de couper court à toute poursuite, et de s'en aller tranquillement par le couloir de la septième chambre civile et par la galerie de la première présidence?

La porte était vitrée en partie. Avec la crosse de son revolver, il brisa un carreau, puis tira le verrou et dit à Gourel :

« Galope par là jusqu'à la sortie de la place Dauphine... »

Et, revenant à Dieuzy :

« Allons, Dieuzy, cause. Comment t'es-tu laissé mettre dans cet état?

— Un coup de poing, chef...

— Un coup de poing de ce vieux? mais il ne tient pas debout...

— Pas du vieux, chef, mais d'un autre qui se promenait dans le couloir pendant que Steinweg était avec vous, et qui nous a suivis comme s'il s'en allait, lui aussi... Arrivé là, il m'a demandé si j'avais du feu... J'ai cherché ma boîte d'allumettes... Alors il en a profité pour m'allonger son poing dans l'estomac... Je suis tombé, et, en tombant, j'ai eu l'impression qu'il ouvrait cette porte et qu'il entraînait le vieux...

— Tu pourrais le reconnaître?

— Ah! oui, chef... un gaillard solide, la peau noire... un type du Midi, pour sûr...

— Ribeira... grinça M. Lenormand... toujours lui!... Ribeira, alias Parbury. Ah! le forban, quelle audace!... Il avait peur du vieux Steinweg... il est venu le cueillir, ici même, à ma barbe!... »

Et frappant du pied avec colère :

« Mais, cristi, comment a-t-il su que Steinweg était là, le bandit! Il n'y a pas quatre heures, je le pourchassais dans les bois de Saint-Cucufa... et maintenant le voici!... Comment a-t-il su?... Il vit donc dans ma peau?... »

Il fut pris d'un de ces accès de rêverie où il semblait

ne plus rien entendre et ne plus rien voir. Mme Kesselbach, qui passait à ce moment, le salua sans qu'il répondît.

Mais un bruit de pas dans le couloir secoua sa torpeur.

« Enfin, c'est toi, Gourel?...

— C'est bien ça, chef, dit Gourel, tout essoufflé. Ils étaient deux. Ils ont suivi ce chemin, et ils sont sortis par la place Dauphine. Une automobile les attendait. Il y avait dedans deux personnes, un homme vêtu de noir avec un chapeau mou rabattu sur les yeux...

— C'est lui, murmura M. Lenormand, c'est l'assassin, le complice de Ribeira-Parbury. Et l'autre personne?

— Une femme, une femme sans chapeau, comme qui dirait une bonne... et jolie, paraît-il, rousse.

— Hein? quoi! tu dis qu'elle était rousse?

— Oui. »

M. Lenormand se retourna d'un élan, descendit l'escalier quatre à quatre, franchit les cours et déboucha sur le quai des Orfèvres.

« Halte! » cria-t-il.

Une victoria à deux chevaux s'éloignait. C'était la voiture de Mme Kesselbach... Le cocher entendit et arrêta. Déjà M. Lenormand avait bondi sur le marchepied :

« Mille pardons, madame, votre aide m'est indispensable. Je vous demanderai la permission de vous accompagner... Mais il nous faut agir rapidement. Gourel, mon auto... Tu l'as renvoyée?... Une autre alors, n'importe laquelle... »

Chacun courut de son côté. Mais il s'écoula une dizaine de minutes avant qu'on ramenât une auto de louage. M. Lenormand bouillait d'impatience.

Mme Kesselbach, debout sur le trottoir, chancelait, son flacon de sels à la main.

Enfin ils s'installèrent.

« Gourel, monte à côté du chauffeur et droit sur Garches.

— Chez moi! » fit Dolorès stupéfaite.

Il ne répondit pas. Il se montrait à la portière, agitait son coupe-file, se nommait aux agents qui réglaient la circulation des rues. Enfin, quand on parvint au Cours-la-Reine, il se rassit et prononça :

« Je vous en supplie, madame, répondez nettement à mes questions. Vous avez vu Mlle Geneviève Ernemont, tantôt vers quatre heures?

— Geneviève... oui... je m'habillais pour sortir.

— C'est elle qui vous a parlé de l'insertion du *Journal*, relative à Steinweg?

— En effet.

— Et c'est là-dessus que vous êtes venue me voir?

— Oui.

— Vous étiez seule pendant la visite de Mlle Ernemont?

— Ma foi... je ne sais pas... Pourquoi?

— Rappelez-vous? L'une de vos femmes de chambre était là?

— Peut-être... comme je m'habillais...

— Quel est leur nom?

— Suzanne... et Gertrude.

— L'une d'elles est rousse, n'est-ce pas?

— Oui, Gertrude.

— Vous la connaissez depuis longtemps?

— Sa sœur m'a toujours servie... et Gertrude est chez moi depuis des années... C'est le dévouement en personne, la probité...

— Bref, vous répondez d'elle?

— Oh! absolument.

— Tant mieux... tant mieux! »

Il était sept heures et demie, et la lumière du jour commençait à s'atténuer quand l'automobile arriva devant la maison de retraite. Sans s'occuper de sa compagne, le chef de la Sûreté se précipita chez le concierge.

« La bonne de Mme Kesselbach vient de rentrer, n'est-ce pas?

— Qui ça, la bonne?

— Oui, Gertrude, une des deux sœurs.

— Mais Gertrude n'a pas dû sortir, monsieur, nous ne l'avons pas vue sortir.

— Cependant quelqu'un vient de rentrer.

— Oh! non, monsieur, nous n'avons ouvert la porte à personne, depuis... depuis six heures du soir.

— Il n'y a pas d'autre issue que cette porte?

— Aucune. Les murs entourent le domaine de toutes parts, et ils sont hauts...

— Madame Kesselbach, dit M. Lenormand à sa compagne, nous irons jusqu'à votre pavillon. »

Ils s'en allèrent tous les trois. Mme Kesselbach, qui n'avait pas la clef, sonna. Ce fut Suzanne, l'autre sœur, qui apparut.

« Gertrude est ici? demanda Mme Kesselbach.

— Mais oui, madame, dans sa chambre.

— Faites-la venir, mademoiselle », ordonna le chef de la Sûreté.

Au bout d'un instant, Gertrude descendit, avenante et gracieuse avec son tablier blanc orné de broderies. Elle avait une figure assez jolie, en effet, encadrée de cheveux roux.

M. Lenormand la regarda longtemps sans rien dire,

comme s'il cherchait à pénétrer au-delà de ces yeux innocents. Il ne l'interrogea pas. Au bout d'une minute, il dit simplement :

« C'est bien, mademoiselle, je vous remercie. Tu viens, Gourel? »

Il sortit avec le brigadier et, tout de suite, en suivant les allées sombres du jardin, il dit :

« C'est elle.

— Vous croyez, chef? Elle a l'air si tranquille!

— Beaucoup trop tranquille. Une autre se serait étonnée, m'aurait demandé pourquoi je la faisais venir. Elle, rien. Rien que l'application d'un visage qui veut sourire à tout prix. Seulement, de sa tempe, j'ai vu une goutte de sueur qui coulait le long de son oreille.

— Et alors?

— Alors, tout cela est clair. Gertrude est complice des deux bandits qui manœuvrent autour de l'affaire Kesselbach, soit pour surprendre et pour exécuter le fameux projet, soit pour capter les millions de la veuve. Sans doute l'autre sœur est-elle aussi du complot. Vers quatre heures, Gertrude, prévenue que je connais l'annonce du *Journal* et qu'en outre j'ai rendez-vous avec Steinweg, profite du départ de sa maîtresse, court à Paris, retrouve Ribeira et l'homme au chapeau mou, et les entraîne au Palais de justice où Ribeira confisque à son profit le sieur Steinweg. »

Il réfléchit et conclut :

« Tout cela nous prouve : 1° l'importance qu'ils attachent à Steinweg et la frayeur que leur inspirent ses révélations; 2° qu'une véritable conspiration est ourdie autour de Mme Kesselbach; 3° que je n'ai pas de temps à perdre, car la conspiration est mûre.

— Soit, dit Gourel, mais il y a une chose inexplicable. Comment Gertrude a-t-elle pu sortir du jardin où nous sommes et y entrer à l'insu des concierges?

— Par un passage secret que les bandits ont dû pratiquer récemment.

— Et qui aboutirait sans doute, fit Gourel, au pavillon de Mme Kesselbach?

— Oui, peut-être, dit M. Lenormand, peut-être... Mais j'ai une autre idée... »

Ils suivirent l'enceinte des murs. La nuit était claire, et si l'on ne pouvait guère discerner leurs deux silhouettes, ils y voyaient suffisamment, eux, pour examiner les pierres des murailles et pour s'assurer qu'aucune brèche, si habile qu'elle fût, n'avait été pratiquée.

« Une échelle, sans doute?... insinua Gourel.

— Non, puisque Gertrude passe en plein jour. Une communication de ce genre ne peut évidemment pas aboutir dehors. Il faut que l'orifice en soit caché par quelque construction déjà existante.

— Il n'y a que les quatre pavillons, objecta Gourel, et ils sont tous habités.

— Pardon, le troisième pavillon, le pavillon Hortense, n'est pas habité.

— Qui vous l'a dit?

— Le concierge. Par peur du bruit, Mme Kesselbach a loué ce pavillon, lequel est proche du sien. Qui sait si, en agissant ainsi, elle n'a pas subi l'influence de Gertrude? »

Il fit le tour de la maison. Les volets étaient fermés. A tout hasard, il souleva le loquet de la porte : la porte s'ouvrit.

« Ah! Gourel, je crois que nous y sommes. Entrons. Allume ta lanterne... Oh! le vestibule, le salon, la salle à manger... c'est bien inutile. Il doit y avoir un sous-sol, puisque la cuisine n'est pas à cet étage.

— Par ici, chef... voici l'escalier de service. »

Ils descendirent, en effet, dans une cuisine assez vaste et encombrée de chaises de jardin et de guérites en jonc. Une buanderie, servant aussi de cellier, y attenait et présentait le même désordre d'objets entassés les uns par-dessus les autres.

« Qu'est-ce qui brille, là, chef? »

Gourel, s'étant baissé, ramassa une épingle de cuivre à tête de perle fausse.

« La perle est toute brillante encore, dit Lenormand, ce qui ne serait point, si elle avait séjourné longtemps dans cette cave. Gertrude a passé par ici, Gourel. »

Gourel se mit à démolir un amoncellement de fûts vides, de casiers et de vieilles tables boiteuses.

« Tu perds ton temps, Gourel. Si le passage est là, comment aurait-on le loisir, d'abord de déplacer tous ces objets, et ensuite de les replacer derrière soi? Tiens, voici un volet hors d'usage qui n'a aucune raison sérieuse d'être accroché au mur par ce clou. Ecarte-le. »

Gourel obéit.

Derrière le volet, le mur était creusé. A la clarté de la lanterne, ils virent un souterrain qui s'enfonçait.

III

« Je ne me trompais pas, dit M. Lenormand, la communication est de date récente. Tu vois, ce sont des travaux faits à la hâte et pour une durée d'ailleurs limitée... Pas de maçonnerie. De place en place deux madriers en croix et une solive qui sert de plafond, et c'est tout. Ça tiendra ce que ça tiendra, mais toujours assez pour le but qu'on poursuit, c'est-à-dire...

— C'est-à-dire quoi, chef?

— Eh bien, d'abord pour permettre les allées et venues entre Gertrude et ses complices... et puis, un jour, un jour prochain, l'enlèvement ou plutôt la disparition miraculeuse, incompréhensible de Mme Kesselbach. »

Ils avançaient avec précaution pour ne pas heurter certaines poutres, dont la solidité ne semblait pas inébranlable. A première vue, la longueur du tunnel était de beaucoup supérieure aux cinquante mètres tout au plus qui séparaient le pavillon de l'enceinte du jardin. Il devait donc aboutir assez loin des murs, et au-delà d'un chemin qui longeait le domaine.

« Nous n'allons pas du côté de Villeneuve et de l'étang, par ici? demanda Gourel.

— Du tout, juste à l'opposé », affirma M. Lenormand.

La galeric descendait en pente douce. Il y eut une marche, puis une autre, et l'on obliqua vers la droite. A ce moment ils se heurtèrent à une porte qui était encastrée dans un rectangle de moellons soigneusement cimentés. M. Lenormand l'ayant poussée, elle s'ouvrit.

« Une seconde, Gourel, dit-il en s'arrêtant... réfléchissons... il vaudrait peut-être mieux rebrousser chemin.

— Et pourquoi?

— Il faut penser que Ribeira a prévu le péril, et supposer qu'il a pris ses précautions au cas où le souterrain serait démasqué. Or, il sait que nous fouillons le jardin. Il nous a vus sans doute entrer dans ce pavillon. Qui nous assure qu'il n'est pas en train de nous tendre un piège?

— Nous sommes deux, chef?

— Et s'ils sont vingt, eux? »

Il regarda. Le souterrain remontait, et il marcha vers l'autre porte, distante de cinq à six mètres.

« Allons jusqu'ici, dit-il, nous verrons bien. »

Il passa, suivi de Gourel auquel il recommanda de laisser la porte ouverte, et il marcha vers l'autre porte, se promettant bien de ne pas aller plus loin. Mais celle-ci était close, et, bien que la serrure parût fonctionner, il ne parvint pas à ouvrir.

« Le verrou est mis, dit-il. Ne faisons pas de bruit et revenons. D'autant que, dehors, nous établirons, d'après l'orientation de la galerie, la ligne sur laquelle il faudra chercher l'autre issue du souterrain. »

Ils revinrent donc sur leurs pas vers la première

porte, quand Gourel, qui marchait le premier, eut une exclamation de surprise.

« Tiens, elle est fermée...

— Comment! mais je t'avais dit de la laisser ouverte.

— Je l'ai laissée ouverte, chef, mais le battant est retombé tout seul.

— Impossible! nous aurions entendu le bruit.

— Alors?...

— Alors... alors... je ne sais pas... »

Il s'approcha.

« Voyons... il y a une clef... Elle tourne. Mais de l'autre côté il doit y avoir un verrou...

— Qui l'aurait mis?

— Eux parbleu! derrière notre dos. Ils ont peut-être un autre galerie qui longe celle-ci... ou bien, ils étaient restés dans ce pavillon inhabité... Enfin, quoi, nous sommes pris au piège. »

Il s'acharna contre la serrure, introduisit son couteau dans la fente, chercha tous les moyens, puis, en un moment de lassitude, prononça :

« Rien à faire!

— Comment, chef, rien à faire? En ce cas, nous sommes fichus?

— Ma foi... » dit-il.

Ils retournèrent à l'autre porte, puis revinrent à la première. Elles étaient toutes deux massives, en bois dur, renforcées par des traverses... somme toute indestructibles.

« Il faudrait une hache, dit le chef de la Sûreté... ou tout au moins un instrument sérieux... un couteau même, avec lequel on essaierait de découper l'emplacement probable du verrou... Et nous n'avons rien. »

Il eut un accès de rage subit, et se rua contre l'obstacle, comme s'il espérait l'abolir. Puis, impuissant, vaincu, il dit à Gourel :

« Ecoute, nous verrons ça dans une heure ou deux... Je suis éreinté... je vais dormir... Veille, pendant ce temps-là... Et si l'on venait nous attaquer...

— Ah! si l'on venait, nous serions sauvés, chef... », s'écria Gourel en homme qu'eût soulagé la bataille, si inégale qu'elle fût.

M. Lenormand se coucha par terre. Au bout d'une minute il dormait.

Quand il se réveilla, il resta quelques secondes indécis, sans comprendre, et il se demandait aussi quelle était cette sorte de souffrance qui le tourmentait.

« Gourel, appela-t-il... Eh bien! Gourel? »

N'obtenant pas de réponse, il fit jouer le ressort de sa lanterne, et il aperçut Gourel à côté de lui qui dormait profondément.

« Qu'est-ce que j'ai à souffrir ainsi? pensait-il... de véritables tiraillements... Ah çà! mais j'ai faim! tout simplement... je meurs de faim! Quelle heure est-il donc? »

Sa montre marquait sept heures vingt, mais il se rappela qu'il ne l'avait pas remontée. La montre de Gourel ne marchait pas davantage.

Celui-ci cependant s'étant réveillé sous l'action des mêmes souffrances d'estomac, ils estimèrent que l'heure du déjeuner devait être largement dépassée, et qu'ils avaient déjà dormi une partie du jour.

« J'ai les jambes tout engourdies, déclara Gourel... et les pieds comme s'ils étaient dans de la glace... Quelle drôle d'impression! »

Il voulut se frictionner et reprit :

« Tiens, mais ce n'est pas dans la glace qu'ils étaient mes pieds, c'est dans l'eau... Regardez, chef... Du côté de la première porte c'est une véritable mare...

— Des infiltrations, répondit M. Lenormand. Remontons vers la seconde porte, tu te sécheras...

— Mais qu'est-ce que vous faites donc, chef?

— Crois-tu que je me laisserai enterrer vivant dans ce caveau?... Ah! non, je ne suis pas encore d'âge... Puisque les deux portes sont fermées, tâchons de traverser les parois. »

Une à une il détachait les pierres qui faisaient saillie à hauteur de sa main, dans l'espoir de pratiquer une autre galerie qui s'en irait en pente jusqu'au niveau du sol. Mais le travail était long et pénible, car, en cette partie du souterrain, les pierres étaient cimentées.

« Chef... chef... balbutia Gourel, d'une voix étranglée...

— Eh bien?

— Vous avez les pieds dans l'eau.

— Allons donc! Tiens, oui... Ma foi, que veux-tu!... on se séchera au soleil.

— Mais vous ne voyez donc pas?...

— Quoi?

— Mais ça monte, chef, ça monte...

— Qu'est-ce qui monte?

— L'eau... »

M. Lenormand sentit un frisson qui lui courait sur la peau. Il comprenait tout d'un coup. Ce n'était pas des infiltrations fortuites, mais une inondation habilement préparée et qui se produisait mécaniquement, irrésistiblement, grâce à quelque système infernal.

« Ah! la fripouille, grinça-t-il... Si jamais je le tiens, celui-là!

— Oui, oui, chef, mais il faut d'abord se tirer d'ici, et pour moi... »

Gourel semblait complètement abattu, hors d'état d'avoir une idée, de proposer un plan.

M. Lenormand s'était agenouillé sur le sol et mesurait la vitesse avec laquelle l'eau s'élevait. Un quart de la première porte à peu près était couvert, et l'eau s'avançait jusqu'à mi-distance de la seconde porte.

« Le progrès est lent, mais ininterrompu, dit-il. Dans quelques heures, nous en aurons par-dessus la tête.

— Mais c'est effroyable, chef, c'est horrible, gémit Gourel.

— Ah! dis donc, tu ne vas nous ennuyer avec tes jérémiades, n'est-ce pas? Pleure si ça t'amuse, mais que je ne t'entende pas.

— C'est la faim qui m'affaiblit, chef, j'ai le cerveau qui tourne.

— Mange ton poing. »

Comme disait Gourel, la situation était effroyable, et, si M. Lenormand avait eu moins d'énergie, il eût abandonné une lutte aussi vaine. Que faire? Il ne fallait pas espérer que Ribeira eût la charité de leur livrer passage. Il ne fallait pas espérer davantage que les frères Doudeville pussent les secourir puisque les inspecteurs ignoraient l'existence de ce tunnel.

Donc, aucun espoir ne restait... aucun espoir que celui d'un miracle impossible...

« Voyons, voyons, répétait M. Lenormand, c'est trop bête, nous n'allons pas crever ici! Que diable! il doit y avoir quelque chose... Eclaire-moi, Gourel. »

Collé contre la seconde porte, il l'examina de bas

en haut, dans tous les coins. Il y avait de ce côté, comme de l'autre probablement, un verrou, un énorme verrou. Avec la lame de son couteau il en défit les vis, et le verrou se détacha.

« Et après? demanda Gourel.

— Après, dit-il, eh bien, ce verrou est en fer, assez long, presque pointu... ça ne vaut certes pas une pioche, mais, tout de même, c'est mieux que rien... et... »

Sans achever sa phrase, il enfonça l'instrument dans la paroi de la galerie, un peu avant le pilier de maçonnerie qui supportait les gonds de la porte. Ainsi qu'il s'y attendait, une fois traversée la première couche de ciment et de pierres, il trouva la terre molle.

« A l'ouvrage! s'écria-t-il.

— Je veux bien, chef, mais expliquez-moi...

— C'est tout simple, il s'agit de creuser, autour de ce pilier, un passage de trois ou quatre mètres de long qui rejoindra le tunnel au-delà de la porte et nous permettra de filer.

— Mais il faudra des heures, et pendant ce temps l'eau monte.

— Eclaire-moi, Gourel. »

L'idée de M. Lenormand était juste et, avec un peu d'effort, en attirant à lui et en faisant tomber dans le tunnel la terre qu'il attaquait d'abord avec l'instrument, il ne tarda pas à creuser un trou assez grand pour s'y glisser.

« A mon tour, chef! dit Gourel.

— Ah! ah! tu reviens à la vie? Bien, travaille... Tu n'as qu'à te diriger sur le contour du pilier. »

A ce moment l'eau montait jusqu'à leurs chevilles. Auraient-ils le loisir d'achever l'œuvre commencée? A mesure qu'on avançait elle devenait plus difficile, car la terre remuée les encombrait davantage, et, couchés à plat ventre dans le passage, ils étaient obligés à tout instant de ramener les décombres qui l'obstruaient.

Au bout de deux heures, le travail en était peut-être aux trois quarts, mais l'eau recouvrait leurs jambes. Encore une heure, elle gagnerait l'orifice du trou qu'ils creusaient.

Cette fois, ce serait la fin.

Gourel, épuisé par le manque de nourriture, et de corpulence trop forte pour aller et venir dans ce couloir de plus en plus étroit, avait dû renoncer. Il ne bougeait plus, tremblant d'angoisse à sentir cette eau glacée qui l'ensevelissait peu à peu.

M. Lenormand, lui, travaillait avec une ardeur inlassable. Besogne terrible, œuvre de termite, qui s'accomplissait dans des ténèbres étouffantes. Ses mains saignaient. Il défaillait de faim. Il respirait mal un air insuffisant, et, de temps à autre, les soupirs de Gourel lui rappelaient l'épouvantable danger qui le menaçait au fond de sa tanière.

Mais rien n'eût pu le décourager, car maintenant il retrouvait en face de lui ces pierres cimentées qui composaient la paroi de la galerie. C'était le plus difficile, mais le but approchait.

« Ça monte, cria Gourel, d'une voix étranglée, ça monte. »

M. Lenormand redoubla d'efforts. Soudain la tige du verrou dont il se servait jaillit dans le vide. Le passage était creusé. Il n'y avait plus qu'à l'élargir, ce qui devenait beaucoup plus facile maintenant qu'il pouvait rejeter les matériaux devant lui.

Gourel, fou de terreur, poussait des hurlements de

bête qui agonise. Il ne s'en émouvait pas. Le salut était à portée de sa main.

Il eut cependant quelques secondes d'anxiété en constatant, au bruit des matériaux qui tombaient, que cette partie du tunnel était également remplie d'eau — ce qui était naturel, la porte ne constituant pas une digue suffisamment hermétique. Mais qu'importait! l'issue était libre... un dernier effort... Il passa.

« Viens, Gourel », cria-t-il, en revenant chercher son compagnon.

Il le tira, à demi mort, par les poignets.

« Allons, secoue-toi, ganache, puisque nous sommes sauvés.

— Vous croyez, chef?... vous croyez?... Nous avons de l'eau jusqu'à la poitrine...

— Va toujours... Tant que nous n'en aurons pas par-dessus la bouche... Et ta lanterne?

— Elle ne va plus.

— Tant pis. »

Il eut une exclamation de joie :

« Une marche... deux marches!... Un escalier... Enfin! »

Ils sortaient de l'eau, de cette eau maudite qui les avait presque engloutis, et c'était une sensation délicieuse, une délivrance qui les exaltait.

« Arrête! » murmura M. Lenormand.

Sa tête avait heurté quelque chose. Les bras tendus, il s'arc-bouta contre l'obstacle qui céda aussitôt. C'était le battant d'une trappe, et, cette trappe ouverte, on se trouvait dans une cave où filtrait par un soupirail la lueur d'une nuit claire.

Il renversa le battant et escalada les dernières marches.

Un voile s'abattit sur lui. Des bras le saisirent. Il se sentit comme enveloppé d'une couverture, d'une sorte de sac, puis lié par des cordes.

« A l'autre », dit une voix.

On dut exécuter la même opération avec Gourel, et la même voix dit :

« S'ils crient, tue-les tout de suite. Tu as ton poignard?

— Oui.

— En route. Vous deux, prenez celui-ci... vous deux celui-là... Pas de lumière, et pas de bruit non plus... Ce serait grave! depuis ce matin on fouille le jardin d'à côté... ils sont dix ou quinze qui se démènent. Retourne au pavillon, Gertrude, et, s'il y a la moindre chose, téléphone-moi à Paris. »

M. Lenormand eut l'impression qu'on le portait, puis, après un instant, l'impression qu'on était dehors.

« Approche la charrette », dit la voix.

M. Lenormand entendit le bruit d'une voiture et d'un cheval.

On le coucha sur des planches. Gourel fut hissé près de lui. Le cheval partit au trot.

Le trajet dura une demi-heure environ.

« Halte! ordonna la voix... Descendez-les. Eh! le conducteur, tourne la charrette de façon que l'arrière touche au parapet du pont... Bien... Pas de bateaux sur la Seine? Non? Alors, ne perdons pas de temps... Ah! vous leur avez attaché des pierres?

— Oui, des pavés.

— En ce cas, allez-y. Recommande ton âme à Dieu, monsieur Lenormand, et prie pour moi, Parbury-Ribeira, plus connu sous le nom de baron Altenheim.

Ça y est? Tout est prêt? Eh bien, bon voyage, monsieur Lenormand! »

M. Lenormand fut placé sur le parapet. On le poussa. Il sentit qu'il tombait dans le vide, et il entendit encore la voix qui ricanait :

« Bon voyage! »

Dix secondes après, c'était le tour du brigadier Gourel.

PARBURY-RIBEIRA-ALTENHEIM

I

LES petites filles jouaient dans le jardin, sous la surveillance de Mlle Charlotte, nouvelle collaboratrice de Geneviève. Mme Ernemont leur fit une distribution de gâteaux, puis rentra dans la pièce qui servait de salon et de parloir, et s'installa devant un bureau dont elle rangea les papiers et les registres.

Soudain, elle eut l'impression d'une présence étrangère dans la pièce. Inquiète, elle se retourna.

« Toi! s'écria-t-elle... D'où viens-tu? Par où?...

— Chut, fit le prince Sernine. Ecoute-moi et ne perdons pas une minute. Geneviève?

— En visite chez Mme Kesselbach.

— Elle sera ici?

— Pas avant une heure.

— Alors, je laisse venir les frères Doudeville. J'ai rendez-vous avec eux. Comment va Geneviève?

— Très bien.

— Combien de fois a-t-elle revu Pierre Leduc depuis mon départ, depuis dix jours?

— Trois fois, et elle doit le retrouver aujourd'hui

chez Mme Kesselbach à qui elle l'a présenté, selon tes ordres. Seulement, je te dirai que ce Pierre Leduc ne me dit pas grand-chose, à moi. Geneviève aurait plutôt besoin de trouver quelque bon garçon de sa classe. Tiens, l'instituteur.

— Tu es folle! Geneviève épouser un maître d'école!

— Ah! si tu considérais d'abord le bonheur de Geneviève...

— Flûte, Victoire. Tu m'embêtes avec tous tes papotages. Est-ce que j'ai le temps de faire du sentiment? Je joue une partie d'échecs, et je pousse mes pièces sans me soucier de ce qu'elles pensent. Quand j'aurai gagné la partie, je m'inquiéterai de savoir si le cavalier Pierre Leduc et la reine Geneviève ont un cœur. »

Elle l'interrompit.

« Tu as entendu? un coup de sifflet...

— Ce sont les deux Doudeville. Va les chercher, et laisse-nous. »

Dès que les deux frères furent entrés, il les interrogea avec sa précision habituelle :

« Je sais ce que les journaux ont dit sur la disparition de Lenormand et de Gourel. En savez-vous davantage?

— Non. Le sous-chef, M. Weber, a pris l'affaire en main. Depuis huit jours nous fouillons le jardin de la maison de retraite et l'on n'arrive pas à s'expliquer comment ils ont pu disparaître. Tout le service est en l'air... On n'a jamais vu ça... un chef de la Sûreté qui disparaît, et sans laisser de trace!

— Les deux servantes?

— Gertrude est partie. On la recherche.

— Sa sœur Suzanne?

— M. Weber et M. Formerie l'ont questionnée. Il n'y a rien contre elle.

— Voilà tout ce que vous avez à me dire?

— Oh! non, il y a d'autres choses, tout ce que nous n'avons pas dit aux journaux. »

Ils racontèrent alors les événements qui avaient marqué les deux derniers jours de M. Lenormand, la visite nocturne des deux bandits dans la villa de Pierre Leduc, puis, le lendemain, la tentative d'enlèvement commise par Ribeira et la chasse à travers les bois de Saint-Cucufa, puis l'arrivée du vieux Steinweg, son interrogatoire à la Sûreté devant Mme Kesselbach, son évasion du Palais.

« Et personne, sauf vous, ne connaît aucun de ces détails?

— Dieuzy connaît l'incident Steinweg, c'est même lui qui nous l'a raconté.

— Et l'on a toujours confiance en vous à la Préfecture?

— Tellement confiance qu'on nous emploie ouvertement. M. Weber ne jure que par nous.

— Allons, dit le prince, tout n'est pas perdu. Si M. Lenormand a commis quelque imprudence qui lui a coûté la vie, comme je le suppose, il avait tout de même fait auparavant de la bonne besogne, et il n'y a qu'à continuer. L'ennemi a de l'avance, mais on le rattrapera.

— Nous aurons du mal, patron.

— En quoi? Il s'agit tout simplement de retrouver le vieux Steinweg, puisque c'est lui qui a le mot de l'énigme.

— Oui, mais où Ribeira l'a-t-il coffré, le vieux Steinweg?

— Chez lui, parbleu.

— Il faudrait donc savoir où Ribeira demeure.

— Parbleu! »

Les ayant congédiés, il se rendit à la maison de retraite. Des automobiles stationnaient à la porte, et deux hommes allaient et venaient, comme s'ils montaient la garde.

Dans le jardin, près du pavillon de Mme Kesselbach, il aperçut sur un banc Geneviève, Pierre Leduc et un monsieur de taille épaisse qui portait un monocle. Tous trois causaient. Aucun d'eux ne le vit.

Mais plusieurs personnes sortirent du pavillon. C'étaient M. Formerie, M. Weber, un greffier et deux inspecteurs. Geneviève rentra, le monsieur au monocle adressa la parole au juge et au sous-chef de la Sûreté, et s'éloigna lentement avec eux. Sernine vint à côté du banc où Pierre Leduc était assis, et murmura :

« Ne bouge pas, Pierre Leduc, c'est moi.

— Vous!... vous!... »

C'était la troisième fois que le jeune homme voyait Sernine depuis l'horrible soir de Versailles, et chaque fois cela le bouleversait.

« Réponds... Qui est l'individu au monocle? »

Pierre Leduc balbutiait, tout pâle. Sernine lui pinça le bras.

« Réponds, crebleu! qui est-ce?

— Le baron Altenheim.

— D'où vient-il?

— C'était un ami de M. Kesselbach. Il est arrivé d'Autriche, il y a six jours, et il s'est mis à la disposition de Mme Kesselbach. »

Les magistrats cependant étaient sortis du jardin ainsi que le baron Altenheim.

« Le baron t'a interrogé?

— Oui, beaucoup. Mon cas l'intéresse. Il voudrait m'aider à retrouver ma famille, il fait appel à mes souvenirs d'enfance.

— Et que dis-tu?

— Rien, puisque je ne sais rien. Est-ce que j'ai des souvenirs, moi? Vous m'avez mis à la place d'un autre, et je ne sais même pas qui est cet autre.

— Moi non plus! ricana le prince, et voilà justement en quoi consiste la bizarrerie de ton cas.

— Ah! vous riez... vous riez toujours... Mais moi, je commence à en avoir assez... Je suis mêlé à des tas de choses malpropres... sans compter le danger que je cours à jouer un personnage que je ne suis pas.

— Comment... que tu n'es pas? Tu es duc pour le moins autant que je suis prince... Peut-être davantage même... Et puis, si tu ne l'es pas, deviens-le, sapristi! Geneviève ne peut épouser qu'un duc. Regarde-la... Geneviève ne vaut-elle pas que tu vendes ton âme pour ses beaux yeux? »

Il ne l'observa même pas, indifférent à ce qu'il pensait. Ils étaient entrés et, au bas des marches, Geneviève apparaissait, gracieuse et souriante.

« Vous voilà revenu? dit-elle au prince... Ah! tant mieux! Je suis contente... vous voulez voir Dolorès? »

Après un instant, elle l'introduisit dans la chambre de Mme Kesselbach. Le prince eut un saisissement. Dolorès était plus pâle encore, plus émaciée qu'au dernier jour où il l'avait vue. Couchée sur un divan, enveloppée d'étoffes blanches, elle avait l'air de ces malades qui renoncent à lutter. C'était contre la vie qu'elle ne luttait plus, elle, contre le destin qui l'accablait de ses coups.

Sernine la regardait avec une pitié profonde, et avec une émotion qu'il ne cherchait pas à dissimuler. Elle le remercia de la sympathie qu'il lui témoignait. Elle parla aussi du baron Altenheim, en termes amicaux.

« Vous le connaissiez autrefois? demanda-t-il.

— De nom, oui, et par mon mari avec qui il était fort lié.

— J'ai rencontré un Altenheim qui demeurait rue Daru. Pensez-vous que ce soit celui-là?

— Oh! non; celui-là demeure... Au fait, je n'en sais trop rien, il m'a donné son adresse, mais je ne pourrais dire... »

Après quelques minutes de conversation, Sernine prit congé.

Dans le vestibule, Geneviève l'attendait.

« J'ai à vous parler, dit-elle vivement... des choses graves... Vous l'avez vu?

— Qui?

— Le baron Altenheim... mais ce n'est pas son nom... ou du moins il en a un autre... je l'ai reconnu... il ne s'en doute pas... »

Elle l'entraînait dehors et elle marchait très agitée.

« Du calme, Geneviève...

— C'est l'homme qui a voulu m'enlever... Sans ce pauvre M. Lenormand, j'étais perdue... Voyons, vous devez savoir, vous qui savez tout.

— Alors son vrai nom?

— Ribeira.

— Vous êtes sûre?

— Il a eu beau changer sa tête, son accent, ses manières, je l'ai deviné tout de suite, à l'horreur qu'il m'inspire. Mais je n'ai rien dit... jusqu'à votre retour.

— Vous n'avez rien dit non plus à Mme Kesselbach?

— Rien. Elle paraissait si heureuse de retrouver un ami de son mari. Mais vous lui en parlerez, n'est-ce pas? Vous la défendrez... Je ne sais ce qu'il prépare contre elle, contre moi... Maintenant que M. Lenormand n'est plus là, il ne craint plus rien, il agit en maître. Qui est-ce qui pourrait le démasquer?

— Moi. Je réponds de tout. Mais pas un mot à personne. »

Ils étaient arrivés devant la loge des concierges.

La porte s'ouvrit.

Le prince dit encore :

« Adieu, Geneviève, et surtout soyez tranquille. Je suis là. »

Il ferma la porte, se retourna et, tout de suite, eut un léger mouvement de recul.

En face de lui, se tenait, la tête haute, les épaules larges, la carrure puissante, l'homme au monocle, le baron Altenheim.

Ils se regardèrent deux ou trois secondes, en silence. Le baron souriait.

Il dit :

« Je t'attendais, Lupin. »

Si maître de lui qu'il fût, Sernine tressaillit. Il venait pour démasquer son adversaire, et c'était son adversaire qui l'avait démasqué, du premier coup. Et, en même temps, cet adversaire s'offrait à la lutte, hardiment, effrontément, comme s'il était sûr de la victoire. Le geste était crâne et prouvait une rude force.

Les deux hommes se mesuraient des yeux, violemment hostiles.

« Et après? dit Sernine.

— Après? ne penses-tu pas que nous ayons besoin de nous voir?

— Pourquoi?

— J'ai à te parler.

— Quel jour veux-tu?

— Demain. Nous déjeunerons ensemble au restaurant.

— Pourquoi pas chez toi?

— Tu ne connais pas mon adresse.

— Si. »

Le prince saisit rapidement un journal qui dépassait de la poche d'Altenheim, un journal qui avait encore sa bande d'envoi, et il dit :

« 29, villa Dupont.

— Bien joué, fit l'autre. Donc, à demain, chez moi.

— A demain, chez toi. Ton heure?

— Une heure.

— J'y serai. Mes hommages. »

Ils allaient se séparer. Altenheim s'arrêta.

« Ah! un mot encore, prince. Emporte tes armes.

— Pourquoi?

— J'ai quatre domestiques, et tu seras seul.

— J'ai mes poings, dit Sernine, la partie sera égale. »

Il lui tourna le dos, puis, le rappelant :

« Ah! un mot encore, baron. Engage quatre autres domestiques.

— Pourquoi?

— J'ai réfléchi. Je viendrai avec ma cravache. »

II

A une heure exactement, un cavalier franchissait la grille de la villa Dupont, paisible rue provinciale dont l'unique issue donne sur la rue Pergolèse, à deux pas de l'avenue du Bois.

Des jardins et de jolis hôtels la bordent. Et tout au bout elle est fermée par une sorte de petit parc où s'élève une vieille et grande maison contre laquelle passe le chemin de fer de Ceinture.

C'est là, au numéro 29, qu'habitait le baron Altenheim.

Sernine jeta la bride de son cheval à un valet de pied qu'il avait envoyé d'avance, et lui dit :

« Tu le ramèneras à deux heures et demie. »

Il sonna. La porte du jardin s'étant ouverte, il se dirigea vers le perron où l'attendaient deux grands gaillards en livrée qui l'introduisirent dans un immense vestibule de pierre, froid et sans le moindre ornement. La porte se referma derrière lui avec un bruit sourd, et, quel que fût son courage indomptable, il n'en eut pas moins une impression pénible à se sentir seul, environné d'ennemis, dans cette prison isolée.

« Vous annoncerez le prince Sernine. »

Le salon était proche. On l'y fit entrer aussitôt.

« Ah! vous voilà, mon cher prince, fit le baron en venant au-devant de lui... Eh bien, figurez-vous... Dominique, le déjeuner dans vingt minutes... D'ici là qu'on nous laisse. Figurez-vous, mon cher prince, que je ne croyais pas beaucoup à votre visite.

— Ah! pourquoi?

— Dame, votre déclaration de guerre, ce matin, est si nette que toute entrevue est inutile.

— Ma déclaration de guerre? »

Le baron déplia un numéro du *Grand Journal* et signala du doigt un article ainsi conçu : *Communiqué.*

« La disparition de M. Lenormand n'a pas été sans émouvoir Arsène Lupin. Après une enquête sommaire, et comme suite à son projet d'élucider l'affaire Kesselbach, Arsène Lupin a décidé qu'il retrouverait M. Lenormand *vivant ou mort*, et qu'il livrerait à la justice le ou les auteurs de cette abominable série de forfaits. »

« C'est bien de vous, ce communiqué, mon cher prince?

— C'est de moi, en effet.

— Par conséquent, j'avais raison, c'est la guerre.

— Oui. »

Altenheim fit asseoir Sernine, s'assit, et lui dit d'un ton conciliant :

« Eh bien, non, je ne puis admettre cela. Il est impossible que deux hommes comme nous se combattent et se fassent du mal. Il n'y a qu'à s'expliquer, qu'à chercher les moyens : nous sommes faits pour nous entendre.

— Je crois au contraire que deux hommes comme nous ne sont pas faits pour s'entendre. »

L'autre réprima un geste d'impatience et reprit :

« Ecoute, Lupin... A propos, tu veux bien que je t'appelle Lupin?

— Comment t'appellerai-je, moi? Altenheim, Ribeira, ou Parbury?...

— Oh! oh! je vois que tu es encore plus documenté que je ne croyais! Peste, tu es d'attaque... Raison de plus pour nous accorder. »

Et, se penchant vers lui :

« Ecoute, Lupin, réfléchis bien à mes paroles, il n'en est pas une que je n'aie mûrement pesée. Voici... Nous sommes de force tous les deux... Tu souris? C'est un tort... Il se peut que tu aies des ressources que je n'ai pas, mais j'en ai, moi, que tu ignores. En plus, comme tu le sais, pas beaucoup de scrupules... de l'adresse... et une aptitude à changer de personnalité qu'un maître comme toi doit apprécier. Bref, les deux adversaires se valent. Mais il reste une question : Pourquoi sommes-nous adversaires? Nous poursuivons le même but, diras-tu? Et après? Sais-tu ce qu'il en adviendra de notre rivalité? C'est que chacun de nous paralysera les efforts et détruira l'œuvre de l'autre, et que nous le raterons tous les deux, le but! Au profit de qui? D'un Lenormand quelconque, d'un troisième larron... C'est trop bête.

— C'est trop bête, en effet, confessa Sernine, mais il y a un moyen.

— Lequel?

— Retire-toi.

— Ne blague pas. C'est sérieux. La proposition que je vais te faire est de celles qu'on ne rejette pas sans les examiner. Bref, en deux mots, voici : Associons-nous.

— Oh! oh!

— Bien entendu, nous resterons libres, chacun de

notre côté, pour tout ce qui nous concerne. Mais pour l'affaire en question nous mettons nos efforts en commun. Ça va-t-il? La main dans la main, et part à deux.

— Qu'est-ce que tu apportes?

— Moi?

— Oui. Tu sais ce que je vaux, moi; j'ai fait mes preuves. Dans l'union que tu me proposes, tu connais pour ainsi dire le chiffre de ma dot... Quelle est la tienne?

— Steinweg.

— C'est peu.

— C'est énorme. Par Steinweg, nous apprenons la vérité sur Pierre Leduc. Par Steinweg, nous savons ce qu'est le fameux projet Kesselbach. »

Sernine éclata de rire.

« Et tu as besoin de moi pour cela?

— Comment?

— Voyons, mon petit, ton offre est puérile. Du moment que Steinweg est entre tes mains, si tu désires ma collaboration, c'est que tu n'as pas réussi à le faire parler. Sans quoi tu te passerais de mes services.

— Et alors?

— Alors, je refuse! »

Les deux hommes se dressèrent de nouveau, implacables et violents.

« Je refuse, articula Sernine. Lupin n'a besoin de personne, lui, pour agir. Je suis de ceux qui marchent seuls. Si tu étais mon égal, comme tu le prétends, l'idée ne te serait jamais venue d'une association. Quand on a la taille d'un chef, on commande. *S'unir, c'est obéir.* Je n'obéis pas!

— Tu refuses? tu refuses? répéta Altenheim, tout pâle sous l'outrage.

— Tout ce que je puis faire pour toi, mon petit, c'est de t'offrir une place dans ma bande. Simple soldat, pour commencer. Sous mes ordres, tu verras comment un général gagne une bataille... et comment il empoche le butin, à lui tout seul, et pour lui tout seul. Ça colle, pioupiou? »

Altenheim grinçait des dents, hors de lui. Il mâchonna :

« Tu as tort, Lupin... tu as tort... Moi non plus je n'ai besoin de personne, et cette affaire-là ne m'embarrasse pas plus qu'un tas d'autres que j'ai menées jusqu'au bout... Ce que j'en disais, c'était pour arriver plus vite au but, et sans se gêner.

— Tu ne me gênes pas, dit Lupin, dédaigneusement.

— Allons donc! si l'on ne s'associe pas, il n'y en a qu'un qui arrivera.

— Ça me suffit.

— Et il n'arrivera qu'après avoir passé sur le corps de l'autre. Es-tu prêt à cette sorte de duel, Lupin?... duel à mort, comprends-tu? Le coup de couteau, c'est un moyen que tu méprises, mais si tu le reçois là, Lupin, en pleine gorge?...

— Ah! ah! en fin de compte, voilà ce que tu me proposes?

— Non, je n'aime pas beaucoup le sang, moi... Regarde mes poings... je frappe... et l'on tombe... j'ai des coups à moi... Mais *l'autre tue*... rappelle-toi... la petite blessure à la gorge... Ah! celui-là, Lupin, prends garde à lui... Il est terrible et implacable... Rien ne l'arrête. »

Il prononça ces mots à voix basse et avec une telle émotion que Sernine frissonna au souvenir abominable de l'inconnu.

« Baron, ricana-t-il, on dirait que tu as peur de ton complice!

— J'ai peur pour les autres, pour ceux qui nous barrent la route, pour toi, Lupin. Accepte ou tu es perdu. Moi-même, s'il le faut, j'agirai. Le but est trop près... j'y touche... Va-t'en Lupin! »

Il était puissant d'énergie et de volonté exaspérée, et si brutal qu'on l'eût dit prêt à frapper l'ennemi sur-le-champ.

Sernine haussa les épaules.

« Dieu! que j'ai faim! dit-il en bâillant. Comme on mange tard chez toi! »

La porte s'ouvrit.

« Monsieur est servi, annonça le maître d'hôtel.

— Ah! que voilà une bonne parole! »

Sur le pas de la porte, Altenheim lui agrippa le bras, et, sans se soucier de la présence du domestique :

« Un bon conseil... accepte. L'heure est grave... Et ça vaut mieux, je te jure, ça vaut mieux... accepte...

— Du caviar! s'écria Sernine... ah! c'est tout à fait gentil... Tu t'es souvenu que tu traitais un prince russe. »

Ils s'assirent l'un en face de l'autre, et le lévrier du baron, une grande bête aux longs poils d'argent, prit place entre eux.

« Je vous présente Sirius, mon plus fidèle ami.

— Un compatriote, dit Sernine. Je n'oublierai jamais celui que voulut bien me donner le tsar quand j'eus l'honneur de lui sauver la vie.

— Ah! vous avez eu l'honneur... un complot terroriste, sans doute?

— Oui, un complot que j'avais organisé. Figurez-vous que ce chien, qui s'appelait Sébastopol... »

Le déjeuner se poursuivit gaiement, Altenheim avait repris sa bonne humeur, et les deux hommes firent assaut d'esprit et de courtoisie. Sernine raconta des anecdotes auxquelles le baron riposta par d'autres anecdoctes, et c'étaient des récits de chasse, de sport, de voyage, où revenaient à tout instant les plus vieux noms d'Europe, grands d'Espagne, lords anglais, magyars hongrois, archiducs autrichiens.

« Ah! dit Sernine, quel joli métier que le nôtre! Il nous met en relation avec tout ce qu'il y a de bien sur terre. Tiens, Sirius, un peu de cette volaille truffée. »

Le chien ne le quittait pas de l'œil, happant d'un coup de gueule tout ce que Sernine lui tendait.

« Un verre de chambertin, prince?

— Volontiers, baron.

— Je vous le recommande, il vient des caves du roi Léopold.

— Un cadeau?

— Oui, un cadeau que je me suis offert.

— Il est délicieux... Un bouquet!... Avec ce pâté de foie, c'est une trouvaille. Mes compliments, baron. votre chef est de premier ordre.

— Ce chef est une cuisinière, prince. Je l'ai enlevée à prix d'or à Levraud, le député socialiste. Tenez, goûtez-moi ce chaud-froid de glace au cacao, et j'attire votre attention sur les gâteaux secs qui l'accompagnent. Une invention de génie, ces gâteaux.

— Ils sont charmants de forme, en tout cas, dit Sernine, qui se servit. Si leur ramage répond à leur plumage... Tiens, Sirius, tu dois adorer cela. Locuste n'aurait pas mieux fait. »

Vivement il avait pris un des gâteaux et l'avait offert au chien. Celui-ci l'avala d'un coup, resta deux ou trois secondes immobile, comme stupide, puis tournoya sur lui-même et tomba, foudroyé.

Sernine s'était jeté en arrière pour n'être pas pris en traître par un des domestiques, et, se mettant à rire :

« Dis donc, baron, quand tu veux empoisonner un de tes amis, tâche que ta voix reste calme et que tes mains ne frémissent pas... Sans quoi on se méfie... Mais je croyais que tu répugnais à l'assassinat?

— Au coup de couteau, oui, dit Altenheim sans se troubler. Mais j'ai toujours eu envie d'empoisonner quelqu'un. Je voulais savoir quel goût ça avait.

— Bigre! mon bonhomme, tu choisis bien tes morceaux. Un prince russe! »

Il s'approcha d'Altenheim et lui dit d'un ton confidentiel :

« Sais-tu ce qui serait arrivé si tu avais réussi, c'est-à-dire si mes amis ne m'avaient pas vu revenir à trois heures au plus tard? Eh bien, à trois heures et demie, le préfet de police savait exactement à quoi s'en tenir sur le compte du soi-disant baron Altenheim, lequel baron était cueilli avant la fin de la journée et coffré au Dépôt.

— Bah! dit Altenheim, de prison on s'évade... tandis qu'on ne revient pas du royaume où je t'envoyais.

— Evidemment, mais il eût d'abord fallu m'y envoyer, et cela ce n'est pas facile.

— Il suffisait d'une bouchée d'un de ces gâteaux.

— En es-tu bien sûr?

— Essaie.

— Décidément, mon petit, tu n'as pas encore l'étoffe d'un grand maître de l'Aventure, et sans doute ne l'auras-tu jamais, puisque tu me tends des pièges de cette sorte. Quand on se croit digne de mener la vie que nous avons l'honneur de mener, on doit aussi en être capable, et, pour cela, être prêt à toutes les éventualités... même à ne pas mourir si une fripouille quelconque tente de vous empoisonner... Une âme intrépide dans un corps inattaquable, voilà l'idéal qu'il faut se proposer... et atteindre. Travaille, mon petit. Moi, je suis intrépide et inattaquable. Rappelle-toi le roi Mithridate. »

Et, se rasseyant :

« A table, maintenant! Mais comme j'aime à prouver les vertus que je me décerne, et comme, d'autre part, je ne veux pas faire de peine à ta cuisinière, donne-moi donc cette assiette de gâteaux. »

Il en prit un, le cassa en deux, et tendit une moitié au baron :

« Mange! »

L'autre eut un geste de recul.

« Froussard! » dit Sernine.

Et, sous les yeux ébahis du baron et de ses acolytes, il se mit à manger la première, puis la seconde moitié du gâteau, tranquillement, consciencieusement, comme on mange une friandise dont on serait désolé de perdre la plus petite miette.

III

Ils se revirent.

Le soir même, le prince Sernine invitait le baron Altenheim au Cabaret Vatel, et le faisait dîner avec un poète, un musicien, un financier et deux jolies comédiennes, sociétaires du Théâtre-Français.

Le lendemain, ils déjeunèrent ensemble au Bois, et le soir ils se retrouvèrent à l'Opéra.

Et chaque jour, durant une semaine, ils se revirent.

On eût dit qu'ils ne pouvaient se passer l'un de l'autre, et qu'une grande amitié les unissait, faite de confiance, d'estime et de sympathie.

Ils s'amusaient beaucoup, buvaient de bons vins, fumaient d'excellents cigares, et riaient comme des fous.

En réalité, ils s'épiaient férocement. Ennemis mortels, séparés par une haine sauvage, chacun d'eux, sûr de vaincre et le voulant avec une volonté sans frein, ils attendaient la minute propice, Altenheim pour supprimer Sernine, et Sernine pour précipiter Altenheim dans le gouffre qu'il creusait devant lui. Tous deux savaient que le dénouement ne pouvait tarder. L'un ou l'autre y laisserait sa peau, et c'était une question d'heures, de jours, tout au plus.

Drame passionnant, et dont un homme comme Sernine devait goûter l'étrange et puissante saveur. Connaître son adversaire et vivre à ses côtés, savoir que, au moindre pas, à la moindre étourderie, c'est la mort qui vous guette, quelle volupté!

Un jour, dans le jardin du cercle de la rue Cambon, dont Altenheim faisait également partie, ils étaient seuls, à cette heure de crépuscule où l'on commence à dîner au mois de juin, et où les joueurs du soir ne sont pas encore là. Ils se promenaient autour d'une pelouse, le long de laquelle il y avait, bordé de massifs, un mur que perçait une petite porte. Et soudain, pendant qu'Altenheim parlait, Sernine eut l'impression que sa voix devenait moins assurée, presque tremblante. Du coin de l'œil il l'observa. La main d'Altenheim était engagée dans la poche de son veston, et Sernine *vit,* à travers l'étoffe, cette main qui se crispait au manche d'un poignard, hésitante, indécise, tour à tour résolue et sans force.

Moment délicieux! Allait-il frapper? Qui l'emporterait, de l'instinct peureux et qui n'ose pas, ou de la volonté consciente, toute tendue vers l'acte de tuer?

Le buste droit, les bras derrière le dos, Sernine attendait, avec des frissons d'angoisse et de plaisir. Le baron s'était tu, et dans le silence ils marchaient tous les deux côte à côte.

« Mais frappe donc! » s'écria le prince.

Il s'était arrêté, et, tourné vers son compagnon :

« Frappe donc, disait-il, c'est l'instant ou jamais! Personne ne peut te voir. Tu files par cette petite porte dont la clef se trouve par hasard accrochée au mur, et bonjour, baron... ni vu ni connu... Mais j'y pense, tout cela était combiné... C'est toi qui m'as amené ici... Et tu hésites? Mais frappe donc! »

Il le regardait au fond des yeux. L'autre était livide, tout frémissant d'énergie impuissante.

« Poule mouillée! ricana Sernine. Je ne ferai jamais rien de toi. La vérité, veux-tu que je te la dise? Eh bien, je te fais peur. Mais oui, tu n'es jamais très sûr de ce qui va t'arriver quand tu es en face de moi. C'est toi qui veux agir, et ce sont mes actes, mes actes possibles, qui dominent la situation. Non, décidément, tu n'es pas encore celui qui fera pâlir mon étoile! »

Il n'avait pas achevé ce mot qu'il se sentit pris au cou et attiré en arrière. Quelqu'un, qui se cachait dans le massif, près de la petite porte, l'avait happé par la tête. Il vit un bras qui se levait, armé d'un couteau dont la lame était toute brillante. Le bras s'abattit, la pointe du couteau l'atteignit en pleine gorge.

Au même moment, Altenheim sauta sur lui pour l'achever, et ils roulèrent dans les plates-bandes. Ce fut l'affaire de vingt à trente secondes, tout au plus. Si fort qu'il fût, si entraîné aux exercices de lutte, Altenheim céda presque aussitôt, en poussant un cri de douleur. Sernine se releva et courut vers la petite porte qui venait de se refermer sur une silhouette sombre. Trop tard! Il entendit le bruit de la clef dans la serrure. Il ne put l'ouvrir.

« Ah! bandit! jura-t-il, le jour où je t'aurai, ce sera le jour de mon premier crime! Mais pour Dieu!... »

Il revint, se baissa, et recueillit les morceaux du poignard qui s'était brisé en le frappant.

Altenheim commençait à bouger. Il lui dit :

« Eh bien, baron, ça va mieux? Tu ne connaissais pas ce coup-là, hein? C'est ce que j'appelle le coup direct au plexus solaire, c'est-à-dire que ça vous mouche votre soleil vital, comme une chandelle. C'est propre, rapide, sans douleur... et infaillible. Tandis qu'un coup de poignard?... Peuh! il n'y a qu'à porter un petit gorgerin à mailles d'acier, comme j'en porte moi-même, et l'on se fiche de tout le monde, surtout de ton petit camarade noir, puisqu'il frappe toujours à la gorge, le monstre idiot! Tiens, regarde son joujou favori... Des miettes! »

Il lui tendit la main.

« Allons, relève-toi, baron. Je t'invite à dîner. Et veuille bien te rappeler le secret de ma supériorité : une âme intrépide dans un corps inattaquable. »

Il rentra dans les salons du cercle, retint une table pour deux personnes, s'assit sur un divan et attendit l'heure du dîner en songeant :

« Evidemment la partie est amusante, mais ça devient dangereux. Il faut en finir... Sans quoi, ces animaux-là m'enverront au paradis plus tôt que je ne veux... L'embêtant, c'est que je ne peux rien faire contre eux avant d'avoir retrouvé le vieux Steinweg... Car, au fond, il n'y a que cela d'intéressant, le vieux Steinweg, et si je me cramponne au baron, c'est que j'espère toujours recueillir un indice quelconque... Que diable en ont-ils fait? Il est hors de doute qu'Altenheim est en communication quotidienne avec lui, il est hors de doute qu'il tente l'impossible pour lui arracher des informations sur le projet Kesselbach. Mais où le voit-il? Où l'a-t-il fourré? chez des amis? chez lui, au 29 de la villa Dupont? »

Il réfléchit assez longtemps, puis alluma une cigarette dont il tira trois bouffées et qu'il jeta. Ce devait être un signal, car deux jeunes gens vinrent s'asseoir à côté de lui, qu'il semblait ne point connaître, mais avec lesquels il s'entretint furtivement.

C'étaient les frères Doudeville, en hommes du monde ce jour-là.

« Qu'y a-t-il, patron?

— Prenez six de nos hommes, allez au 29 de la villa Dupont, et entrez.

— Fichtre! Comment?

— Au nom de la loi. N'êtes-vous pas inspecteurs de la Sûreté? Une perquisition.

— Mais nous n'avons pas le droit...

— Prenez-le.

— Et les domestiques? S'ils résistent?

— Ils ne sont que quatre.

— S'ils crient?

— Ils ne crieront pas.

— Si Altenheim revient?

— Il ne reviendra pas avant dix heures. Je m'en charge. Ça vous fait deux heures et demie. C'est plus qu'il ne vous en faut pour fouiller la maison de fond en comble. Si vous trouvez le vieux Steinweg, venez m'avertir. »

Le baron Altenheim s'approchait, il alla au-devant de lui.

« Nous dînons, n'est-ce pas? Le petit incident du jardin m'a creusé l'estomac. A ce propos, mon cher baron, j'aurais quelques conseils à vous donner... »

Ils se mirent à table.

Après le repas, Sernine proposa une partie de billard, qui fut acceptée. Puis, la partie de billard terminée, ils passèrent dans la salle de baccara. Le croupier justement clamait :

« La banque est à cinquante louis, personne n'en veut?...

— Cent louis », dit Altenheim.

Sernine regarda sa montre. Dix heures. Les Doudeville n'étaient pas revenus. Donc les recherches demeuraient infructueuses.

« Banco », dit-il.

Altenheim s'assit et répartit les cartes.

« J'en donne.

— Non.

— Sept.

— Six.

— J'ai perdu, dit Sernine. Banco du double?

— Soit », fit le baron.

Il distribua les cartes.

« Huit, dit Sernine.

— Neuf », abattit le baron.

Sernine tourna sur ses talons en murmurant :

« Ça me coûte trois cents louis, mais je suis tranquille, le voilà cloué sur place. »

Un instant après, son auto le déposait devant le 29 de la villa Dupont, et, tout de suite, il trouva les Doudeville et leurs hommes réunis dans le vestibule.

« Vous avez déniché le vieux?

— Non.

— Tonnerre! Il est pourtant quelque part! Où sont les domestiques?

— Là, dans l'office, attachés.

— Bien. J'aime autant n'être pas vu. Partez tous. Jean, reste en bas et fais le guet. Jacques, fais-moi visiter la maison. »

Rapidement, il parcourut la cave, le grenier. Il ne s'arrêtait pour ainsi dire point, sachant bien qu'il ne découvrirait pas en quelques minutes ce que ses hommes n'avaient pu découvrir en trois heures. Mais il enregistrait fidèlement la forme et l'enchaînement des pièces.

Quand il eut fini, il revint vers une chambre que Doudeville lui avait indiquée comme celle d'Altenheim, et l'examina attentivement.

« Voilà qui fera mon affaire, dit-il en soulevant un rideau qui masquait un cabinet noir rempli de vêtements. D'ici, je vois toute la chambre.

— Et si le baron fouille sa maison?

— Pourquoi?

— Mais il saura que l'on est venu, par ses domestiques.

— Oui, mais il n'imaginera pas que l'un de nous s'est installé chez lui. Il se dira que la tentative a manqué, voilà tout. Par conséquent, je reste.

— Et comment sortirez-vous?

— Ah! tu m'en demandes trop. L'essentiel était d'entrer. Va, Doudeville, ferme les portes. Rejoins ton frère et filez... A demain... ou plutôt...

— Ou plutôt...

— Ne vous occupez pas de moi. Je vous ferai signe en temps voulu. »

Il s'assit sur une petite caisse placée au fond du placard. Une quadruple rangée de vêtements suspendus le protégeait. Sauf le cas d'investigations, il était évidemment là en toute sûreté.

Dix minutes s'écoulèrent. Il entendit le trot sourd d'un cheval, du côté de la villa, et le bruit d'un grelot. Une voiture s'arrêta, la porte d'en bas claqua, et presque aussitôt il perçut des voix, des exclamations, toute une rumeur qui s'accentuait au fur et à mesure, probablement, qu'un des captifs était délivré de son bâillon.

« On s'explique, pensa-t-il... La rage du baron doit être à son comble... Il comprend maintenant la raison de ma conduite de ce soir, au cercle, et que je l'ai roulé proprement... Roulé, ça dépend, car enfin, Steinweg m'échappe toujours... Voilà la première chose dont il va s'occuper : lui a-t-on repris Steinweg? Pour le savoir, il va courir à la cachette. S'il monte, c'est que la cachette est en haut. S'il descend, c'est qu'elle est dans les sous-sols. »

Il écouta. Le bruit des voix continuait dans les pièces du rez-de-chaussée, mais il ne semblait point que l'on bougeât. Altenheim devait interroger ses acolytes. Ce ne fut qu'après une demi-heure que Sernine entendit des pas qui montaient l'escalier.

« Ce serait donc en haut, se dit-il, mais pourquoi ont-ils tant tardé? »

« Que tout le monde se couche », dit la voix d'Altenheim.

Le baron entra dans la chambre avec un de ses hommes et referma la porte.

« Et moi aussi, Dominique, je me couche. Quand nous discuterions toute la nuit, nous n'en serions pas plus avancés.

— Moi, mon avis, dit l'autre, c'est qu'il est venu pour chercher Steinweg.

— C'est mon avis, aussi, et c'est pourquoi je rigole, au fond, puisque Steinweg n'est pas là.

— Mais, enfin, où est-il? Qu'est-ce que vous avez pu en faire?

— Ça, c'est mon secret, et tu sais que, mes secrets, je les garde pour moi. Tout ce que je peux te dire, c'est que la prison est bonne et qu'il n'en sortira qu'après avoir parlé.

— Alors, bredouille, le prince?

— Je te crois. Et encore, il a dû casquer pour arriver à ce beau résultat. Non, vrai, ce que je rigole!... Infortuné prince!...

— N'importe, reprit l'autre, il faudrait bien s'en débarrasser.

— Sois tranquille, mon vieux, ça ne tardera pas. Avant huit jours, je t'offrirai un portefeuille d'honneur, fabriqué avec de la peau de Lupin. Laisse-moi me coucher, je tombe de sommeil. »

Un bruit de porte qui se ferme. Puis Sernine entendit le baron qui mettait le verrou, puis qui vidait ses poches, qui remontait sa montre et qui se déshabillait.

Il était joyeux, sifflotait et chantonnait, parlant même à haute voix.

« Oui, en peau de Lupin... et avant huit jours... avant quatre jours! sans quoi c'est lui qui nous boulottera, le sacripant!... Ça ne fait rien, il a raté son coup ce soir... Le calcul était juste, pourtant... Steinweg ne peut être qu'ici... Seulement, voilà... »

Il se mit au lit et tout de suite éteignit l'électricité. Sernine s'était avancé près du rideau, qu'il souleva légèrement, et il voyait la lumière vague de la nuit qui filtrait par les fenêtres, laissant le lit dans une obscurité profonde.

« Décidément, c'est moi la poire, se dit-il. Je me suis blousé jusqu'à la gauche. Dès qu'il ronflera, je m'esquive... »

Mais un bruit étouffé l'étonna, un bruit dont il

n'aurait pu préciser la nature et qui venait du lit. C'était comme un grincement, à peine perceptible d'ailleurs.

« Eh bien, Steinweg, où en sommes-nous? »

C'était le baron qui parlait! Il n'y avait aucun doute que ce fût lui qui parlât, mais comment se pouvait-il qu'il parlât à Steinweg, puisque Steinweg n'était pas dans la chambre? Et Altenheim continua :

« Es-tu toujours intraitable?... Oui?... Imbécile! Il faudra pourtant bien que tu te décides à raconter ce que tu sais... Non?... Bonsoir, alors, et à demain... »

« Je rêve, je rêve, se disait Sernine. Ou bien c'est lui qui rêve à haute voix. Voyons, Steinweg n'est pas à côté de lui, il n'est pas dans la chambre voisine... il n'est même pas dans la maison. Altenheim l'a dit... Alors, qu'est-ce que c'est que cette histoire ahurissante? »

Il hésita. Allait-il sauter sur le baron, le prendre à la gorge et obtenir de lui, par la force et la menace, ce qu'il n'avait pu obtenir par la ruse? Absurdité! Jamais Altenheim ne se laisserait intimider.

« Allons, je pars, murmura-t-il, j'en serai quitte pour une soirée perdue. »

Il ne partit point. Il sentit qu'il lui était impossible de partir, qu'il devait attendre, que le hasard pouvait encore le servir.

Il décrocha avec des précautions infinies quatre ou cinq costumes et paletots, les étendit par terre, s'installa, et, le dos appuyé au mur, s'endormit le plus tranquillement du monde.

Le baron ne fut pas matinal. Une horloge quelque part sonna neuf coups quand il sauta du lit et fit venir son domestique.

Il lut le courrier que celui-ci apportait, s'habilla sans dire un mot, et se mit à écrire des lettres, pendant que le domestique suspendait soigneusement dans le placard les vêtements de la veille, et que Sernine, les poings en bataille, se disait :

« Voyons, faut-il que je défonce le plexus solaire de cet individu? »

A dix heures, le baron ordonna :

« Va-t'en!

— Voilà, encore ce gilet...

— Va-t'en, je te dis. Tu reviendras quand je t'appellerai... pas avant. »

Il poussa la porte lui-même sur le domestique, attendit, en homme qui n'a guère confiance dans les autres, et, s'approchant d'une table où se trouvait un appareil téléphonique, il décrocha le récepteur.

« Allô!... mademoiselle, je vous prie de me donner Garches... C'est cela, mademoiselle, vous me sonnerez... »

Il resta près de l'appareil.

Sernine frémissait d'impatience. Le baron allait-il communiquer avec son mystérieux compagnon de crime?

La sonnerie retentit.

« Allô, fit Altenheim... Ah! c'est Garches... parfait... Mademoiselle, je voudrais le numéro 38... Oui, 38, deux fois quatre... »

Et au bout de quelques secondes, la voix plus basse, aussi basse et aussi nette que possible, il prononça :

« Le numéro 38?... C'est moi... pas de mots inutiles... Hier?... Oui, tu l'as manqué dans le jardin... Une autre fois, évidemment... mais ça presse... il a fait fouiller la maison, le soir... je te raconterai... Rien trouvé, bien entendu... Quoi?... allô!... Non, le vieux Steinweg refuse de parler... les menaces, les promesses, rien n'y a fait... Allô... Eh oui, parbleu, il sait que nous ne pouvons rien... Nous ne connaissons le projet de Kesselbach et l'histoire de Pierre Leduc qu'en partie... Lui seul a le mot de l'énigme... Oh! il parlera, ça j'en réponds... et cette nuit même... sans quoi... Eh! qu'est-ce que tu veux, tout plutôt que de le laisser échapper! Vois-tu que le prince nous le chipe? Oh! celui-là, dans trois jours, il faut qu'il ait son compte... Tu as une idée?... En effet... l'idée est bonne. Oh! oh! excellente... je vais m'en occuper... Quand se voit-on? mardi, veux-tu? Ça va. Je viendrai mardi... à deux heures... »

Il remit l'appareil en place et sortit. Sernine l'entendit qui donnait des ordres.

« Attention, cette fois, hein? ne vous laissez pas pincer bêtement comme hier, je ne rentrerai pas avant la nuit. »

La lourde porte du vestibule se referma, puis ce fut le claquement de la grille dans le jardin et le grelot d'un cheval qui s'éloignait.

Après vingt minutes, deux domestiques survinrent, qui ouvrirent les fenêtres et firent la chambre.

Quand ils furent partis, Sernine attendit encore assez longtemps, jusqu'à l'heure présumée de leur repas. Puis, les supposant dans la cuisine, attablés, il se glissa hors du placard et se mit à inspecter le lit et la muraille à laquelle ce lit était adossé.

« Bizarre, dit-il, vraiment bizarre... Il n'y a rien là de particulier. Le lit n'a aucun double fond... Dessous, pas de trappe. Voyons la chambre voisine. »

Doucement, il passa à côté. C'était une pièce vide, sans aucun meuble.

« Ce n'est pas là que gîte le vieux... Dans l'épaisseur de ce mur? Impossible, c'est plutôt une cloison, très mince. Sapristi! Je n'y comprends rien, moi. »

Pouce par pouce, il interrogea le plancher, le mur, le lit, perdant son temps à des expériences inutiles. Décidément, il y avait là un truc, fort simple peut-être, mais que pour l'instant il ne saisissait pas.

« A moins que, se dit-il, Altenheim n'ait positivement déliré... C'est la seule supposition acceptable. Et, pour la vérifier, je n'ai qu'un moyen, c'est de rester. Et je reste. Advienne que pourra. »

De crainte d'être surpris, il réintégra son repaire et n'en bougea plus, rêvassant et sommeillant, tourmenté, d'ailleurs, par une faim violente.

Et le jour baissa. Et l'obscurité vint.

Altenheim ne rentra qu'après minuit. Il monta dans sa chambre, seul cette fois, se dévêtit, se coucha, et, aussitôt, comme la veille, éteignit l'électricité.

Même attente anxieuse. Même petit grincement inexplicable. Et, de sa même voix railleuse, Altenheim articula :

« Et alors, comment ça va, l'ami?... Des injures?... Mais non, mais non, mon vieux, ce n'est pas du tout ce qu'on te demande! Tu fais fausse route. Ce qu'il me faut, ce sont de bonnes confidences, bien complètes, bien détaillées, concernant tout ce que tu as révélé à Kesselbach... l'histoire de Pierre Leduc, etc. C'est clair?... »

Sernine écoutait avec stupeur. Il n'y avait pas à se tromper, cette fois : le baron s'adressait *réellement* au vieux Steinweg. Colloque impressionnant! Il lui semblait surprendre le dialogue mystérieux d'un vivant et d'un mort, une conversation avec un être innommable, respirant dans un autre monde, un être invisible, impalpable, inexistant.

Le baron reprit, ironique et cruel :

« Tu as faim? Mange donc, mon vieux. Seulement, rappelle-toi que je t'ai donné d'un coup toute ta provision de pain, et que, en la grignotant, à raison de quelques miettes en vingt-quatre heures, tu en as tout au plus pour une semaine... Mettons dix jours! Dans dix jours, couic, il n'y aura plus de père Steinweg. A moins que d'ici là tu aies consenti à parler. Non? On verra ça demain... Dors, mon vieux. »

Le lendemain, à une heure, après une nuit et une matinée sans incident, le prince Sernine sortait paisiblement de la villa Dupont et, la tête faible, les jambes molles, *tout en se dirigeant vers le plus proche restaurant,* il résumait la situation :

« Ainsi, mardi prochain, Altenheim et l'assassin du Palace Hôtel ont rendez-vous à Garches dans une maison dont le téléphone porte le numéro 38. C'est donc mardi que je livrerai les deux coupables et que *je délivrerai M. Lenormand.* Le soir même, ce sera le tour du vieux Steinweg, et j'apprendrai enfin si Pierre Leduc est, oui ou non, le fils d'un charcutier, et si je peux dignement en faire le mari de Geneviève. Ainsi soit-il! »

Le mardi matin, vers onze heures, Valenglay, président du Conseil, faisait venir le préfet de police, le sous-chef de la Sûreté, M. Weber, et leur montrait un pneumatique, signé prince Sernine, qu'il venait de recevoir.

« Monsieur le Président du Conseil,

« Sachant tout l'intérêt que vous portiez à M. Lenormand, je viens vous mettre au courant des faits que le hasard m'a révélés.

« M. Lenormand est enfermé dans les caves de la villa des Glycines, à Garches, auprès de la maison de retraite.

« Les bandits du Palace Hôtel ont résolu de l'assassiner aujourd'hui à deux heures.

« Si la police a besoin de mon concours, je serai à une heure et demie dans le jardin de la maison de retraite, ou chez Mme Kesselbach, dont j'ai l'honneur d'être l'ami.

« Recevez, Monsieur le Président du Conseil, etc.

« Signé : Prince SERNINE. »

« Voilà qui est extrêmement grave, mon cher monsieur Weber, fit Valenglay. J'ajouterai que nous devons avoir toute confiance dans les affirmations du prince Paul Sernine. J'ai dîné plusieurs fois avec lui. C'est un homme sérieux, intelligent...

— Voulez-vous me permettre, monsieur le président, dit le sous-chef de la Sûreté, de vous communiquer une autre lettre que j'ai reçue également ce matin?

— Sur la même affaire?

— Oui.

— Voyons. »

Il prit la lettre et lut :

« Monsieur,

« Vous êtes averti que le prince Paul Sernine, qui
« se dit l'ami de Mme Kesselbach, n'est autre qu'Ar-
« sène Lupin.

« Une seule preuve suffira : Paul Sernine est l'ana-
« gramme d'Arsène Lupin. Ce sont les mêmes lettres.
« Il n'y en a pas une de plus, pas une de moins.

« Signé : L. M. »

Et M. Weber ajouta, tandis que Valenglay restait confondu :

« Pour cette fois, notre ami Lupin trouve un adversaire à sa taille. Pendant qu'il le dénonce, l'autre nous le livre. Et voilà le renard pris au piège.

— Et alors? dit Valenglay.

— Et alors, monsieur le président, nous allons tâcher de les mettre d'accord tous les deux... Et. pour cela, j'emmène deux cents hommes. »

LA REDINGOTE OLIVE

I

MIDI ET QUART. Un restaurant près de la Madeleine. Le prince déjeune. A la table voisine, deux jeunes gens s'assoient. Il les salue, et se met à leur parler comme à des amis de rencontre.

« Vous êtes de l'expédition, hein?

— Oui.

— Combien d'hommes en tout?

— Six, paraît-il. Chacun y va de son côté. Rendez-vous à une heure trois quarts avec M. Weber près de la maison de retraite.

— Bien, j'y serai.

— Quoi?

— N'est-ce pas moi qui dirige l'expédition? Et ne faut-il pas que ce soit moi qui retrouve M. Lenormand puisque je l'ai annoncé publiquement?

— Vous croyez donc, patron, que M. Lenormand n'est pas mort?

— J'en suis sûr. Oui, depuis hier, j'ai la certitude qu'Altenheim et sa bande ont conduit M. Lenormand et Gourel sur le pont de Bougival et qu'ils les ont jetés par-dessus bord. Gourel a coulé, M. Lenormand s'en est tiré. Je fournirai toutes les preuves nécessaires quand le moment sera venu.

— Mais alors, s'il est vivant, pourquoi ne se montre-t-il pas?

— Parce qu'il n'est pas libre.

— Ce serait donc vrai ce que vous avez dit? Il se trouve dans les caves de la villa des Glycines?

— J'ai tout lieu de le croire.

— Mais comment savez-vous?... Quel indice?...

— C'est mon secret. Ce que je puis vous annoncer, c'est que le coup de théâtre sera... comment dirais-je... sensationnel. Vous avez fini?

— Oui.

— Mon auto est derrière la Madeleine. Rejoignez-moi. »

A Garches, Sernine renvoya la voiture, et ils marchèrent jusqu'au sentier qui conduisait à l'école de Geneviève. Là, il s'arrêta.

« Ecoutez-moi bien, les enfants. Voici qui est de la plus haute importance. Vous allez sonner à la maison de retraite. Comme inspecteurs, vous avez vos entrées, n'est-ce pas? Vous irez au pavillon Hortense, celui qui est inoccupé. Là, vous descendrez dans le sous-sol, et vous trouverez un vieux volet qu'il suffit de soulever pour dégager l'orifice d'un tunnel que j'ai découvert ces jours-ci, et qui établit une communication directe avec la villa des Glycines. C'est par là que Gertrude et que le baron Altenheim se retrouvaient. Et c'est par là que M. Lenormand a passé pour, en fin de compte, tomber entre les mains de ses ennemis.

— Vous croyez, patron?

— Oui, je le crois. Et maintenant, voilà de quoi il s'agit. Vous allez vous assurer que le tunnel est exactement dans l'état où je l'ai laissé cette nuit, que les deux portes qui le barrent sont ouvertes, et qu'il y a toujours, dans un trou situé près de la deuxième porte, un paquet enveloppé de serge noire que j'y ai déposé moi-même.

— Faudra-t-il défaire le paquet?

— Inutile, ce sont des vêtements de rechange. Allez, et qu'on ne vous remarque pas trop. Je vous attends. »

Dix minutes plus tard, ils étaient de retour.

« Les deux portes sont ouvertes, fit Doudeville.

— Le paquet de serge noire?

— A sa place, près de la deuxième porte.

— Parfait! Il est une heure vingt-cinq. Weber va débarquer avec ses champions. On surveille la villa. On la cerne dès qu'Altenheim y est entré. Moi, d'accord avec Weber, je sonne. Là, j'ai mon plan. Allons, j'ai idée qu'on ne s'ennuiera pas. »

Et Sernine, les ayant congédiés, s'éloigna par le sentier de l'école, tout en monologuant.

« Tout est pour le mieux. La bataille va se livrer sur le terrain choisi par moi. Je la gagne fatalement, je me débarrasse de mes deux adversaires, et je me trouve seul engagé dans l'affaire Kesselbach... seul, avec deux beaux atouts : Pierre Leduc et Steinweg... En plus, le roi... c'est-à-dire Bibi. Seulement, il y a un cheveu... Qu'est-ce que peut bien faire Altenheim? Evidemment, il a, lui aussi, son plan d'attaque. Par où m'attaque-t-il? Et comment admettre qu'il ne m'ait pas encore attaqué? C'est inquiétant. M'aurait-il dénoncé à la police? »

Il longea le petit préau de l'école, dont les élèves étaient alors en classe, et il heurta la porte d'entrée.

« Tiens, te voilà! dit Mme Ernemont, en ouvrant. Tu as donc laissé Geneviève à Paris?

— Pour cela il eût fallu que Geneviève fût à Paris, répondit-il.

— Mais elle y a été, puisque tu l'as fait venir.

— Qu'est-ce que tu dis? s'exclama-t-il, en lui empoignant le bras.

— Comment? mais tu le sais mieux que moi!...

— Je ne sais rien... je ne sais rien... Parle!...

— N'as-tu pas écrit à Geneviève de te rejoindre à la gare Saint-Lazare?

— Et elle est partie?

— Mais oui... Vous deviez déjeuner ensemble à l'hôtel Ritz...

— La lettre... fais voir la lettre. »

Elle monta la chercher et la lui donna.

« Mais, malheureuse, tu n'as donc pas vu que c'était un faux? L'écriture est bien imitée... mais c'est un faux... Cela saute aux yeux. »

Il se colla les poings contre les tempes avec rage :

« Le voilà le coup que je demandais. Ah! le misérable! C'est par elle qu'il m'attaque... Mais comment sait-il? Eh! non, il ne sait pas... Voilà deux fois qu'il tente l'aventure... et c'est pour Geneviève, parce qu'il s'est pris de béguin pour elle... Oh! cela non, jamais! Ecoute, Victoire... Tu es sûre qu'elle ne l'aime pas?... Ah çà! mais je perds la tête! Voyons... voyons... il faut que je réfléchisse... ce n'est pas le moment... »

Il consulta sa montre.

« Une heure trente-cinq... j'ai le temps... Imbécile! le temps de quoi faire? Est-ce que je sais où elle est? »

Il allait et venait, comme un fou, et sa vieille nourrice semblait stupéfaite de le voir aussi agité, aussi peu maître de lui.

« Après tout, dit-elle, rien ne prouve qu'elle n'ait pas flairé le piège, au dernier instant...

— Où serait-elle?

— Je l'ignore... peut-être chez Mme Kesselbach...

— C'est vrai... c'est vrai... tu as raison », s'écria-t-il, plein d'espoir soudain.

Et il partit en courant vers la maison de retraite.

Sur la route, près de la porte, il rencontra les frères Doudeville qui entraient chez la concierge, dont la loge avait vue sur la route, ce qui leur permettait de surveiller les abords des Glycines. Sans s'arrêter, il alla droit au pavillon de l'Impératrice, appela Suzanne, et se fit conduire chez Mme Kesselbach.

« Geneviève? dit-il.

— Geneviève?

— Oui, elle n'est pas venue?

— Non, voici même plusieurs jours.

— Mais elle doit venir, n'est-ce pas?

— Vous croyez?

— Mais j'en suis sûr. Où voulez-vous qu'elle soit? Rappelez-vous?...

— J'ai beau chercher. Je vous assure que Geneviève et moi nous ne devions pas nous voir. »

Et subitement effrayée :

« Mais vous n'êtes pas inquiet? Il n'est rien arrivé à Geneviève?

— Non, rien. »

Il était parti déjà. Une idée l'avait heurté. Si le baron Altenheim n'était pas à la villa des Glycines? Si l'heure du rendez-vous avait été changée?

« Il faut que je le voie... se disait-il, il le faut, à tout prix. »

Et il courait, l'allure désordonnée, indifférent à tout. Mais, devant la loge, il recouvra instantanément son sang-froid : il avait aperçu le sous-chef de la Sûreté, qui parlait dans le jardin avec les frères Doudeville. S'il avait eu sa clairvoyance habituelle, il eût surpris le petit tressaillement qui agita M. Weber à son approche, mais il ne vit rien.

« Monsieur Weber, n'est-ce pas? dit-il.

— Oui... A qui ai-je l'honneur?...

— Le prince Sernine.

— Ah! très bien, M. le préfet de police m'a averti du service considérable que vous nous rendiez, monsieur.

— Ce service ne sera complet que quand j'aurai livré les bandits.

— Cela ne va pas tarder. Je crois que l'un de ces bandits vient d'entrer... un homme assez fort, avec un monocle.

— En effet, c'est le baron Altenheim. Vos hommes sont là, monsieur Weber?

— Oui, cachés sur la route, à deux cents mètres de distance.

— Eh bien, monsieur Weber, il me semble que vous pourriez les réunir et les amener devant cette loge. De là nous irons jusqu'à la villa. Je sonnerai. Comme le baron Altenheim me connaît, je suppose que l'on m'ouvrira, et j'entrerai... avec vous.

— Le plan est excellent, dit M. Weber. Je reviens tout de suite. »

Il sortit du jardin et s'en alla par la route, du côté opposé aux Glycines.

Rapidement, Sernine empoigna l'un des frères Doudeville par le bras.

« Cours après lui, Jacques... Occupe-le... le temps que j'entre aux Glycines... Et puis retarde l'assaut... le plus possible... invente des prétextes... Il me faut dix minutes... Qu'on entoure la villa... mais qu'on n'y entre pas. Et toi, Jean, va te poster dans le pavillon Hortense, à l'issue du souterrain. Si le baron veut sortir par là, casse-lui la tête. »

Les Doudeville s'éloignèrent. Le prince se glissa dehors, et courut jusqu'à une haute grille, blindée de fer, qui était l'entrée des Glycines.

Sonnerait-il?

Autour de lui, personne. D'un bond il s'élança sur la grille, en posant son pied au rebord de la serrure, et, s'accrochant aux barreaux, s'arc-boutant avec ses genoux, se hissant à la force des poignets, il parvint, au risque de retomber sur la pointe aiguë des barreaux, à franchir la grille et à sauter.

Il y avait une cour pavée qu'il traversa rapidement, et il monta les marches d'un péristyle à colonnes sur lequel donnaient des fenêtres qui, toutes, étaient recouvertes, jusqu'aux impostes, de volets pleins.

Comme il réfléchissait au moyen de s'introduire dans la maison, la porte fut entrebâillée avec un bruit de fer qui lui rappela la porte de la villa Dupont, et Altenheim apparut.

« Dites donc, prince, c'est comme cela que vous pénétrez dans les propriétés particulières? Je vais être contraint de recourir aux gendarmes, mon cher. »

Sernine le saisit à la gorge, et le renversant contre une banquette :

« Geneviève... Où est Geneviève? Si tu ne me dis pas ce que tu as fait d'elle, misérable!...

— *Je te prie de remarquer,* bégaya le baron, *que tu me coupes la parole.* »

Sernine le lâcha.

« Au fait!... Et vite!... Réponds... Geneviève?...

— Il y a une chose, répliqua le baron, qui est beaucoup plus urgente, surtout quand il s'agit de gaillards de notre espèce, c'est d'être chez soi... »

Et, soigneusement, il repoussa la porte qu'il barricada de verrous. Puis, conduisant Sernine dans le salon voisin, un salon sans meubles, sans rideaux, il lui dit :

« Maintenant, je suis ton homme. Qu'y a-t-il pour ton service, prince?

— Geneviève?

— Elle se porte à merveille.

— Ah! tu avoues?...

— Parbleu! Je te dirai même que ton imprudence à cet égard m'a étonné. Comment n'as-tu pas pris quelques précautions? Il était inévitable...

— Assez! Où est-elle?

— Tu n'es pas poli.

— Où est-elle?

— Entre quatre murs, libre...

— Libre?...

— Oui, libre d'aller d'un mur à l'autre.

— Villa Dupont, sans doute? Dans la prison que tu as imaginée pour Steinweg?

— Ah! tu sais... Non, elle n'est pas là.

— Mais où alors? Parle, sinon...

— Voyons, mon prince, crois-tu que je serai assez bête pour te livrer le secret par lequel je te tiens? Tu aimes la petite...

— Tais-toi! s'écria Sernine, hors de lui... Je te défends...

— Et après? c'est donc un déshonneur? Je l'aime bien, moi, et j'ai bien risqué... »

Il n'acheva pas, intimidé par la colère effrayante de Sernine, colère contenue, silencieuse, qui lui bouleversait les traits.

Ils se regardèrent longtemps, chacun d'eux cherchant le point faible de l'adversaire. A la fin, Sernine s'avança et, d'une voix nette, en homme qui menace plutôt qu'il ne propose un pacte :

« Ecoute-moi. Tu te rappelles l'offre d'association que tu m'as faite? L'affaire Kesselbach pour nous deux... on marcherait ensemble... on partagerait les bénéfices... J'ai refusé... J'accepte aujourd'hui...

— Trop tard.

— Attends. J'accepte mieux que cela : j'abandonne l'affaire... je ne me mêle plus de rien... tu auras tout... Au besoin je t'aiderai.

— La condition?

— Dis-moi où se trouve Geneviève? »

L'autre haussa les épaules.

« Tu radotes, Lupin. Ça me fait de la peine... à ton âge... »

Une nouvelle pause entre les deux ennemis, terrible.

Le baron ricana :

« C'est tout de même une sacrée jouissance de te voir ainsi pleurnicher et demandant l'aumône. Dis donc, j'ai idée que le simple soldat est en train de flanquer une pile à son général.

— Imbécile, murmura Sernine.

— Prince, je t'enverrai mes témoins ce soir... si tu es encore de ce monde.

— Imbécile! répéta Sernine avec un mépris infini.

— Tu aimes mieux en finir tout de suite? A ta guise, mon prince, ta dernière heure est venue. Tu peux recommander ton âme à Dieu. Tu souris? C'est un tort. J'ai sur toi un avantage immense : je tue... au besoin...

— Imbécile! » redit encore une fois Sernine.

Il tira sa montre.

« Deux heures, baron. Tu n'as plus que quelques minutes. A deux heures cinq, deux heures dix au plus tard, M. Weber et une demi-douzaine d'hommes solides, sans scrupules, forceront l'entrée de ton repaire et te mettront la main au collet... Ne souris pas, toi non plus. L'issue sur laquelle tu comptes est découverte, je la connais, elle est gardée. Tu es donc bel et bien pris. C'est l'échafaud, mon vieux. »

Altenheim était livide. Il balbutia :

« Tu as fait ça?... Tu as eu l'infamie?...

— La maison est cernée. L'assaut est imminent. Parle et je te sauve.

— Comment?

— Les hommes qui gardent l'issue du pavillon sont à moi. Je te donne un mot pour eux, et tu es sauvé. »

Altenheim réfléchit quelques secondes, parut hésiter, mais, soudain résolu, déclara :

« C'est de la blague. Tu n'auras pas été assez naïf pour te jeter toi-même dans la gueule du loup.

— Tu oublies Geneviève. Sans elle, crois-tu que je serais là? Parle.

— Non.

— Soit. Attendons, dit Sernine. Une cigarette?

— Volontiers.

— Tu entends? dit Sernine après quelques secondes.

— Oui... oui... » fit Altenheim en se levant.

Des coups retentissaient à la grille. Sernine prononça :

« Même pas les sommations d'usage... aucun préliminaire... Tu es toujours décidé?

— Plus que jamais.

— Tu sais que, avec les instruments qu'ils ont, il n'y en a pas pour longtemps?

— Ils seraient dans cette pièce que je te refuserais. »

La grille céda. On entendit le grincement des gonds.

« Se laisser pincer, reprit Sernine, je l'admets, mais qu'on tende soi-même les mains aux menottes, c'est trop idiot. Voyons, ne t'entête pas. Parle, et file.

— Et toi?

— Moi je reste. Qu'ai-je à craindre?

— Regarde. »

Le baron lui désignait une fente à travers les volets. Sernine y appliqua son œil et recula avec un sursaut.

« Ah! bandit, toi aussi, tu m'as dénoncé! Ce n'est pas dix hommes, c'est cinquante, cent, deux cents hommes que Weber amène... »

Le baron riait franchement :

« Et s'il y en a tant, c'est qu'il s'agit de Lupin, évidemment? *Une demi-douzaine suffisait pour moi.*

— Tu as prévenu la police?

— Oui.

— Quelle preuve as-tu donnée?

— Ton nom... Paul Sernine, c'est-à-dire Arsène Lupin.

— Et tu as découvert ça tout seul, toi?... ce à quoi personne n'a jamais pensé? Allons donc! C'est l'autre, avoue-le. »

Il regardait par la fente. Des nuées d'agents se répandaient autour de la villa, et ce fut à la porte maintenant que des coups résonnèrent.

Il fallait cependant songer, ou bien à la retraite, ou bien à l'exécution du projet qu'il avait imaginé. Mais, s'éloigner, ne fût-ce qu'un instant, c'était laisser Altenheim, et qui pouvait assurer que le baron n'avait pas à sa disposition une autre issue pour s'enfuir? Cette idée bouleversa Sernine. Le baron libre! le baron maître de retourner auprès de Geneviève, et de la torturer, et de l'asservir à son odieux amour!

Entravé dans ses desseins, contraint d'improviser un nouveau plan, à la seconde même, et en subordonnant tout au danger que courait Geneviève, Sernine passa là un moment d'indécision atroce. Les yeux fixés aux yeux du baron, il eût voulu lui arracher son secret et partir, et il n'essayait même plus de le convaincre, tellement toute parole lui semblait inutile. Et, tout en poursuivant ses réflexions, il se demandait ce que pouvaient être celles du baron, quelles étaient ses armes, son espoir de salut. La porte du vestibule, quoique fortement verrouillée, quoique blindée de fer, commençait à s'ébranler. Les deux hommes étaient devant cette porte, immobiles. Le bruit des voix, le sens des mots leur parvenaient.

« Tu parais bien sûr de toi, dit Sernine.

— Parbleu! » s'écria l'autre en lui donnant un croc-en-jambe qui le fit tomber, et en prenant la fuite.

Sernine se releva aussitôt, franchit sous le grand escalier une petite porte par où Altenheim avait disparu, et, dégringolant les marches de pierre, descendit au sous-sol...

Un couloir, une salle vaste et basse, presque obscure, le baron était à genoux, soulevant le battant d'une trappe.

« Idiot, s'écria Sernine en se jetant sur lui, tu sais bien que nous trouverons mes hommes au bout de ce tunnel, et ils ont l'ordre de te tuer comme un chien.... A moins que... à moins que tu n'aies une issue qui s'amorce sur celle-là... Eh! voilà, pardieu! j'ai deviné... et tu t'imagines... »

La lutte était acharnée. Altenheim, véritable colosse doué d'une musculature exceptionnelle, avait ceinturé son adversaire, lui paralysant les bras et cherchant à l'étouffer.

« Evidemment... évidemment... articulait celui-ci avec peine, évidemment, c'est bien combiné... Tant que je ne pourrai pas me servir de mes mains pour te casser quelque chose, tu auras l'avantage... Mais seulement... pourras-tu?... »

Il eut un frisson. La trappe, qui s'était refermée, et sur le battant de laquelle ils pesaient de tout leur poids, la trappe paraissait bouger sous eux. Il sentait les efforts que *l'on* faisait pour la soulever, et le baron devait le sentir aussi, car il essayait désespérément de déplacer le terrain du combat pour que la trappe pût s'ouvrir.

« C'est *l'autre!* » pensa Sernine avec la sorte d'épouvante irraisonnée que lui causait cet être mystérieux... « C'est l'autre... S'il passe, je suis perdu. »

Par des gestes insensibles, Altenheim avait réussi à se déplacer, et il tâchait d'entraîner son adversaire. Mais celui-ci s'accrochait par les jambes aux jambes du baron, en même temps que, peu à peu, il s'ingéniait à dégager une de ses mains.

Au-dessus d'eux, de grands coups, comme des coups de bélier...

« J'ai cinq minutes, pensa Sernine... Dans une minute, il faut que ce gaillard-là... »

Et tout haut :

« Attention, mon petit. Tiens-toi bien. »

Il rapprocha ses genoux l'un de l'autre avec une énergie incroyable. Le baron hurla, l'une de ses cuisses tordue.

Alors, Sernine, mettant à profit la souffrance de son adversaire, fit un effort, dégagea sa main droite et le prit à la gorge.

« Parfait! Comme cela, nous sommes bien mieux à notre aise... Non, pas la peine de chercher ton couteau... sans quoi je t'étrangle comme un poulet. Tu vois, j'y mets des formes... Je ne serre pas trop... juste assez pour que tu n'aies même pas envie de gigoter. »

Tout en parlant, il sortait de sa poche une cordelette très fine et, d'une seule main, avec une habileté extrême, il lui attachait les poignets. A bout de souffle, d'ailleurs, le baron n'opposait plus aucune résistance. En quelques gestes précis, Sernine le ficela solidement.

« Comme tu es sage! A la bonne heure! Je ne te reconnais plus. Tiens, au cas où tu voudrais t'échapper, voilà un rouleau de fil de fer qui va compléter mon petit travail... Les poignets d'abord... Les chevilles, maintenant... Ça y est... Dieu! que tu es gentil! »

Le baron s'était remis peu à peu. Il bégaya :

« Si tu me livres, Geneviève mourra.

— Vraiment!... Et comment?... Explique-toi...

— Elle est enfermée. Personne ne connaît sa retraite. Moi supprimé, elle mourra de faim... comme Steinweg... »

Sernine frissonna. Il reprit :

« Oui, mais tu parleras.

— Jamais.

— Si, tu parleras. Pas maintenant, c'est trop tard, mais cette nuit. »

Il se pencha sur lui et tout bas, à l'oreille, il prononça :

« Ecoute, Altenheim, et comprends-moi bien. Tout à l'heure tu vas être pincé. Ce soir tu coucheras au Dépôt. Cela est fatal, irrévocable. Moi-même je ne puis plus rien y changer. Et demain, on t'emmènera à la Santé, et plus tard, tu sais où?... Eh bien, je te donne encore une chance de salut. Cette nuit, tu entends, cette nuit, je pénétrerai dans ta cellule, au Dépôt, et tu me diras où est Geneviève. Deux heures après, si tu n'as pas menti, tu seras libre. Sinon... c'est que tu ne tiens pas beaucoup à ta tête. »

L'autre ne répondit pas. Sernine se releva et écouta. Là-haut, un grand fracas. La porte d'entrée cédait. Des pas martelèrent les dalles du vestibule et le plancher du salon. M. Weber et ses hommes cherchaient.

« Adieu, baron, réfléchis jusqu'à ce soir. La cellule est bonne conseillère. »

Il poussa son prisonnier, de façon à dégager la trappe et il souleva celle-ci. Comme il s'y attendait, il n'y avait plus personne en dessous, sur les marches de l'escalier.

Il descendit, en ayant soin de laisser la trappe ouverte derrière lui, comme s'il avait eu l'intention de revenir.

Il y avait vingt marches, puis, en bas, c'était le commencement du couloir que M. Lenormand et Gourel avaient parcouru en sens inverse.

Il s'y engagea et poussa un cri. Il lui avait semblé deviner la présence de quelqu'un.

Il alluma sa lanterne de poche. Le couloir était vide.

Alors, il arma son revolver et dit à haute voix :

« Tant pis pour toi... Je fais feu. »

Aucune réponse. Aucun bruit.

« C'est une illusion sans doute, pensa-t-il. Cet être-là m'obsède. Allons, si je veux réussir et gagner la porte, il faut me hâter... Le trou, dans lequel j'ai mis le paquet de vêtements, n'est pas loin. Je prends le paquet... et le tour est joué... Et quel tour! un des meilleurs de Lupin... »

Il rencontra une porte qui était ouverte et tout de suite s'arrêta. A droite il y avait une excavation, celle que M. Lenormand avait pratiquée pour échapper à l'eau qui montait.

Il se baissa et projeta sa lumière dans l'ouverture.

« Oh! fit-il en tressaillant... Non, ce n'est pas possible... C'est Doudeville qui aura poussé le paquet plus loin. »

Mais il eut beau chercher, scruter les ténèbres. Le paquet n'était plus là, et il ne douta pas que ce fût encore l'être mystérieux qui l'eût dérobé.

« Dommage! la chose était si bien arrangée! l'aventure reprenait son cours naturel, et j'arrivais au bout plus sûrement... Maintenant il s'agit de me trotter au plus vite... Doudeville est au pavillon... Ma retraite est assurée... Plus de blagues... il faut se dépêcher et remettre la chose sur pied, si possible... Et après, on s'occupera de *lui*... Ah! qu'il se gare de mes griffes, *celui-là*. »

Mais une exclamation de stupeur lui échappa; il arrivait à l'autre porte, et cette porte, la dernière avant le pavillon, était fermée. Il se rua contre elle. A quoi bon? Que pouvait-il faire?

« Cette fois-ci, murmura-t-il, je suis bien fichu. »

Et, pris d'une sorte de lassitude, il s'assit. Il avait l'impression de sa faiblesse en face de l'être mystérieux. Altenheim ne comptait guère. Mais l'autre, ce personnage de ténèbres et de silence, l'autre le dominait, bouleversait toutes ses combinaisons, et l'épuisait par ses attaques sournoises et infernales.

Il était vaincu.

Weber le trouverait là, comme une bête acculée, au fond de sa caverne.

II

« Ah! non, non! fit-il en se redressant d'un coup. S'il n'y avait que moi, peut-être!... mais il y a Geneviève, Geneviève, qu'il faut sauver cette nuit... Après tout, rien n'est perdu... Si *l'autre* s'est éclipsé tout à l'heure, c'est qu'il existe une seconde issue dans les parages. Allons, allons, Weber et sa bande ne me tiennent pas encore. »

Déjà il explorait le tunnel, et, sa lanterne en main, étudiait les briques dont les parois étaient formées, quand un cri parvint jusqu'à lui, un cri horrible, abominable, qui le fit frémir d'angoisse.

Cela provenait du côté de la trappe. Et il se rappela soudain qu'il avait laissé cette trappe ouverte alors qu'il avait l'intention de remonter dans la villa des Glycines. Il se hâta de retourner, franchit la première porte. En route, sa lanterne étant éteinte, il sentit quelque chose, quelqu'un plutôt qui frôlait ses genoux, quelqu'un qui rampait le long du mur. Et aussitôt, il eut l'impression que cet être disparaissait, s'évanouissait, il ne savait pas où. A cet instant, il heurta une marche.

« C'est là l'issue, pensa-t-il, la seconde issue par où *il* passe. »

En haut, le cri retentit de nouveau, moins fort, suivi de gémissements, de râles... Il monta l'escalier en courant, surgit dans la salle basse et se précipita sur le baron. Altenheim agonisait, la gorge en sang. Ses liens étaient coupés, mais les fils de fer qui attachaient ses poignets et ses chevilles étaient intacts. *Ne pouvant le délivrer, son complice l'avait égorgé.*

Sernine contemplait ce spectacle avec effroi. Une sueur le glaçait. Il songeait à Geneviève emprisonnée, sans secours, puisque le baron, seul, connaissait sa retraite.

Distinctement il entendit que les agents ouvraient la petite porte dérobée du vestibule. Distinctement, il les entendit qui descendaient l'escalier de service.

Il n'était plus séparé d'eux que par une porte, celle de la salle basse où il se trouvait. Il la verrouilla au moment même où les agresseurs empoignaient le loquet. La trappe était ouverte à côté de lui... C'était le salut possible, puisqu'il y avait encore la seconde issue.

« Non, se dit-il, Geneviève d'abord. Après, si j'ai le temps, je songerai à moi... »

Et, s'agenouillant, il posa la main sur la poitrine du baron. Le cœur palpitait encore. Il s'inclina davantage :

« Tu m'entends, n'est-ce pas? »

Les paupières battirent faiblement.

Il y avait un souffle de vie dans le moribond. De ce semblant d'existence, pouvait-on tirer quelque chose?

La porte, dernier rempart, fut attaquée par les agents. Sernine murmura :

« Je te sauverai... j'ai des remèdes infaillibles... Un mot, seulement... Geneviève?... »

On eût dit que cette parole d'espoir suscitait de la force. Altenheim essaya d'articuler.

« Réponds, exigeait Sernine, réponds et je te sauve... C'est la vie aujourd'hui... la liberté demain... Réponds! »

La porte tremblait sous les coups.

Le baron ébaucha des syllabes inintelligibles. Penché sur lui, effaré, toute son énergie, toute sa volonté tendues, Sernine haletait d'angoisse. Les agents, sa capture inévitable, la prison, il n'y songeait même pas... mais Geneviève... Geneviève mourant de faim, et qu'un mot de ce misérable pouvait délivrer!...

« Réponds... il le faut... »

Il ordonnait, il suppliait. Altenheim bégaya, comme hypnotisé, vaincu par cette autorité indomptable :

« Ri... Rivoli...

— Rue de Rivoli, n'est-ce pas? tu l'as enfermée dans une maison de cette rue... Quel numéro? »

Un vacarme... des hurlements de triomphe... la porte s'était abattue.

« Sautez dessus, cria M. Weber, qu'on l'empoigne!... qu'on les empoigne tous les deux!

— Le numéro... réponds... Si tu l'aimes, réponds... Pourquoi te taire maintenant?

— Vingt... Vingt-sept... » souffla le baron.

Des mains touchaient Sernine. Dix revolvers le menaçaient.

Il fit face aux agents, qui reculèrent avec une peur instinctive.

« Si tu bouges, Lupin, cria M. Weber, l'arme braquée, je te brûle.

— Ne tire pas, dit Sernine gravement, c'est inutile, je me rends.

— Des blagues! C'est encore un truc de ta façon...

— Non, reprit Sernine, la bataille est perdue. Tu n'as pas le droit de tirer. Je ne me défends pas. »

Il exhiba deux revolvers qu'il jeta sur le sol.

« Des blagues! reprit M. Weber implacable. Droit au cœur, les enfants! Au moindre geste : feu! Au moindre mot : feu! »

Dix hommes étaient là. Il en posta quinze. Il dirigea les quinze bras vers la cible. Et, rageur, tremblant de joie et de crainte, il grinçait :

« Au cœur! A la tête! Et pas de pitié! S'il remue, s'il parle... à bout portant, feu! »

Les mains dans ses poches, impassible, Sernine souriait. A deux pouces de ses tempes, la mort le guettait. Des doigts se crispaient aux détentes.

« Ah! ricana M. Weber, ça fait plaisir de voir ça... Et j'imagine que cette fois nous avons mis dans le mille, et d'une sale façon pour toi, monsieur Lupin... »

Il fit écarter les volets d'un vaste soupirail, par où la clarté du jour pénétra brusquement, et il se retourna vers Altenheim. Mais, à sa grande stupéfaction, le baron qu'il croyait mort ouvrit les yeux, des yeux ternes, effroyables, déjà remplis de néant. Il regarda M. Weber. Puis il sembla chercher, et, apercevant Sernine, il eut une convulsion de colère. On eût dit qu'il se réveillait de sa torpeur, et que sa haine soudain ranimée lui rendait une partie de ses forces.

Il s'appuya sur ses deux poignets et tenta de parler.

« Vous le reconnaissez, hein? dit M. Weber.

— Oui.

— C'est Lupin, n'est-ce pas?

— Oui... Lupin... »

Sernine, toujours souriant, écoutait.

« Dieu! que je m'amuse! déclara-t-il.

— Vous avez d'autres choses à dire? demanda M. Weber qui voyait les lèvres du baron s'agiter désespérément.

— Oui.

— A propos de M. Lenormand, peut-être?

— Oui.

— Vous l'avez enfermé? Où cela? Répondez... »

De tout son être soulevé, de tout son regard tendu, Altenheim désigna un placard, au coin de la salle.

« Là... là... dit-il.

— Ah! ah! nous brûlons », ricana Lupin.

M. Weber ouvrit. Sur l'une des planches, il y avait un paquet enveloppé de serge noire. Il le déplia et trouva un chapeau, une petite boîte, des vêtements... Il tressaillit. Il avait reconnu la redingote olive de M. Lenormand.

« Ah! les misérables! s'écria-t-il, ils l'ont assassiné.

— Non, fit Altenheim, d'un signe.

— Alors?

— C'est lui... lui...

— Comment, lui?... c'est Lupin qui a tué le chef?

— Non. »

Avec une obstination farouche, Altenheim se raccrochait à l'existence, avide de parler et d'accuser... Le secret qu'il voulait dévoiler était au bout de ses lèvres, et il ne pouvait pas, il ne savait plus le traduire en mots.

« Voyons, insista le sous-chef, M. Lenormand est bien mort, pourtant?

— Non.

— Il vit?

— Non.

— Je ne comprends pas... Voyons, ces vêtements? Cette redingote?... »

Altenheim tourna les yeux du côté de Sernine. Une idée frappa M. Weber.

« Ah! je comprends! Lupin avait dérobé les vêtements de M. Lenormand, et il comptait s'en servir pour échapper.

— Oui... Oui...

— Pas mal, s'écria le sous-chef. C'est bien un coup de sa façon. Dans cette pièce, on aurait trouvé Lupin déguisé en M. Lenormand, enchaîné sans doute. C'était le salut pour lui... Seulement, il n'a pas eu le temps. C'est bien cela, n'est-ce pas?

— Oui... Oui... »

Mais, au regard du mourant, M. Weber sentit qu'il y avait autre chose, et que ce n'était pas encore tout à fait cela, le secret. Qu'était-ce alors? Qu'était-ce, l'étrange et indéchiffrable énigme que le mourant voulait révéler avant de mourir? Il interrogea :

« Et M. Lenormand, où est-il?

— Là...

— Comment là?

— Oui.

— Mais il n'y a que nous dans cette pièce!

— Il y a... il y a...

— Mais parlez donc...

— Il y a... Ser... Sernine...

— Sernine! Hein! Quoi?

— Sernine... Lenormand... »

M. Weber bondit. Une lueur subite le heurtait.

« Non, non, ce n'est pas possible, murmura-t-il, c'est de la folie. »

Il épia son prisonnier. Sernine semblait s'amuser

beaucoup et assister à la scène en amateur qui se divertit et qui voudrait bien connaître le dénouement.

Epuisé, Altenheim était retombé tout de son long. Allait-il mourir avant d'avoir donné le mot de l'énigme que posaient ses obscures paroles? M. Weber, secoué par une hypothèse absurde, invraisemblable, dont il ne voulait pas, et qui s'acharnait après lui, M. Weber se précipita de nouveau.

« Expliquez-vous... Qu'y a-t-il là-dessous? Quel mystère?... »

L'autre ne semblait pas entendre, inerte, les yeux fixes. M. Weber se coucha contre lui et scanda nettement, de façon que chaque syllabe pénétrât au fond même de cette âme noyée d'ombre déjà :

« Ecoute... J'ai bien compris, n'est-ce pas? Lupin et M. Lenormand... »

Il lui fallut un effort pour continuer, tellement la phrase lui paraissait monstrueuse. Pourtant les yeux ternes du baron semblaient le contempler avec angoisse. Il acheva, palpitant d'émotion, comme s'il eût prononcé un blasphème :

« C'est cela, n'est-ce pas? Tu en es sûr? Tous les deux, ça ne fait qu'un? »

Les yeux ne bougeaient pas. Un filet de sang suintait au coin de la bouche... Deux ou trois hoquets... Une convulsion suprême. Ce fut tout. Dans la salle basse, encombrée de monde, il y eut un long silence. Presque tous les agents qui gardaient Sernine s'étaient détournés, et stupéfaits, sans comprendre ou se refusant à comprendre, ils *écoutaient* encore l'incroyable accusation que le bandit n'avait pu formuler.

M. Weber prit la boîte trouvée dans le paquet de serge noire et l'ouvrit. Elle contenait une perruque grise, des lunettes à branches d'argent, un foulard marron, et, dans un double fond, des pots de maquillage et un casier avec de menues boucles de poils gris — bref, de quoi se faire la tête exacte de M. Lenormand.

Il s'approcha de Sernine et, l'ayant contemplé quelques instants sans mot dire, pensif, reconstituant toutes les phases de l'aventure, il murmura : « Alors, c'est vrai? » Sernine, qui ne s'était pas départi de son calme souriant, répliqua :

« L'hypothèse ne manque ni d'élégance ni de hardiesse. Mais, avant tout, dis à tes hommes de me ficher la paix avec leurs joujoux.

— Soit, accepta M. Weber, en faisant un signe à ses hommes. Et maintenant, réponds.

— A quoi?

— Es-tu M. Lenormand?

— Oui. »

Des exclamations s'élevèrent. Jean Doudeville, qui était là pendant que son frère surveillait l'issue secrète, Jean Doudeville, le complice même de Sernine, le regardait avec ahurissement. M. Weber, suffoqué, restait indécis.

« Ça t'épate, hein? dit Sernine. J'avoue que c'est assez rigolo... Dieu, que tu m'as fait rire quelquefois, quand on travaillait ensemble, toi et moi, le chef et le sous-chef!... Et le plus drôle, c'est que tu le croyais mort, ce brave M. Lenormand... mort comme ce pauvre Gourel. Mais non, mais non, mon vieux, petit bonhomme vivait encore... »

Il montra le cadavre d'Altenheim.

« Tiens, c'est ce bandit-là qui m'a fichu à l'eau, dans un sac, un pavé autour de la taille. Seulement, il avait oublié de m'enlever mon couteau... Et, avec un couteau, on crève les sacs et on coupe les cordes. Voilà ce que c'est, malheureux Altenheim... Si tu avais pensé à cela, tu n'en serais pas où tu en es... Mais assez causé... Paix à tes cendres! »

M. Weber écoutait, ne sachant que penser. A la fin, il eut un geste de désespoir, comme s'il renonçait à se faire une opinion raisonnable.

« Les menottes, dit-il, soudain alarmé.

— C'est tout ce que tu trouves? dit Sernine... Tu manques d'imagination... Enfin, si ça t'amuse... »

Et, avisant Doudeville au premier rang de ses agresseurs, il lui tendit les mains :

« Tiens, l'ami, à toi l'honneur, et pas la peine de t'éreinter... Je joue franc jeu... puisqu'il n'y a pas moyen de faire autrement... »

Il disait cela d'un ton qui fit comprendre à Doudeville que la lutte était finie pour l'instant, et qu'il n'y avait qu'à se soumettre. Doudeville lui passa les menottes. Sans remuer les lèvres, sans une contraction du visage, Sernine chuchota : « 27, rue de Rivoli... Geneviève. »

M. Weber ne put réprimer un mouvement de satisfaction à la vue d'un tel spectacle.

« En route! dit-il, à la Sûreté!

— C'est cela, à la Sûreté, s'écria Sernine. M. Lenormand va écrouer Arsène Lupin, lequel va écrouer le prince Sernine.

— Tu as trop d'esprit, Lupin.

— C'est vrai, Weber, nous ne pouvons pas nous entendre. »

Durant le trajet, dans l'automobile que trois autres automobiles chargées d'agents escortaient, il ne souffla pas mot. On ne fit que passer à la Sûreté. M. Weber, se rappelant les évasions organisées par Lupin, le fit monter aussitôt à l'anthropométrie, puis l'amena au Dépôt d'où il fut dirigé sur la prison de la Santé. Prévenu par téléphone, le directeur attendait. Les formalités de l'écrou et le passage dans la chambre de la fouille furent rapides.

A sept heures du soir, le prince Paul Sernine franchissait le seuil de la cellule 14, deuxième division.

« Pas mal, votre appartement... pas mal du tout... déclara-t-il. La lumière électrique, le chauffage central, les water-closets... Bref, tout le confort moderne... C'est parfait, nous sommes d'accord... Monsieur le directeur, c'est avec le plus grand plaisir que j'arrête cet appartement. »

Il se jeta tout habillé sur le lit.

« Ah! Monsieur le directeur, j'ai une petite prière à vous adresser.

— Laquelle?

— Qu'on ne m'apporte pas mon chocolat demain matin avant dix heures... je tombe de sommeil. »

Il se retourna vers le mur.

Cinq minutes après, il dormait profondément.

DEUXIÈME PARTIE

LES TROIS CRIMES D'ARSÈNE LUPIN

SANTÉ-PALACE

I

Ce fut dans le monde entier une explosion de rires. Certes, la capture d'Arsène Lupin produisit une grosse sensation, et le public ne marchanda pas à la police les éloges qu'elle méritait pour cette revanche si longtemps espérée et si pleinement obtenue. Le grand aventurier était pris. L'extraordinaire, le génial, l'invisible héros se morfondait, comme les autres, entre les quatre murs d'une cellule, écrasé à son tour par cette puissance formidable qui s'appelle la Justice et qui, tôt ou tard, fatalement, brise les obstacles qu'on lui oppose et détruit l'œuvre de ses adversaires.

Tout cela fut dit, imprimé, répété, commenté, rabâché. Le préfet de police eut la croix de Commandeur, M. Weber, la croix d'Officier. On exalta l'adresse et le courage de leurs plus modestes collaborateurs. On applaudit. On chanta victoire. On fit des articles et des discours.

Soit! Mais quelque chose cependant domina ce merveilleux concert d'éloges, cette allégresse bruyante, ce fut un rire fou, énorme, spontané, inextinguible et tumultueux.

Arsène Lupin, depuis quatre ans, était chef de la Sûreté!!!

Il l'était depuis quatre ans! Il l'était réellement, légalement, avec tous les droits que ce titre confère, avec l'estime de ses chefs, avec la faveur du gouvernement, avec l'admiration de tout le monde.

Depuis quatre ans le repos des habitants et la défense de la propriété étaient confiés à Arsène Lupin. Il veillait à l'accomplissement de la loi. Il protégeait l'innocent et poursuivait le coupable.

Et quels services il avait rendus! Jamais l'ordre n'avait été moins troublé, jamais le crime découvert plus sûrement et plus rapidement! Qu'on se rappelle l'affaire Denizou, le vol du Crédit Lyonnais, l'attaque du rapide d'Orléans, l'assassinat du baron Dorf... autant de triomphes imprévus et foudroyants, autant de ces magnifiques prouesses que l'on pouvait comparer aux plus célèbres victoires des plus illustres policiers.

Jadis, dans un de ses discours, à l'occasion de l'incendie du Louvre et de la capture des coupables, le président du Conseil Valenglay, pour défendre la façon un peu arbitraire dont M. Lenormand avait agi, s'était écrié :

« Par sa clairvoyance, par son énergie, par ses qualités de décision et d'exécution, par ses procédés inattendus, par ses ressources inépuisables, M. Lenormand nous rappelle le seul homme qui eût pu, s'il vivait encore, lui tenir tête, c'est-à-dire Arsène Lupin. M. Lenormand, c'est un Arsène Lupin au service de la société. »

Et voilà que M. Lenormand n'était autre qu'Arsène Lupin!

Qu'il fût prince russe, on s'en souciait peu! Lupin était coutumier de ces métamorphoses. Mais chef de la Sûreté! Quelle ironie charmante! Quelle fantaisie dans la conduite de cette vie extraordinaire entre toutes!

M. Lenormand! Arsène Lupin!

On s'expliquait aujourd'hui les tours de force, miraculeux en apparence, qui récemment encore avaient confondu la foule et déconcerté la police. On comprenait l'escamotage de son complice en plein Palais de justice, en plein jour, à la date fixée. Lui-même ne l'avait-il pas dit : « Quand on saura la simplicité des moyens que j'ai employés pour cette évasion, on sera stupéfait. C'est tout cela, dira-t-on? Oui, c'est tout cela, mais il fallait y penser. »

C'était en effet d'une simplicité enfantine : il suffisait d'être chef de la Sûreté.

Or, Lupin était chef de la Sûreté, et tous les agents, en obéissant à ses ordres, se faisaient les complices involontaires et inconscients de Lupin.

La bonne comédie! Le bluff admirable! La farce monumentale et réconfortante à notre époque de veulerie! Bien que prisonnier, bien que vaincu irrémédiablement, Lupin, malgré tout, était le grand vainqueur. De sa cellule, il rayonnait sur Paris. Plus que jamais il était l'idole, plus que jamais le Maître!

En s'éveillant le lendemain dans son appartement de « Santé-Palace » comme il le désigna aussitôt, Arsène Lupin eut la vision très nette du bruit formidable qu'allait produire son arrestation sous le double nom de Sernine et de Lenormand, et sous le double titre de prince et de chef de la Sûreté.

Il se frotta les mains et formula :

« Rien n'est meilleur pour tenir compagnie à l'homme solitaire que l'approbation de ses contemporains. O gloire! soleil des vivants!... »

A la clarté, sa cellule lui plut davantage encore. La fenêtre, placée haut, laissait apercevoir les branches d'un arbre au travers duquel on voyait le bleu du ciel. Les murs étaient blancs. Il n'y avait qu'une table et une chaise, attachées au sol. Mais tout cela était propre et sympathique.

« Allons, dit-il, une petite cure de repos ici ne manquera pas de charme... Mais procédons à notre toilette... Ai-je tout ce qu'il me faut?... Non... En ce cas, deux coups pour la femme de chambre. »

Il appuya, près de la porte, sur un mécanisme qui déclencha dans le couloir un disque-signal.

Au bout d'un instant, des verrous et des barres de fer furent tirés à l'extérieur, la serrure fonctionna, et un gardien apparut.

« De l'eau chaude, mon ami », dit Lupin.

L'autre le regarda, à la fois ahuri et furieux.

« Ah! s'écria Lupin, et une serviette-éponge! Sapristi! il n'y a pas de serviette-éponge! »

L'homme grommela :

« Tu te fiches de moi, n'est-ce pas? ça n'est pas à faire. »

Il se retirait, lorsque Lupin lui saisit le bras violemment :

« Cent francs, si tu veux porter une lettre à la poste. »

Il tira de sa poche un billet de cent francs, qu'il avait soustrait aux recherches, et le tendit.

« La lettre... fit le gardien, en prenant l'argent.

— Voilà!... le temps de l'écrire. »

Il s'assit à la table, traça quelques mots au crayon sur une feuille qu'il glissa dans une enveloppe et inscrivit :

Monsieur S. B. 42.
Poste Restante, Paris.

Le gardien prit la lettre et s'en alla.

« Voilà une missive, se dit Lupin, qui ira à son adresse aussi sûrement que si je la portais moi-même. D'ici une heure tout au plus, j'aurai la réponse. Juste le temps nécessaire pour me livrer à l'examen de ma situation. »

Il s'installa sur sa chaise et, à demi-voix, il résuma :

« Somme toute, j'ai à combattre actuellement deux adversaires : 1° La société qui me tient et dont je me moque; 2° Un personnage inconnu qui ne me tient pas, mais dont je ne me moque nullement. C'est lui qui a prévenu la police que j'étais Sernine. C'est lui qui a deviné que j'étais M. Lenormand. C'est lui qui a fermé la porte du souterrain, et c'est lui qui m'a fait fourrer en prison. »

Arsène Lupin réfléchit une seconde, puis continua :

« Donc, en fin de compte, la lutte est entre lui et moi. Et pour soutenir cette lutte, c'est-à-dire pour découvrir et réaliser l'affaire Kesselbach, je suis, moi, emprisonné, tandis qu'il est, lui, libre, inconnu, inaccessible, qu'il dispose des deux atouts que je croyais avoir, Pierre Leduc et le vieux Steinweg... — bref, qu'il touche au but, après m'en avoir éloigné définitivement. »

Nouvelle pause méditative, puis nouveau monologue :

« La situation n'est pas brillante. D'un côté tout, de l'autre rien. En face de moi un homme de ma force, plus fort, même, puisqu'il n'a pas les scrupules dont je m'embarrasse. Et pour l'attaquer, point d'armes. »

Il répéta plusieurs fois ces derniers mots d'une voix machinale, puis il se tut, et, prenant son front entre ses mains, il resta longtemps pensif.

« Entrez, monsieur le directeur, dit-il en voyant la porte s'ouvrir.

— Vous m'attendiez donc?

— Ne vous ai-je pas écrit, monsieur le directeur, pour vous prier de venir? Or, je n'ai pas douté une seconde que le gardien vous portât ma lettre. J'en ai si peu douté que j'ai inscrit sur l'enveloppe, vos initiales : S. B. et votre âge : 42. »

Le directeur s'appelait, en effet, Stanislas Borély, et il était âgé de quarante-deux ans. C'était un homme de figure agréable, doux de caractère, et qui traitait les détenus avec autant d'indulgence que possible. Il dit à Lupin :

« Vous ne vous êtes pas mépris sur la probité de mon subordonné. Voici votre argent. Il vous sera remis lors de votre libération... Maintenant vous allez repasser dans la chambre de « fouille ».

Lupin suivit M. Borély dans la petite pièce réservée à cet usage, se déshabilla, et, tandis que l'on visitait ses vêtements avec une méfiance justifiée, subit lui-même un examen des plus méticuleux.

Il fut ensuite réintégré dans sa cellule et M. Borély prononça :

« Je suis plus tranquille. Voilà qui est fait.

— Et bien fait, monsieur le directeur. Vos gens apportent, à ces fonctions, une délicatesse dont je tiens à les remercier par ce témoignage de ma satisfaction. »

Il donna un billet de cent francs à M. Borély qui fit un haut-le-corps.

« Ah! ça, mais... d'où vient?

— Inutile de vous creuser la tête, monsieur le directeur. Un homme comme moi, menant la vie qu'il mène, est toujours prêt à toutes les éventualités, et aucune mésaventure, si pénible qu'elle soit, ne le prend au dépourvu, pas même l'emprisonnement. »

Il saisit entre le pouce et l'index de sa main droite le médius de la main gauche, l'arracha d'un coup sec, et le présenta tranquillement à M. Borély.

« Ne sautez pas ainsi, monsieur le directeur. Ceci n'est pas mon doigt, mais un simple tube en baudruche, artistement colorié, et qui s'applique exactement sur mon médius, de façon à donner l'illusion du doigt réel. »

Et il ajouta en riant :

« Et de façon, bien entendu, à dissimuler un troisième billet de cent francs... Que voulez-vous? On a le porte-monnaie que l'on peut... et il faut bien mettre à profit... »

Il s'arrêta devant la mine effarée de M. Borély.

« Je vous en prie, monsieur le directeur, ne croyez pas que je veuille vous éblouir avec mes petits talents de société. Je voudrais seulement vous montrer que vous avez affaire à un... client de nature un peu... spéciale... et vous dire qu'il ne faudra pas vous étonner si je me rends coupable de certaines infractions aux règles ordinaires de votre établissement. »

Le directeur s'était repris. Il déclara nettement :

« Je veux croire que vous vous conformerez à ces

règles, et que vous ne m'obligerez pas à des mesures de rigueur...

— Qui vous peineraient, n'est-ce pas, monsieur le directeur? C'est précisément cela que je voudrais vous épargner en vous prouvant d'avance qu'elles ne m'empêcheraient pas d'agir à ma guise, de correspondre avec mes amis, de défendre à l'extérieur les graves intérêts qui me sont confiés, d'écrire aux journaux soumis à mon inspiration, de poursuivre l'accomplissement de mes projets, et, en fin de compte, de préparer mon évasion.

— Votre évasion! »

Lupin se mit à rire de bon cœur.

« Réfléchissez, monsieur le directeur... ma seule excuse d'être en prison est d'en sortir. »

L'argument ne parut pas suffisant à M. Borély. Il s'efforça de rire à son tour.

« Un homme averti en vaut deux...

— C'est ce que j'ai voulu. Prenez toutes les précautions, monsieur le directeur, ne négligez rien, pour que plus tard on n'ait rien à vous reprocher. D'autre part je m'arrangerai de telle manière que quels que soient les ennuis que vous aurez à supporter du fait de cette évasion, votre carrière du moins n'en souffre pas. Voilà ce que j'avais à vous dire, monsieur le directeur. Vous pouvez vous retirer. »

Et, tandis que M. Borély s'en allait, profondément troublé par ce singulier pensionnaire, et fort inquiet sur les événements qui se préparaient, le détenu se jetait sur son lit en murmurant :

« Eh bien, mon vieux Lupin, tu en as du culot! On dirait en vérité que tu sais déjà comment tu sortiras d'ici! »

II

La prison de la Santé est bâtie d'après le système du rayonnement. Au centre de la partie principale, il y a un rond-point d'où convergent tous les couloirs, de telle façon qu'un détenu ne peut sortir de sa cellule sans être aperçu aussitôt par les surveillants postés dans la cabine vitrée qui occupe le milieu de ce rond-point.

Ce qui étonne le visiteur qui parcourt la prison, c'est de rencontrer à chaque instant des détenus sans escorte, et qui semblent circuler comme s'ils étaient libres. En réalité, pour aller d'un point à un autre, de leur cellule, par exemple, à la voiture pénitentiaire qui les attend dans la cour pour les mener au Palais de justice, c'est-à-dire à l'instruction, ils franchissent des lignes droites dont chacune est terminée par une porte que leur ouvre un gardien, lequel gardien est chargé uniquement d'ouvrir cette porte et de surveiller les deux lignes droites qu'elle commande.

Et ainsi les prisonniers, libres en apparence, sont envoyés de porte en porte, de regard en regard, comme des colis qu'on se passe de main en main.

Dehors, les gardes municipaux reçoivent l'objet, et

l'insèrent dans un des rayons du « panier à salade ».

Tel est l'usage.

Avec Lupin il n'en fut tenu aucun compte.

On se défia de cette promenade à travers les couloirs. On se défia de la voiture cellulaire. On se défia de tout.

M. Weber vint en personne, accompagné de douze agents — ses meilleurs, des hommes de choix, armés jusqu'aux dents —, cueillit le redoutable prisonnier au seuil de sa chambre, et le conduisit dans un fiacre dont le cocher était un de ses hommes. A droite et à gauche, devant et derrière, trottaient des municipaux.

« Bravo! s'écria Lupin, on a pour moi des égards qui me touchent. Une garde d'honneur. Peste, Weber, tu as le sens de la hiérarchie, toi! Tu n'oublies pas ce que tu dois à ton chef immédiat. »

Et, lui frappant l'épaule :

« Weber, j'ai l'intention de donner ma démission. Je te désignerai comme mon successeur.

— C'est presque fait, dit Weber.

— Quelle bonne nouvelle! J'avais des inquiétudes sur mon évasion. Je suis tranquille maintenant. Dès l'instant où Weber sera chef des services de la Sûreté... »

M. Weber ne releva pas l'attaque. Au fond il éprouvait un sentiment bizarre et complexe, en face de son adversaire, sentiment fait de la crainte que lui inspirait Lupin, de la déférence qu'il avait pour le prince Sernine et de l'admiration respectueuse qu'il avait toujours témoignée à M. Lenormand. Tout cela mêlé de rancune, d'envie et de haine satisfaite.

On arrivait au Palais de justice. Au bas de la « Souricière », des agents de la Sûreté attendaient, parmi lesquels M. Weber se réjouit de voir ses deux meilleurs lieutenants, les frères Doudeville.

« M. Formerie est là? leur dit-il.

— Oui, chef, M. le juge d'instruction est dans son cabinet. »

M. Weber monta l'escalier, suivi de Lupin que les Doudeville encadraient.

« Geneviève? murmura le prisonnier.

— Sauvée...

— Où est-elle?

— Chez sa grand-mère.

— Mme Kesselbach?

— A Paris, hôtel Bristol.

— Suzanne?

— Disparue.

— Steinweg?

— Nous ne savons rien.

— La villa Dupont est gardée?

— Oui.

— La presse de ce matin est bonne?

— Excellente.

— Bien. Pour m'écrire, voilà mes instructions. »

Ils parvenaient au couloir intérieur du premier étage. Lupin glissa dans la main d'un des frères une petite boulette de papier.

M. Formerie eut une phrase délicieuse, lorsque Lupin entra dans son cabinet en compagnie du sous-chef.

« Ah! vous voilà! Je ne doutais pas que, un jour ou l'autre, nous ne mettrions la main sur vous.

— Je n'en doutais pas non plus, monsieur le juge d'instruction, dit Lupin, et je me réjouis que ce soit vous que le destin ait désigné pour rendre justice à l'honnête homme que je suis. »

« Il se fiche de moi », pensa M. Formerie.

Et, sur le même ton ironique et sérieux, il riposta : « L'honnête homme que vous êtes, monsieur, doit s'expliquer pour l'instant sur trois cent quarante-quatre affaires de vol, cambriolage, escroquerie, faux, chantage, recel, etc. Trois cent quarante-quatre!

— Comment! Pas plus? s'écria Lupin. Je suis vraiment honteux.

— L'honnête homme que vous êtes doit s'expliquer aujourd'hui sur l'assassinat du sieur Altenheim.

— Tiens, c'est nouveau, cela. L'idée est de vous, monsieur le juge d'instruction?

— Précisément.

— Très fort! En vérité, vous faites des progrès, monsieur Formerie.

— La position dans laquelle on vous a surpris ne laisse aucun doute.

— Aucun, seulement, je me permettrai de vous demander ceci : de quelle blessure est mort Altenheim?

— D'une blessure à la gorge faite par un couteau.

— Et où est ce couteau?

— On ne l'a pas retrouvé.

— Comment ne l'aurait-on pas retrouvé, si c'était moi l'assassin, puisque j'ai été surpris à côté même de l'homme que j'aurais tué?

— Et selon vous, l'assassin?...

— N'est autre que celui qui a égorgé M. Kesselbach, Chapman, etc. La nature de la plaie est une preuve suffisante.

— Par où se serait-il échappé?

— Par une trappe que vous découvrirez dans la salle même où le drame a eu lieu. »

M. Formerie eut un air fin.

« Et comment se fait-il que vous n'ayez pas suivi cet exemple salutaire?

— J'ai tenté de le suivre. Mais l'issue était barrée par une porte que je n'ai pu ouvrir. C'est pendant cette tentative que *l'autre* est revenu dans la salle, et qu'il a tué son complice par peur des révélations que celui-ci n'aurait pas manqué de faire. En même temps il dissimulait au fond du placard, où on l'a trouvé, le paquet de vêtements que j'avais préparé.

— Pourquoi ces vêtements?

— Pour me déguiser. En venant aux Glycines, mon dessein était celui-ci : livrer Altenheim à la justice, me supprimer comme prince Sernine, et réapparaître sous les traits...

— De M. Lenormand, peut-être?

— Justement.

— Non.

— Quoi? »

M. Formerie souriait d'un air narquois et remuait son index de droite à gauche, et de gauche à droite.

« Non, répéta-t-il.

— Quoi, non?

— L'histoire de M. Lenormand... C'est bon pour le public, ça, mon ami. Mais vous ne ferez pas gober à M. Formerie que Lupin et Lenormand ne faisaient qu'un. »

Il éclata de rire.

« Lupin, chef de la Sûreté! non! tout ce que vous voudrez, mais pas ça! il y a des bornes... Je suis un bon garçon... mais tout de même... Voyons, entre nous, pour quelle raison cette nouvelle bourde? J'avoue que je ne vois pas bien... »

Lupin le regarda avec ahurissement. Malgré tout ce

qu'il savait de M. Formerie, il n'imaginait pas un tel degré d'infatuation et d'aveuglement. La double personnalité du prince Sernine n'avait pas à l'heure actuelle un seul incrédule. M. Formerie seul...

Lupin se retourna vers le sous-chef qui écoutait, bouche béante.

« Mon cher Weber, votre avancement me semble tout à fait compromis. Car enfin, si M. Lenormand n'est pas moi, c'est qu'il existe... et s'il existe, je ne doute pas que M. Formerie, avec tout son flair, ne finisse par le découvrir... auquel cas...

— On le découvrira, monsieur Lupin, s'écria le juge d'instruction... Je m'en charge et j'avoue que la confrontation entre vous et lui ne sera pas banale. »

Il s'esclaffait, jouait du tambour sur la table.

« Que c'est amusant! Ah! on ne s'ennuie pas avec vous. Ainsi, vous seriez M. Lenormand, et c'est vous qui auriez fait arrêter votre complice Marco!

— Parfaitement! Ne fallait-il pas faire plaisir au président du Conseil et sauver le Cabinet? Le fait est historique. »

M. Formerie se tenait les côtes.

« Ah! ça, c'est à mourir! Dieu, que c'est drôle! La réponse fera le tour du monde. Et alors, selon votre système, c'est avec vous que j'aurais fait l'enquête du début au Palace, après l'assassinat de M. Kesselbach?...

— C'est bien avec moi que vous avez suivi l'affaire du diadème quand j'étais duc de Charmerace [1] », riposta Lupin d'une voix sarcastique.

M. Formerie tressauta, toute sa gaieté abolie

1. *Arsène Lupin*, pièce en 4 actes.

par ce souvenir odieux. Subitement grave, il prononça :

« Donc, vous persistez dans ce système absurde?

— J'y suis obligé parce que c'est la vérité. Il vous sera facile, en prenant le paquebot pour la Cochinchine, de trouver à Saigon les preuves de la mort du véritable M. Lenormand, du brave homme auquel je me suis substitué, et dont je vous ferai tenir l'acte de décès.

— Des blagues!

— Ma foi, monsieur le juge d'instruction, je vous confesserai que cela m'est tout à fait égal. S'il vous déplaît que je sois M. Lenormand, n'en parlons plus. S'il vous plaît que j'aie tué Altenheim, à votre guise. Vous vous amuserez à fournir des preuves. Je vous le répète, tout cela n'a aucune importance pour moi. Je considère toutes vos questions et toutes mes réponses comme nulles et non avenues. Votre instruction ne compte pas, pour cette bonne raison que je serai au diable vauvert quand elle sera achevée. Seulement... »

Sans vergogne, il prit une chaise et s'assit en face de M. Formerie de l'autre côté du bureau. Et d'un ton sec :

« Il y a un seulement, et le voici : Vous apprendrez, monsieur, que, malgré les apparences et malgré vos intentions, je n'ai pas, moi, l'intention de perdre mon temps. Vous avez vos affaires... j'ai les miennes. Vous êtes payé pour faire les vôtres. Je fais les miennes... et je me paie. Or, l'affaire que je poursuis actuellement est de celles qui ne souffrent pas une minute de distraction, pas une seconde d'arrêt dans la préparation et dans l'exécution des actes qui doivent la réaliser. Donc, je la poursuis, et comme vous me mettez dans l'obligation passagère de me tourner les pouces entre les quatre murs d'une cellule, c'est vous deux, messieurs, que je charge de mes intérêts. C'est compris? »

Il était debout, l'attitude insolente et le visage dédaigneux, et telle était la puissance de domination de cet homme que ses deux interlocuteurs n'avaient pas osé l'interrompre.

M. Formerie prit le parti de rire, en observateur qui se divertit.

« C'est drôle! C'est cocasse!

— Cocasse ou non, monsieur, c'est ainsi qu'il en sera. Mon procès, le fait de savoir si j'ai tué ou non, la recherche de mes antécédents, de mes délits ou forfaits passés, autant de fariboles auxquelles je vous permets de vous distraire, pourvu, toutefois, que vous ne perdiez pas de vue un instant le but de votre mission.

— Qui est? demanda M. Formerie, toujours goguenard.

— Qui est de vous substituer à moi dans mes investigations relatives au projet de M. Kesselbach et notamment de découvrir le sieur Steinweg, sujet allemand, enlevé et séquestré par feu le baron Altenheim.

— Qu'est-ce que c'est que cette histoire-là?

— Cette histoire-là est de celles que je gardais pour moi quand j'étais... ou plutôt quand je croyais être M. Lenormand. Une partie s'en déroula dans mon cabinet, près d'ici, et Weber ne doit pas l'ignorer entièrement. En deux mots, le vieux Steinweg connaît la vérité sur ce mystérieux projet que M. Kesselbach poursuivait, et Altenheim, qui était également sur la piste, a escamoté le sieur Steinweg.

— On n'escamote pas les gens de la sorte. Il est quelque part, ce Steinweg.

— Sûrement.

— Vous savez où?

— Oui.

— Je serais curieux...

— Il est au numéro 29 de la villa Dupont. »

M. Weber haussa les épaules.

« Chez Altenheim, alors? dans l'hôtel qu'il habitait?

— Oui.

— Voilà bien le crédit qu'on peut attacher à toutes ces bêtises! Dans la poche du baron, j'ai trouvé son adresse. Une heure après, l'hôtel était occupé par mes hommes! »

Lupin poussa un soupir de soulagement.

« Ah! la bonne nouvelle! Moi qui redoutais l'intervention du complice, de celui que je n'ai pu atteindre, et un second enlèvement de Steinweg. Les domestiques?

— Partis!

— Oui, un coup de téléphone de l'autre les aura prévenus. Mais Steinweg est là. »

M. Weber s'impatienta :

« Mais il n'y a personne, puisque je vous répète que mes hommes n'ont pas quitté l'hôtel.

— Monsieur le sous-chef de la Sûreté, je vous donne le mandat de perquisitionner vous-même dans l'hôtel de la villa Dupont... Vous me rendrez compte demain du résultat de votre perquisition. »

M. Weber haussa de nouveau les épaules, et sans relever l'impertinence :

« J'ai des choses plus urgentes...

— Monsieur le sous-chef de la Sûreté, il n'y a rien de plus urgent. Si vous tardez, tous mes plans sont à l'eau. Le vieux Steinweg ne parlera jamais.

— Pourquoi?

— Parce qu'il sera mort de faim si d'ici un jour, deux jours au plus, vous ne lui apportez pas de quoi manger. »

III

« Très grave... Très grave... murmura M. Formerie après une minute de réflexion. Malheureusement... »

Il sourit.

« Malheureusement, votre révélation est entachée d'un gros défaut.

— Ah! lequel?

— C'est que tout cela, monsieur Lupin, n'est qu'une vaste fumisterie... Que voulez-vous? je commence à connaître vos trucs, et plus ils me paraissent obscurs, plus je me défie. »

« Idiot », grommela Lupin.

M. Formerie se leva.

« Voilà qui est fait. Comme vous voyez, ce n'était qu'un interrogatoire de pure forme, la mise en présence des deux duellistes. Maintenant que les épées sont engagées, il ne nous manque plus que le témoin obligatoire de ces passes d'armes, votre avocat.

— Bah! est-ce indispensable?

— Indispensable.

— Faire travailler un des maîtres du barreau en vue de débats aussi... problématiques?

— Il le faut.

— En ce cas, je choisis maître Quimbel.

— Le bâtonnier. A la bonne heure, vous serez bien défendu. »

Cette première séance était terminée. En descendant l'escalier de la Souricière, entre les deux Doudeville, le détenu articula, par petites phrases impératives :

« Qu'on surveille la maison de Geneviève... quatre hommes à demeure... Mme Kesselbach aussi... elles sont menacées. On va perquisitionner villa Dupont... soyez-y. Si l'on découvre Steinweg, arrangez-vous pour qu'il se taise... un peu de poudre, au besoin.

— Quand serez-vous libre, patron?

— Rien à faire pour l'instant... D'ailleurs, ça ne presse pas... Je me repose. »

En bas, il rejoignit les gardes municipaux qui entouraient la voiture.

« A la maison, mes enfants, s'exclama-t-il, et rondement. J'ai rendez-vous avec moi à deux heures précises. »

Le trajet s'effectua sans incident.

Rentré dans sa cellule, Lupin écrivit une longue lettre d'instructions détaillées aux frères Doudeville et deux autres lettres.

L'une était pour Geneviève :

« Geneviève, vous savez qui je suis maintenant, et vous comprendrez pourquoi je vous ai caché le nom de celui qui, par deux fois, vous emporta toute petite, dans ses bras.

« Geneviève, j'étais l'ami de votre mère, ami lointain dont elle ignorait la double existence, mais sur qui elle croyait pouvoir compter. Et c'est pourquoi, avant de mourir, elle m'écrivait quelques mots et me suppliait de veiller sur vous.

« Si indigne que je sois de votre estime, Geneviève, je resterai fidèle à ce vœu. Ne me chassez pas tout à fait de votre cœur.

« ARSÈNE LUPIN. »

L'autre lettre était adressée à Dolorès Kesselbach.

« Son intérêt seul avait conduit près de Mme Kesselbach le prince Sernine. Mais un immense besoin de se dévouer à elle l'y avait retenu.

« Aujourd'hui que le prince Sernine n'est plus qu'Arsène Lupin, il demande à Mme Kesselbach de ne pas lui ôter le droit de la protéger, de loin, et comme on protège quelqu'un que l'on ne reverra plus. »

Il y avait des enveloppes sur la table. Il en prit une, puis deux, mais comme il prenait la troisième, il aperçut une feuille de papier blanc dont la présence l'étonna, et sur laquelle étaient collés des mots, visiblement découpés dans un journal. Il déchiffra :

« *La lutte avec Altenheim ne t'a pas réussi. Renonce à t'occuper de l'affaire, et je ne m'opposerai pas à ton évasion. Signé : L. M.* »

Une fois de plus, Lupin eut ce sentiment de répulsion et de terreur que lui inspirait cet être innommable et fabuleux — la sensation de dégoût que l'on éprouve à toucher une bête venimeuse, un reptile.

« Encore lui, dit-il, et jusqu'ici! »

C'était cela également qui l'effarait, la vision subite qu'il avait, par instants, de cette puissance ennemie, une puissance aussi grande que la sienne, et qui disposait de moyens formidables dont lui-même ne se rendait pas compte.

Tout de suite il soupçonna son gardien. Mais comment avait-on pu corrompre cet homme au visage dur, à l'expression sévère?

« Eh bien, tant mieux, après tout! s'écria-t-il. Je n'ai jamais eu affaire qu'à des mazettes... Pour me combattre moi-même, j'avais dû me bombarder chef de la Sûreté... Cette fois je suis servi!... Voilà un homme qui me met dans sa poche... en jonglant, pourrait-on dire... Si j'arrive, du fond de ma prison, à éviter ses coups et à le démolir, à voir le vieux Steinweg et à lui arracher sa confession, à mettre debout l'affaire Kesselbach, et à la réaliser intégralement, à défendre Mme Kesselbach et à conquérir le bonheur et la fortune pour Geneviève... Eh bien vrai, c'est que Lupin... sera toujours Lupin... et, pour cela, commençons par dormir... »

Il s'étendit sur son lit, en murmurant :

« Steinweg, patiente pour mourir jusqu'à demain soir, et je te jure... »

Il dormit toute la fin du jour, et toute la nuit et toute la matinée. Vers onze heures, on vint lui annoncer que maître Quimbel l'attendait au parloir des avocats, à quoi il répondit :

« Allez dire à maître Quimbel que s'il a besoin de renseignements sur mes faits et gestes, il n'a qu'à consulter les journaux depuis dix ans. Mon passé appartient à l'histoire. »

A midi, même cérémonial et mêmes précautions que la veille pour le conduire au Palais de justice. Il revit l'aîné des Doudeville avec lequel il échangea quelques mots et auquel il remit les trois lettres qu'il avait préparées, et il fut introduit chez M. Formerie.

Maître Quimbel était là, porteur d'une serviette bourrée de documents.

Lupin s'excusa aussitôt.

« Tous mes regrets, mon cher maître, de n'avoir pu vous recevoir, et tous mes regrets aussi pour la peine que vous voulez bien prendre, peine inutile, puisque...

— Oui, oui, nous savons, interrompit M. Formerie, que vous serez en voyage. C'est convenu. Mais d'ici là, faisons notre besogne. Arsène Lupin, malgré toutes nos recherches, nous n'avons aucune donnée précise sur votre nom véritable.

— Comme c'est bizarre! moi non plus.

— Nous ne pourrions même pas affirmer que vous êtes le même Arsène Lupin qui fut détenu à la Santé en 19.. et qui s'évada une première fois.

— Une « première fois » est un mot très juste.

— Il arrive en effet, continua M. Formerie, que la fiche Arsène Lupin retrouvée au service anthropométrique donne un signalement d'Arsène Lupin qui diffère en tous points de votre signalement actuel.

— De plus en plus bizarre.

— Indications différentes, mesures différentes, empreintes différentes... Les deux photographies elles-mêmes n'ont aucun rapport. Je vous demande donc de bien vouloir nous fixer sur votre identité exacte.

— C'est précisément ce que je désirais vous demander. J'ai vécu sous tant de noms différents que j'ai fini par oublier le mien. Je ne m'y reconnais plus.

— Donc, refus de répondre.

— Oui.

— Et pourquoi?

— Parce que.

— C'est un parti pris?

— Oui. Je vous l'ai dit : votre enquête ne compte pas. Je vous ai donné hier mission d'en faire une qui m'intéresse. J'en attends le résultat.

— Et moi, s'écria M. Formerie, je vous ai dit hier que je ne croyais pas un traître mot de votre histoire de Steinweg, et que je ne m'en occuperais pas.

— Alors, pourquoi, hier, après notre entrevue, vous êtes-vous rendu villa Dupont et avez-vous, en compagnie du sieur Weber, fouillé minutieusement le numéro 29?

— Comment savez-vous?... fit le juge d'instruction, assez vexé.

— Par les journaux...

— Ah! vous lisez les journaux!

— Il faut bien se tenir au courant.

— J'ai, en effet, par acquit de conscience, visité cette maison, sommairement et sans y attacher la moindre importance...

— Vous y attachez, au contraire, tant d'importance, et vous accomplissez la mission dont je vous ai chargé avec un zèle si digne d'éloges, que, à l'heure actuelle, le sous-chef de la Sûreté est en train de perquisitionner là-bas. »

M. Formerie sembla médusé. Il balbutia :

« Quelle invention! Nous avons, M. Weber et moi, bien d'autres chats à fouetter. »

A ce moment, un huissier entra et dit quelques mots à l'oreille de M. Formerie.

« Qu'il entre! s'écria celui-ci... qu'il entre!.... »

Et se précipitant :

« Eh bien, monsieur Weber, quoi de nouveau? Vous avez trouvé cet homme... »

Il ne prenait même pas la peine de dissimuler, tant il avait hâte de savoir.

Le sous-chef de la Sûreté répondit :

« Rien.

— Ah! vous êtes sûr?

— J'affirme qu'il n'y a personne dans cette maison, ni vivant ni mort.

— Cependant...

— C'est ainsi, monsieur le juge d'instruction. »

Ils semblaient déçus tous les deux, comme si la conviction de Lupin les avait gagnés à leur tour.

« Vous voyez, Lupin... » dit M. Formerie, d'un ton de regret.

Et il ajouta :

« Tout ce que nous pouvons supposer, c'est que le vieux Steinweg, après avoir été enfermé là, n'y est plus. »

Lupin déclara :

« Avant-hier matin il y était encore.

— Et, à cinq heures du soir, mes hommes occupaient l'immeuble, nota M. Weber.

— Il faudrait donc admettre, conclut M. Formerie, qu'il a été enlevé l'après-midi.

— Non, dit Lupin.

— Vous croyez? »

Hommage naïf à la clairvoyance de Lupin, que cette question instinctive du juge d'instruction, que cette sorte de soumission anticipée à tout ce que l'adversaire décréterait.

« Je fais plus que de le croire, affirma Lupin de la façon la plus nette; il est matériellement impossible que le sieur Steinweg ait été libéré à ce moment. Steinweg est au numéro 29 de la villa Dupont. »

M. Weber leva les bras au plafond.

« Mais c'est de la démence! puisque j'en arrive! puisque j'ai fouillé chacune des chambres!... Un homme ne se cache pas comme une pièce de cent sous.

— Alors, que faire? gémit M. Formerie...

— Que faire, monsieur le juge d'instruction? riposta Lupin. C'est bien simple. Monter en voiture et me mener avec toutes les précautions qu'il vous plaira de prendre, au 29 de la villa Dupont. Il est une heure. A trois heures, j'aurais découvert Steinweg. »

L'offre était précise, impérieuse, exigeante. Les deux magistrats subirent le poids de cette volonté formidable. M. Formerie regarda M. Weber. Après tout, pourquoi pas? Qu'est-ce qui s'opposait à cette épreuve?

« Qu'en pensez-vous, monsieur Weber?

— Peuh!... je ne sais pas trop.

— Oui, mais cependant... s'il s'agit de la vie d'un homme...

— Evidemment... », formula le sous-chef qui commençait à réfléchir.

La porte s'ouvrit. Un huissier apporta une lettre que M. Formerie décacheta et où il lut ces mots :

« *Défiez-vous. Si Lupin entre dans la maison de la villa Dupont, il en sortira libre. Son évasion est préparée. — L. M.* »

M. Formerie devint blême. Le péril auquel il venait d'échapper l'épouvantait. Une fois de plus, Lupin s'était joué de lui. Steinweg n'existait pas.

Tout bas, M. Formerie marmotta des actions de

grâces. Sans le miracle de cette lettre anonyme, il était perdu, déshonoré.

« Assez pour aujourd'hui, dit-il. Nous reprendrons l'interrogatoire demain. Gardes, que l'on reconduise le détenu à la Santé. »

Lupin ne broncha pas. Il se dit que le coup provenait de l'*Autre*. Il se dit qu'il y avait vingt chances contre une pour que le sauvetage de Steinweg ne pût être opéré maintenant, mais que, somme toute, il restait cette vingt et unième chance et qu'il n'y avait aucune raison pour que lui, Lupin, se désespérât.

Il prononça donc simplement :

« Monsieur le juge d'instruction, je vous donne rendez-vous demain matin à dix heures, au 29 de la villa Dupont.

— Vous êtes fou! Mais puisque je ne veux pas!...

— Moi, je veux, cela suffit. A demain dix heures. Soyez exact. »

IV

Comme les autres fois, dès sa rentrée en cellule, Lupin se coucha, et tout en bâillant il songeait :

« Au fond, rien n'est plus pratique pour la conduite de mes affaires que cette existence. Chaque jour je donne le petit coup de pouce qui met en branle toute la machine, et je n'ai qu'à patienter jusqu'au lendemain. Les événements se produisent d'eux-mêmes. Quel repos pour un homme surmené! »

Et, se tournant vers le mur :

« Steinweg, si tu tiens à la vie, ne meurs pas encore!!! Je te demande un petit peu de bonne volonté. Fais comme moi : dors. »

Sauf à l'heure du repas, il dormit de nouveau jusqu'au matin. Ce ne fut que le bruit des serrures et des verrous qui le réveilla.

« Debout, lui dit le gardien; habillez-vous... C'est pressé. »

M. Weber et ses hommes le reçurent dans le couloir et l'amenèrent jusqu'au fiacre.

« Cocher, 29, villa Dupont, dit Lupin en montant... Et rapidement.

— Ah! vous savez donc que nous allons là? dit le sous-chef.

— Evidemment, je le sais, puisque, hier, j'ai donné rendez-vous à M. Formerie, au 29 de la villa Dupont, sur le coup de dix heures. Quand Lupin dit une chose, cette chose s'accomplit. La preuve... »

Dès la rue Pergolèse, les précautions multipliées par la police excitèrent la joie du prisonnier. Des escouades d'agents encombraient la rue. Quant à la villa Dupont, elle était purement et simplement interdite à la circulation.

« L'état de siège, ricana Lupin. Weber, tu distribueras de ma part un louis à chacun de ces pauvres types que tu as dérangés sans raison. Tout de même, faut-il que vous ayez la venette! Pour un peu, tu me passerais les menottes.

— Je n'attendais que ton désir, dit M. Weber.

— Vas-y donc, mon vieux. Faut bien rendre la partie égale entre nous! Pense donc, tu n'es que trois cents aujourd'hui! »

Les mains enchaînées, il descendit de voiture devant le perron, et tout de suite on le dirigea vers une pièce où se tenait M. Formerie. Les agents sortirent. M. Weber seul resta.

« Pardonnez-moi, monsieur le juge d'instruction, dit Lupin, j'ai peut-être une ou deux minutes de retard. Soyez sûr qu'une autre fois je m'arrangerai... »

M. Formerie était blême. Un tremblement nerveux l'agitait. Il bégaya :

« Monsieur, Mme Formerie... »

Il dut s'interrompre, à bout de souffle, la gorge étranglée.

« Comment va-t-elle, cette bonne Mme Formerie?

demanda Lupin avec intérêt. J'ai eu le plaisir de danser avec elle, cet hiver, au bal de l'Hôtel de Ville, et ce souvenir...

— Monsieur, recommença le juge d'instruction, monsieur, Mme Formerie a reçu de sa mère, hier soir, un coup de téléphone lui disant de passer en hâte. Mme Formerie, aussitôt, est partie, sans moi malheureusement, car j'étais en train d'étudier votre dossier.

— Vous étudiez mon dossier? Voilà bien la boulette, observa Lupin.

— Or, à minuit, continua le juge, ne voyant pas revenir Mme Formerie, assez inquiet, j'ai couru chez sa mère; Mme Formerie n'y était pas. Sa mère ne lui avait point téléphoné. Tout cela n'était que la plus abominable des embûches. A l'heure actuelle, Mme Formerie n'est pas encore rentrée.

— Ah! » fit Lupin avec indignation.

Et, après avoir réfléchi :

« Autant que je m'en souvienne, Mme Formerie est très jolie, n'est-ce pas? »

Le juge ne parut pas comprendre. Il s'avança vers Lupin, et d'une voix anxieuse, l'attitude quelque peu théâtrale :

« Monsieur, j'ai été prévenu ce matin par une lettre que ma femme me serait rendue immédiatement après que le sieur Steinweg serait découvert. Voici cette lettre. Elle est signée Lupin. Est-elle de vous? »

Lupin examina la lettre et conclut gravement :

« Elle est de moi.

— Ce qui veut dire que vous voulez obtenir de moi, par contrainte, la direction des recherches relatives au sieur Steinweg?

— Je l'exige.

— Et que ma femme sera libre aussitôt après?

— Elle sera libre.

— Même au cas où ces recherches seraient infructueuses?

— Ce cas n'est pas admissible.

— Et si je refuse? » s'écria M. Formerie, dans un accès imprévu de révolte.

Lupin murmura :

« Un refus pourrait avoir des conséquences graves... Mme Formerie est jolie...

— Soit. Cherchez... vous êtes le maître », grinça M. Formerie.

Et M. Formerie se croisa les bras, en homme qui sait, à l'occasion, se résigner devant la force supérieure des événements.

M. Weber n'avait pas soufflé mot, mais il mordait rageusement sa moustache, et l'on sentait tout ce qu'il devait éprouver de colère à céder une fois de plus aux caprices de cet ennemi, vaincu et toujours victorieux.

« Montons », dit Lupin.

On monta.

« Ouvrez la porte de cette chambre. »

On l'ouvrit.

« Qu'on m'enlève mes menottes. »

Il y eut une minute d'hésitation. M. Formerie et M. Weber se consultèrent du regard.

« Qu'on m'enlève mes menottes, répéta Lupin.

— Je réponds de tout », assura le sous-chef.

Et, faisant signe aux huit hommes qui l'accompagnaient :

« L'arme au poing! Au premier commandement, feu! »

Les hommes sortirent leurs revolvers.

« Bas les armes, ordonna Lupin, et les mains dans les poches. »

Et, devant l'hésitation des agents, il déclara fortement :

« Je jure sur l'honneur que je suis ici pour sauver la vie d'un homme qui agonise, et que je ne chercherai pas à m'évader.

— L'honneur de Lupin... », marmotta l'un des agents.

Un coup de pied sec sur la jambe lui fit pousser un hurlement de douleur. Tous les agents bondirent, secoués de haine.

« Halte! cria M. Weber en s'interposant. Va, Lupin... je te donne une heure... Si, dans une heure...

— Je ne veux pas de conditions, objecta Lupin, intraitable.

— Eh! fais donc à ta guise, animal! » grogna le souschef exaspéré.

Et il recula, entraînant ses hommes avec lui.

« A merveille, dit Lupin. Comme ça, on peut travailler tranquillement. »

Il s'assit dans un confortable fauteuil, demanda une cigarette, l'alluma, et se mit à lancer vers le plafond des anneaux de fumée, tandis que les autres attendaient avec une curiosité qu'ils n'essayaient pas de dissimuler.

Au bout d'un instant :

« Weber, fais déplacer le lit. »

On déplaça le lit.

« Qu'on enlève tous les rideaux de l'alcôve. »

On enleva les rideaux.

Un long silence commença. On eût dit une de ces

expériences d'hypnotisme auxquelles on assiste avec une ironie mêlée d'angoisse, avec la peur obscure des choses mystérieuses qui peuvent se produire. On allait peut-être voir un moribond surgir de l'espace, évoqué par l'incantation irrésistible du magicien. On allait peut-être voir...

« Quoi, déjà! s'écria M. Formerie.

— Ça y est, dit Lupin.

« Croyez-vous donc, monsieur le juge d'instruction, que je ne pense à rien dans ma cellule, et que je me sois fait amener ici sans avoir quelques idées précises sur la question?

— Et alors? dit M. Weber.

— Envoie l'un de tes hommes au tableau des sonneries électriques. Ça doit être accroché du côté des cuisines. »

Un des agents s'éloigna.

« Maintenant, appuie sur le bouton de la sonnerie électrique qui se trouve ici, dans l'alcôve, à la hauteur du lit... Bien... Appuie fort... Ne lâche pas... Assez comme ça... Maintenant, rappelle le type qu'on a envoyé en bas. »

Une minute après, l'agent remontait.

« Eh bien, l'artiste, tu as entendu la sonnerie?

— Non.

— Un des numéros du tableau s'est déclenché?

— Non.

— Parfait. Je ne me suis pas trompé, dit Lupin. Weber, aie l'obligeance de dévisser cette sonnerie, qui est fausse, comme tu le vois.. C'est cela... commence par tourner la petite cloche de porcelaine qui entoure le bouton... Parfait... Et maintenant, qu'est-ce que tu aperçois?

— Une sorte d'entonnoir, répliqua M. Weber, on dirait l'extrémité d'un tube.

— Penche-toi... applique ta bouche à ce tube, comme si c'était un porte-voix.

— Ça y est.

— Appelle... Appelle : « Steinweg!... Holà! Stein- « weg!... » Inutile de crier... Parle simplement... Eh bien?

— On ne répond pas.

— Non.

— Tant pis, c'est qu'il est mort... ou hors d'état de répondre. »

M. Formerie s'exclama :

« En ce cas, tout est perdu.

— Rien n'est perdu, dit Lupin, mais ce sera plus long. Ce tube a deux extrémités, comme tous les tubes; il s'agit de le suivre jusqu'à la seconde extrémité.

— Mais il faudra démolir toute la maison.

— Mais non... mais non... vous allez voir... »

Il s'était mis lui-même à la besogne, entouré par tous les agents qui pensaient, d'ailleurs, beaucoup plus à regarder ce qu'il faisait qu'à le surveiller.

Il passa dans l'autre chambre, et, tout de suite, ainsi qu'il l'avait prévu, il aperçut un tuyau de plomb qui émergeait d'une encoignure et qui montait vers le plafond comme une conduite d'eau.

« Ah! ah! dit Lupin, ça monte!... Pas bête... Généralement on cherche dans les caves... »

Le fil était découvert; il n'y avait qu'à se laisser guider. Ils gagnèrent ainsi le second étage, puis le troisième, puis les mansardes. Et ils virent ainsi que le plafond d'une de ces mansardes était crevé, et que le tuyau passait dans un grenier très bas, lequel était lui-même percé dans sa partie supérieure.

Or, au-dessus, c'était le toit.

Ils plantèrent une échelle et traversèrent une lucarne. Le toit était formé de plaques de tôle.

« Mais vous ne voyez donc pas que la piste est mauvaise », déclara M. Formerie.

Lupin haussa les épaules.

« Pas du tout.

— Cependant, puisque le tuyau aboutit sous les plaques de tôle.

— Cela prouve simplement que, entre ces plaques de tôle et la partie supérieure du grenier, il y a un espace libre où nous trouverons... ce que nous cherchons.

— Impossible!

— Nous allons voir. Que l'on soulève les plaques... Non, pas là... C'est ici que le tuyau doit déboucher. »

Trois agents exécutèrent l'ordre. L'un d'eux poussa une exclamation :

« Ah! nous y sommes! »

On se pencha. Lupin avait raison. Sous les plaques que soutenait un treillis de lattes de bois à demi pourries, un vide existait sur une hauteur d'un mètre tout au plus, à l'endroit le plus élevé.

Le premier agent qui descendit creva le plancher et tomba dans le grenier.

Il fallut continuer sur le toit avec précaution, tout en soulevant la tôle.

Un peu plus loin, il y avait une cheminée. Lupin, qui marchait en tête et qui suivait le travail des agents, s'arrêta et dit :

« Voilà. »

Un homme — un cadavre plutôt — gisait, dont ils virent, à la lueur éclatante du jour, la face livide et convulsée de douleur. Des chaînes le liaient à des anneaux de fer engagés dans le corps de la cheminée. Il y avait deux écuelles auprès de lui.

« Il est mort, dit le juge d'instruction.

— Qu'en savez-vous? » riposta Lupin.

Il se laissa glisser, du pied tâta le parquet qui lui sembla plus solide à cet endroit, et s'approcha du cadavre.

M. Formerie et le sous-chef imitèrent son exemple.

Après un instant d'examen, Lupin prononça :

« Il respire encore.

— Oui, dit M. Formerie... le cœur bat faiblement, mais il bat. Croyez-vous qu'on puisse le sauver?

— Evidemment! puisqu'il n'est pas mort... », déclara Lupin avec une belle assurance.

Et il ordonna :

« Du lait, tout de suite! Du lait additionné d'eau de Vichy. Au galop! Et je réponds de tout. »

Vingt minutes plus tard, le vieux Steinweg ouvrit les yeux.

Lupin, qui était agenouillé près de lui, murmura lentement, nettement, de façon à graver ses paroles dans le cerveau du malade :

« Ecoute, Steinweg, ne révèle à personne le secret de Pierre Leduc. Moi, Arsène Lupin, je te l'achète le prix que tu veux. Laisse-moi faire. »

Le juge d'instruction prit Lupin par le bras et, gravement :

« Mme Formerie?

— Mme Formerie est libre. Elle vous attend avec impatience.

— Comment cela?

— Voyons, monsieur le juge d'instruction, je savais bien que vous consentiriez à la petite expédition que je vous proposais. Un refus de votre part n'était pas admissible...

— Pourquoi?

— Mme Formerie est trop jolie. »

UNE PAGE DE L'HISTOIRE MODERNE

I

LUPIN lança violemment ses deux poings de droite et de gauche, puis les ramena sur sa poitrine, puis les lança de nouveau, et de nouveau les ramena.

Ce mouvement, qu'il exécuta trente fois de suite, fut remplacé par une flexion du buste en avant et en arrière, laquelle flexion fut suivie d'une élévation alternative des jambes, puis d'un moulinet alternatif des bras.

Cela dura un quart d'heure, le quart d'heure qu'il consacrait chaque matin, pour dérouiller ses muscles, à des exercices de gymnastique suédoise.

Ensuite, il s'installa devant sa table, prit des feuilles de papier blanc qui étaient disposées en paquets numérotés, et, pliant l'une d'elles, il en fit une enveloppe — ouvrage qu'il recommença avec une série de feuilles successives.

C'était la besogne qu'il avait acceptée et à laquelle il s'astreignait tous les jours, les détenus ayant le droit de choisir les travaux qui leur plaisaient : collage d'enveloppes, confection d'éventails en papier, de bourses en métal, etc.

Et de la sorte, tout en occupant ses mains à un exercice machinal, tout en assouplissant ses muscles par des flexions mécaniques, Lupin ne cessait de songer à ses affaires.

Le grondement des verrous, le fracas de la serrure...

« Ah! c'est vous, excellent geôlier. Est-ce la minute de la toilette suprême, la coupe de cheveux qui précède la grande coupe finale?

— Non, fit l'homme.

— L'instruction, alors? La promenade au Palais? Ça m'étonne, car ce bon M. Formerie m'a prévenu ces jours-ci que, dorénavant, et par prudence, il m'interrogerait dans ma cellule même — ce qui, je l'avoue, contrarie mes plans.

— Une visite pour vous », dit l'homme d'un ton laconique.

« Ça y est », pensa Lupin.

Et tout en se rendant au parloir, il se disait :

« Nom d'un chien, si c'est ce que je crois, je suis un rude type! En quatre jours, et du fond de mon cachot, avoir mis cette affaire-là debout, quel coup de maître! »

Munis d'une permission en règle, signée par le directeur de la première division à la Préfecture de police, les visiteurs sont introduits dans les étroites cellules qui servent de parloirs. Ces cellules, coupées au milieu par deux grillages, que sépare un intervalle de cinquante centimètres, ont deux portes, qui donnent sur deux couloirs différents. Le détenu entre par une porte, le visiteur par l'autre. Ils ne peuvent donc ni se toucher, ni parler à voix basse, ni opérer entre eux le moindre échange d'objets. En outre, dans certains cas, un gardien peut assister à l'entrevue.

En l'occurrence, ce fut le gardien-chef qui eut cet honneur.

« Qui diable a obtenu l'autorisation de me faire visite? s'écria Lupin en entrant. Ce n'est pourtant pas mon jour de réception. »

Pendant que le gardien fermait la porte, il s'approcha du grillage et examina la personne qui se tenait derrière l'autre grillage et dont les traits se discernaient confusément dans la demi-obscurité.

« Ah! fit-il avec joie, c'est vous, monsieur Stripani! Quelle heureuse chance!

— Oui, c'est moi, mon cher prince.

— Non, pas de titre, je vous en supplie, cher monsieur. Ici, j'ai renoncé à tous ces hochets de la vanité humaine. Appelez-moi Lupin, c'est plus de situation.

— Je veux bien, mais c'est le prince Sernine que j'ai connu, c'est le prince Sernine qui m'a sauvé de la misère et qui m'a rendu le bonheur et la fortune, et vous comprendrez que, pour moi, vous resterez toujours le prince Sernine.

— Au fait! monsieur Stripani... Au fait! Les instants du gardien-chef sont précieux, et nous n'avons pas le droit d'en abuser. En deux mots, qu'est-ce qui vous amène?

— Ce qui m'amène? Oh! mon Dieu, c'est bien simple. Il m'a semblé que vous seriez mécontent de moi si je m'adressais à un autre qu'à vous pour compléter l'œuvre que vous avez commencée. Et puis, seul, vous avez eu en main tous les éléments qui vous ont permis, à cette époque, de reconstituer la vérité et de concourir à mon salut. Par conséquent, seul, vous êtes à même de parer au nouveau coup qui me menace.

C'est ce que M. le préfet de police a compris lorsque je lui ai exposé la situation...

— Je m'étonnais, en effet, qu'on vous eût autorisé...

— Le refus était impossible, mon cher prince. Votre intervention est nécessaire dans une affaire où tant d'intérêts sont en jeu, et des intérêts qui ne sont pas seulement les miens, mais qui concernent les personnages haut placés que vous savez... »

Lupin observait le gardien du coin de l'œil. Il écoutait avec une vive attention, le buste incliné, avide de surprendre la signification secrète des paroles échangées.

« De sorte que?... demanda Lupin.

— De sorte que, mon cher prince, je vous supplie de rassembler tous vos souvenirs au sujet de ce document imprimé, rédigé en quatre langues, et dont le début tout au moins avait rapport... »

Un coup de poing sur la mâchoire, un peu en dessous de l'oreille... le gardien-chef chancela deux ou trois secondes, et, comme une masse, sans un gémissement, tomba dans les bras de Lupin.

« Bien touché, Lupin, dit celui-ci. C'est de l'ouvrage proprement « faite ». Dites donc, Steinweg, vous avez le chloroforme?

— Etes-vous sûr qu'il est évanoui?

— Tu parles! Il en a pour trois ou quatre minutes... mais ça ne suffirait pas. »

L'Allemand sortit de sa poche un tube de cuivre qu'il allongea comme un télescope, et au bout duquel était fixé un minuscule flacon.

Lupin prit le flacon, en versa quelques gouttes sur un mouchoir, et appliqua ce mouchoir sous le nez du gardien-chef.

« Parfait!... Le bonhomme a son compte... J'écoperai pour ma peine huit ou quinze jours de cachot... Mais ça, ce sont les petits bénéfices du métier.

— Et moi?

— Vous? Que voulez-vous qu'on vous fasse?

— Dame! le coup de poing...

— Vous n'y êtes pour rien.

— Et l'autorisation de vous voir? C'est un faux, tout simplement.

— Vous n'y êtes pour rien.

— J'en profite.

— Pardon! Vous avez déposé avant-hier une demande régulière au nom de Stripani. Ce matin, vous avez reçu une réponse officielle. Le reste ne vous regarde pas. Mes amis seuls, qui ont confectionné la réponse, peuvent être inquiétés. Va-t'en voir s'ils viennent!...

— Et si l'on nous interrompt?

— Pourquoi?

— On a eu l'air suffoqué, ici, quand j'ai sorti mon autorisation de voir Lupin. Le directeur m'a fait venir et l'a examinée dans tous les sens. Je ne doute pas que l'on téléphone à la Préfecture de police.

— Et moi j'en suis sûr.

— Alors?

— Tout est prévu, mon vieux. Ne te fais pas de bile, et causons. Je suppose que, si tu es venu ici, c'est que tu sais ce dont il s'agit?

— Oui. Vos amis m'ont expliqué...

— Et tu acceptes?

— L'homme qui m'a sauvé de la mort peut disposer de moi comme il l'entend. Quels que soient les services que je pourrai lui rendre, je resterai encore son débiteur.

— Avant de livrer ton secret, réfléchis à la position où je me trouve... prisonnier impuissant... »

Steinweg se mit à rire :

« Non, je vous en prie, ne plaisantons pas. J'avais livré mon secret à Kesselbach parce qu'il était riche et qu'il pouvait, mieux qu'un autre, en tirer parti; mais, tout prisonnier que vous êtes, et tout impuissant, je vous considère comme cent fois plus fort que Kesselbach avec ses cent millions.

— Oh! oh!

— Et vous le savez bien! Cent millions n'auraient pas suffi pour découvrir le trou où j'agonisais, pas plus que pour m'amener ici, pendant une heure, devant le prisonnier impuissant que vous êtes. Il faut autre chose. Et cette autre chose, vous l'avez.

— En ce cas, parle. Et procédons par ordre. Le nom de l'assassin?

— Cela, impossible.

— Comment, impossible? Mais puisque tu le connais et que tu dois tout me révéler.

— Tout, mais pas cela.

— Cependant...

— Plus tard.

— Tu es fou! mais pourquoi?

— Je n'ai pas de preuves. Plus tard, quand vous serez libre, nous chercherons ensemble. A quoi bon d'ailleurs! Et puis, vraiment, je ne peux pas.

— Tu as peur de lui?

— Oui.

— Soit, dit Lupin. Après tout, ce n'est pas cela le plus urgent. Pour le reste, tu es résolu à parler?

— Sur tout.

— Eh bien, réponds. Comment s'appelle Pierre Leduc?

— Hermann IV, grand-duc de Deux-Ponts-Veldenz, prince de Berncastel, comte de Fistingen, seigneur de Wiesbaden et autres lieux. »

Lupin eut un frisson de joie, en apprenant que, décidément, son protégé n'était pas le fils d'un charcutier.

« Fichtre! murmura-t-il, nous avons du titre!... Autant que je sache, le grand-duché de Deux-Ponts-Veldenz est en Prusse?

— Oui, sur la Moselle. La maison de Veldenz est un rameau de la maison Palatine de Deux-Ponts. Le grand-duché fut occupé par les Français après la paix de Lunéville, et fit partie du département du Mont-Tonnerre. En 1814, on le reconstitua au profit d'Hermann Ier, bisaïeul de notre Pierre Leduc. Le fils, Hermann II, eut une jeunesse orageuse, se ruina, dilapida les finances de son pays, se rendit insupportable à ses sujets qui finirent par brûler en partie le vieux château de Veldenz et par chasser leur maître de ses Etats. Le grand-duché fut alors administré et gouverné par trois régents, au nom d'Hermann II, qui, anomalie assez curieuse, n'abdiqua pas et garda son titre de grand-duc régnant. Il vécut assez pauvre à Berlin, plus tard fit la campagne de France, aux côtés de Bismarck dont il était l'ami, fut emporté par un éclat d'obus au siège de Paris, et, en mourant, confia à Bismarck son fils Hermann... Hermann III.

— Le père, par conséquent, de notre Leduc, dit Lupin.

— Oui. Hermann III fut pris en affection par le chancelier qui, à diverses reprises, se servit de lui comme envoyé secret auprès de personnalités étrangères.

A la chute de son protecteur, Hermann III quitta Berlin, voyagea et revint se fixer à Dresde. Quand Bismarck mourut, Hermann III était là. Lui-même mourait deux ans plus tard. Voilà les faits publics, connus de tous en Allemagne, voilà l'histoire des trois Hermann, grands-ducs de Deux-Ponts-Veldenz au XIXᵉ siècle.

— Mais le quatrième, Hermann IV, celui qui nous occupe?

— Nous en parlerons tout à l'heure. Passons maintenant aux faits ignorés.

— Et connus de toi seul, dit Lupin.

— De moi seul, et de quelques autres.

— Comment, de quelques autres? Le secret n'a donc pas été gardé?

— Si, si, le secret est bien gardé par ceux qui le détiennent. Soyez sans crainte, ceux-là ont tout intérêt, je vous en réponds, à ne pas le divulguer.

— Alors! comment le connais-tu?

— Par un ancien domestique et secrétaire intime du grand-duc Hermann, dernier du nom. Ce domestique, qui mourut entre mes bras au Cap, me confia d'abord que son maître s'était marié clandestinement et qu'il avait laissé un fils. Puis il me livra le fameux secret.

— Celui-là même que tu dévoilas plus tard à Kesselbach?

— Oui.

— Parle. »

A l'instant même où il disait cette parole, on entendit un bruit de clef dans la serrure.

II

« Pas un mot », murmura Lupin.

Il s'effaça contre le mur, auprès de la porte. Le battant s'ouvrit. Lupin le referma violemment, bousculant un homme, un geôlier, qui poussa un cri.

Lupin le saisit à la gorge.

« Tais-toi, mon vieux. Si tu rouspètes, tu es fichu. »

Il le coucha par terre.

« Es-tu sage?... Comprends-tu la situation? Oui? Parfait... Où est ton mouchoir? Donne tes poignets, maintenant... Bien, je suis tranquille. Ecoute... On t'a envoyé par précaution, n'est-ce pas? pour assister le gardien-chef en cas de besoin?... Excellente mesure, mais un peu tardive. Tu vois, le gardien-chef est mort!... Si tu bouges, si tu appelles, tu y passes également. »

Il prit les clefs de l'homme et introduisit l'une d'elles dans la serrure.

« Comme ça, nous sommes tranquilles.

— De votre côté... mais du mien? observa le vieux Steinweg.

— Pourquoi viendrait-on?

— Si l'on a entendu le cri qu'il a poussé?

— Je ne crois pas. Mais en tout cas mes amis t'ont donné les fausses clefs?

— Oui.

— Alors, bouche la serrure... C'est fait? Eh bien! maintenant nous avons, pour le moins, dix bonnes minutes devant nous. Tu vois, mon cher, comme les choses les plus difficiles en apparence sont simples en réalité. Il suffit d'un peu de sang-froid et de savoir se plier aux circonstances. Allons, ne t'émeus pas, et cause. En allemand, veux-tu? Il est inutile que ce type-là participe aux secrets d'Etat que nous agitons. Va, mon vieux, et posément. Nous sommes ici chez nous. »

Steinweg reprit :

« Le soir même de la mort de Bismarck, le grand-duc Hermann III et son fidèle domestique — mon ami du Cap — montèrent dans un train qui les conduisit à Munich... à temps pour prendre le rapide de Vienne. De Vienne ils allèrent à Constantinople, puis au Caire, puis à Naples, puis à Tunis, puis en Espagne, puis à Paris, puis à Londres, à Saint-Pétersbourg, à Varsovie... Et dans aucune de ces villes, ils ne s'arrêtaient. Ils sautaient dans un fiacre, faisaient charger leurs deux valises, galopaient à travers les rues, filaient vers une station voisine ou vers l'embarcadère, et reprenaient le train ou le paquebot.

— Bref, suivis, ils cherchaient à dépister, conclut Arsène Lupin.

— Un soir, ils quittèrent la ville de Trèves, vêtus de blouses et de casquettes d'ouvriers, un bâton sur le dos, un paquet au bout du bâton. Ils firent à pied les trente-cinq kilomètres qui les séparaient de Veldenz où se trouve le vieux château de Deux-Ponts, ou plutôt les ruines du vieux château.

— Pas de description.

— Tout le jour, ils restèrent cachés dans une forêt avoisinante. La nuit d'après, ils s'approchèrent des anciens remparts. Là, Hermann ordonna à son domestique de l'attendre, et il escalada le mur à l'endroit d'une brèche nommée la Brèche-au-Loup. Une heure plus tard il revenait. La semaine suivante, après de nouvelles pérégrinations, il retournait chez lui, à Dresde. L'expédition était finie.

— Et le but de cette expédition?

— Le grand-duc n'en souffla pas un mot à son domestique. Mais celui-ci, par certains détails, par la coïncidence des faits qui se produisirent, put reconstituer la vérité, du moins en partie.

— Vite, Steinweg, le temps presse maintenant, et je suis avide de savoir.

— Quinze jours après l'expédition, le comte de Waldemar, officier de la garde de l'Empereur et l'un de ses amis personnels, se présentait chez le grand-duc accompagné de six hommes. Il resta là toute la journée, enfermé dans le bureau du grand-duc. A plusieurs reprises, on entendit le bruit d'altercations, de violentes disputes. Cette phrase, même, fut perçue par le domestique, qui passait dans le jardin, sous les fenêtres : « Ces papiers vous ont été remis, Sa Majesté en est « sûre. Si vous ne voulez pas me les remettre de votre « plein gré... » Le reste de la phrase, le sens de la menace et de toute la scène d'ailleurs, se devinent aisément par la suite : la maison d'Hermann fut visitée de fond en comble.

— Mais c'était illégal.

— C'eût été illégal si le grand-duc s'y fût opposé, mais il accompagna lui-même le comte dans sa perquisition.

— Et que cherchait-on? Les mémoires du Chancelier?

— Mieux que cela. On cherchait une liasse de papiers secrets dont on connaissait l'existence par des indiscrétions commises, et dont on savait, de façon certaine, qu'ils avaient été confiés au grand-duc Hermann. »

Lupin était appuyé des deux coudes contre le grillage, et ses doigts se crispaient aux mailles de fer. Il murmura, la voix émue :

« Des papiers secrets... et très importants sans doute?

— De la plus haute importance. La publication de ces papiers aurait des résultats que l'on ne peut prévoir, non seulement au point de vue de la politique intérieure, mais au point de vue des relations étrangères.

— Oh! répétait Lupin, tout palpitant... oh! est-ce possible! Quelle preuve as-tu?

— Quelle preuve? Le témoignage même de la femme du grand-duc, les confidences qu'elle fit au domestique après la mort de son mari.

— En effet... en effet... balbutia Lupin... C'est le témoignage même du grand-duc que nous avons.

— Mieux encore! s'écria Steinweg.

— Quoi?

— Un document! un document écrit de sa main, signé de sa signature et qui contient...

— Qui contient?

— La liste des papiers secrets qui lui furent confiés.

— En deux mots?...

— En deux mots, c'est impossible. Le document est long, entremêlé d'annotations, de remarques quelquefois incompréhensibles. Que je vous cite seulement deux titres qui correspondent à deux liasses de papiers secrets : « Lettres originales du Kronprinz à Bis-« marck. » Les dates montrent que ces lettres furent écrites pendant les trois mois de règne de Frédéric III. Pour imaginer ce que peuvent contenir ces lettres, rappelez-vous la maladie de Frédéric III, ses démêlés avec son fils...

— Oui... oui... je sais... et l'autre titre?

— « Photographies des lettres de Frédéric III et de « l'impératrice Victoria à la reine Victoria d'Angle-« terre... »

— Il y a cela? il y a cela?... fit Lupin, la gorge étranglée.

— Ecoutez les annotations du grand-duc : « Texte du traité avec l'Angleterre et la France. » Et ces mots un peu obscurs : « Alsace-Lorraine... Colonies... Limitation navale... »

— Il y a cela, bredouilla Lupin... Et c'est obscur, dis-tu? Des mots éblouissants, au contraire!... Ah! est-ce possible!... »

Du bruit à la porte. On frappa.

« On n'entre pas, dit-il, je suis occupé... »

On frappa à l'autre porte, du côté de Steinweg. Lupin cria :

« Un peu de patience, j'aurai fini dans cinq minutes. »

Il dit au vieillard d'un ton impérieux :

« Sois tranquille, et continue... Alors, selon toi, l'expédition du grand-duc et de son domestique au château de Veldenz n'avait d'autre but que de cacher ces papiers?

— Le doute n'est pas admissible.

— Soit. Mais le grand-duc a pu les retirer, depuis?

— Non, il n'a pas quitté Dresde jusqu'à sa mort.

— Mais les ennemis du grand-duc, ceux qui avaient tout intérêt à les reprendre et à les anéantir, ceux-là ont pu les chercher là où ils étaient, ces papiers?

— Leur enquête les a menés en effet jusque-là.

— Comment le sais-tu?

— Vous comprenez bien que je ne suis pas resté inactif, et que mon premier soin, quand ces révélations m'eurent été faites, fut d'aller à Veldenz et de me renseigner moi-même dans les villages voisins. Or, j'appris que, deux fois déjà, le château avait été envahi par une douzaine d'hommes venus de Berlin et accrédités auprès des régents.

— Eh bien?

— Eh bien, ils n'ont rien trouvé, car, depuis cette époque, la visite du château n'est pas permise.

— Mais qui empêche d'y pénétrer?

— Une garnison de cinquante soldats qui veillent jour et nuit.

— Des soldats du grand-duché?

— Non, des soldats détachés de la garde personnelle de l'Empereur. »

Des voix s'élevèrent dans le couloir, et de nouveau l'on frappa, en interpellant le gardien-chef.

« Il dort, monsieur le directeur, dit Lupin, qui reconnut la voix de M. Borély.

— Ouvrez! je vous ordonne d'ouvrir.

— Impossible, la serrure est mêlée. Si j'ai un conseil

à vous donner, c'est de pratiquer une incision tout autour de ladite serrure.

— Ouvrez!

— Et le sort de l'Europe que nous sommes en train de discuter, qu'est-ce que vous en faites? »

Il se tourna vers le vieillard :

« De sorte que tu n'as pas pu entrer dans le château?

— Non.

— Mais tu es persuadé que les fameux papiers y sont cachés.

— Voyons! ne vous ai-je pas donné toutes les preuves? N'êtes-vous pas convaincu?

— Si, si, murmura Lupin, c'est là qu'ils sont cachés... il n'y a pas de doute... c'est là qu'ils sont cachés. »

Il semblait voir le château. Il semblait évoquer la cachette mystérieuse. Et la vision d'un trésor inépuisable, l'évocation de coffres emplis de pierres précieuses et de richesses, ne l'aurait pas ému plus que l'idée de ces chiffons de papier sur lesquels veillait la garde du Kaiser. Quelle merveilleuse conquête à entreprendre! Et combien digne de lui! et comme il avait, une fois de plus, fait preuve de clairvoyance et d'intuition en se lançant au hasard sur cette piste inconnue!

Dehors, on « travaillait » la serrure.

Il demanda au vieux Steinweg :

« De quoi le grand-duc est-il mort?

— D'une pleurésie, en quelques jours. C'est à peine s'il put reprendre connaissance, et ce qu'il y avait d'horrible, c'est que l'on voyait, paraît-il, les efforts inouïs qu'il faisait, entre deux accès de délire, pour rassembler ses idées et prononcer des paroles. De temps en temps il appelait sa femme, la regardait d'un air désespéré et agitait vainement ses lèvres.

— Bref, il parla? dit brusquement Lupin, que le « travail » fait autour de la serrure commençait à inquiéter.

— Non, il ne parla pas. Mais dans une minute plus lucide, à force d'énergie, il réussit à tracer des signes sur une feuille de papier que sa femme lui présenta.

— Eh bien! ces signes?...

— Indéchiffrables, pour la plupart...

— Pour la plupart... mais les autres? dit Lupin avidement... Les autres?

— Il y a d'abord trois chiffres parfaitement distincts : un 8, un 1 et un 3...

— 813... oui, je sais... après?

— Après, des lettres... plusieurs lettres parmi lesquelles il n'est possible de reconstituer en toute certitude qu'un groupe de trois et, immédiatement après, un groupe de deux lettres.

— « Apoon », n'est-ce pas?

— Ah! vous savez...

La serrure s'ébranlait, presque toutes les vis ayant été retirées. Lupin demanda, anxieux soudain à l'idée d'être interrompu :

— De sorte que ce mot incomplet « Apoon » et ce chiffre 813 sont les formules que le grand-duc léguait à sa femme et à son fils pour leur permettre de retrouver les papiers secrets?

— Oui. »

Lupin se cramponna des deux mains à la serrure pour l'empêcher de tomber.

« Monsieur le directeur, vous allez réveiller le gardien-chef. Ce n'est pas gentil, une minute encore, voulez-vous? Steinweg, qu'est devenue la femme du grand-duc?

— Elle est morte, peu après son mari, de chagrin, pourrait-on dire.

— Et l'enfant fut recueilli par la famille?

— Quelle famille? Le grand-duc n'avait ni frères, ni sœurs. En outre il n'était marié que morganatiquement et en secret. Non, l'enfant fut emmené par le vieux serviteur d'Hermann, qui l'éleva sous le nom de Pierre Leduc. C'était un assez mauvais garçon, indépendant, fantasque, difficile à vivre. Un jour il partit. On ne l'a pas revu.

— Il connaissait le secret de sa naissance?

— Oui, et on lui montra la feuille de papier sur laquelle Hermann avait écrit des lettres et des chiffres, 813, etc.

— Et cette révélation, par la suite, ne fut faite qu'à toi?

— Oui.

— Et toi, tu ne t'es confié qu'à M. Kesselbach?

— A lui seul. Mais, par prudence, tout en lui montrant la feuille des signes et des lettres, ainsi que la liste dont je vous ai parlé, j'ai gardé ces deux documents. L'événement a prouvé que j'avais raison.

— Et ces documents, tu les as?

— Oui.

— Ils sont en sûreté?

— Absolument.

— A Paris?

— Non.

— Tant mieux. N'oublie pas que ta vie est en danger, et qu'on te poursuit.

— Je le sais. Au moindre faux pas, je suis perdu.

— Justement. Donc, prends tes précautions, dépiste l'ennemi, va prendre tes papiers, et attends mes instructions. L'affaire est dans le sac. D'ici un mois au plus tard, nous irons visiter ensemble le château de Veldenz.

— Si je suis en prison?

— Je t'en ferai sortir.

— Est-ce possible?

— Le lendemain même du jour où j'en sortirai. Non, je me trompe, le soir même... une heure après.

— Vous avez donc un moyen?

— Depuis dix minutes, oui, et infaillible. Tu n'as rien à me dire?

— Non.

— Alors, j'ouvre. »

Il tira la porte, et, s'inclinant devant M. Borély :

« Monsieur le directeur, je ne sais comment m'excuser... »

Il n'acheva pas. L'irruption du directeur et de trois hommes ne lui en laissa pas le temps.

M. Borély était pâle de rage et d'indignation. La vue des deux gardiens étendus le bouleversa.

« Morts! s'écria-t-il.

— Mais non, mais non, ricana Lupin. Tenez, celui-là bouge. Parle donc, animal.

— Mais l'autre? reprit M. Borély en se précipitant sur le gardien-chef.

— Endormi seulement, monsieur le directeur. Il était très fatigué, alors je lui ai accordé quelques instants de repos. J'intercède en sa faveur. Je serais désolé que ce pauvre homme...

— Assez de blagues », dit M. Borély violemment.

Et s'adressant aux gardiens :

« Qu'on le reconduise dans sa cellule... en attendant. Quant à ce visiteur... »

Lupin n'en sut pas davantage sur les intentions de M. Borély par rapport au vieux Steinweg. Mais c'était pour lui une question absolument insignifiante. Il emportait dans sa solitude des problèmes d'un intérêt autrement considérable que le sort du vieillard. Il possédait le secret de M. Kesselbach!

LA GRANDE COMBINAISON DE LUPIN

I

A SON grand étonnement, le cachot lui fut épargné. M. Borély, en personne, vint lui dire, quelques heures plus tard, qu'il jugeait cette punition inutile.

« Plus qu'inutile, monsieur le directeur, dangereuse, répliqua Lupin... dangereuse, maladroite et séditieuse.

— Et en quoi? fit M. Borély, que son pensionnaire inquiétait décidément de plus en plus.

— En ceci, monsieur le directeur. Vous arrivez à l'instant de la Préfecture de police où vous avez raconté à qui de droit la révolte du détenu Lupin, et où vous avez exhibé le permis de visite accordé au sieur Stripani. Votre excuse était toute simple, puisque, quand le sieur Stripani vous avait présenté le permis, vous aviez eu la précaution de téléphoner à la Préfecture et de manifester votre surprise, et que, à la Préfecture, on vous avait répondu que l'autorisation était parfaitement valable.

— Ah! vous savez...

— Je le sais d'autant mieux que c'est un de mes

agents qui vous a répondu à la Préfecture. Aussitôt, et sur votre demande, enquête immédiate de qui-de-droit, lequel qui-de-droit découvre que l'autorisation n'est autre chose qu'un faux établi... on est en train de chercher par qui... et soyez tranquille, on ne découvrira rien... »

M. Borély sourit, en manière de protestation.

« Alors, continua Lupin, on interroge mon ami Stripani qui ne fait aucune difficulté pour avouer son vrai nom, Steinweg! Est-ce possible? Mais en ce cas le détenu Lupin aurait réussi à introduire quelqu'un dans la prison de la Santé et à converser une heure avec lui! Quel scandale! Mieux vaut l'étouffer, n'est-ce pas? On relâche M. Steinweg, et l'on envoie M. Borély comme ambassadeur auprès du détenu Lupin, avec tous pouvoirs pour acheter son silence. Est-ce vrai, monsieur le directeur?

— Absolument vrai! dit M. Borély, qui prit le parti de plaisanter pour cacher son embarras. On croirait que vous avez le don de double vue. Et alors, vous acceptez nos conditions? »

Lupin éclata de rire.

« C'est-à-dire que je souscris à vos prières! Oui, monsieur le directeur, rassurez ces messieurs de la Préfecture. Je me tairai. Après tout, j'ai assez de victoires à mon actif pour vous accorder la faveur de mon silence. Je ne ferai aucune communication à la presse... du moins sur ce sujet-là. »

C'était se réserver la liberté d'en faire sur d'autres sujets. Toute l'activité de Lupin, en effet, allait converger vers ce double but : correspondre avec ses amis, et, par eux, mener une de ces campagnes de presse où il excellait.

Dès l'instant de son arrestation, d'ailleurs, il avait donné les instructions nécessaires aux deux Doudeville, et il estimait que les préparatifs étaient sur le point d'aboutir.

Tous les jours il s'astreignait consciencieusement à la confection des enveloppes dont on lui apportait chaque matin les matériaux en paquets numérotés, et qu'on remportait chaque soir, pliées et enduites de colle.

Or, la distribution des paquets numérotés s'opérant toujours de la même façon entre les détenus qui avaient choisi ce genre de travail, inévitablement, le paquet distribué à Lupin devait chaque jour porter le même numéro d'ordre.

A l'expérience, le calcul se trouva juste. Il ne restait plus qu'à suborner un des employés de l'entreprise particulière à laquelle étaient confiées la fourniture et l'expédition des enveloppes.

Ce fut facile.

Lupin, sûr de la réussite, attendait donc tranquillement que le signe, convenu entre ses amis et lui, apparût sur la feuille supérieure du paquet.

Le temps, d'ailleurs, s'écoulait rapide. Vers midi, il recevait la visite quotidienne de M. Formerie, et, en présence de maître Quimbel, son avocat, témoin taciturne, Lupin subissait un interrogatoire serré.

C'était sa joie. Ayant fini par convaincre M. Formerie de sa non-participation à l'assassinat du baron Altenheim, il avait avoué au juge d'instruction des forfaits absolument imaginaires, et les enquêtes aussitôt ordonnées par M. Formerie aboutissaient à des résultats ahurissants, à des méprises scandaleuses, où le public reconnaissait la façon personnelle du grand maître en ironie qu'était Lupin.

Petits jeux innocents, comme il disait. Ne fallait-il pas s'amuser?

Mais l'heure des occupations plus graves approchait. Le cinquième jour, Arsène Lupin nota sur le paquet qu'on lui apporta le signe convenu, une marque d'ongle, en travers de la seconde feuille.

« Enfin, dit-il, nous y sommes. »

Il sortit d'une cachette une fiole minuscule, la déboucha, humecta l'extrémité de son index avec le liquide qu'elle contenait, et passa son doigt sur la troisième feuille du paquet.

Au bout d'un moment, des jambages se dessinèrent, puis des lettres, puis des mots et des phrases.

Il lut :

« *Tout va bien. Steinweg libre. Se cache en province. Geneviève Ernemont en bonne santé. Elle va souvent hôtel Bristol voir Mme Kesselbach malade. Elle y rencontre chaque fois Pierre Leduc. Répondez par même moyen. Aucun danger.* »

Ainsi donc, les communications avec l'extérieur étaient établies. Une fois de plus les efforts de Lupin étaient couronnés de succès. Il n'avait plus maintenant qu'à exécuter son plan, à mettre en valeur les confidences du vieux Steinweg, et à conquérir sa liberté par une des plus extraordinaires et géniales combinaisons qui eussent germé dans son cerveau.

Et trois jours plus tard, paraissaient dans le *Grand Journal*, ces quelques lignes :

« En dehors des mémoires de Bismarck, qui, d'après les gens bien informés, ne contiennent que l'histoire officielle des événements auxquels fut mêlé le grand

Chancelier, il existe une série de lettres confidentielles d'un intérêt considérable.

« Ces lettres ont été retrouvées. Nous savons de bonne source qu'elles vont être publiées incessamment. »

On se rappelle le bruit que souleva dans le monde entier cette note énigmatique, les commentaires auxquels on se livra, les suppositions émises, en particulier les polémiques de la presse allemande. Qui avait inspiré ces lignes? De quelles lettres était-il question? Quelles personnes les avaient écrites au Chancelier, ou qui les avait reçues de lui? Etait-ce une vengeance posthume? ou bien une indiscrétion commise par un correspondant de Bismarck?

Une seconde note fixa l'opinion sur certains points, mais en la surexcitant d'étrange manière.

Elle était ainsi conçue :

« Santé-Palace, cellule 14, 2e division.

« Monsieur le Directeur du *Grand Journal*.

« Vous avez inséré dans votre numéro de mardi dernier un entrefilet rédigé d'après quelques mots qui m'ont échappé l'autre soir, au cours d'une conférence que j'ai faite à la Santé sur la politique étrangère. Cet entrefilet, véridique en ses parties essentielles, nécessite cependant une petite rectification. Les lettres existent bien, et nul ne peut en contester l'importance exceptionnelle, puisque, depuis dix ans, elles sont l'objet de recherches ininterrompues de la part du gouvernement intéressé. Mais personne ne sait où elles sont et personne ne connaît un seul mot de ce qu'elles contiennent...

« Le public, j'en suis sûr, ne m'en voudra pas de le faire attendre, avant de satisfaire sa légitime curiosité. Outre que je n'ai pas en main, tous les éléments nécessaires à la recherche de la vérité, mes occupations actuelles ne me permettent point de consacrer à cette affaire le temps que je voudrais.

« Tout ce que je puis dire pour le moment, c'est que ces lettres furent confiées par le mourant à l'un de ses amis les plus fidèles, et que cet ami eut à subir, par la suite, les lourdes conséquences de son dévouement. Espionnage, perquisitions domiciliaires, rien ne lui fut épargné.

« J'ai donné l'ordre aux deux meilleurs agents de ma police secrète de reprendre cette piste à son début, et je ne doute pas que, avant deux jours, je ne sois en mesure de percer à jour ce passionnant mystère.

« Signé : Arsène LUPIN. »

Ainsi donc, c'était Arsène Lupin qui menait l'affaire! C'était lui qui, du fond de sa prison, mettait en scène la comédie ou la tragédie annoncée dans la première note. Quelle aventure! On se réjouit. Avec un artiste comme lui, le spectacle ne pouvait manquer de pittoresque et d'imprévu.

Trois jours plus tard on lisait dans le *Grand Journal* :

« Le nom de l'ami dévoué auquel j'ai fait allusion m'a été livré. Il s'agit du grand-duc Hermann III, prince régnant (quoique dépossédé) du grand-duché de Deux-Ponts-Veldenz, et confident de Bismarck, dont il avait toute l'amitié.

« Une perquisiton fut faite à son domicile par le

comte de W... accompagné de douze hommes. Le résultat de cette perquisition fut négatif, mais la preuve n'en fut pas moins établie que le grand-duc était en possession des papiers.

« Où les avait-il cachés? C'est une question que nul au monde, probablement, ne saurait résoudre à l'heure actuelle.

« Je demande vingt-quatre heures pour la résoudre.

« Signé : Arsène LUPIN. »

De fait, vingt-quatre heures après, la note promise parut :

« Les fameuses lettres sont cachées dans le château féodal de Veldenz, chef-lieu du grand-duché de Deux-Ponts, château en partie dévasté au cours du XIXe siècle.

« A quel endroit exact? Et que sont au juste ces lettres? Tels sont les deux problèmes que je m'occupe à déchiffrer et dont j'exposerai la solution dans quatre jours.

« Signé : Arsène LUPIN. »

Au jour annoncé on s'arracha le *Grand Journal*. A la déception de tous, les renseignements promis ne s'y trouvaient pas. Le lendemain même silence, et le surlendemain également.

Qu'était-il donc advenu?

On le sut par une indiscrétion commise à la Préfecture de police. Le directeur de la Santé avait été averti, paraît-il, que Lupin communiquait avec ses complices grâce aux paquets d'enveloppes qu'il confectionnait. On n'avait rien pu découvrir, mais, à tout hasard, on avait interdit tout travail à l'insupportable détenu.

Ce à quoi l'insupportable détenu avait répliqué :

« Puisque je n'ai plus rien à faire, je vais m'occuper de mon procès. Qu'on prévienne mon avocat, le bâtonnier Quimbel. »

C'était vrai. Lupin, qui, jusqu'ici, avait refusé toute conversation avec maître Quimbel, consentait à le recevoir et à préparer sa défense.

II

Le lendemain même, maître Quimbel, tout joyeux, demandait Lupin au parloir des avocats.

C'était un homme âgé, qui portait des lunettes dont les verres très grossissants lui faisaient des yeux énormes. Il posa son chapeau sur la table, étala sa serviette et adressa tout de suite une série de questions qu'il avait préparées soigneusement.

Lupin y répondit avec une extrême complaisance, se perdant même en une infinité de détails que maître Quimbel notait aussitôt sur des fiches épinglées les unes au-dessus des autres.

« Et alors, reprenait l'avocat, la tête penchée sur le papier, vous dites qu'à cette époque...

— Je dis qu'à cette époque », répliquait Lupin...

Insensiblement, par petits gestes, tout naturels, il s'était accoudé à la table. Il baissa le bras peu à peu, glissa la main sous le chapeau de maître Quimbel, introduisit son doigt à l'intérieur du cuir, et saisit une de ces bandes de papier pliées en long que l'on insère entre le cuir et la doublure quand le chapeau est trop grand.

Il déplia le papier. C'était un message de Doudeville, rédigé en signes convenus.

« Je suis engagé comme valet de chambre chez maître Quimbel. Vous pouvez sans crainte me répondre par la même voie.

« C'est L... M... l'assassin, qui a dénoncé le truc des enveloppes. Heureusement que vous aviez prévu le coup! »

Suivait un compte rendu minutieux de tous les faits et commentaires suscités par les divulgations de Lupin.

Lupin sortit de sa poche une bande de papier analogue contenant ses instructions, la substitua doucement à l'autre, et ramèna sa main vers lui. Le tour était joué.

Et la correspondance de Lupin avec le *Grand Journal* reprit sans plus tarder.

« Je m'excuse auprès du public d'avoir manqué à ma promesse. Le service postal de Santé-Palace est déplorable.

« D'ailleurs, nous touchons au terme. J'ai en main tous les documents qui établissent la vérité sur des bases indiscutables. J'attendrai pour les publier. Qu'on sache néanmoins ceci : parmi les lettres il en est qui furent adressées au Chancelier par celui qui se déclarait alors son élève et son admirateur, et qui devait, plusieurs années après, se débarrasser de ce tuteur gênant et gouverner par lui-même.

« Me fais-je suffisamment comprendre? »

Et le lendemain :

« Ces lettres furent écrites pendant la maladie du dernier empereur. Est-ce assez dire toute leur importance? »

Quatre jours de silence, et puis cette dernière note dont on n'a pas oublié le retentissement :

« Mon enquête est finie. Maintenant je connais tout. A force de réfléchir, j'ai deviné le secret de la cachette.

« Mes amis vont se rendre à Veldenz, et, malgré tous les obstacles, pénétreront dans le château par une issue que je leur indique.

« Les journaux publieront alors la photographie de ces lettres, dont je connais déjà la teneur, mais que je veux reproduire dans leur texte intégral.

« Cette publication certaine, inéluctable, aura lieu dans deux semaines, jour pour jour, le 22 août prochain.

« D'ici là, je me tais... et j'attends. »

Les communications au *Grand Journal* furent, en effet, interrompues, mais Lupin ne cessa point de correspondre avec ses amis, par la voie « du chapeau », comme ils disaient entre eux. C'était si simple! Aucun danger. Qui pourrait jamais pressentir que le chapeau de maître Quimbel servait à Lupin de boîte aux lettres?

Tous les deux ou trois matins, à chaque visite, le célèbre avocat apportait fidèlement le courrier de son client, lettres de Paris, lettres de province, lettres d'Allemagne, tout cela réduit, condensé par Doudeville, en formules brèves et en langage chiffré.

Et une heure après, maître Quimbel remportait gravement les ordres de Lupin.

Or, un jour, le directeur de la Santé reçut un message téléphonique signé L... M..., l'avisant que maître

Quimbel devait, selon toutes probabilités, servir à Lupin de facteur inconscient, et qu'il y aurait intérêt à surveiller les visites du bonhomme.

Le directeur avertit maître Quimbel, qui résolut alors de se faire accompagner par son secrétaire.

Ainsi cette fois encore, malgré tous les efforts de Lupin, malgré sa fécondité d'invention, malgré les miracles d'ingéniosité qu'il renouvelait après chaque défaite, une fois encore Lupin se trouvait séparé du monde extérieur par le génie infernal de son formidable adversaire.

Et il s'en trouvait séparé à l'instant le plus critique, à la minute solennelle où, du fond de sa cellule, il jouait son dernier atout contre les forces coalisées qui l'accablaient si terriblement.

Le 13 août, comme il était assis en face des deux avocats, son attention fut attirée par un journal qui enveloppait certains papiers de maître Quimbel. Comme titre, en gros caractères : « 813 ».

Comme sous-titre : *Un nouvel assassinat. L'agitation en Allemagne. Le secret d'Apoon serait-il découvert?*

Lupin pâlit d'angoisse. En dessous il avait lu ces mots :

« Deux dépêches sensationnelles nous arrivent en dernière heure.

« On a retrouvé près d'Augsbourg le cadavre d'un vieillard égorgé d'un coup de couteau. Son identité a pu être établie : c'est le sieur Steinweg, dont il a été question dans l'affaire Kesselbach.

« D'autre part, on nous télégraphie que le fameux détective anglais, Herlock Sholmès, a été mandé en toute hâte, à Cologne. Il s'y rencontrera avec l'Empereur, et, de là, ils se rendront tous deux au château de Veldenz.

« Herlock Sholmès aurait pris l'engagement de découvrir le secret de l'Apoon.

« S'il réussit, ce sera l'avortement impitoyable de l'incompréhensible campagne qu'Arsène Lupin mène depuis un mois de si étrange façon. »

III

Jamais peut-être la curiosité publique ne fut secouée autant que par le duel annoncé entre Sholmès et Lupin, duel invisible en la circonstance, anonyme, pourrait-on dire, — mais duel impressionnant par tout le scandale qui se produisait autour de l'aventure, et par l'enjeu que se disputaient les deux ennemis irréconciliables, opposés l'un à l'autre cette fois encore.

Et il ne s'agissait pas de petits intérêts particuliers, d'insignifiants cambriolages, de misérables passions individuelles mais d'une affaire vraiment mondiale, où la politique de trois grandes nations de l'Occident était engagée, et qui pouvait troubler la paix de l'univers.

N'oublions pas qu'à cette époque la crise du Maroc était déjà ouverte. Une étincelle, et c'était la conflagration.

On attendait donc anxieusement, et l'on ne savait pas au juste ce que l'on attendait. Car enfin, si le détective sortait vainqueur du duel, s'il trouvait les lettres, qui le saurait? Quelle preuve aurait-on de ce triomphe?

Au fond, l'on n'espérait qu'en Lupin, en son habitude connue de prendre le public à témoin de ses actes. Qu'allait-il faire? Comment pourrait-il conjurer l'effroyable danger qui le menaçait? En avait-il seulement connaissance?

Entre les quatre murs de sa cellule, le détenu n° 14 se posait à peu près les mêmes questions, et ce n'était pas une vaine curiosité qui le stimulait, lui, mais une inquiétude réelle, une angoisse de tous les instants.

Il se sentait irrévocablement seul, avec des mains impuissantes, une volonté impuissante, un cerveau impuissant. Qu'il fût habile, ingénieux, intrépide, héroïque, cela ne servait à rien. La lutte se poursuivait en dehors de lui. Maintenant son rôle était fini. Il avait assemblé les pièces et tendu tous les ressorts de la grande machine qui devait produire, qui devait en quelque sorte fabriquer mécaniquement sa liberté, et il lui était impossible de faire aucun geste pour perfectionner et surveiller son œuvre. A date fixe, le déclenchement aurait lieu. D'ici là, mille incidents contraires pouvaient surgir, mille obstacles se dresser, sans qu'il eût le moyen de combattre ces incidents ni d'aplanir ces obstacles.

Lupin connut alors les heures les plus douloureuses de sa vie. Il douta de lui. Il se demanda si son existence ne s'enterrerait pas dans l'horreur du bagne.

Ne s'était-il pas trompé dans ses calculs? N'était-il pas enfantin de croire que, à date fixe, se produirait l'événement libérateur?

« Folie! s'écriait-il, mon raisonnement est faux... Comment admettre pareil concours de circonstances? Il y aura un petit fait qui détruira tout... le grain de sable... »

La mort de Steinweg et la disparition des documents

que le vieillard devait lui remettre ne le troublaient point. Les documents, il lui eût été possible, à la rigueur, de s'en passer, et, avec les quelques paroles que lui avait dites Steinweg, il pouvait, à force de divination et de génie, reconstituer ce que contenaient les lettres de l'Empereur, et dresser le plan de bataille qui lui donnerait la victoire. Mais il songeait à Herlock Sholmès qui était là-bas, lui, au centre même du champ de bataille, et qui cherchait, et qui trouverait les lettres, démolissant ainsi l'édifice si patiemment bâti.

Et il songeait à l'*Autre,* à l'Ennemi implacable, embusqué autour de la prison, caché dans la prison peut-être, et qui devinait ses plans les plus secrets, avant même qu'ils ne fussent éclos dans le mystère de sa pensée.

Le 17 août... le 18 août... le 19... Encore deux jours... Deux siècles, plutôt! Oh! les interminables minutes! Si calme d'ordinaire, si maître de lui, si ingénieux à se divertir, Lupin était fébrile, tour à tour exubérant et déprimé, sans force contre l'ennemi, défiant de tout, morose.

Le 20 août...

Il eût voulu agir et il ne le pouvait pas. Quoi qu'il fît, il lui était impossible d'avancer l'heure du dénouement. Ce dénouement aurait lieu ou n'aurait pas lieu, mais Lupin n'aurait point de certitude avant que la dernière heure du dernier jour se fût écoulée jusqu'à la dernière minute. Seulement alors il saurait l'échec définitif de sa combinaison.

« Echec inévitable, ne cessait-il de répéter, la réussite dépend de circonstances trop subtiles, et ne peut être obtenue que par des moyens trop psychologiques... Il est hors de doute que je m'illusionne sur la valeur et sur la portée de mes armes... Et pourtant... »

L'espoir lui revenait. Il pesait ses chances. Elles lui semblaient soudain réelles et formidables. Le fait allait se produire ainsi qu'il l'avait prévu, et pour les raisons mêmes qu'il avait escomptées. C'était inévitable...

Oui, inévitable. A moins, toutefois, que Sholmès ne trouvât la cachette...

Et de nouveau, il pensait à Sholmès, et de nouveau un immense découragement l'accablait.

Le dernier jour...

Il se réveilla tard, après une nuit de mauvais rêves.

Il ne vit personne, ce jour-là, ni le juge d'instruction, ni son avocat.

L'après-midi se traîna, lent et morne, et le soir vint, le soir ténébreux des cellules... Il eut la fièvre. Son cœur dansait dans sa poitrine comme une bête affolée...

Et les minutes passaient, irréparables...

A neuf heures, rien. A dix heures, rien.

De tous ses nerfs, tendus comme la corde d'un arc, il écoutait les bruits indistincts de la prison, tâchait de saisir à travers ces murs inexorables tout ce qui pouvait sourdre de la vie extérieure.

Oh! comme il eût voulu arrêter la marche du temps, et laisser au destin un peu plus de loisirs!

Mais à quoi bon! Tout n'était-il pas terminé?

« Ah! s'écria-t-il, je deviens fou. Que tout cela finisse!... ça vaut mieux. Je recommencerai autrement...

j'essaierai autre chose... mais je ne peux plus, je ne peux plus. »

Il se tenait la tête à pleines mains, serrant de toutes ses forces, s'enfermant en lui-même et concentrant toute sa pensée sur un même objet, comme s'il voulait créer l'événement formidable, stupéfiant, *inadmissible*, auquel il avait attaché son indépendance et sa fortune.

« Il faut que cela soit, murmura-t-il, il le faut, et il le faut, non pas parce que je le veux, mais parce que c'est logique. Et cela sera... cela sera... »

Il se frappa le crâne à coups de poing, et des mots de délire lui montèrent aux lèvres...

La serrure grinça. Dans sa rage, il n'avait pas entendu le bruit des pas dans le couloir, et voilà tout à coup qu'un rayon de lumière pénétrait dans sa cellule et que la porte s'ouvrait.

Trois hommes entrèrent.

Lupin n'eut pas un instant de surprise.

Le miracle inouï s'accomplissait, et cela lui parut immédiatement naturel, normal, en accord parfait avec la vérité et la justice.

Mais un flot d'orgueil l'inonda. A cette minute vraiment, il eut la sensation nette de sa force et de son intelligence.

« Je dois allumer l'électricité? dit un des trois hommes, en qui Lupin reconnut le directeur de la prison.

— Non, répondit le plus grand de ses compagnons avec un accent étranger... Cette lanterne suffit.

— Je dois partir?

— Faites selon votre devoir, monsieur, déclara le même individu.

— D'après les instructions que m'a données le préfet de police, je dois me conformer entièrement à vos désirs.

— En ce cas, monsieur, il est préférable que vous vous retiriez. »

M. Borély s'en alla, laissant la porte entrouverte, et resta dehors, à portée de la voix.

Le visiteur s'entretint un moment avec celui qui n'avait pas encore parlé, et Lupin tâchait vainement de distinguer dans l'ombre leurs physionomies. Il ne voyait que des silhouettes noires, vêtues d'amples manteaux d'automobilistes et coiffées de casquettes aux pans rabattus.

« Vous êtes bien Arsène Lupin? » dit l'homme, en lui projetant en pleine face la lumière de la lanterne.

Il sourit.

« Oui, je suis le nommé Arsène Lupin, actuellement détenu à la Santé, cellule 14, deuxième division.

— C'est bien vous, continua le visiteur, qui avez publié, dans le *Grand Journal,* une série de notes plus ou moins fantaisistes, où il est question de soi-disant lettres... »

Lupin l'interrompit :

« Pardon, monsieur, mais avant de continuer cet entretien, dont le but, entre nous, ne m'apparaît pas bien clairement, je vous serais très reconnaissant de me dire à qui j'ai l'honneur de parler.

— Absolument inutile, répliqua l'étranger.

— Absolument indispensable, affirma Lupin.

— Pourquoi?

— Pour des raisons de politesse, monsieur. Vous savez mon nom, je ne sais pas le vôtre; il y a là un manque de correction que je ne puis souffrir. »

L'étranger s'impatienta.

« Le fait seul que le directeur de cette prison nous ait introduits, prouve...

— Que M. Borély ignore les convenances, dit Lupin. M. Borély devait nous présenter l'un à l'autre. Nous sommes ici de pair, monsieur. Il n'y a pas un supérieur et un subalterne, un prisonnier et un visiteur qui condescend à le voir. Il y a deux hommes, et l'un de ces deux hommes a sur la tête un chapeau qu'il ne devrait pas avoir.

— Ah! çà, mais...

— Prenez la leçon comme il vous plaira, monsieur », dit Lupin.

L'étranger s'approcha et voulut parler.

« Le chapeau d'abord, reprit Lupin, le chapeau...

— Vous m'écouterez!

— Non.

— Si.

— Non. »

Les choses s'envenimaient stupidement. Celui des deux étrangers qui s'était tu, posa sa main sur l'épaule de son compagnon et lui dit en allemand :

« Laisse-moi faire.

— Comment! Il est entendu...

— Tais-toi et va-t'en.

— Que je vous laisse seul!...

— Oui.

— Mais la porte?...

— Tu la fermeras et tu t'éloigneras...

— Mais cet homme... vous le connaissez... Arsène Lupin...

— Va-t'en. »

L'autre sortit en maugréant.

« Tire donc la porte, cria le second visiteur... Mieux que cela... Tout à fait... Bien... »

Alors il se retourna, prit la lanterne et l'éleva peu à peu.

« Dois-je vous dire qui je suis? demanda-t-il.

— Non, répondit Lupin.

— Et pourquoi?

— Parce que je le sais.

— Ah!

— Vous êtes celui que j'attendais.

— Moi!

— Oui, Sire. »

CHARLEMAGNE

I

« SILENCE, dit vivement l'étranger. Ne prononcez pas ce mot-là.

— Comment dois-je appeler Votre...?

— D'aucun nom. »

Ils se turent tous les deux, et ce moment de répit n'était pas de ceux qui précèdent la lutte de deux adversaires prêts à combattre. L'étranger allait et venait, en maître qui a coutume de commander et d'être obéi. Lupin, immobile, n'avait plus son attitude ordinaire de provocation ni son sourire d'ironie. Il attendait, le visage grave. Mais, au fond de son être, ardemment, follement, il jouissait de la situation prodigieuse où il se trouvait, là, dans cette cellule de prisonnier, lui détenu, lui l'aventurier, lui l'escroc et le cambrioleur, lui, Arsène Lupin... et, en face de lui, ce demi-dieu du monde moderne, entité formidable, héritier de César et de Charlemagne.

Sa propre puissance le grisa un moment. Il eut des larmes aux yeux, en songeant à son triomphe.

L'étranger s'arrêta.

Et tout de suite, dès la première phrase, on fut au cœur de la position.

« C'est demain le 22 août. Les lettres doivent être publiées demain, n'est-ce pas?

— Cette nuit même. Dans deux heures, mes amis doivent déposer au *Grand Journal*, non pas encore les lettres, mais la liste exacte de ces lettres, annotée par le grand-duc Hermann.

— Cette liste ne sera pas déposée.

— Elle ne le sera pas.

— Vous me la remettrez.

— Elle sera remise entre les mains de Votre... entre vos mains.

— Toutes les lettres également.

— Toutes les lettres également.

— Sans qu'aucune ait été photographiée.

— Sans qu'aucune ait été photographiée. »

L'étranger parlait d'une voix calme, où il n'y avait pas le moindre accent de prière, pas la moindre inflexion d'autorité. Il n'ordonnait ni ne questionnait : il énonçait les actes inévitables d'Arsène Lupin. Cela serait ainsi. Et cela serait, quelles que fussent les exigences d'Arsène Lupin, quel que fût le prix auquel il taxerait l'accomplissement de ces actes. D'avance, les conditions étaient acceptées.

« Bigre, se dit Lupin, j'ai affaire à forte partie. Si l'on s'adresse à ma générosité, je suis perdu. »

La façon même dont la conversation était engagée, la franchise des paroles, la séduction de la voix et des manières, tout lui plaisait infiniment.

Il se raidit pour ne pas faiblir et pour ne pas abandonner tous les avantages qu'il avait conquis si âprement.

Et l'étranger reprit :

« Vous avez lu ces lettres?

— Non.

— Mais quelqu'un des vôtres les a lues?

— Non.

— Alors?

— Alors, j'ai la liste et les annotations du grand-duc. Et en outre, je connais la cachette où il a mis tous ses papiers.

— Pourquoi ne les avez-vous pas pris déjà?

— Je ne connais le secret de la cachette que depuis mon séjour ici. Actuellement, mes amis sont en route.

— Le château est gardé : deux cents de mes hommes les plus sûrs l'occupent.

— Dix mille ne suffiraient pas. »

Après une minute de réflexion, le visiteur demanda :

« Comment connaissez-vous le secret?

— Je l'ai deviné.

— Mais vous aviez d'autres informations, des éléments que les journaux n'ont pas publiés?

— Rien.

— Cependant, durant quatre jours, j'ai fait fouiller le château...

— Herlock Sholmès a mal cherché.

— Ah! fit l'étranger en lui-même, c'est bizarre... c'est bizarre... Et vous êtes sûr que votre supposition est juste?

— Ce n'est pas une supposition, c'est une certitude.

— Tant mieux, tant mieux, murmura-t-il... Il n'y aura de tranquillité que quand ces papiers n'existeront plus. »

Et, se plaçant brusquement en face d'Arsène Lupin :

« Combien?

— Quoi? dit Lupin interloqué.

— Combien pour les papiers? Combien pour la révélation du secret? »

Il attendait un chiffre. Il proposa lui-même :

« Cinquante mille... cent mille?... »

Et comme Lupin ne répondait pas, il dit, avec un peu d'hésitation :

« Davantage? Deux cent mille? Soit! J'accepte. »

Lupin sourit et dit à voix basse :

« Le chiffre est joli. Mais n'est-il point probable que tel monarque, mettons le roi d'Angleterre, irait jusqu'au million? En toute sincérité?

— Je le crois.

— Et que ces lettres, pour l'Empereur, n'ont pas de prix, qu'elles valent aussi bien deux millions que deux cent mille francs... aussi bien trois millions que deux millions?

— Je le pense.

— Et, *s'il le fallait,* l'Empereur les donnerait, ces trois millions?

— Oui.

— Alors, l'accord sera facile.

— Sur cette base? s'écria l'étranger non sans inquiétude.

— Sur cette base, non... Je ne cherche pas l'argent. C'est autre chose que je désire, une autre chose qui vaut beaucoup plus pour moi que des millions.

— Quoi?

— La liberté. »

L'étranger sursauta :

« Hein! votre liberté... mais je ne puis rien... Cela regarde votre pays... la justice... Je n'ai aucun pouvoir. »

Lupin s'approcha et, baissant encore la voix :

« Vous avez tout pouvoir, Sire... Ma liberté n'est pas un événement si exceptionnel qu'on doive vous opposer un refus.

— Il me faudrait donc la demander?

— Oui.

— A qui?

— A Valenglay, président du Conseil des ministres.

— Mais M. Valenglay lui-même ne peut pas plus que moi...

— Il peut m'ouvrir les portes de cette prison.

— Ce serait un scandale.

— Quand je dis : ouvrir... entrouvrir me suffirait... On simulerait une évasion... le public s'y attend tellement qu'il n'exigerait aucun compte.

— Soit... soit... Mais jamais M. Valenglay ne consentira...

— Il consentira.

— Pourquoi?

— Parce que vous lui en exprimerez le désir.

— Mes désirs ne sont pas des ordres pour lui.

— Non, mais entre gouvernements, ce sont des choses qui se font. Et Valenglay est trop politique...

— Allons donc, vous croyez que le gouvernement français va commettre un acte aussi arbitraire pour la seule joie de m'être agréable?

— Cette joie ne sera pas la seule.

— Quelle sera l'autre?

— La joie de servir la France en acceptant la proposition qui accompagnera la demande de liberté.

— Je ferai une proposition, moi?

— Oui, Sire.

— Laquelle?

— Je ne sais pas, mais il me semble qu'il existe toujours un terrain favorable pour s'entendre... il y a des possibilités d'accord... »

L'étranger le regardait, sans comprendre. Lupin se pencha, et, comme s'il cherchait ses paroles, comme s'il imaginait une hypothèse :

« Je suppose que deux pays soient divisés par une question insignifiante... qu'ils aient un point de vue différent sur une affaire secondaire... une affaire coloniale, par exemple, où leur amour-propre soit en jeu plutôt que leurs intérêts... Est-il impossible que le chef d'un de ces pays en arrive de lui-même à traiter cette affaire dans un esprit de conciliation nouveau?... et à donner les instructions nécessaires... pour...

— Pour que je laisse le Maroc à la France », dit l'étranger en éclatant de rire.

L'idée que suggérait Lupin lui semblait la chose du monde la plus comique, et il riait de bon cœur. Il y avait une telle disproportion entre le but à atteindre et les moyens offerts!

« Evidemment... évidemment... reprit l'étranger, s'efforçant en vain de reprendre son sérieux, évidemment l'idée est originale... Toute la politique moderne bouleversée pour qu'Arsène Lupin soit libre! les desseins de l'Empire détruits, pour permettre à Arsène Lupin de continuer ses exploits!... Non, mais pourquoi ne me demandez-vous pas l'Alsace et la Lorraine?

— J'y ai pensé, Sire », dit Lupin.

L'étranger redoubla d'allégresse.

« Admirable! Et vous m'avez fait grâce?

— Pour cette fois, oui. »

Lupin s'était croisé les bras. Lui aussi s'amusait à exagérer son rôle, il continua avec un sérieux affecté :

« Il peut se produire un jour une série de circonstances telles que j'aie entre les mains le pouvoir de *réclamer* et d'*obtenir* cette restitution. Ce jour-là, je n'y manquerai certes pas. Pour l'instant, les armes dont je dispose m'obligent à plus de modestie. La paix du Maroc me suffit.

— Rien que cela?

— Rien que cela.

— Le Maroc contre votre liberté?

— Pas davantage... ou plutôt, car il ne faut pas perdre absolument de vue l'objet même de cette conversation, ou plutôt : un peu de bonne volonté de la part de l'un des deux grands pays en question... et, en échange, l'abandon des lettres qui sont en mon pouvoir.

— Ces lettres!... Ces lettres!... murmura l'étranger avec irritation... Après tout, elles ne sont peut-être pas d'une valeur...

— Il en est de votre main, Sire, et auxquelles vous avez attribué assez de valeur pour venir à moi jusque dans cette cellule.

— Eh bien, qu'importe?

— Mais il en est d'autres dont vous ne connaissez pas la provenance, et sur lesquelles je puis vous fournir quelques renseignements.

— Ah! » répondit l'étranger, l'air inquiet.

Lupin hésita.

« Parlez, parlez sans détours, ordonna l'étranger... parlez nettement. »

Dans le silence profond, Lupin déclara avec une certaine solennité :

« Il y a vingt ans, un projet de traité fut élaboré entre l'Allemagne, l'Angleterre et la France.

— C'est faux! C'est impossible! Qui aurait pu?...

— Le père de l'Empereur actuel et la reine d'Angleterre, sa grand-mère, tous deux sous l'influence de l'Impératrice.

— Impossible! je répète que c'est impossible!

— La correspondance est dans la cachette du château de Veldenz, cachette dont je suis seul à savoir le secret. »

L'étranger allait et venait avec agitation.

Il s'arrêta et dit :

« Le texte du traité fait partie de cette correspondance?

— Oui, Sire. Il est de la main même de votre père.

— Et que dit-il?

— Par ce traité, l'Angleterre et la France concédaient et promettaient à l'Allemagne un empire colonial immense, cet empire qu'elle n'a pas et qui lui est indispensable aujourd'hui pour assurer sa grandeur, assez grand pour qu'elle abandonne ses rêves d'hégémonie, et qu'elle se résigne à n'être... que ce qu'elle est.

— Et contre cet empire, l'Angleterre exigeait?

— La limitation de la flotte allemande.

— Et la France?

— L'Alsace et la Lorraine. »

L'Empereur se tut, appuyé contre la table, pensif. Lupin poursuivit :

« Tout était prêt. Les cabinets de Paris et de Londres, pressentis, acquiesçaient. C'était chose faite.

Le grand traité d'alliance allait se conclure, fondant la paix universelle et définitive. La mort de votre père anéantit ce beau rêve. Mais je demande à Votre Majesté ce que pensera son peuple, ce que pensera le monde quand on saura que Frédéric III, un des héros de 70, un Allemand, un Allemand pur sang, respecté de tous ses concitoyens et même de ses ennemis, acceptait, et par conséquent considérait comme juste, la restitution de l'Alsace-Lorraine? »

Il se tut un instant, laissant le problème se poser en termes précis devant la conscience de l'Empereur, devant sa conscience d'homme, de fils et de souverain.

Puis il conclut :

« C'est à Sa Majesté de savoir si elle veut ou si elle ne veut pas que l'histoire enregistre ce traité. Quant à moi, Sire, vous voyez que mon humble personnalité n'a pas beaucoup de place dans ce débat. »

Un long silence suivit les paroles de Lupin. Il attendit, l'âme angoissée. C'était son destin qui se jouait, en cette minute qu'il avait conçue, et qu'il avait en quelque sorte mise au monde avec tant d'efforts et tant d'obstination... Minute historique née de son cerveau, et où son « humble personnalité », quoi qu'il en dît, pesait lourdement sur le sort des empires et sur la paix du monde...

En face, dans l'ombre, César méditait.

Qu'allait-il dire? Quelle solution allait-il donner au problème?

Il marcha en travers de la cellule, pendant quelques instants qui parurent interminables à Lupin.

Puis il s'arrêta et dit :

« Il y a d'autres conditions?

— Oui, Sire, mais insignifiantes.

— Lesquelles?

— J'ai retrouvé le fils du grand-duc de Deux-Ponts-Veldenz. Le grand-duché lui sera rendu.

— Et puis?

— Il aime une jeune fille, qui l'aime également, la plus belle et la plus vertueuse des femmes. Il épousera cette jeune fille.

— Et puis?

— C'est tout.

— Il n'y a plus rien?

— Rien. Il ne reste plus à Votre Majesté qu'à faire porter cette lettre au directeur du *Grand Journal* pour qu'il détruise, sans le lire, l'article qu'il va recevoir d'un moment à l'autre. »

Lupin tendit la lettre, le cœur serré, la main tremblante. Si l'Empereur la prenait, c'était la marque de son acceptation.

L'Empereur hésita, puis d'un geste furieux, il prit la lettre, remit son chapeau, s'enveloppa dans son vêtement, et sortit sans un mot.

Lupin demeura quelques secondes chancelant, comme étourdi...

Puis, tout à coup, il tomba sur sa chaise en criant de joie et d'orgueil...

II

« Monsieur le juge d'instruction, c'est aujourd'hui que j'ai le regret de vous faire mes adieux.

— Comment, monsieur Lupin, vous auriez donc l'intention de nous quitter?

— A contrecœur, monsieur le juge d'instruction, soyez-en sûr, car nos relations étaient d'une cordialité charmante. Mais il n'y a pas de plaisir sans fin. Ma cure à Santé-Palace est terminée. D'autres devoirs me réclament. Il faut que je m'évade cette nuit.

— Bonne chance donc, monsieur Lupin.

— Je vous remercie, monsieur le juge d'instruction. »

Arsène Lupin attendit alors patiemment l'heure de son évasion, non sans se demander comment elle s'effectuerait, et par quels moyens la France et l'Allemagne, réunies pour cette œuvre méritoire, arriveraient à la réaliser sans trop de scandale.

Au milieu de l'après-midi, le gardien lui enjoignit de se rendre dans la cour d'entrée. Il y alla vivement et trouva le directeur qui le remit entre les mains de M. Weber, lequel M. Weber le fit monter dans une automobile où quelqu'un déjà avait pris place.

Tout de suite, Lupin eut un accès de fou rire.

« Comment! c'est toi, mon pauvre Weber, c'est toi qui écopes de la corvée! C'est toi qui seras responsable de mon évasion? Avoue que tu n'as pas de veine! Ah! mon pauvre vieux, quelle tuile! Illustré par mon arrestation, te voilà immortel maintenant par mon évasion. »

Il regarda l'autre personnage.

« Allons, bon, monsieur le préfet de police, vous êtes aussi dans l'affaire? Fichu cadeau qu'on vous a fait là, hein? Si j'ai un conseil à vous donner, c'est de rester dans la coulisse. A Weber tout l'honneur! Ça lui revient de droit... Il est solide, le bougre!... »

On filait vite, le long de la Seine et par Boulogne. A Saint-Cloud on traversa.

« Parfait, s'écria Lupin, nous allons à Garches! On a besoin de moi pour reconstituer la mort d'Altenheim. Nous descendrons dans les souterrains, je disparaîtrai, et l'on dira que je me suis évanoui par une autre issue, connue de moi seul. Dieu! que c'est idiot! »

Il semblait désolé.

« Idiot, du dernier idiot! je rougis de honte... Et voilà les gens qui nous gouvernent!... Quelle époque! Mais malheureux, il fallait vous adresser à moi. Je vous aurais confectionné une petite évasion de choix, genre miracle. J'ai ça dans mes cartons! Le public aurait hurlé au prodige et se serait trémoussé de contentement. Au lieu de cela... Enfin, il est vrai que vous avez été pris un peu de court... Mais tout de même... »

Le programme était bien tel que Lupin l'avait prévu. On pénétra par la maison de retraite jusqu'au pavillon Hortense. Lupin et ses deux compagnons descendirent et traversèrent le souterrain. A l'extrémité, le sous-chef lui dit :

« Vous êtes libre.

— Et voilà! dit Lupin, ce n'est pas plus malin que ça! Tous mes remerciements, mon cher Weber, et mes excuses pour le dérangement. Monsieur le préfet, mes hommages à votre dame. »

Il remonta l'escalier qui conduisait à la villa des Glycines, souleva la trappe et sauta dans la pièce.

Une main s'abattit sur son épaule.

En face de lui se trouvait son premier visiteur de la veille, celui qui accompagnait l'Empereur. Quatre hommes le flanquaient de droite et de gauche.

« Ah! cà mais, dit Lupin, qu'est-ce que c'est que cette plaisanterie? Je ne suis donc pas libre?

— Si, si, grogna l'Allemand de sa voix rude, vous êtes libre... libre de voyager avec nous cinq... si ça vous va. »

Lupin le contempla une seconde avec l'envie folle de lui apprendre la valeur d'un coup de poing sur le nez.

Mais les cinq hommes semblaient diablement résolus. Leur chef n'avait pas pour lui une tendresse exagérée, et il pensa que le gaillard serait trop heureux d'employer les moyens extrêmes. Et puis, après tout, que lui importait?

Il ricana :

« Si ça me va! Mais c'était mon rêve! »

Dans la cour, une forte limousine attendait. Deux hommes montèrent en avant, deux autres à l'intérieur. Lupin et l'étranger s'installèrent sur la banquette du fond.

« En route, s'écria Lupin en allemand, en route pour Veldenz. »

Le comte lui dit :

« Silence! ces gens-là ne doivent rien savoir. Parlez français. Ils ne comprennent pas. Mais pourquoi parler?

— Au fait, se dit Lupin, pourquoi parler? »

Tout le soir et toute la nuit on roula, sans aucun incident. Deux fois on fit de l'essence dans de petites villes endormies.

A tour de rôle, les Allemands veillèrent leur prisonnier qui, lui, n'ouvrit les yeux qu'au petit matin...

On s'arrêta pour le premier repas, dans une auberge située sur une colline, près de laquelle il y avait un poteau indicateur. Lupin vit qu'on se trouvait à égale distance de Metz et de Luxembourg. Là on prit une route qui obliquait vers le nord-est du côté de Trèves.

Lupin dit à son compagnon de voyage :

« C'est bien au comte de Waldemar que j'ai l'honneur de parler, au confident de l'Empereur, à celui qui fouilla la maison d'Hermann III à Dresde? »

L'étranger demeura muet.

« Toi, mon petit, pensa Lupin, tu as une tête qui ne me revient pas. Je me la paierai un jour ou l'autre. Tu es laid, tu es gros, tu es massif; bref, tu me déplais. »

Et il ajouta à haute voix :

« Monsieur le comte a tort de ne pas me répondre. Je parlais dans son intérêt : j'ai vu, au moment où nous remontions, une automobile qui débouchait derrière nous à l'horizon. Vous l'avez vue?

— Non, pourquoi?

— Pour rien.

— Cependant...

— Mais non, rien du tout... une simple remarque... D'ailleurs, nous avons dix minutes d'avance... et notre voiture est pour le moins une quarante chevaux.

— Une soixante, fit l'Allemand, qui l'observa du coin de l'œil avec inquiétude.

— Oh! alors, nous sommes tranquilles. »

On escalada une petite rampe. Tout en haut, le comte se pencha à la portière.

« Sacré nom! jura-t-il.

— Quoi? » fit Lupin.

Le comte se retourna vers lui, et d'une voix menaçante :

« Gare à vous... S'il arrive quelque chose, tant pis.

— Eh! eh! il paraît que l'autre approche... Mais que craignez-vous, mon cher comte? C'est sans doute un voyageur... peut-être même du secours qu'on vous envoie.

— Je n'ai pas besoin de secours », grogna l'Allemand.

Il se pencha de nouveau. L'auto n'était plus qu'à deux ou trois cents mètres.

Il dit à ses hommes en leur désignant Lupin :

« Qu'on l'attache! Et s'il résiste... »

Il tira son revolver.

« Pourquoi résisterais-je, doux Teuton? » ricana Lupin.

Et il ajouta tandis qu'on lui liait les mains :

« Il est vraiment curieux de voir comme les gens prennent des précautions quand c'est inutile, et n'en prennent pas quand il le faut. Que diable peut vous faire cette auto? Des complices à moi? Quelle idée! »

Sans répondre, l'Allemand donnait des ordres au mécanicien :

« A droite!... Ralentis... Laisse-les passer... S'ils ralentissent aussi, halte! »

Mais à son grand étonnement, l'auto semblait au contraire redoubler de vitesse. Comme une trombe elle passa devant la voiture, dans un nuage de poussière.

Debout, à l'arrière de la voiture qui était en partie découverte, on distingua la forme d'un homme vêtu de noir.

Il leva le bras.

Deux coups de feu retentirent.

Le comte qui masquait toute la portière gauche s'affaissa dans la voiture.

Avant même de s'occuper de lui, les deux compagnons sautèrent sur Lupin et achevèrent de le ligoter.

« Gourdes! Butors! cria Lupin qui tremblait de rage... Lâchez-moi au contraire! Allons, bon, voilà qu'on arrête! Mais triples idiots, courez donc dessus... Rattrapez-le!... C'est l'homme noir... l'assassin... Ah! les imbéciles... »

On le bâillonna. Puis on s'occupa du comte. La blessure ne paraissait pas grave et l'on eut vite fait de la panser. Mais le malade, très surexcité, fut pris d'un accès de fièvre et se mit à délirer.

Il était huit heures du matin. On se trouvait en rase campagne, loin de tout village. Les hommes n'avaient aucune indication sur le but exact du voyage. Où aller? Qui prévenir?

On rangea l'auto le long d'un bois et l'on attendit.

Toute la journée s'écoula de la sorte. Ce n'est qu'au soir qu'un peloton de cavalerie arriva, envoyé de Trèves à la recherche de l'automobile.

Deux heures plus tard, Lupin descendait de la limousine, et, toujours escorté de ses deux Allemands, montait, à la lueur d'une lanterne, les marches d'un escalier qui conduisait dans une petite chambre aux fenêtres barrées de fer.

Il y passa la nuit.

Le lendemain matin un officier le mena, à travers une cour encombrée de soldats, jusqu'au centre d'une longue série de bâtiments qui s'arrondissaient au pied d'un monticule où l'on apercevait des ruines monumentales.

On l'introduisit dans une vaste pièce sommairement meublée. Assis devant un bureau, son visiteur de l'avant-veille lisait des journaux et des rapports qu'il biffait à gros traits de crayon rouge.

« Qu'on nous laisse », dit-il à l'officier.

Et s'approchant de Lupin :

« Les papiers. »

Le ton n'était plus le même. C'était maintenant le ton impérieux et sec du maître qui est chez lui, et qui s'adresse à un inférieur — et quel inférieur! un escroc, un aventurier de la pire espèce, devant lequel il avait été contraint de s'humilier!

« Les papiers », répéta-t-il.

Lupin ne se démonta pas. Il dit calmement :

« Ils sont dans le château de Veldenz.

— Nous sommes dans les communs du château de Veldenz.

— Les papiers sont dans ces ruines.

— Allons-y. Conduisez-moi. »

Lupin ne bougea pas.

« Eh bien?

— Eh bien, Sire, ce n'est pas aussi simple que vous le croyez. Il faut un certain temps pour mettre en jeu les éléments nécessaires à l'ouverture de cette cachette.

— Combien d'heures vous faut-il?

— Vingt-quatre. »

Un geste de colère, vite réprimé.

« Ah! il n'avait pas été question de cela entre nous.

— Rien n'a été précisé, Sire... cela pas plus que le petit voyage que Sa Majesté m'a fait faire entre six gardes du corps. Je dois remettre les papiers, voilà tout.

— Et moi je ne dois vous donner la liberté que contre la remise de ces papiers.

— Question de confiance, Sire. Je me serais cru tout aussi engagé à rendre ces papiers si j'avais été libre, au sortir de prison, et Votre Majesté peut être sûre que je ne les aurais pas emportés sous mon bras. L'unique différence, c'est qu'ils seraient déjà en votre possession, Sire. Car nous avons perdu un jour. Et un jour, dans cette affaire... c'est un jour de trop... Seulement, voilà, il fallait avoir confiance. »

L'Empereur regardait avec une certaine stupeur ce déclassé, ce bandit qui semblait vexé qu'on se défiât de sa parole.

Sans répondre, il sonna.

« L'officier de service », ordonna-t-il.

Le comte de Waldemar apparut, très pâle.

« Ah! c'est toi, Waldemar? Tu es remis?

— A vos ordres, Sire.

— Prends cinq hommes avec toi... les mêmes puisque tu es sûr d'eux. Tu ne quitteras pas ce... monsieur jusqu'à demain matin. »

Il regarda sa montre.

« Jusqu'à demain matin, dix heures... Non, je lui donne jusqu'à midi. Tu iras où il lui plaira d'aller, tu feras ce qu'il te dira de faire. Enfin, tu es à sa disposition. A midi, je te rejoindrai. Si, au dernier coup de midi, il ne m'a pas remis le paquet de lettres, tu le remonteras dans ton auto, et, sans perdre une seconde, tu le ramèneras droit à la prison de la Santé.

— S'il cherche à s'évader...

— Arrange-toi. »

Il sortit.

Lupin prit un cigare sur la table et se jeta dans un fauteuil.

« A la bonne heure! J'aime mieux cette façon d'agir. C'est franc et catégorique. »

Le comte avait fait entrer ses hommes. Il dit à Lupin :

« En marche! »

Lupin alluma son cigare et ne bougea pas.

« Liez-lui les mains! » fit le comte.

Et lorsque l'ordre fut exécuté, il répéta :

« Allons... en marche!

— Non.

— Comment, non?

— Je réfléchis.

— A quoi?

— A l'endroit où peut se trouver cette cachette. »

Le comte sursauta.

« Comment! vous ignorez?

— Parbleu! ricana Lupin, et c'est ce qu'il y a de plus joli dans l'aventure, je n'ai pas la plus petite idée sur cette fameuse cachette, ni les moyens de la découvrir. Hein, qu'en dites-vous, mon cher Waldemar? Elle est drôle, celle-là... pas la plus petite idée... »

LES LETTRES DE L'EMPEREUR

I

Les ruines de Veldenz, bien connues de tous ceux qui visitent les bords du Rhin et de la Moselle, comprennent les vestiges de l'ancien château féodal, construit en 1277 par l'archevêque de Fistingen, et, auprès d'un énorme donjon, éventré par les troupes de Turenne, les murs intacts d'un vaste palais de la Renaissance où les grands-ducs de Deux-Ponts habitaient depuis trois siècles.

C'est ce palais qui fut saccagé par les sujets révoltés d'Hermann II. Les fenêtres, vides, ouvrent deux cents trous béants sur les quatre façades. Toutes les boiseries, les tentures, la plupart des meubles furent brûlés. On marche sur les poutres calcinées des parquets, et le ciel apparaît de place en place à travers les plafonds démolis.

Au bout de deux heures, Lupin, suivi de son escorte, avait tout parcouru.

« Je suis très content de vous, mon cher comte. Je ne pense pas avoir jamais rencontré un cicérone aussi documenté et, ce qui est rare, aussi taciturne. Maintenant, si vous le voulez bien, nous allons déjeuner. »

Au fond, Lupin n'en savait pas plus qu'à la première minute, et son embarras ne faisait que croître. Pour sortir de prison et pour frapper l'imagination de son visiteur, il avait bluffé, affectant de tout connaître, et il en était encore à chercher par où il commencerait à chercher.

« Ça va mal, se disait-il parfois, ça va on ne peut plus mal. »

Il n'avait d'ailleurs pas sa lucidité habituelle. Une idée l'obsédait, celle de l'inconnu, de l'assassin, du monstre qu'il savait encore attaché à ses pas.

Comment le mystérieux personnage était-il sur ses traces? Comment avait-il appris sa sortie de prison et sa course vers le Luxembourg et l'Allemagne? Etait-ce intuition miraculeuse? Ou bien le résultat d'informations précises? Mais alors, à quel prix, par quelles promesses ou par quelles menaces les pouvait-il obtenir?

Toutes ces questions hantaient l'esprit de Lupin.

Vers quatre heures, cependant, après une nouvelle promenade dans les ruines, au cours de laquelle il avait inutilement examiné les pierres, mesuré l'épaisseur des murailles, scruté la forme et l'apparence des choses, il demanda au comte :

« Il n'est resté aucun serviteur du dernier grand-duc qui ait habité le château?

— Tous les domestiques de ce temps-là se sont dispersés. Un seul a continué de vivre dans la région.

— Eh bien?

— Il est mort il y a deux années.

— Sans enfants?

— Il avait un fils qui se maria et qui fut chassé,

ainsi que sa femme, pour conduite scandaleuse. Ils laissèrent le plus jeune de leurs enfants, une petite fille nommée Isilda.

— Où habite-t-elle?

— Elle habite ici, au bout des communs. Le vieux grand-père servait de guide aux visiteurs, à l'époque où l'on pouvait visiter le château. La petite Isilda, depuis, a toujours vécu dans ces ruines, où on la tolère par pitié : c'est un pauvre être innocent qui parle à peine et qui ne sait ce qu'il dit

— A-t-elle toujours été ainsi?

— Il paraît que non. C'est vers l'âge de dix ans que sa raison s'en est allée peu à peu.

— A la suite d'un chagrin, d'une peur?

— Non, sans motif, m'a-t-on dit. Le père était alcoolique, et la mère s'est tuée dans un accès de folie. »

Lupin réfléchit et conclut :

« Je voudrais la voir. »

Le comte eut un sourire assez étrange.

« Vous pouvez la voir, certainement. »

Elle se trouvait justement dans une des pièces qu'on lui avait abandonnées.

Lupin fut surpris de trouver une mignonne créature, trop mince, trop pâle, mais presque jolie avec ses cheveux blonds et sa figure délicate. Ses yeux, d'un vert d'eau, avaient l'expression vague, rêveuse, des yeux d'aveugle.

Il lui posa quelques interrogations auxquelles Isilda ne répondit pas, et d'autres auxquelles elle répondit par des phrases incohérentes, comme si elle ne comprenait ni le sens des paroles qu'on lui adressait, ni celui des paroles qu'elle prononçait.

Il insista, lui prenant la main avec beaucoup de

douceur et la questionnant, d'une voix affectueuse, sur l'époque où elle avait encore sa raison, sur son grand-père, sur les souvenirs que pouvait évoquer en elle sa vie d'enfant, en liberté parmi les ruines majestueuses du château.

Elle se taisait, les yeux fixes, impassible, émue peut-être, mais sans que son émotion pût éveiller son intelligence endormie.

Lupin demanda un crayon et du papier. Avec le crayon il inscrivit sur la feuille blanche « 813 ».

Le comte sourit encore.

« Ah! çà, qu'est-ce qui vous fait rire? s'écria Lupin, agacé.

— Rien... rien... ça m'intéresse... ça m'intéresse beaucoup... »

La jeune fille regarda la feuille qu'on tendait devant elle, et tourna la tête d'un air distrait.

« Ça ne prend pas », fit le comte narquois.

Lupin écrivit les lettres « *Apoon* ».

Même inattention chez Isilda.

Il ne renonça pas à l'épreuve, et il traça à diverses reprises les mêmes lettres, mais en laissant chaque fois entre elles des intervalles qui variaient. Et chaque fois, il épiait le visage de la jeune fille.

Elle ne bougeait pas, les yeux attachés au papier avec une indifférence que rien ne paraissait troubler.

Mais soudain elle saisit le crayon, arracha la dernière feuille aux mains de Lupin, et, comme si elle était sous le coup d'une inspiration subite, elle inscrivit deux L au milieu de l'intervalle laissé par Lupin.

Celui-ci tressaillit.

Un mot se trouvait formé : *Apollon.*

Cependant elle n'avait point lâché le crayon ni la feuille, et, les doigts crispés, les traits tendus, elle s'efforçait de soumettre sa main à l'ordre hésitant de son pauvre cerveau.

Lupin attendait tout fiévreux.

Elle marqua rapidement, comme hallucinée, un mot, le mot : « *Diane* ».

« Un autre mot!... un autre mot! » s'écria-t-il avec violence.

Elle tordit ses doigts autour du crayon, cassa la mine, dessina de la pointe un grand J, et lâcha le crayon, à bout de forces.

« Un autre mot! je le veux! » ordonna Lupin, en lui saisissant le bras.

Mais il vit à ses yeux, de nouveau indifférents, que ce fugitif éclair de sensibilité ne pouvait plus luire.

« Allons-nous-en », dit-il.

Déjà il s'éloignait, quand elle se mit à courir et lui barra la route. Il s'arrêta.

« Que veux-tu? »

Elle tendit sa main ouverte.

« Quoi! de l'argent? Est-ce donc son habitude de mendier? dit-il en s'adressant au comte.

— Non, dit celui-ci, et je ne m'explique pas du tout... »

Isilda sortit de sa poche deux pièces d'or qu'elle fit tinter l'une contre l'autre joyeusement.

Lupin les examina.

C'étaient des pièces françaises, toutes neuves, au millésime de l'année.

« Où as-tu pris ça? s'exclama Lupin, avec agitation... Des pièces françaises! Qui te les a données?... Et quand?... Est-ce aujourd'hui? Parle!... Réponds! »

Il haussa les épaules.

« Imbécile que je suis! Comme si elle pouvait me répondre!... Mon cher comte, veuillez me prêter quarante marks... Merci... Tiens Isilda, c'est pour toi... »

Elle prit les deux pièces, les fit sonner avec les deux autres dans le creux de sa main, puis, tendant le bras, elle montra les ruines du palais Renaissance, d'un geste qui semblait désigner plus spécialement l'aile gauche et le sommet de cette aile.

Etait-ce un mouvement machinal? ou fallait-il le considérer comme un remerciement pour les deux pièces d'or?

Il observa le comte. Celui-ci ne cessait de sourire.

« Qu'est-ce qu'il a donc à rigoler, cet animal-là? se dit Lupin. On croirait qu'il se paie ma tête. »

A tout hasard, il se dirigea vers le palais, suivi de son escorte.

Le rez-de-chaussée se composait d'immenses salles de réception, qui se commandaient les unes les autres, et où l'on avait réuni les quelques meubles échappés à l'incendie.

Au premier étage, c'était, du côté nord, une longue galerie sur laquelle s'ouvraient douze belles salles exactement pareilles.

La même galerie se répétait au second étage, mais avec vingt-quatre chambres, également semblables les unes aux autres. Tout cela vide, délabré, lamentable.

En haut, rien. Les mansardes avaient été brûlées.

Durant une heure, Lupin marcha, trotta, galopa, infatigable, l'œil aux aguets.

Au soir tombant, il courut vers l'une des douze salles

du premier étage, comme s'il la choisissait pour des raisons particulières connues de lui seul.

Il fut assez surpris d'y trouver l'Empereur qui fumait, assis dans un fauteuil qu'il s'était fait apporter.

Sans se soucier de sa présence, Lupin commença l'inspection de la salle, selon les procédés qu'il avait coutume d'employer en pareil cas, divisant la pièce en secteurs qu'il examinait tour à tour.

Au bout de vingt minutes, il dit :

« Je vous demanderai, Sire, de bien vouloir vous déranger. Il y a là une cheminée... »

L'Empereur hocha la tête.

« Est-il bien nécessaire que je me dérange?

— Oui, Sire, cette cheminée...

— Cette cheminée est comme toutes les autres, et cette salle ne diffère pas de ses voisines. »

Lupin regarda l'Empereur sans comprendre. Celui-ci se leva et dit en riant :

« Je crois, monsieur Lupin, que vous vous êtes quelque peu moqué de moi.

— En quoi donc, Sire?

— Oh! mon Dieu, ce n'est pas grand-chose! Vous avez obtenu la liberté sous condition de me remettre des papiers qui m'intéressent, et vous n'avez pas la moindre notion de l'endroit où ils se trouvent. Je suis bel et bien... comment dites-vous en français?... Roulé?

— Vous croyez, Sire?

— Dame! ce que l'on connaît, on ne le cherche pas et voilà dix bonnes heures que vous cherchez. N'êtes-vous pas d'avis qu'un retour immédiat vers la prison s'impose? »

Lupin parut stupéfait :

« Sa Majesté n'a-t-elle pas fixé demain midi, comme limite suprême?

— Pourquoi attendre?

— Pourquoi? Mais pour me permettre d'achever mon œuvre.

— Votre œuvre? Mais elle n'est même pas commencée, monsieur Lupin.

— En cela, Votre Majesté se trompe.

— Prouvez-le... et j'attendrai demain midi. »

Lupin réfléchit et prononça gravement :

« Puisque Sa Majesté a besoin de preuves pour avoir confiance en moi, voici. Les douze salles qui donnent sur cette galerie portent chacune un nom différent, dont l'initiale est marquée à la porte de chacune. L'une de ces inscriptions, moins effacée que les autres par les flammes, m'a frappé lorsque je traversai la galerie. J'examinai les autres portes : je découvris, à peine distinctes, autant d'initiales, toutes gravées dans la galerie au-dessus des frontons.

« Or, une de ces initiales était un D, première lettre de Diane. Une autre était un A, première lettre d'Apollon. Et ces deux noms sont des noms de divinités mythologiques. Les autres initiales offriraient-elles le même caractère? Je découvris un J, initiale de Jupiter; un V, initiale de Vénus; un M, initiale de Mercure; un S, initiale de Saturne, etc. Cette partie du problème était résolue : chacune des douze salles porte le nom d'une divinité de l'Olympe, et la combinaison Apoon, complétée par Isilda, désigne la salle d'Apollon.

« C'est donc ici, dans la salle où nous sommes, que sont cachées les lettres. Il suffit peut-être de quelques minutes maintenant pour les découvrir.

— De quelques minutes ou de quelques années... et encore! » dit l'Empereur en riant.

Il semblait s'amuser beaucoup, et le comte aussi affectait une grosse gaieté.

Lupin demanda :

« Sa Majesté veut-elle m'expliquer?

— Monsieur Lupin, la passionnante enquête que vous avez menée aujourd'hui et dont vous nous donnez les brillants résultats, je l'ai déjà faite. Oui, il y a deux semaines, en compagnie de votre ami Herlock Sholmès. Ensemble nous avons interrogé la petite Isilda; ensemble nous avons employé à son égard la même méthode que vous, et c'est ensemble que nous avons relevé les initiales de la galerie et que nous sommes venus ici, dans la salle d'Apollon. »

Lupin était livide. Il balbutia :

« Ah! Sholmès... est parvenu... jusqu'ici?...

— Oui, après quatre jours de recherches. Il est vrai que cela ne nous a guère avancés, puisque nous n'avons rien découvert. Mais tout de même, je sais que les lettres n'y sont pas. »

Tremblant de rage, atteint au plus profond de son orgueil, Lupin se cabrait sous l'ironie, comme s'il avait reçu des coups de cravache. Jamais il ne s'était senti humilié à ce point. Dans sa fureur il aurait étranglé le gros Waldemar dont le rire l'exaspérait.

Se contenant, il dit :

« Il a fallu quatre jours à Sholmès, Sire. A moi, il m'a fallu quelques heures. Et j'aurais mis encore moins, si je n'avais été contrarié dans mes recherches.

— Et par qui, mon Dieu? Par mon fidèle comte? J'espère bien qu'il n'aura pas osé...

— Non, Sire, mais par le plus terrible et le plus

puissant de mes ennemis, par cet être infernal qui a tué son complice Altenheim.

— Il est là? Vous croyez? s'écria l'Empereur avec une agitation qui montrait qu'aucun détail de cette dramatique histoire ne lui était étranger.

— Il est partout où je suis. Il me menace de sa haine constante. C'est lui qui m'a deviné sous M. Lenormand, chef de la Sûreté, c'est lui qui m'a fait jeter en prison, c'est encore lui qui me poursuit, le jour où j'en sors. Hier, pensant m'atteindre dans l'automobile, il blessait le comte de Waldemar.

— Mais qui vous assure, qui vous dit qu'il soit à Veldenz?

— Isilda a reçu deux pièces d'or, deux pièces françaises!

— Et que viendrait-il faire? Dans quel but?

— Je ne sais pas, Sire, mais c'est l'esprit même du mal. Que Votre Majesté se méfie! Il est capable de tout.

— Impossible! J'ai deux cents hommes dans ces ruines. Il n'a pu entrer. On l'aurait vu.

— Quelqu'un l'a vu fatalement.

— Qui?

— Isilda.

— Qu'on l'interroge! Waldemar, conduis ton prisonnier chez cette jeune fille. »

Lupin montra ses mains liées.

« La bataille sera rude. Puis-je me battre ainsi? »

L'Empereur dit au comte :

« Détache-le... Et tiens-moi au courant... »

Ainsi donc, par un brusque effort, en mêlant au débat, hardiment, sans aucune preuve, la vision abhorrée de l'assassin, Arsène gagnait du temps et reprenait la direction des recherches.

« Encore seize heures, se disait-il. C'est plus qu'il ne m'en faut. »

Il arriva au local occupé par Isilda, à l'extrémité des anciens communs, bâtiments qui servaient de caserne aux deux cents gardiens des ruines, et dont toute l'aile gauche, celle-ci précisément, était réservée aux officiers.

Isilda n'était pas là.

Le comte envoya deux de ses hommes. Ils revinrent. Personne n'avait vu la jeune fille.

Pourtant, elle n'avait pu sortir de l'enceinte des ruines. Quant au palais de la Renaissance, il était, pour ainsi dire, investi par la moitié des troupes, et nul n'y pouvait entrer.

Enfin, la femme d'un lieutenant qui habitait le logis voisin, déclara qu'elle n'avait pas quitté sa fenêtre et que la jeune fille n'était pas sortie.

« Si elle n'était pas sortie, s'écria Waldemar, elle serait là, et elle n'est pas là. »

Lupin observa :

« Il y a un étage au-dessus?

— Oui, mais de cette chambre à l'étage, il n'y a pas d'escalier.

— Si, il y a un escalier. »

Il désigna une petite porte ouverte sur un réduit obscur. Dans l'ombre on apercevait les premières marches d'un escalier, abrupt comme une échelle.

« Je vous en prie, mon cher comte, dit-il à Waldemar qui voulait monter, laissez-moi cet honneur.

— Pourquoi?

— Il y a du danger. »

Il s'élança, et, tout de suite, sauta dans une soupente étroite et basse.

Un cri lui échappa :

« Oh!

— Qu'y a-t-il? fit le comte débouchant à son tour.

— Ici... sur le plancher... Isilda... »

Il s'agenouilla, mais aussitôt, au premier examen, il reconnut que la jeune fille était tout simplement étourdie, et qu'elle ne portait aucune trace de blessure, sauf quelques égratignures aux poignets et aux mains.

Dans sa bouche, formant bâillon, il y avait un mouchoir.

« C'est bien cela, dit-il. L'assassin était ici, avec elle. Quand nous sommes arrivés, il l'a frappée d'un coup de poing, et il l'a bâillonnée pour que nous ne puissions entendre les gémissements.

— Mais par où s'est-il enfui?

— Par là... tenez... Il y a un couloir qui fait communiquer toutes les mansardes du premier étage.

— Et de là?

— De là, il est descendu par l'escalier d'un des logements.

— Mais on l'aurait vu?

— Bah! est-ce qu'on sait? cet être-là est invisible. N'importe! Envoyez vos hommes aux renseignements. Qu'on fouille toutes les mansardes et tous les logements du rez-de-chaussée! »

Il hésita. Irait-il, lui aussi, à la poursuite de l'assassin?

Mais un bruit le ramena vers la jeune fille. Elle s'était relevée et une douzaine de pièces d'or roulaient de ses mains. Il les examina. Toutes étaient françaises.

« Allons, dit-il, je ne m'étais pas trompé. Seulement, pourquoi tant d'or? en récompense de quoi? »

Soudain, il aperçut un livre à terre et se baissa pour le ramasser. Mais d'un mouvement plus rapide, la jeune fille se précipita, saisit le livre, et le serra contre elle avec une énergie sauvage, comme si elle était prête à le défendre contre toute entreprise.

« C'est cela, dit-il, des pièces d'or ont été offertes contre le volume, mais elle refuse de s'en défaire. D'où les égratignures aux mains. L'intéressant serait de savoir pourquoi l'assassin voulait posséder ce livre. Avait-il pu, auparavant, le parcourir? »

Il dit à Waldemar :

« Mon cher comte, donnez l'ordre, s'il vous plaît... »

Waldemar fit un signe. Trois de ses hommes se jetèrent sur la jeune fille, et, après une lutte acharnée où la malheureuse trépigna de colère et se tordit sur elle-même en poussant des cris, on lui arracha le volume.

« Tout doux, l'enfant, disait Lupin, du calme... C'est pour la bonne cause, tout cela... Qu'on la surveille! Pendant ce temps, je vais examiner l'objet du litige. »

C'était, dans une vieille reliure qui datait au moins d'un siècle, un tome dépareillé de Montesquieu, qui portait ce titre : *Voyage au Temple de Gnide.* Mais à peine l'eut-il ouvert qu'il s'exclama :

« Tiens, tiens, c'est bizarre. Sur le recto de chacune des pages, une feuille de parchemin a été collée, et sur cette feuille, sur ces feuilles, il y a des lignes d'écriture, très serrées et très fines. »

Il lut, tout au début :

« — Journal du chevalier Gilles de Malrèche, do-

« mestique français de Son Altesse Royale le prince de
« Deux-Ponts-Veldenz, commencé en l'an de grâce
« 1794. »

— Comment, il y a cela? dit le comte...

— Qu'est-ce qui vous étonne?

— Le grand-père d'Isilda, le vieux qui est mort il y a deux ans, s'appelait Malreich, c'est-à-dire le même nom germanisé.

— A merveille! Le grand-père d'Isilda devait être le fils ou le petit-fils du domestique français qui écrivait son journal sur un tome dépareillé de Montesquieu. Et c'est ainsi que ce journal est passé aux mains d'Isilda. »

Il feuilleta au hasard :

« 15 septembre 1796. — Son Altesse a chassé.

« 20 septembre 1796. — Son Altesse est sortie à che-
« val. Elle montait Cupidon. »

« Bigre, murmura Lupin, jusqu'ici, ce n'est pas palpitant. »

Il alla plus avant :

« — 12 mars 1803. — J'ai fait passer dix écus à Her-
« mann. Il est cuisinier à Londres. »

Lupin se mit à rire.

« Oh! oh! Hermann est détrôné. Le respect dégringole.

— Le grand-duc régnant, observa Waldemar, fut en effet chassé de ses Etats par les troupes françaises. »

Lupin continua :

« — 1809. — Aujourd'hui, mardi, Napoléon a cou-
« ché à Veldenz. C'est moi qui ai fait le lit de Sa
« Majesté, et qui, le lendemain, ai vidé ses eaux de
« toilette. »

« Ah! dit Lupin, Napoléon s'est arrêté à Veldenz?

— Oui, oui, en rejoignant son armée, lors de la campagne d'Autriche, qui devait aboutir à Wagram. C'est un honneur dont la famille ducale, par la suite, était très fière. »

Lupin reprit :

« — 28 octobre 1814. — Son Altesse Royale est re-
« venue dans ses Etats.

« 29 octobre. — Cette nuit, j'ai conduit Son Altesse
« jusqu'à la cachette, et j'ai été heureux de lui mon-
« trer que personne n'en avait deviné l'existence.
« D'ailleurs, comment se douter qu'une cachette pou-
« vait être pratiquée dans... »

Un arrêt brusque... Un cri de Lupin... Isilda avait subitement échappé aux hommes qui la gardaient, s'était jetée sur lui, et avait pris la fuite, emportant le livre.

« Ah! la coquine! Courez donc... Faites le tour par en bas. Moi, je la chasse par le couloir. »

Mais elle avait clos la porte sur elle et poussé un verrou. Il dut descendre et longer les communs, ainsi que les autres, en quête d'un escalier qui le ramenât au premier étage.

Seul, le quatrième logement étant ouvert, il put monter. Mais le couloir était vide, et il lui fallut frapper à des portes, forcer des serrures, et s'introduire dans des chambres inoccupées, tandis que Waldemar, aussi ardent que lui à la poursuite, piquait les rideaux et les tentures avec la pointe de son sabre.

Des appels retentirent, qui venaient du rez-de-chaussée, vers l'aile droite. Ils s'élancèrent. C'était une des femmes d'officiers qui leur faisait signe, au bout du couloir, et qui raconta que la jeune fille était chez elle.

« Comment le savez-vous? demanda Lupin.

— J'ai voulu entrer dans ma chambre. La porte était fermée, et j'ai entendu du bruit. »

Lupin, en effet, ne put ouvrir.

« La fenêtre, s'écria-t-il, il doit y avoir une fenêtre. »

On le conduisit dehors, et tout de suite, prenant le sabre du comte, d'un coup, il cassa les vitres.

Puis, soutenu par deux hommes, il s'accrocha au mur, passa le bras, tourna l'espagnolette et tomba dans la chambre.

Accroupie devant la cheminée, Isilda lui apparut au milieu des flammes.

« Oh! la misérable! proféra Lupin, elle l'a jeté au feu! »

Il la repoussa brutalement, voulut prendre le livre et se brûla les mains. Alors, à l'aide des pincettes, il l'attira hors du foyer et le recouvrit avec le tapis de la table pour étouffer les flammes.

Mais il était trop tard. Les pages du vieux manuscrit, toutes consumées, tombèrent en cendres.

II

Lupin la regarda longuement. Le comte dit :

« On croirait qu'elle sait ce qu'elle fait.

— Non, non, elle ne le sait pas. Seulement son grand-père a dû lui confier ce livre comme un trésor, un trésor que personne ne devait contempler, et, dans son instinct stupide, elle a mieux aimé le jeter aux flammes que de s'en dessaisir.

— Et alors?

— Alors, quoi?

— Vous n'arriverez pas à la cachette?

— Ah! ah! mon cher comte, vous avez donc un instant envisagé mon succès comme possible? Et Lupin ne vous paraît plus tout à fait un charlatan? Soyez tranquille, Waldemar, Lupin a plusieurs cordes à son arc. J'arriverai.

— Avant la douzième heure, demain?

— Avant la douzième heure, ce soir. Mais, je meurs d'inanition. Et si c'était un effet de votre bonté... »

On le conduisit dans une salle des communs, affectée au mess des sous-officiers, et un repas substantiel lui fut servi, tandis que le comte allait faire son rapport à l'Empereur.

Vingt minutes après, Waldemar revenait. Et ils s'installèrent l'un en face de l'autre, silencieux et pensifs.

« Waldemar, un bon cigare serait le bienvenu... Je vous remercie. Celui-là craque comme il sied aux havanes qui se respectent. »

Il alluma son cigare, et, au bout d'une ou deux minutes :

« Vous pouvez fumer, comte, cela ne me dérange pas. »

Une heure se passa; Waldemar somnolait, et de temps à autre, pour se réveiller, avalait un verre de fine champagne.

Des soldats allaient et venaient, faisant le service.

« Du café », demanda Lupin.

On lui apporta du café.

« Ce qu'il est mauvais, grogna-t-il... Si c'est celui-là que boit César!... Encore une tasse, tout de même, Waldemar. La nuit sera peut-être longue. Oh! quel sale café! »

Il alluma un autre cigare et ne dit plus un mot.

Les minutes s'écoulèrent. Il ne bougeait toujours pas et ne parlait point.

Soudain, Waldemar se dressa sur ses jambes et dit à Lupin d'un air indigné :

« Eh! là, debout! »

A ce moment, Lupin sifflotait. Il continua paisiblement à siffloter.

« Debout, vous dit-on. »

Lupin se retourna. Sa Majesté venait d'entrer.

Il se leva.

« Où en sommes-nous? dit l'Empereur.

— Je crois, Sire, qu'il me sera possible avant peu de donner satisfaction à Votre Majesté.

— Quoi? Vous connaissez...

— La cachette? A peu près, Sire... Quelques détails encore qui m'échappent... mais sur place, tout s'éclaircira, je n'en doute pas.

— Nous devons rester ici?

— Non, Sire, je vous demanderai de m'accompagner jusqu'au palais Renaissance. Mais nous avons le temps, et, si Sa Majesté m'y autorise, je voudrais, dès maintenant, réfléchir à deux ou trois points. »

Sans attendre la réponse, il s'assit, à la grande indignation de Waldemar.

Un moment après, l'Empereur, qui s'était éloigné et conférait avec le comte, se rapprocha.

« M. Lupin est-il prêt, cette fois? »

Lupin garda le silence. Une nouvelle interrogation... il baissa la tête.

« Mais il dort, en vérité, on croirait qu'il dort. »

Furieux, Waldemar le secoua vivement par l'épaule. Lupin tomba de sa chaise, s'écroula sur le parquet, eut deux ou trois convulsions, et ne remua plus.

« Qu'est-ce qu'il a donc? s'écria l'Empereur... Il n'est pas mort, j'espère! »

Il prit une lampe et se pencha.

« Ce qu'il est pâle! une figure de cire!... Regarde donc, Waldemar... Tâte le cœur... Il vit, n'est-ce pas?

— Oui, Sire, dit le comte après un instant, le cœur bat très régulièrement.

— Alors, quoi? je ne comprends plus... Que s'est-il produit?

— Si j'allais chercher le médecin?

— Va, cours... »

Le docteur trouva Lupin dans le même état, inerte et paisible. Il le fit étendre sur un lit, l'examina longtemps et s'informa de ce que le malade avait mangé.

« Vous craignez donc un empoisonnement, docteur?

— Non, Sire, il n'y a pas de traces d'empoisonnement. Mais je suppose... Qu'est-ce que c'est que ce plateau et cette tasse?

— Du café, dit le comte.

— Pour vous?

— Non, pour lui. Moi, je n'en ai pas bu. »

Le docteur se versa du café, le goûta et conclut :

« Je ne me trompais pas : le malade a été endormi à l'aide d'un narcotique.

— Mais par qui? s'écria l'Empereur avec irritation... Voyons, Waldemar, c'est exaspérant tout ce qui se passe ici!

— Sire...

— Eh! oui, j'en ai assez!... Je commence à croire vraiment que cet homme a raison, et qu'il y a quelqu'un dans le château... Ces pièces d'or, ce narcotique...

— Si quelqu'un avait pénétré dans cette enceinte, on le saurait, Sire... Voilà trois heures que l'on fouille de tous côtés.

— Cependant, ce n'est pas moi qui ai préparé le café, je te l'assure... Et à moins que ce ne soit toi...

— Oh! Sire!

— Eh bien, cherche... perquisitionne... Tu as deux cents hommes à ta disposition, et les communs ne sont pas si grands! Car enfin, le bandit rôde par là, autour de ces bâtiments... du côté de la cuisine... que sais-je? Va! Remue-toi! »

Toute la nuit, le gros Waldemar se remua consciencieusement, puisque c'était l'ordre du maître, mais sans conviction, puisqu'il était impossible qu'un étranger se dissimulât parmi des ruines aussi bien surveillées. Et de fait, l'événement lui donna raison : les investigations furent inutiles, et l'on ne put découvrir la main mystérieuse qui avait préparé le breuvage soporifique.

Cette nuit, Lupin la passa sur son lit, inanimé. Au matin le docteur, qui ne l'avait pas quitté, répondit à un envoyé de l'Empereur que le malade dormait toujours.

A neuf heures, cependant, il fit un premier geste, une sorte d'effort pour se réveiller.

Un peu plus tard il balbutia :

« Quelle heure est-il?

— Neuf heures trente-cinq. »

Il fit un nouvel effort, et l'on sentait que, dans son engourdissement, tout son être se tendait pour revenir à la vie.

Une pendule sonna dix coups.

Il tressaillit et prononça :

« Qu'on me porte... qu'on me porte au palais. »

Avec l'approbation du médecin, Waldemar appela ses hommes et fit prévenir l'Empereur.

On déposa Lupin sur un brancard et l'on se mit en marche vers le palais.

« Au premier étage », murmura-t-il.

On le monta.

« Au bout du couloir, dit-il, la dernière chambre à gauche. »

On le porta dans la dernière chambre, qui était la douzième, et on lui donna une chaise sur laquelle il s'assit, épuisé.

L'Empereur arriva : Lupin ne bougea pas, l'air inconscient, le regard sans expression.

Puis, après quelques minutes, il sembla s'éveiller, regarda autour de lui les murs, le plafond, les gens, et dit :

« Un narcotique, n'est-ce pas?

— Oui, déclara le docteur.

— On a trouvé... l'homme?

— Non. »

Il parut méditer, et, plusieurs fois, il hocha la tête d'un air pensif, mais on s'aperçut bientôt qu'il dormait.

L'Empereur s'approcha de Waldemar.

« Donne les ordres pour qu'on fasse avancer ton auto.

— Ah? mais alors, Sire?...

— Eh quoi! je commence à croire qu'il se moque de nous, et que tout cela n'est qu'une comédie pour gagner du temps.

— Peut-être... en effet... approuva Waldemar.

— Evidemment! Il exploite certaines coïncidences curieuses, mais il ne sait rien, et son histoire de pièces d'or, son narcotique, autant d'inventions! Si nous nous prêtons davantage à ce petit jeu, il va nous filer entre les mains. Ton auto, Waldemar. »

Le comte donna les ordres et revint. Lupin ne s'était pas réveillé. L'Empereur, qui inspectait la salle, dit à Waldemar :

« C'est la salle de Minerve, ici, n'est-ce pas?

— Oui, Sire.

— Mais alors, pourquoi cet N, à deux endroits? »

Il y avait en effet, deux N, l'un au-dessus de la cheminée, l'autre au-dessus d'une vieille horloge encastrée dans le mur, toute démolie, et dont on voyait le mécanisme compliqué, les poids inertes au bout de leurs cordes.

« Ces deux N », dit Waldemar...

L'Empereur n'écouta pas la réponse. Lupin s'était encore agité, ouvrant les yeux et articulant des syllabes indistinctes. Il se leva, marcha à travers la salle, et retomba exténué.

Ce fut alors la lutte, la lutte acharnée de son cerveau, de ses nerfs, de sa volonté, contre cette torpeur affreuse qui le paralysait, lutte de moribond contre la mort, lutte de la vie contre le néant.

Et c'était un spectacle infiniment douloureux.

« Il souffre, murmura Waldemar.

— Ou du moins il joue la souffrance, déclara l'Empereur, et il la joue à merveille. Quel comédien! »

Lupin balbutia :

« Une piqûre, docteur, une piqûre de caféine... tout de suite...

— Vous permettez, Sire? demanda le docteur.

— Certes... Jusqu'à midi, tout ce qu'il veut, on doit le faire. Il a ma promesse.

— Combien de minutes... jusqu'à midi? reprit Lupin.

— Quarante, lui dit-on.

— Quarante?... J'arriverai... Il est certain que j'arriverai... Il le faut... »

Il empoigna sa tête à deux mains

« Ah! si j'avais mon cerveau, le vrai, mon bon cerveau qui pense! ce serait l'affaire d'une seconde! Il n'y a plus qu'un point de ténèbres... Mais je ne peux pas... ma pensée me fuit... je ne peux pas la saisir... c'est atroce... »

Ses épaules sursautaient. Pleurait-il?

On l'entendit qui répétait :

« 813... 813... »

Et, plus bas :

« 813... un 8... un 1... un 3... oui, évidemment... mais pourquoi?... ça ne suffit pas... »

L'Empereur murmura :

« Il m'impressionne. J'ai peine à croire qu'un homme puisse ainsi jouer un rôle... »

La demie... les trois quarts...

Lupin demeurait immobile, les poings plaqués aux tempes.

L'Empereur attendait, les yeux fixés sur un chronomètre que tenait Waldemar.

« Encore dix minutes... encore cinq...

— Waldemar, l'auto est là? Tes hommes sont prêts?

— Oui, Sire.

— Ton chronomètre est à sonnerie?

— Oui, Sire.

— Au dernier coup de midi alors...

— Pourtant...

— Au dernier coup de midi, Waldemar. »

Vraiment la scène avait quelque chose de tragique, cette sorte de grandeur et de solennité que prennent les heures à l'approche d'un miracle possible. Il semble que c'est la voix même du destin qui va s'exprimer.

L'Empereur ne cachait pas son angoisse. Cet aventurier bizarre qui s'appelait Arsène Lupin, et dont il connaissait la vie prodigieuse, cet homme le troublait... et, quoique résolu à en finir avec toute cette histoire équivoque, il ne pouvait s'empêcher d'attendre... et d'espérer.

Encore deux minutes... encore une minute. Puis ce fut par secondes que l'on compta.

Lupin paraissait endormi.

« Allons, prépare-toi, dit l'Empereur au comte.

Celui-ci s'avança vers Lupin et lui mit la main sur l'épaule.

La sonnerie argentine du chronomètre vibra... une, deux, trois, quatre, cinq...

« Waldemar, tire les poids de la vieille horloge. »

Un moment de stupeur. C'était Lupin qui avait parlé, très calme.

Waldemar haussa les épaules, indigné du tutoiement.

« Obéis, Waldemar, dit l'Empereur.

— Mais oui, obéis, mon cher comte, insista Lupin qui retrouvait son ironie, c'est dans tes cordes, et tu n'as qu'à tirer sur celles de l'horloge... alternativement... une, deux... A merveille... Voilà comment ça se remontait dans l'ancien temps. »

De fait le balancier fut mis en train, et l'on en perçut le tic-tac régulier.

« Les aiguilles, maintenant, dit Lupin. Mets-les un peu avant midi... Ne bouge plus... laisse-moi faire... »

Il se leva et s'avança vers le cadran, à un pas de distance tout au plus, les yeux fixes, tout son être attentif.

Les douze coups retentirent, douze coups lourds, profonds.

Un long silence. Rien ne se produisit. Pourtant l'Empereur attendait, comme s'il était certain que quelque chose allait se produire. Et Waldemar ne bougeait pas, les yeux écarquillés.

Lupin, qui s'était penché sur le cadran, se redressa et murmura :

« C'est parfait... j'y suis... »

Il retourna vers sa chaise et commanda :

« Waldemar, remets les aiguilles à midi moins deux minutes. Ah! non, mon vieux, pas à rebrousse-poil... dans le sens de la marche... Eh! oui, ce sera un peu long... mais que veux-tu? »

Toutes les heures et toutes les demies sonnèrent jusqu'à la demie de onze heures.

« Ecoute, Waldemar », dit Lupin...

Et il parlait, gravement, sans moquerie, comme ému lui-même et anxieux.

« Ecoute, Waldemar, tu vois sur le cadran une petite pointe arrondie qui marque la première heure? Cette pointe branle, n'est-ce pas? Pose dessus l'index de la main gauche et appuie. Bien. Fais de même avec ton pouce sur la pointe qui marque la troisième heure. Bien... Avec ta main droite enfonce la pointe de la huitième heure. Bien. Je te remercie. Va t'asseoir, mon cher. »

Un instant, puis la grande aiguille se déplaça, effleura la douzième pointe... Et midi sonna de nouveau.

Lupin se taisait, très pâle. Dans le silence, chacun des douze coups retentit.

Au douzième coup, il y eut un bruit de déclenchement. L'horloge s'arrêta net. Le balancier s'immobilisa.

Et soudain le motif de bronze qui dominait le cadran et qui figurait une tête de bélier, s'abattit, découvrant une sorte de petite niche taillée en pleine pierre.

Dans cette niche, il y avait une cassette d'argent, ornée de ciselures.

« Ah! fit l'Empereur... vous aviez raison.

— Vous en doutiez, Sire? » dit Lupin.

Il prit la cassette et la lui présenta.

« Que Sa Majesté veuille bien ouvrir elle-même. Les lettres qu'elle m'a donné mission de chercher sont là. »

L'Empereur souleva le couvercle, et parut très étonné...

La cassette était vide.

III

La cassette était vide!

Ce fut un coup de théâtre, énorme, imprévu. Après le succès des calculs effectués par Lupin, après la découverte si ingénieuse du secret de l'horloge, l'Empereur, pour qui la réussite finale ne faisait plus de doute, semblait confondu.

En face de lui, Lupin, blême, les mâchoires contractées, l'œil injecté de sang, grinçait de rage et de haine impuissante. Il essuya son front couvert de sueur, puis saisit vivement la cassette, la retourna, l'examina, comme s'il espérait trouver un double fond. Enfin, pour plus de certitude, dans un accès de fureur, il l'écrasa, d'une étreinte irrésistible.

Cela le soulagea. Il respira plus à l'aise.

L'Empereur lui dit :

« Qui a fait cela?

— Toujours le même, Sire, celui qui poursuit la même route que moi et qui marche vers le même but, l'assassin de M. Kesselbach.

— Quand?

— Cette nuit. Ah! Sire, que ne m'avez-vous laissé

libre au sortir de prison! Libre, j'arrivais ici sans perdre une heure. J'arrivais avant lui! Avant lui je donnais de l'or à Isilda!... Avant lui je lisais le journal de Malreich, le vieux domestique français!

— Vous croyez donc que c'est par les révélations de ce journal?...

— Eh! oui, Sire, il a eu le temps de les lire, lui. Et, dans l'ombre, je ne sais où, renseigné sur tous nos gestes, je ne sais par qui! il m'a fait endormir, afin de se débarrasser de moi, cette nuit.

— Mais le palais était gardé.

— Gardé par vos soldats, Sire. Est-ce que ça compte pour des hommes comme lui? Je ne doute pas d'ailleurs que Waldemar ait concentré ses recherches sur les communs, dégarnissant ainsi les portes du palais.

— Mais le bruit de l'horloge? ces douze coups dans la nuit?

— Un jeu, Sire! un jeu d'empêcher une horloge de sonner!

— Tout cela me paraît bien invraisemblable.

— Tout cela me paraît rudement clair, à moi, Sire. S'il était possible de fouiller dès maintenant les poches de tous vos hommes, ou de connaître toutes les dépenses qu'ils feront pendant l'année qui va suivre, on en trouverait bien deux ou trois qui sont, à l'heure actuelle, possesseurs de quelques billets de banque, billets de banque français, bien entendu.

— Oh! protesta Waldemar.

— Mais oui, mon cher comte, c'est une question de prix, et *celui-là* n'y regarde pas. S'il le voulait, je suis sûr que vous-même... »

L'Empereur n'écoutait pas, absorbé dans ses réflexions. Il se promena de droite et de gauche à travers la chambre, puis fit un signe à l'un des officiers qui se tenaient dans la galerie.

« Mon auto... et qu'on s'apprête... nous partons. »

Il s'arrêta, observa Lupin un instant, et, s'approchant du comte :

« Toi aussi, Waldemar, en route... Droit sur Paris d'une étape... »

Lupin dressa l'oreille. Il entendit Waldemar qui répondait :

« J'aimerais mieux une douzaine de gardes en plus, avec ce diable d'homme!...

— Prends-les. Et fais vite, il faut que tu arrives cette nuit. »

Lupin haussa les épaules et murmura :

« Absurde! »

L'Empereur se retourna vers lui, et Lupin reprit :

« Eh! oui, Sire, car Waldemar est incapable de me garder. Mon évasion est certaine, et alors... »

Il frappa du pied violemment.

« Et alors, croyez-vous, Sire, que je vais perdre encore une fois mon temps? Si vous renoncez à la lutte, je n'y renonce pas, moi. J'ai commencé, je finirai. »

L'Empereur objecta :

« Je ne renonce pas, mais ma police se mettra en campagne. »

Lupin éclata de rire.

« Que Votre Majesté m'excuse! C'est si drôle! la police de Sa Majesté! mais elle vaut ce que valent toutes les polices du monde, c'est-à-dire rien, rien du tout! Non, Sire, je ne retournerai pas à la Santé. La prison, je m'en moque. Mais j'ai besoin de ma liberté contre cet homme, je la garde. »

L'Empereur s'impatienta.

« Cet homme, vous ne savez même pas qui il est.

— Je le saurai, Sire. Et moi seul peux le savoir. Et il sait, lui, que je suis le seul qui peut le savoir. Je suis son seul ennemi. C'est moi seul qu'il attaque. C'est moi qu'il voulait atteindre, l'autre jour, avec la balle de son revolver. C'est moi qu'il lui suffisait d'endormir, cette nuit, pour être libre d'agir à sa guise. Le duel est entre nous. Le monde n'a rien à y voir. Personne ne peut m'aider, et personne ne peut l'aider. Nous sommes deux, et c'est tout. Jusqu'ici la chance l'a favorisé. Mais en fin de compte, il est inévitable, il est fatal que je l'emporte.

— Pourquoi?

— Parce que je suis le plus fort.

— S'il vous tue?

— Il ne me tuera pas. Je lui arracherai ses griffes, je le réduirai à l'impuissance. Et j'aurai les lettres. Il n'est pas de pouvoir humain qui puisse m'empêcher de les reprendre. »

Il parlait avec une conviction violente et un ton de certitude qui donnait, aux choses qu'il prédisait, l'apparence réelle de choses déjà accomplies.

L'Empereur ne pouvait se défendre de subir un sentiment confus, inexplicable, où il y avait une sorte d'admiration et beaucoup aussi de cette confiance que Lupin exigeait d'une façon si autoritaire. Au fond il n'hésitait que par scrupule d'employer cet homme et d'en faire pour ainsi dire son allié. Et soucieux, ne sachant quel parti prendre, il marchait de la galerie aux fenêtres, sans prononcer une parole.

A la fin il dit :

« Et qui nous assure que les lettres ont été volées cette nuit?

— Le vol est daté, Sire.

— Qu'est-ce que vous dites?

— Examinez la partie interne du fronton, qui dissimulait la cachette. La date y est inscrite à la craie blanche : minuit, 24 août.

— En effet... en effet... murmura l'Empereur interdit... Comment n'ai-je pas vu? »

Et il ajouta, laissant percevoir sa curiosité :

« C'est comme pour ces deux N peints sur la muraille... je ne m'explique pas. C'est ici la salle de Minerve.

— C'est ici la salle où coucha Napoléon, Empereur des Français, déclara Lupin.

— Qu'en savez-vous?

— Demandez à Waldemar, Sire. Pour moi, quand je parcourus le journal du vieux domestique, ce fut un éclair. Je compris que Sholmès et moi, nous avions fait fausse route. *Apoon*, le mot incomplet que traça le grand-duc Hermann à son lit de mort, n'est pas une contraction du mot *Apollon*, mais du mot *Napoléon*.

— C'est juste... vous avez raison... dit l'Empereur... les mêmes lettres se retrouvent dans les deux mots, et suivant le même ordre. Il est évident que le grand-duc a voulu écrire *Napoléon*. Mais ce chiffre 813?...

— Ah! c'est là le point qui me donna le plus de mal à éclaircir. J'ai toujours eu l'idée qu'il fallait additionner les trois chiffres 8, 1 et 3, et le nombre 12 ainsi obtenu me parut aussitôt s'appliquer à cette salle qui est la douzième de la galerie. Mais cela ne suffisait pas. Il devait y avoir autre chose, autre chose que mon cerveau affaibli ne pouvait parvenir à formuler. La vue de l'horloge, de cette horloge située justement dans la salle Napoléon, me fut une révélation. Le nombre

12 signifiait évidemment la douzième heure. Midi! minuit! N'est-ce pas un instant plus solennel et que l'on choisit plus volontiers? Mais pourquoi ces trois chiffres 8, 1 et 3, plutôt que d'autres qui auraient fourni le même total?

« C'est alors que je pensai à faire sonner l'horloge une première fois, à titre d'essai. Et c'est en la faisant sonner que je vis que les pointes de la première, de la troisième et de la huitième heure, étaient mobiles. J'obtenais donc trois chiffres, 1, 3 et 8, qui, placés dans un ordre fatidique, donnaient le nombre 813. Waldemar poussa les trois pointes. Le déclenchement se produisit. Votre Majesté connaît le résultat...

« Voilà, Sire, l'explication de ce mot mystérieux, et de ces trois chiffres 813 que le grand-duc écrivit de sa main d'agonisant, et grâce auxquels il avait l'espoir que son fils retrouverait un jour le secret de Veldenz, et deviendrait possesseur des fameuses lettres qu'il y avait cachées. »

L'Empereur avait écouté avec une attention passionnée, de plus en plus surpris par tout ce qu'il observait en cet homme d'ingéniosité, de clairvoyance, de finesse, de volonté intelligente.

« Waldemar? dit-il.

— Sire? »

Mais au moment où il allait parler, des exclamations s'élevèrent dans la galerie. Waldemar sortit et rentra.

« C'est la folle, Sire, que l'on veut empêcher de passer.

— Qu'elle vienne, s'écria Lupin vivement, il faut qu'elle vienne, Sire. »

Sur un geste de l'Empereur, Waldemar alla chercher Isilda.

A l'entrée de la jeune fille, ce fut de la stupeur. Sa figure, si pâle, était couverte de taches noires. Ses traits convulsés marquaient la plus vive souffrance. Elle haletait, les deux mains crispées contre sa poitrine.

« Oh! fit Lupin avec épouvante.

— Qu'y a-t-il? demanda l'Empereur.

— Votre médecin, Sire! qu'on ne perde pas une minute! »

Et s'avançant :

« Parle, Isilda... Tu as vu quelque chose? Tu as quelque chose à dire? »

La jeune fille s'était arrêtée, les yeux moins vagues, comme illuminés par la douleur. Elle articula des sons... aucune parole.

« Ecoute, dit Lupin... réponds oui ou non... un mouvement de tête... Tu l'as vu? Tu sais où il est?... Tu sais qui il est?... Ecoute, si tu ne réponds pas... »

Il réprima un geste de colère. Mais, soudain, se rappelant l'épreuve de la veille, et qu'elle semblait plutôt avoir gardé quelque mémoire visuelle du temps où elle avait toute sa raison, il inscrivit sur le mur blanc un L et un M majuscules.

Elle tendit les bras vers les lettres et hocha la tête comme si elle approuvait.

« Et après? fit Lupin... Après!... Ecris à ton tour. »

Mais elle poussa un cri affreux et se jeta par terre avec des hurlements.

Puis, tout d'un coup, le silence, l'immobilité. Un soubresaut encore. Et elle ne bougea plus.

« Morte? dit l'Empereur.

— Empoisonnée, Sire.

— Ah! la malheureuse... Et par qui?

— Par *lui,* Sire. Elle le connaissait sans doute. Il aura eu peur de ses révélations. »

Le médecin arrivait. L'Empereur lui montra Isilda. Puis, s'adressant à Waldemar :

« Tous tes hommes en campagne... Qu'on fouille la maison... Un télégramme aux gares de la frontière... »

Il s'approcha de Lupin :

« Combien de temps vous faut-il pour reprendre les lettres?

— Un mois, Sire...

— Bien, Waldemar vous attendra ici. Il aura mes ordres et pleins pouvoirs pour vous accorder ce que vous désirez.

— Ce que je veux, Sire, c'est la liberté.

— Vous êtes libre... »

Lupin le regarda s'éloigner et dit entre ses dents :

« La liberté, d'abord... Et puis, quand je t'aurai rendu tes lettres, ô Majesté, une petite poignée de mains, parfaitement, une poignée de mains d'Empereur à cambrioleur... pour te prouver que tu as tort de faire le dégoûté avec moi. Car enfin, c'est un peu raide! Voilà un monsieur pour qui j'abandonne mes appartements de Santé-Palace, à qui je rends service, et qui se permet de petits airs... Si jamais je le repince, ce client-là! »

LES SEPT BANDITS

I

« Madame peut-elle recevoir? »

Dolorès Kesselbach prit la carte que lui tendait le domestique et lut : *André Beauny.*

« Non, dit-elle, je ne connais pas.

— Ce monsieur insiste beaucoup, madame. Il dit que madame attend sa visite.

— Ah!... peut-être... en effet... Conduisez-le jusqu'ici. »

Depuis les événements qui avaient bouleversé sa vie et qui l'avaient frappée avec un acharnement implacable, Dolorès, après un séjour à l'hôtel Bristol, venait de s'installer dans une paisible maison de la rue des Vignes, au fond de Passy.

Un joli jardin s'étendait par-derrière, encadré d'autres jardins touffus. Quand des crises plus douloureuses ne la maintenaient pas des jours entiers dans sa chambre, les volets clos, invisible à tous, elle se faisait porter sous les arbres, et restait là, étendue, mélancolique, incapable de réagir contre le mauvais destin.

Le sable de l'allée craqua de nouveau et, accompagné par le domestique, un jeune homme apparut, élégant de tournure, habillé très simplement, à la façon un peu surannée de certains peintres, col rabattu, cravate flottante à pois blancs sur fond bleu marine.

Le domestique s'éloigna.

« André Beauny, n'est-ce pas? fit Dolorès.

— Oui, madame.

— Je n'ai pas l'honneur...

— Si, madame. Sachant que j'étais un des amis de Mme Ernemont, la grand-mère de Geneviève, vous avez écrit à cette dame, à Garches, que vous désiriez avoir un entretien avec moi. Me voici. »

Dolorès se souleva, très émue.

« Ah! vous êtes...

— Oui. »

Elle balbutia :

« Vraiment? C'est vous? Je ne vous reconnais pas.

— Vous ne reconnaissez pas le prince Paul Sernine?

— Non... Rien n'est semblable... ni le front, ni les yeux... Et ce n'est pas non plus ainsi...

— Que les journaux ont représenté le détenu de la Santé, dit-il en souriant... Pourtant c'est bien moi. »

Un long silence suivit où ils demeurèrent embarrassés et mal à l'aise.

Enfin il prononça :

« Puis-je savoir la raison?...

— Geneviève ne vous a pas dit?...

— Je ne l'ai pas vue... Mais sa grand-mère a cru comprendre que vous aviez besoin de mes services...

— C'est cela... c'est cela...

— Et en quoi?... je suis si heureux... »

Elle hésita une seconde, puis murmura :

« J'ai peur.

— Peur! s'écria-t-il.

— Oui, fit-elle à voix basse, j'ai peur, j'ai peur de tout, peur de ce qui est et de ce qui sera demain, après-demain... peur de la vie. J'ai tant souffert... je n'en puis plus. »

Il la regardait avec une grande pitié. Le sentiment confus qui l'avait toujours poussé vers cette femme prenait un caractère plus précis aujourd'hui qu'elle lui demandait protection. C'était un besoin ardent de se dévouer à elle, entièrement, sans espoir de récompense.

Elle poursuivit :

« Je suis seule, maintenant, toute seule, avec des domestiques que j'ai pris au hasard, et j'ai peur... je sens qu'autour de moi on s'agite.

— Mais dans quel but?

— Je ne sais pas. Mais l'ennemi rôde et se rapproche.

— Vous l'avez vu? Vous avez remarqué quelque chose?

— Oui, dans la rue, ces jours-ci, deux hommes ont passé plusieurs fois, et se sont arrêtés devant la maison.

— Leur signalement?

— Il y en a un que j'ai mieux vu. Il est grand, fort, tout rasé, et habillé d'une petite veste de drap noire, très courte.

— Un garçon de café?

— Oui, un maître d'hôtel. Je l'ai fait suivre par un de mes domestiques. Il a pris la rue de la Pompe et a pénétré dans une maison de vilaine apparence dont le rez-de-chaussée est occupé par un marchand de vins, la première à gauche sur la rue. Enfin l'autre nuit...

— L'autre nuit?

— J'ai aperçu, de la fenêtre de ma chambre, une ombre dans le jardin.

— C'est tout?

— Oui. »

Il réfléchit et lui proposa :

« Permettez-vous que deux de mes hommes couchent en bas, dans une des chambres du rez-de-chaussée?...

— Deux de vos hommes?...

— Oh! ne craignez rien... Ce sont deux braves gens, le père Charolais et son fils... qui n'ont pas l'air du tout de ce qu'ils sont... Avec eux, vous serez tranquille. Quant à moi... »

Il hésita. Il attendait qu'elle le priât de revenir. Comme elle se taisait, il dit :

« Quant à moi, il est préférable que l'on ne me voie pas ici... oui, c'est préférable... pour vous. Mes hommes me tiendront au courant. »

Il eût voulu en dire davantage, et rester, et s'asseoir auprès d'elle, et la réconforter. Mais il avait l'impression que tout était dit de ce qu'ils avaient à se dire, et qu'un seul mot de plus, prononcé par lui, serait un outrage.

Alors il salua très bas, et se retira.

Il traversa le jardin, marchant vite, avec la hâte de se retrouver dehors et de dominer son émotion. Le domestique l'attendait au seuil du vestibule. Au moment où il franchissait la porte d'entrée, sur la rue, quelqu'un sonnait, une jeune femme...

Il tressaillit :

« Geneviève! »

Elle fixa sur lui des yeux étonnés, et, tout de suite, bien que déconcertée par l'extrême jeunesse de ce regard, elle le reconnut, et cela lui causa un tel trouble qu'elle vacilla et dut s'appuyer à la porte.

Il avait ôté son chapeau et la contemplait sans oser lui tendre la main. Tendrait-elle la sienne? Ce n'était plus le prince Sernine... c'était Arsène Lupin. Et elle savait qu'il était Arsène Lupin et qu'il sortait de prison.

Dehors il pleuvait. Elle donna son parapluie au domestique en balbutiant :

« Veuillez l'ouvrir et le mettre de côté... »

Et elle passa tout droit.

« Mon pauvre vieux, se dit Lupin en partant, voilà bien des secousses pour un être nerveux et sensible comme toi. Surveille ton cœur, sinon... Allons, bon, voilà que tes yeux se mouillent! Mauvais signe, monsieur Lupin, tu vieillis. »

Il frappa sur l'épaule d'un jeune homme qui traversait la chaussée de la Muette et se dirigeait vers la rue des Vignes. Le jeune homme s'arrêta, et après quelques secondes :

« Pardon, monsieur, mais je n'ai pas l'honneur, il me semble...

— Il vous semble mal, mon cher monsieur Leduc. Ou c'est alors que votre mémoire est bien affaiblie. Rappelez-vous Versailles... la petite chambre de l'hôtel des Deux-Empereurs...

— Vous! »

Le jeune homme avait bondi en arrière, avec épouvante.

« Mon Dieu, oui, moi, le prince Sernine, ou plutôt Lupin, puisque vous savez mon vrai nom! Pensiez-vous donc que Lupin avait trépassé? Ah! oui, je comprends, la prison... vous espériez... Enfant, va! »

Il lui tapota doucement l'épaule.

« Voyons, jeune homme, remettons-nous, nous avons encore quelques bonnes journées paisibles à faire des vers. L'heure n'est pas encore venue. Fais des vers, poète! »

Il lui étreignit le bras violemment, et lui dit, face à face :

« Mais l'heure approche, poète. N'oublie pas que tu m'appartiens, corps et âme. Et prépare-toi à jouer ton rôle. Il sera rude et magnifique. Et par Dieu, tu me parais vraiment l'homme de ce rôle! »

Il éclata de rire, fit une pirouette, et laissa le jeune Leduc abasourdi.

Il y avait plus loin, au coin de la rue de la Pompe, le débit de vins dont lui avait parlé Mme Kesselbach. Il entra et causa longuement avec le patron. Puis il prit une auto et se fit conduire au Grand-Hôtel, où il habitait sous le nom d'André Beauny.

Les frères Doudeville l'y attendaient.

Bien que blasé sur ces sortes de jouissances, Lupin n'en goûta pas moins les témoignages d'admiration et de dévouement dont ses amis l'accablèrent.

« Enfin, patron, expliquez-nous?... Que s'est-il passé? Avec vous, nous sommes habitués aux prodiges... mais, tout de même, il y a des limites... Alors, vous êtes libre? Et vous voilà ici, au cœur de Paris, à peine déguisé.

— Un cigare? offrit Lupin.

— Merci... non.

— Tu as tort, Doudeville. Ceux-là sont estimables.

Je les tiens d'un fin connaisseur, qui se targue d'être mon ami.

— Ah! peut-on savoir?

— Le kaiser... Allons, ne faites pas ces têtes d'abrutis, et mettez-moi au courant, je n'ai pas lu de journaux. Mon évasion, quel effet dans le public?

— Foudroyant, patron!

— La version de la police?

— Votre fuite aurait eu lieu à Garches, pendant une reconstitution de l'assassinat d'Altenheim. Par malheur, les journalistes ont prouvé que c'était impossible.

— Alors?

— Alors, c'est l'ahurissement. On cherche, on rit, et l'on s'amuse beaucoup.

— Weber?

— Weber est fort compromis.

— En dehors de cela, rien de nouveau au service de la Sûreté? Aucune découverte sur l'assassin? Pas d'indice qui nous permette d'établir l'identité d'Altenheim?

— Non.

— C'est un peu raide! Quand on pense que nous payons des millions par an pour nourrir ces gens-là. Si ça continue, je refuse de payer mes contributions. Prends un siège et une plume. Tu porteras cette lettre ce soir au *Grand Journal*. Il y a longtemps que l'univers n'a plus de mes nouvelles. Il doit haleter d'impatience. Ecris :

« Monsieur le Directeur,

« Je m'excuse auprès du public dont la légitime impatience sera déçue.

« Je me suis évadé de prison, et il m'est impossible de dévoiler comment je me suis évadé. De même, depuis mon évasion, j'ai découvert le fameux secret, et il m'est impossible de dire quel est ce secret et comment je l'ai découvert.

« Tout cela fera, un jour ou l'autre, l'objet d'un récit quelque peu original que publiera, d'après mes notes, mon biographe ordinaire. C'est une page de l'Histoire de France que nos petits-enfants ne liront pas sans intérêt.

« Pour l'instant, j'ai mieux à faire. Révolté de voir en quelles mains sont tombées les fonctions que j'exerçais, las de constater que l'affaire Kesselbach-Altenheim en est toujours au même point, je destitue M. Weber, et je reprends le poste d'honneur que j'occupais, avec tant d'éclat, et à la satisfaction générale, sous le nom de M. Lenormand.

« Arsène Lupin,

« *Chef de la Sûreté.* »

II

A huit heures du soir, Arsène Lupin et Doudeville faisaient leur entrée chez Caillard, le restaurant à la mode; Lupin serré dans son frac, mais avec le pantalon un peu trop large de l'artiste et la cravate un peu trop lâche; Doudeville en redingote, la tenue et l'air grave d'un magistrat.

Ils choisirent la partie du restaurant qui est en renfoncement et que deux colonnes séparent de la grande salle.

Un maître d'hôtel, correct et dédaigneux, attendit les ordres, un carnet à la main. Lupin commanda avec une minutie et une recherche de fin gourmet.

« Certes, dit-il, l'ordinaire de la prison était acceptable, mais tout de même ça fait plaisir, un repas soigné. »

Il mangea de bon appétit et silencieusement, se contentant parfois de prononcer une courte phrase qui indiquait la suite de ses préoccupations.

« Evidemment, ça s'arrangera... mais ce sera dur... Quel adversaire!... Ce qui m'épate, c'est que, après six mois de lutte, je ne sache même pas ce qu'il veut!... Le principal complice est mort, nous touchons au terme de la bataille, et pourtant je ne vois pas plus clair dans son jeu... Que cherche-t-il, le misérable?... Moi, mon plan est net : mettre la main sur le grand-duché, flanquer sur le trône un grand-duc de ma composition, lui donner Geneviève comme épouse... et régner. Voilà qui est limpide, honnête et loyal. Mais, lui, l'ignoble personnage, cette larve des ténèbres, à quel but veut-il atteindre? »

Il appela :

« Garçon! »

Le maître d'hôtel s'approcha.

« Monsieur désire?

— Les cigares. »

Le maître d'hôtel revint et ouvrit plusieurs boîtes.

« Qu'est-ce que vous me conseillez? dit Lupin.

— Voici des Upman excellents. »

Lupin offrit un Upman à Doudeville, en prit un pour lui, et le coupa.

Le maître d'hôtel fit flamber une allumette et la présenta.

Vivement Lupin lui saisit le poignet.

« Pas un mot... je te connais... tu t'appelles de ton vrai nom Dominique Lecas... »

L'homme, qui était gros et fort, voulut se dégager. Il étouffa un cri de douleur. Lupin lui avait tordu le poignet.

« Tu t'appelles Dominique... tu habites rue de la Pompe au quatrième étage, où tu t'es retiré avec une petite fortune acquise au service — mais écoute donc, imbécile, ou je te casse les os — acquise au service du baron Altenheim, chez qui tu étais maître d'hôtel. »

L'autre s'immobilisa, le visage blême de peur.

Autour d'eux la petite salle était vide. A côté, dans

le restaurant, trois messieurs fumaient, et deux couples devisaient en buvant des liqueurs.

« Tu vois, nous sommes tranquilles... on peut causer.

— Qui êtes-vous? Qui êtes-vous?

— Tu ne me remets pas? Cependant, rappelle-toi ce fameux déjeuner de la villa Dupont... C'est toi-même, vieux larbin, qui m'as offert l'assiette de gâteaux... et quels gâteaux!...

— Le prince... le prince... balbutia l'autre.

— Mais oui, le prince Arsène, le prince Lupin en personne... Ah! Ah! tu respires... tu te dis que tu n'as rien à craindre de Lupin, n'est-ce pas? Erreur, mon vieux, tu as tout à craindre. »

Il tira de sa poche une carte et la lui montra :

« Tiens, regarde, je suis de la police maintenant... Que veux-tu, c'est toujours comme ça que nous finissons... nous autres, les grands seigneurs du vol, les empereurs du crime.

— Et alors? reprit le maître d'hôtel, toujours inquiet.

— Alors, réponds à ce client qui t'appelle là-bas, fais ton service et reviens. Surtout, pas de blague, n'essaie pas de te tirer des pattes. J'ai dix agents dehors, qui ont l'œil sur toi. File. »

Le maître d'hôtel obéit. Cinq minutes après il était de retour, et, debout devant la table, le dos tourné au restaurant, comme s'il discutait avec des clients sur la qualité de leurs cigares, il disait :

« Eh bien? De quoi s'agit-il? »

Lupin aligna sur la table quelques billets de cent francs.

« Autant de réponses précises à mes questions, autant de billets.

— Ça colle.

— Je commence. Combien étiez-vous avec le baron Altenheim?

— Sept, sans me compter.

— Pas davantage?

— Non. Une fois seulement, on a racolé des ouvriers d'Italie pour faire les souterrains de la villa des Glycines, à Garches.

— Il y avait deux souterrains?

— Oui, l'un conduisait au pavillon Hortense, l'autre s'amorçait sur le premier et s'ouvrait au-dessous du pavillon de Mme Kesselbach.

— Que voulait-on?

— Enlever Mme Kesselbach.

— Les deux bonnes, Suzanne et Gertrude, étaient complices?

— Oui.

— Où sont-elles?

— A l'étranger.

— Et tes sept compagnons, ceux de la bande Altenheim?

— Je les ai quittés. Eux, ils continuent.

— Où puis-je les retrouver? »

Dominique hésita. Lupin déplia deux billets de mille francs et dit :

« Tes scrupules t'honorent, Dominique. Il ne te reste plus qu'à t'asseoir dessus et à répondre. »

Dominique répondit :

« Vous les retrouverez, 3, route de la Révolte, à Neuilly. L'un d'eux s'appelle le Brocanteur.

— Parfait. Et maintenant, le nom, le vrai nom d'Altenheim? Tu le connais?

— Oui. Ribeira.

— Dominique, ça va mal tourner. Ribeira n'était qu'un nom de guerre. Je te demande le vrai nom.

— Parbury.

— Autre nom de guerre. »

Le maître d'hôtel hésitait. Lupin déplia trois billets de cent francs.

« Et puis zut! s'écria l'homme. Après tout il est mort, n'est-ce pas? et bien mort.

— Son nom? dit Lupin.

— Son nom? Le chevalier de Malreich. »

Lupin sauta sur sa chaise.

« Quoi? Qu'est-ce que tu as dit? Le chevalier?... répète... le chevalier?

— Raoul de Malreich. »

Un long silence. Lupin, les yeux fixes, pensait à la folle de Veldenz, morte empoisonnée. Isilda portait ce même nom : Malreich. Et c'était le nom que portait le petit gentilhomme français venu à la cour de Veldenz au XVIIIe siècle.

Il reprit :

« De quel pays, ce Malreich?

— D'origine française, mais né en Allemagne... J'ai aperçu des papiers une fois... C'est comme ça que j'ai appris son nom. Ah! s'il l'avait su, il m'aurait étranglé, je crois. »

Lupin réfléchit et prononça :

« C'est lui qui vous commandait tous?

— Oui.

— Mais il avait un complice, un associé?

— Ah! taisez-vous... taisez-vous... »

La figure du maître d'hôtel exprimait soudain l'anxiété la plus vive. Lupin discerna la même sorte d'effroi, de répulsion qu'il éprouvait lui-même en songeant à l'assassin.

« Qui est-ce? Tu l'as vu?

— Oh! ne parlons pas de celui-là... on ne doit pas parler de lui.

— Qui est-ce, je te demande?

— C'est le maître... le chef... personne ne le connaît.

— Mais tu l'as vu, toi. Réponds. Tu l'as vu?

— Dans l'ombre, quelquefois... la nuit. Jamais en plein jour. Ses ordres arrivent sur de petits bouts de papier... ou par téléphone.

— Son nom?

— Je l'ignore. On ne parlait jamais de lui. Ça portait malheur.

— Il est vêtu de noir, n'est-ce pas?

— Oui, de noir. Il est petit et mince... blond...

— Et il tue, n'est-ce pas?

— Oui, il tue... il tue comme d'autres volent un morceau de pain. »

Sa voix tremblait. Il supplia :

« Taisons-nous... il ne faut pas en parler... je vous le dis... ça porte malheur. »

Lupin se tut, impressionné malgré lui par l'angoisse de cet homme.

Il resta longtemps pensif, puis il se leva et dit au maître d'hôtel :

« Tiens, voilà ton argent, mais si tu veux vivre en paix, tu feras sagement de ne souffler mot à personne de notre entrevue. »

Il sortit du restaurant avec Doudeville, et il marcha jusqu'à la Porte-Saint-Denis, sans mot dire, préoccupé par tout ce qu'il venait d'apprendre.

Enfin il saisit le bras de son compagnon et prononça :

« Ecoute bien, Doudeville. Tu vas aller à la gare du Nord où tu arriveras à temps pour sauter dans l'express du Luxembourg. Tu iras à Veldenz, la capitale du grand-duché de Deux-Ponts-Veldenz. A la maison de ville, tu obtiendras facilement l'acte de naissance du chevalier de Malreich, et des renseignements sur sa famille. Après-demain samedi, tu seras de retour.

— Dois-je prévenir à la Sûreté?

— Je m'en charge. Je téléphonerai que tu es malade. Ah! un mot encore. On se retrouvera à midi dans un petit café de la route de la Révolte, qu'on appelle le restaurant Buffalo. Mets-toi en ouvrier. »

Dès le lendemain, Lupin, vêtu d'un bourgeron et coiffé d'une casquette, se dirigea vers Neuilly et commença son enquête au numéro 3 de la route de la Révolte. Une porte cochère ouvre sur une première cour, et, là, c'est une véritable cité, toute une suite de passages et d'ateliers où grouille une population d'artisans, de femmes et de gamins. En quelques minutes, il gagna la sympathie de la concierge avec laquelle il bavarda, durant une heure, sur les sujets les plus divers. Durant cette heure, il vit passer les uns après les autres trois individus dont l'allure le frappa.

« Ça, pensa-t-il, c'est du gibier, et qui sent fort... ça se suit à l'odeur... L'air d'honnêtes gens, parbleu! mais l'œil du fauve qui sait que l'ennemi est partout, et que chaque buisson, chaque touffe d'herbe peut cacher une embûche. »

L'après-midi et le matin du samedi, il poursuivit ses investigations, et il acquit la certitude que les sept complices d'Altenheim habitaient tous dans ce groupe d'immeubles. Quatre d'entre eux exerçaient ouvertement la profession de « marchands d'habits ». Deux autres vendaient des journaux, le septième se disait brocanteur et c'est ainsi du reste qu'on le nommait.

Ils passaient les uns auprès des autres sans avoir l'air de se connaître. Mais, le soir, Lupin constata qu'ils se réunissaient dans une sorte de remise située tout au fond de la dernière des cours, remise où le Brocanteur accumulait ses marchandises, vieilles ferrailles, salamandres démolies, tuyaux de poêles rouillés... et sans doute aussi la plupart des objets volés.

« Allons, se dit-il, la besogne avance. J'ai demandé un mois à mon cousin d'Allemagne, je crois qu'une quinzaine suffira. Et, ce qui me fait plaisir, c'est de commencer l'opération par les gaillards qui m'ont fait faire un plongeon dans la Seine. Mon pauvre vieux Gourel, je vais enfin te venger. Pas trop tôt! »

A midi, il entrait au restaurant Buffalo, dans une petite salle basse, où des maçons et des cochers venaient consommer le plat du jour.

Quelqu'un vint s'asseoir auprès de lui.

« C'est fait, patron.

— Ah! c'est toi, Doudeville. Tant mieux. J'ai hâte de savoir. Tu as les renseignements? L'acte de naissance? Vite, raconte.

— Eh bien, voilà. Le père et la mère d'Altenheim sont morts à l'étranger.

— Passons.

— Ils laissaient trois enfants.

— Trois?

— Oui, l'aîné aurait aujourd'hui trente ans. Il s'appelait Raoul de Malreich.

— C'est notre homme, Altenheim. Après?

— Le plus jeune enfant était une fille, Isilda. Le registre porte à l'encre fraîche la mention « Décédée ».

— Isilda... Isilda, redit Lupin... c'est bien ce que je pensais, Isilda était la sœur d'Altenheim... J'avais bien vu en elle une expression de physionomie que je connaissais... Voilà le lien qui les rattachait... Mais l'autre, le troisième enfant, ou plutôt le second, le cadet?

— Un fils. Il aurait actuellement vingt-six ans.

— Son nom?

— Louis de Malreich. »

Lupin eut un petit choc.

« Ça y est! Louis de Malreich... Les initiales L. M... L'affreuse et terrifiante signature... L'assassin se nomme Louis de Malreich... C'était le frère d'Altenheim et le frère d'Isilda. Et il a tué l'un et il a tué l'autre par crainte de leurs révélations... »

Lupin demeura longtemps taciturne, sombre, avec l'obsession, sans doute, de l'être mystérieux.

Doudeville objecta :

« Que pouvait-il craindre de sa sœur Isilda? Elle était folle, m'a-t-on dit.

— Folle, oui, mais capable de se rappeler certains détails de son enfance. Elle aura reconnu le frère avec lequel elle avait été élevée... Et ce souvenir lui a coûté la vie. »

Et il ajouta :

« Folle! mais tous ces gens-là sont fous... La mère folle... Le père alcoolique... Altenheim, une véritable brute... Isilda, une pauvre démente... Et quant à l'autre, l'assassin, c'est le monstre, le maniaque imbécile...

— Imbécile, vous trouvez, patron?

— Eh oui, imbécile! Avec des éclairs de génie, avec des ruses et des intuitions de démon, mais un détraqué, un fou comme toute cette famille de Malreich. Il n'y a que les fous qui tuent, et surtout des fous comme celui-là. Car enfin... »

Il s'interrompit, et son visage se contracta si profondément que Doudeville en fut frappé.

« Qu'y a-t-il patron?

— Regarde. »

III

Un homme venait d'entrer qui suspendit à une patère son chapeau — un chapeau noir, en feutre mou — s'assit à une petite table, examina le menu qu'un garçon lui offrait, commanda, et attendit, immobile, le buste rigide, les deux bras croisés sur la nappe.

Et Lupin le vit bien en face.

Il avait un visage maigre et sec, entièrement glabre, troué d'orbites profondes au creux desquelles on apercevait des yeux gris, couleur de fer. La peau paraissait tendue d'un os à l'autre, comme un parchemin, si raide, si épais, qu'aucun poil n'aurait pu le percer.

Et le visage était morne. Aucune expression ne l'animait. Aucune pensée ne semblait vivre sous ce front d'ivoire. Et les paupières, sans cils, ne bougeaient jamais, ce qui donnait au regard la fixité d'un regard de statue.

Lupin fit signe à l'un des garçons de l'établissement.

« Quel est ce monsieur?

— Celui qui déjeune là?

— Oui.

— C'est un client. Il vient deux ou trois fois la semaine.

— Vous connaissez son nom?

— Parbleu oui!... Léon Massier.

— Oh! balbutia Lupin, tout ému, L. M... les deux lettres... serait-ce Louis de Malreich? »

Il le contempla avidement. En vérité l'aspect de l'homme se trouvait conforme à ses prévisions, à ce qu'il savait de lui et de son existence hideuse. Mais ce qui le troublait, c'était ce regard de mort, là où il attendait la vie et la flamme... c'était l'impassibilité, là où il supposait le tourment, le désordre, la grimace puissante des grands maudits.

Il dit au garçon :

« Que fait-il, ce monsieur?

— Ma foi, je ne saurais trop dire. C'est un drôle de pistolet... Il est toujours tout seul... Il ne parle jamais à personne. Ici nous ne connaissons même pas le son de sa voix. Du doigt il désigne sur le menu les plats qu'il veut... En vingt minutes, c'est expédié... Il paie... s'en va...

— Et il revient?

— Tous les quatre ou cinq jours. Ce n'est pas régulier.

— C'est lui, ce ne peut être que lui, se répétait Lupin, c'est Malreich, le voilà... il respire à quatre pas de moi. Voilà les mains qui tuent. Voilà le cerveau qu'enivre l'odeur du sang... Voilà le monstre, le vampire... »

Et pourtant, était-ce possible? Lupin avait fini par le considérer comme un être tellement fantastique qu'il était déconcerté de le voir sous une forme vivante, allant, venant, agissant. Il ne s'expliquait pas qu'il mangeât, comme les autres, du pain et de la viande, et qu'il bût de la bière comme le premier venu, lui qu'il avait imaginé ainsi qu'une bête immonde qui se repaît de chair vivante et suce le sang de ses victimes.

« Allons-nous-en, Doudeville.

— Qu'est-ce que vous avez, patron? vous êtes tout pâle.

— J'ai besoin d'air. Sortons. »

Dehors, il respira largement, essuya son front couvert de sueur et murmura :

« Ça va mieux. J'étouffais. »

Et, se dominant, il reprit :

« Doudeville, le dénouement approche. Depuis des semaines, je lutte à tâtons contre l'invisible ennemi. Et voilà tout à coup que le hasard le met sur mon chemin! Maintenant, la partie est égale.

— Si l'on se séparait, patron? Notre homme nous a vus ensemble. Il nous remarquera moins, l'un sans l'autre.

— Nous a-t-il vus? dit Lupin pensivement. Il semble ne rien voir, et ne rien entendre et ne rien regarder. Quel type déconcertant! »

Et de fait, dix minutes après, Léon Massier apparut et s'éloigna, sans même observer s'il était suivi. Il avait allumé une cigarette et fumait, l'une de ses mains derrière le dos, marchant en flâneur qui jouit du soleil et de l'air frais, et qui ne soupçonne pas qu'on peut surveiller sa promenade.

Il franchit l'octroi, longea les fortifications, sortit de nouveau par la porte Champerret, et revint sur ses pas par la route de la Révolte.

Allait-il entrer dans les immeubles du numéro 3? Lupin le désira vivement, car c'eût été la preuve certaine de sa complicité avec la bande Altenheim; mais l'homme tourna et gagna la rue Delaizement qu'il suivit jusqu'au-delà du vélodrome Buffalo.

A gauche, en face du vélodrome, parmi les jeux de tennis en location et les baraques qui bordent la rue Delaizement, il y avait un petit pavillon isolé, entouré d'un jardin exigu.

Léon Massier s'arrêta, prit son trousseau de clefs, ouvrit d'abord la grille du jardin, ensuite la porte du pavillon, et disparut.

Lupin s'avança avec précaution. Tout de suite il nota que les immeubles de la route de la Révolte se prolongeaient, par-derrière, jusqu'au mur du jardin. S'étant approché davantage, il vit que ce mur était très haut, et qu'une remise, bâtie au fond du jardin, s'appuyait contre lui.

Par la disposition des lieux, il acquit la certitude que cette remise était adossée à la remise qui s'élevait dans la dernière cour du numéro 3 et qui servait de débarras au Brocanteur.

Ainsi donc, Léon Massier habitait une maison contiguë à la pièce où se réunissaient les sept complices de la bande Altenheim. Par conséquent, Léon Massier était bien le chef suprême qui commandait cette bande, et c'était évidemment par un passage existant entre les deux remises qu'il communiquait avec ses affidés.

« Je ne m'étais pas trompé, dit Lupin, Léon Massier et Louis de Malreich ne font qu'un. La situation se simplifie.

— Rudement, approuva Doudeville, et, avant quelques jours, tout sera réglé.

— C'est-à-dire que j'aurai reçu un coup de stylet dans la gorge.

— Qu'est-ce que vous dites, patron? En voilà une idée!

— Bah! qui sait! J'ai toujours eu le pressentiment que ce monstre-là me porterait malheur. »

Désormais, il s'agissait, pour ainsi dire, d'assister à la vie de Malreich, de façon à ce qu'aucun de ses gestes ne fût ignoré.

Cette vie, si l'on en croyait les gens du quartier que Doudeville interrogea, était des plus bizarres. Le type du Pavillon, comme on l'appelait, demeurait là depuis quelques mois seulement. Il ne voyait et ne recevait personne. On ne lui connaissait aucun domestique. Et les fenêtres, pourtant grandes ouvertes, même la nuit, restaient toujours obscures, sans que jamais la clarté d'une bougie ou d'une lampe les illuminât.

D'ailleurs, la plupart du temps, Léon Massier sortait au déclin du jour et ne rentrait que fort tard — à l'aube, prétendaient des personnes qui l'avaient rencontré au lever du soleil.

« Et sait-on ce qu'il fait? demanda Lupin à son compagnon, quand celui-ci l'eut rejoint.

— Non. Son existence est absolument irrégulière, il disparaît quelquefois pendant plusieurs jours... ou plutôt il demeure enfermé. Somme toute, on ne sait rien.

— Eh bien, nous saurons, nous, et avant peu. »

Il se trompait. Après huit jours d'investigations et d'efforts continus, il n'en avait pas appris davantage sur le compte de cet étrange individu. Il se passait ceci d'extraordinaire, c'est que, subitement, tandis que Lupin le suivait, l'homme, qui cheminait à petits pas le long des rues, sans jamais s'arrêter, l'homme disparaissait comme par miracle. Il usa bien quelquefois de maisons à double sortie. Mais, d'autres fois, il semblait s'évanouir au milieu de la foule, ainsi qu'un fantôme. Et Lupin restait là, pétrifié, ahuri, plein de rage et de confusion.

Il courait aussitôt à la rue Delaizement et montait la faction. Les minutes s'ajoutaient aux minutes, les quarts d'heure aux quarts d'heure. Une partie de la nuit s'écoulait. Puis survenait l'homme mystérieux. Qu'avait-il pu faire?

IV

« Un pneumatique pour vous, patron », lui dit Doudeville un soir vers huit heures, en le rejoignant rue Delaizement.

Lupin déchira. Mme Kesselbach le suppliait de venir à son secours. A la tombée du jour, deux hommes avaient stationné sous ses fenêtres et l'un d'eux avait dit : « Veine, on n'y a vu que du feu... Alors, c'est entendu, nous ferons le coup cette nuit. » Elle était descendue et avait constaté que le volet de l'office ne fermait plus, ou du moins, qu'on pouvait l'ouvrir de l'extérieur.

« Enfin, dit Lupin, c'est l'ennemi lui-même qui nous offre la bataille. Tant mieux! J'en ai assez de faire le pied de grue sous les fenêtres de Malreich.

— Est-ce qu'il est là, en ce moment?

— Non, il m'a encore joué un tour de sa façon dans Paris. J'allais lui en jouer un de la mienne. Mais tout d'abord, écoute-moi bien, Doudeville. Tu vas réunir une dizaine de nos hommes les plus solides... tiens, prends Marco et l'huissier Jérôme. Depuis l'histoire du Palace-Hôtel, je leur avais donné quelques vacances... Qu'ils viennent pour cette fois. Nos hommes rassemblés, mène-les rue des Vignes. Le père Charolais et son fils doivent déjà monter la faction. Tu t'entendras avec eux, et, à onze heures et demie, tu viendras me rejoindre au coin de la rue des Vignes et de la rue Raynouard. De là, nous surveillerons la maison. »

Doudeville s'éloigna. Lupin attendit encore une heure jusqu'à ce que la paisible rue Delaizement fût tout à fait déserte, puis, voyant que Léon Massier ne rentrait pas, il se décida et s'approcha du pavillon.

Personne autour de lui... Il prit son élan et bondit sur le rebord de pierre qui soutenait la grille du jardin. Quelques minutes après, il était dans la place.

Son projet consistait à forcer la porte de la maison et à fouiller les chambres, afin de trouver les fameuses lettres de l'Empereur dérobées par Malreich à Veldenz. Mais il pensa qu'une visite à la remise était plus urgente.

Il fut très surpris de voir qu'elle n'était point fermée et de constater ensuite, à la lueur de sa lanterne électrique, qu'elle était absolument vide et qu'aucune porte ne trouait le mur du fond.

Il chercha longtemps, sans plus de succès. Mais dehors, il aperçut une échelle, dressée contre la remise, et qui servait évidemment à monter dans une sorte de soupente pratiquée sous le toit d'ardoises.

De vieilles caisses, des bottes de paille, des châssis de jardinier encombraient cette soupente, ou plutôt semblaient l'encombrer, car il découvrit facilement un passage qui le conduisit au mur.

Là, il se heurta à un châssis, qu'il voulut déplacer.

Ne le pouvant pas, il l'examina de plus près et

s'avisa, d'abord qu'il était fixé à la muraille, et, ensuite, qu'un des carreaux manquait.

Il passa le bras : c'était le vide. Il projeta vivement la lueur de la lanterne et regarda : c'était un grand hangar, une remise plus vaste que celle du pavillon et remplie de ferraille et d'objets de toute espèce.

« Nous y sommes, se dit Lupin, cette lucarne est pratiquée dans la remise du Brocanteur, tout en haut, et c'est de là que Louis de Malreich voit, entend et surveille ses complices, sans être vu ni entendu par eux. Je m'explique maintenant qu'ils ne connaissent pas leur chef. »

Renseigné, il éteignit sa lumière, et il se disposait à partir quand une porte s'ouvrit en face de lui et tout en bas. Quelqu'un entra. Une lampe fut allumée. Il reconnut le Brocanteur.

Il résolut alors de rester, puisque aussi bien l'expédition ne pouvait avoir lieu tant que cet homme serait là.

Le Brocanteur avait sorti deux revolvers de sa poche.

Il vérifia leur fonctionnement et changea les balles tout en sifflotant un refrain de café-concert.

Une heure s'écoula de la sorte. Lupin commençait à s'inquiéter, sans se résoudre pourtant à partir.

Des minutes encore passèrent, une demi-heure, une heure...

Enfin, l'homme dit à haute voix :

« Entre. »

Un des bandits se glissa dans la remise, et, coup sur coup, il en arriva un troisième, un quatrième...

« Nous sommes au complet, dit le Brocanteur. Dieudonné et le Joufflu nous rejoignent là-bas. Allons, pas de temps à perdre... Vous êtes armés?

— Jusqu'à la gauche.

— Tant mieux. Ce sera chaud.

— Comment sais-tu ça, le Brocanteur?

— J'ai vu le chef... Quand je dis que je l'ai vu... Non... Enfin il m'a parlé...

— Oui, fit un des hommes, dans l'ombre, comme toujours, au coin d'une rue. Ah! j'aimais mieux les façons d'Altenheim. Au moins, on savait ce qu'on faisait.

— Ne le sais-tu pas? riposta le Brocanteur... On cambriole le domicile de la Kesselbach.

— Et les deux gardiens? les deux bonshommes qu'a postés Lupin?

— Tant pis pour eux. Nous sommes sept. Ils n'auront qu'à se taire.

— Et la Kesselbach?

— Le bâillon d'abord, puis la corde, et on l'amène ici... Tiens, sur ce vieux canapé... Là, on attendra les ordres.

— C'est bien payé?

— Les bijoux de la Kesselbach, d'abord.

— Oui, si ça réussit, mais je parle du certain.

— Trois billets de cent francs, d'avance, pour chacun de nous. Le double après.

— Tu as l'argent?

— Oui.

— A la bonne heure. On peut dire ce qu'on voudra, n'empêche que, pour ce qui est du paiement, il n'y en a pas deux comme ce type-là. »

Et, d'une voix si basse que Lupin la perçut à peine :

« Dis donc, le Brocanteur, si on est forcé de jouer du couteau, il y a une prime?

— Toujours la même. Deux mille.

— Si c'est Lupin?

— Trois mille.

— Ah! si nous pouvions l'avoir, celui-là. »

Les uns après les autres ils quittèrent la remise.

Lupin entendit encore ces mots du Brocanteur :

« Voilà le plan d'attaque. On se sépare en trois groupes. Un coup de sifflet, et chacun va de l'avant... »

En hâte Lupin sortit de sa cachette, descendit l'échelle, contourna le pavillon sans y entrer, et repassa par-dessus la grille.

« Le Brocanteur a raison, ça va chauffer... Ah! c'est à ma peau qu'ils en veulent! Une prime pour Lupin! Les canailles! »

Il franchit l'octroi et sauta dans un taxi-auto.

« Rue Raynouard. »

Il se fit arrêter à trois cents pas de la rue des Vignes et marcha jusqu'à l'angle des deux rues.

A sa grande stupeur, Doudeville n'était pas là.

« Bizarre, se dit Lupin, il est plus de minuit pourtant... Ça me semble louche, cette affaire-là. »

Il patienta dix minutes, vingt minutes. A minuit et demi, personne. Un retard devenait dangereux. Après tout, si Doudeville et ses amis n'avaient pu venir, Charolais, son fils et lui, Lupin, suffiraient à repousser l'attaque, sans compter l'aide des domestiques.

Il avança donc. Mais deux hommes lui apparurent qui cherchaient à se dissimuler dans l'ombre d'un renfoncement.

« Bigre, se dit-il, c'est l'avant-garde de la bande,

Dieudonné et le Joufflu. Je me suis laissé bêtement distancer. »

Là, il perdit encore du temps. Marcherait-il droit sur eux pour les mettre hors de combat et pour pénétrer ensuite dans la maison par la fenêtre de l'office, qu'il savait libre? C'était le parti le plus prudent, qui lui permettait en outre d'emmener immédiatement Mme Kesselbach et de la mettre hors de cause.

Oui, mais c'était aussi l'échec de son plan, et c'était manquer cette unique occasion de prendre au piège la bande entière, et, sans aucun doute aussi, Louis de Malreich.

Soudain un coup de sifflet vibra quelque part, de l'autre côté de la maison.

Etait-ce les autres, déjà? Et une contre-attaque allait-elle se produire par le jardin?

Mais, au signal donné, les deux hommes avaient enjambé la fenêtre. Ils disparurent.

Lupin bondit, escalada le balcon et sauta dans l'office. Au bruit des pas, il jugea que les assaillants étaient passés dans le jardin, et ce bruit était si net qu'il fut tranquille. Charolais et son fils ne pouvaient pas ne pas avoir entendu.

Il monta donc. La chambre de Mme Kesselbach se trouvait sur le palier. Vivement il entra.

A la clarté d'une veilleuse, il aperçut Dolorès, sur un divan, évanouie. Il se précipita sur elle, la souleva, et, d'une voix impérieuse, l'obligeant de répondre :

« Ecoutez... Charolais? Son fils?... Où sont-ils? »

Elle balbutia :

« Comment?... mais... partis...

— Quoi! partis!

— Vous m'avez écrit... il y a une heure, un message téléphonique... »

Il ramassa près d'elle un papier bleu et lut :

« *Renvoyez immédiatement les deux gardiens... et tous mes hommes... je les attends au Grand-Hôtel. Soyez sans crainte.* »

« Tonnerre! et vous avez cru! Mais vos domestiques?

— Partis. »

Il s'approcha de la fenêtre. Dehors, trois hommes venaient de l'extrémité du jardin.

Par la fenêtre de la chambre voisine, qui donnait sur la rue, il en vit deux autres, dehors.

Et il songea à Dieudonné, au Joufflu, à Louis de Malreich surtout, qui devait rôder invisible et formidable.

« Bigre, murmura-t-il, je commence à croire que je suis fichu. »

L'HOMME NOIR

I

En cet instant, Arsène Lupin eut l'impression, la certitude qu'il avait été attiré dans un guet-apens, par des moyens qu'il n'avait pas le loisir de discerner, mais dont il devinait l'habileté et l'adresse prodigieuses.

Tout était combiné, tout était voulu : l'éloignement de ses hommes, la disparition ou la trahison des domestiques, sa présence même dans la maison de Mme Kesselbach.

Evidemment tout cela avait réussi au gré de l'ennemi, grâce à des circonstances heureuses jusqu'au miracle — car enfin il aurait pu survenir avant que le faux message ne fît partir ses amis. Mais alors c'était la bataille de sa bande à lui contre la bande Altenheim. Et Lupin, se rappelant la conduite de Malreich, l'assassinat d'Altenheim, l'empoisonnement de la folle à Veldenz, Lupin se demanda si le guet-apens était dirigé contre lui seul, et si Malreich n'avait pas entrevu comme possibles une mêlée générale et la suppression de complices qui, maintenant, le gênaient.

Intuition plutôt chez lui, idée fugitive qui l'effleura. L'heure était à l'action. Il fallait défendre Dolorès dont l'enlèvement, en toute hypothèse, était la raison même de l'attaque.

Il entrebâilla la fenêtre de la rue, et braqua son revolver. Un coup de feu, l'alarme donnée dans le quartier, et les bandits s'enfuiraient.

« Eh bien, non, murmura-t-il, non. Il ne sera pas dit que j'aurai esquivé la lutte. L'occasion est trop belle... Et puis qui sait s'ils s'enfuiraient!... Ils sont en nombre et se moquent des voisins. »

Il rentra dans la chambre de Dolorès. En bas, du bruit. Il écouta, et, comme cela provenait de l'escalier, il ferma la serrure à double tour.

Dolorès pleurait et se convulsait sur le divan.

Il la supplia :

« Avez-vous la force? Nous sommes au premier étage. Je pourrais vous aider à descendre... Des draps à la fenêtre...

— Non, non, ne me quittez pas... Ils vont me tuer... Défendez-moi. »

Il la prit dans ses bras et la porta dans la chambre voisine. Et, se penchant sur elle :

« Ne bougez pas et soyez calme. Je vous jure que, moi vivant, aucun de ces hommes ne vous touchera. »

La porte de la première chambre fut ébranlée. Dolorès s'écria, en s'accrochant à lui :

« Ah! les voilà... les voilà... Ils vous tueront... vous êtes seul... »

Il lui dit ardemment :

« Je ne suis pas seul : vous êtes là... vous êtes là près de moi. »

Il voulut se dégager. Elle lui saisit la tête entre ses

deux mains, le regarda profondément dans les yeux, et murmura :

« Où allez-vous? Qu'allez-vous faire? Non... ne mourez pas... je ne veux pas... il faut vivre... il le faut... »

Elle balbutia des mots qu'il n'entendit pas et qu'elle semblait étouffer entre ses lèvres pour qu'il ne les entendît point, et, à bout d'énergie, exténuée, elle retomba sans connaissance.

Il se pencha sur elle, et la contempla un instant. Doucement il effleura ses cheveux d'un baiser.

Puis il retourna dans la première chambre, ferma soigneusement la porte qui séparait les deux pièces et alluma l'électricité.

« Minute, les enfants! cria-t-il. Vous êtes donc bien pressés de vous faire démolir?... Vous savez que c'est Lupin qui est là? Gare la danse! »

Tout en parlant il avait déplié un paravent de façon à cacher le sofa où reposait tout à l'heure Mme Kesselbach, et il avait jeté sur ce sofa des robes et des couvertures.

La porte allait se briser sous l'effort des assaillants.

« Voilà! j'accours! Vous êtes prêts? Eh bien, au premier de ces messieurs!... »

Rapidement il tourna la clef et tira le verrou.

Des cris, des menaces, un grouillement de brutes haineuses dans l'encadrement de la porte ouverte.

Et pourtant nul n'osait avancer. Avant de se ruer sur Lupin, ils hésitaient, saisis d'inquiétude, de peur...

C'est là ce qu'il avait prévu.

Debout, au milieu de la pièce, bien en lumière, le bras tendu, il tenait entre ses doigts une liasse de billets de banque avec lesquels il faisait, en les comptant un à un, sept parts égales. Et tranquillement, il déclarait :

« Trois mille francs de prime pour chacun si Lupin est envoyé *ad patres*? C'est bien ça, n'est-ce pas, qu'on vous a promis? En voilà le double. »

Il déposa les paquets sur une table, à portée des bandits.

Le Brocanteur hurla :

« Des histoires! Il cherche à gagner du temps. Tirons dessus! »

Il leva le bras. Ses compagnons le retinrent.

Et Lupin continuait :

« Bien entendu, cela ne change rien à votre plan de campagne. Vous vous êtes introduits ici : 1° pour enlever Mme Kesselbach; 2° et accessoirement, pour faire main basse sur ses bijoux. Je me considérerais comme le dernier des misérables si je m'opposais à ce double dessein.

— Ah! çà, où veux-tu en venir? grogna le Brocanteur qui écoutait malgré lui.

— Ah! ah! le Brocanteur, je commence à t'intéresser. Entre donc, mon vieux... Entrez donc tous... Il y a des courants d'air au haut de cet escalier... et des mignons comme vous risqueraient de s'enrhumer... Eh quoi! nous avons peur? Je suis pourtant tout seul... Allons, du courage, mes agneaux. »

Ils pénétrèrent dans la pièce, intrigués et méfiants.

« Pousse la porte, le Brocanteur... on sera plus à l'aise. Merci, mon gros. Ah! je vois, en passant, que les billets de mille se sont évanouis. Par conséquent, on est d'accord. Comme on s'entend tout de même entre honnêtes gens!

— Après?

— Après? eh bien! puisque nous sommes associés...

— Associés!

— Dame! n'avez-vous pas accepté mon argent? On travaille ensemble, mon gros, et c'est ensemble que nous allons : 1° enlever la jeune personne; 2° enlever les bijoux. »

Le Brocanteur ricana :

« Pas besoin de toi.

— Si mon gros.

— En quoi?

— En ce que vous ignorez où se trouve la cachette aux bijoux, et que, moi, je la connais.

— On la trouvera.

— Demain. Pas cette nuit.

— Alors, cause. Qu'est-ce que tu veux?

— Le partage des bijoux.

— Pourquoi n'as-tu pas tout pris, puisque tu connais la cachette?

— Impossible de l'ouvrir seul. Il y a un secret, mais je l'ignore. Vous êtes là, je me sers de vous. »

Le Brocanteur hésitait.

« Partager... partager... Quelques cailloux et un peu de cuivre peut-être...

— Imbécile! Il y en a pour plus d'un million. »

Les hommes frémirent, impressionnés.

« Soit, dit le Brocanteur, mais si la Kesselbach fiche le camp? Elle est dans l'autre chambre, n'est-ce pas?

— Non, elle est ici. »

Lupin écarta un instant l'une des feuilles du paravent et laissa entrevoir l'amas de robes et de couvertures qu'il avait préparé sur le sofa.

« Elle est ici, évanouie. Mais je ne la livrerai qu'après le partage.

— Cependant...

— C'est à prendre ou à laisser. J'ai beau être seul. Vous savez ce que je vaux. Donc... »

Les hommes se consultèrent et le Brocanteur dit :

« Où est la cachette?

— Sous le foyer de la cheminée. Mais il faut, quand on ignore le secret, soulever d'abord toute la cheminée, la glace, les marbres, et tout cela d'un bloc, paraît-il. Le travail est dur.

— Bah! nous sommes d'attaque. Tu vas voir ça. En cinq minutes... »

Il donna des ordres, et aussitôt ses compagnons se mirent à l'œuvre avec un entrain et une discipline admirables. Deux d'entre eux, montés sur des chaises, s'efforçaient de soulever la glace. Les quatre autres s'attaquèrent à la cheminée elle-même. Le Brocanteur, à genoux, surveillait le foyer et commandait :

« Hardi, les gars!... Ensemble, s'il vous plaît... Attention!... une, deux... Ah! tenez, ça bouge. »

Immobile derrière eux, les mains dans ses poches, Lupin les considérait avec attendrissement, et, en même temps, il savourait de tout son orgueil, en artiste et en maître, cette épreuve si violente de son autorité, de sa force, de l'empire incroyable qu'il exerçait sur les autres. Comment ces bandits avaient-ils pu admettre une seconde cette invraisemblable histoire, et perdre toute notion des choses, au point de lui abandonner toutes les chances de la bataille?

Il tira de ses poches deux grands revolvers, massifs et formidables, tendit les deux bras, et, tranquillement, choisissant les deux premiers hommes qu'il abattrait, et les deux autres qui tomberaient à la suite, il visa comme il eût visé sur deux cibles, dans un stand. Deux coups de feu à la fois, et deux encore...

Des hurlements... Quatre hommes s'écroulèrent les uns après les autres, comme des poupées au jeu de massacre.

« Quatre ôtés de sept, reste trois, dit Lupin. Faut-il continuer? »

Ses bras demeuraient tendus, ses deux revolvers braqués sur le groupe que formaient le Brocanteur et ses deux compagnons.

« Salaud! gronda le Brocanteur, tout en cherchant une arme.

— Haut les pattes! cria Lupin, ou je tire... Parfait! maintenant, vous autres, désarmez-le... sinon... »

Les deux bandits, tremblants de peur, paralysaient leur chef, et l'obligeaient à la soumission.

« Ligotez-le!... Ligotez-le, sacré nom! Qu'est-ce que ça peut vous faire?... Moi parti, vous êtes tous libres... Allons, nous y sommes? Les poignets d'abord... avec vos ceintures... Et les chevilles. Plus vite que ça... »

Désemparé, vaincu, le Brocanteur ne résistait plus. Tandis que ses compagnons l'attachaient, Lupin se baissa sur eux et leur assena deux terribles coups de crosse sur la tête. Ils s'affaissèrent.

« Voilà de la bonne besogne, dit-il en respirant. Dommage qu'il n'y en ait pas encore une cinquantaine... J'étais en train... Et tout cela avec une aisance... le sourire aux lèvres... Qu'en penses-tu, le Brocanteur? »

Le bandit maugréait. Il lui dit :

« Sois pas mélancolique, mon gros. Console-toi en te disant que tu coopères à une bonne action, le salut de Mme Kesselbach. Elle va te remercier elle-même de ta galanterie. »

Il se dirigea vers la porte de la seconde chambre et l'ouvrit.

« Ah! » fit-il, en s'arrêtant sur le seuil, interdit, bouleversé.

La chambre était vide.

Il s'approcha de la fenêtre, et vit une échelle appuyée au balcon, une échelle d'acier démontable.

« Enlevée... enlevée... murmura-t-il. Louis de Malreich... Ah! le forban... »

II

Il réfléchit une minute, tout en s'efforçant de dominer son angoisse, et se dit qu'après tout, comme Mme Kesselbach ne semblait courir aucun danger immédiat, il n'y avait pas lieu de s'alarmer. Mais une rage soudaine le secoua, et il se précipita sur les bandits, distribua quelques coups de botte aux blessés qui s'agitaient, chercha et reprit ses billets de banque, puis bâillonna des bouches, lia des mains avec tout ce qu'il trouva, cordons de rideaux, embrasses, couvertures et draps réduits en bandelettes, et finalement aligna sur le tapis, devant le canapé, sept paquets humains, serrés les uns contre les autres, et ficelés comme des colis.

« Brochette de momies sur canapé, ricana-t-il. Mets succulent pour un amateur! Tas d'idiots, comment avez-vous fait votre compte? Vous voilà comme des noyés à la Morgue... Mais aussi on s'attaque à Lupin, à Lupin défenseur de la veuve et de l'orphelin!... Vous tremblez? Faut pas, les agneaux! Lupin n'a jamais fait de mal à une mouche... Seulement, Lupin est un honnête homme qui n'aime pas la fripouille, et Lupin connaît ses devoirs. Voyons, est-ce qu'on peut vivre avec des chenapans comme vous? Alors quoi?

plus de respect pour la vie du prochain? plus de respect pour le bien d'autrui? plus de lois? plus de société? plus de conscience? plus rien. Où allons-nous, Seigneur, où allons-nous? »

Sans même prendre la peine de les enfermer, il sortit de la chambre, gagna la rue, et marcha jusqu'à ce qu'il eût rejoint son taxi-auto. Il envoya le chauffeur à la recherche d'une autre automobile, et ramena les deux voitures devant la maison de Mme Kesselbach.

Un bon pourboire, donné d'avance, évita les explications oiseuses. Avec l'aide des deux hommes il descendit les sept prisonniers et les installa dans les voitures, pêle-mêle, sur les genoux les uns des autres. Les blessés criaient, gémissaient. Il ferma les portes.

« Gare les mains », dit-il.

Il monta sur le siège de la première voiture.

« En route!

— Où va-t-on? demanda le chauffeur.

— 36, quai des Orfèvres, à la Sûreté. »

Les moteurs ronflèrent... un bruit de déclenchements, et l'étrange cortège se mit à dévaler par les pentes du Trocadéro.

Dans les rues on dépassa quelques charrettes de légumes. Des hommes, armés de perches, éteignaient des réverbères.

Il y avait des étoiles au ciel. Une brise fraîche flottait dans l'espace.

Lupin chantait.

La place de la Concorde, le Louvre... Au loin, la masse noire de Notre-Dame...

Il se retourna et entrouvrit la portière :

« Ça va bien, les camarades? Moi aussi, merci. La nuit est délicieuse, et on respire un air!... »

On sauta sur les pavés plus inégaux des quais. Et aussitôt, ce fut le Palais de justice et la porte de la Sûreté.

« Restez là, dit Lupin aux deux chauffeurs, et surtout soignez bien vos sept clients. »

Il franchit la première cour et suivit le couloir de droite qui aboutissait aux locaux du service central. Des inspecteurs s'y trouvaient en permanence.

« Du gibier, messieurs, dit-il en entrant, et du gros. M. Weber est là? Je suis le nouveau commissaire de police d'Auteuil.

— M. Weber est dans son appartement. Faut-il le prévenir?

— Une seconde. Je suis pressé. Je vais lui laisser un mot. »

Il s'assit devant une table et écrivit :

« Mon cher Weber,

« Je t'amène les sept bandits qui composaient la bande d'Altenheim, ceux qui ont tué Gourel... et bien d'autres, qui m'ont tué également sous le nom de M. Lenormand.

« Il ne reste plus que leur chef. Je vais procéder à son arrestation immédiate. Viens me rejoindre. Il habite à Neuilly, rue Delaizement, et se fait appeler Léon Massier.

« Cordiales salutations.

« Arsène LUPIN,

« Chef de la Sûreté. »

Il cacheta.

« Voici pour M. Weber. C'est urgent. Maintenant, il me faut sept hommes pour prendre livraison de la marchandise. Je l'ai laissée sur le quai. »

Devant les autos, il fut rejoint par un inspecteur principal.

« Ah! c'est vous, monsieur Lebœuf, lui dit-il. J'ai fait un beau coup de filet... Toute la bande d'Altenheim... Ils sont là dans les autos.

— Où donc les avez-vous pris?

— En train d'enlever Mme Kesselbach et de piller sa maison. Mais j'expliquerai tout cela, en temps opportun. »

L'inspecteur principal le prit à part, et, d'un air étonné :

« Mais, pardon, on est venu me chercher de la part du commissaire d'Auteuil. Et il ne me semble pas... A qui ai-je l'honneur de parler?...

— A la personne qui vous fait le joli cadeau de sept apaches de la plus belle qualité.

— Encore voudrais-je savoir?

— Mon nom?

— Oui.

— Arsène Lupin. »

Il donna vivement un croc-en-jambe à son interlocuteur, courut jusqu'à la rue de Rivoli, sauta dans une automobile qui passait et se fit conduire à la porte des Ternes.

Les immeubles de la route de la Révolte étaient proches; il se dirigea vers le numéro 3.

Malgré tout son sang-froid, et l'empire qu'il avait sur lui-même, Arsène Lupin ne parvenait pas à dominer l'émotion qui l'envahissait. Retrouverait-il Dolorès Kesselbach? Louis de Malreich avait-il ramené la jeune femme, soit chez lui, soit dans la remise du Brocanteur?

Lupin avait pris au Brocanteur la clef de cette remise, de sorte qu'il lui fut facile, après avoir sonné et après avoir traversé toutes les cours, d'ouvrir la porte et de pénétrer dans le magasin de bric-à-brac.

Il alluma sa lanterne et s'orienta. Un peu à droite, il y avait l'espace libre où il avait vu les complices tenir un dernier conciliabule.

Sur le canapé désigné par le Brocanteur, il aperçut une forme noire.

Enveloppée de couvertures, bâillonnée, Dolorès gisait là...

Il la secourut.

« Ah! vous voilà... vous voilà, balbutia-t-elle... Ils ne vous ont rien fait? »

Et aussitôt, se dressant et montrant le fond du magasin :

« Là, *il* est parti de ce côté... j'ai entendu... je suis sûre... il faut aller... je vous en prie...

— Vous d'abord, dit-il.

— Non, lui... frappez-le... je vous en prie... frappez-le. »

La peur, cette fois, au lieu de l'abattre, semblait lui donner des forces inusitées, et elle répéta, dans un immense désir de livrer l'effroyable ennemi qui la torturait :

« Lui d'abord... Je ne peux plus vivre, il faut que vous me sauviez de lui... il le faut... je ne peux plus vivre... »

Il la délia, l'étendit soigneusement sur le canapé et lui dit :

« Vous avez raison... D'ailleurs, ici vous n'avez rien à craindre... Attendez-moi, je reviens... »

Comme il s'éloignait, elle saisit sa main vivement :

« Mais vous?

— Eh bien?

— Si cet homme... »

On eût dit qu'elle appréhendait pour Lupin ce combat suprême auquel elle l'exposait, et que, au dernier moment, elle eût été heureuse de le retenir.

Il murmura :

« Merci, soyez tranquille. Qu'ai-je à redouter? Il est seul. »

Et, la laissant, il se dirigea vers le fond. Comme il s'y attendait, il découvrit une échelle dressée contre le mur, et qui le conduisit au niveau de la petite lucarne grâce à laquelle il avait assisté à la réunion des bandits. C'était le chemin que Malreich avait pris pour rejoindre sa maison de la rue Delaizement.

Il refit ce chemin, comme il l'avait fait quelques heures plus tôt, passa dans l'autre remise et descendit dans le jardin. Il se trouvait derrière le pavillon même occupé par Malreich.

Chose étrange, il ne douta pas une seconde que Malreich ne fût là. Inévitablement il allait le rencontrer, et le duel formidable qu'ils soutenaient l'un contre l'autre touchait à sa fin. Quelques minutes encore, et tout serait terminé.

Il fut confondu! Ayant saisi la poignée d'une porte, cette poignée tourna et la porte céda sous son effort. Le pavillon n'était même pas fermé.

Il traversa une cuisine, un vestibule, et monta un escalier, et il avançait délibérément, sans chercher à étouffer le bruit de ses pas.

Sur le palier, il s'arrêta. La sueur coulait de son front et ses tempes battaient sous l'afflux du sang.

Pourtant, il restait calme, maître de lui et conscient de ses moindres pensées.

Il déposa sur une marche ses deux revolvers.

« Pas d'armes, se dit-il, mes mains seules, rien que l'effort de mes deux mains... ça suffit... ça vaut mieux. »

En face de lui, trois portes. Il choisit celle du milieu, et fit jouer la serrure. Aucun obstacle. Il entra.

Il n'y avait point de lumière dans la chambre, mais, par la fenêtre grande ouverte, pénétrait la clarté de la nuit, et dans l'ombre il apercevait les draps et les rideaux blancs du lit.

Et là quelqu'un se dressait.

Brutalement, sur cette silhouette, il lança le jet de sa lanterne.

« Malreich! »

Le visage blême de Malreich, ses yeux sombres, ses pommettes de cadavre, son cou décharné...

Et tout cela était immobile, à cinq pas de lui, et il n'aurait su dire si ce visage inerte, si ce visage de mort exprimait la moindre terreur ou même seulement un peu d'inquiétude.

Lupin fit un pas, et un deuxième, et un troisième.

L'homme ne bougeait point.

Voyait-il? Comprenait-il? On eût dit que ses yeux regardaient dans le vide et qu'il se croyait obsédé par une hallucination plutôt que frappé par une image réelle.

Encore un pas...

« Il va se défendre, pensa Lupin, il faut qu'il se défende. »

Et Lupin avança le bras vers lui.

L'homme ne fit pas un geste, il ne recula point, ses paupières ne battirent pas. Le contact eut lieu.

Et ce fut Lupin qui, bouleversé, épouvanté, perdit la tête. Il renversa l'homme, le coucha sur son lit, le roula dans ses draps, le sangla dans ses couvertures, et le tint sous son genou comme une proie... sans que l'homme eût tenté le moindre geste de résistance.

« Ah! clama Lupin, ivre de joie et de haine assouvie, je t'ai enfin écrasée, bête odieuse! Je suis le maître enfin!... »

Il entendit du bruit dehors, dans la rue Delaizement, des coups que l'on frappait contre la grille. Il se précipita vers la fenêtre et cria :

« C'est toi, Weber! Déjà! A la bonne heure! Tu es un serviteur modèle! Ferme la grille, mon bonhomme, et accours, tu seras le bienvenu. »

En quelques minutes, il fouilla les vêtements de son prisonnier, s'empara de son portefeuille, rafla les papiers qu'il put trouver dans les tiroirs du bureau et du secrétaire, les jeta tous sur la table et les examina.

Il eut un cri de joie : le paquet de lettres était là, le paquet des fameuses lettres qu'il avait promis de rendre à l'Empereur.

Il remit les papiers à leur place et courut à la fenêtre.

« Voilà qui est fait, Weber! Tu peux entrer! Tu trouveras l'assassin de Kesselbach dans son lit, tout préparé et tout ficelé... Adieu, Weber... »

Et Lupin, dégringolant rapidement l'escalier, courut jusqu'à la remise et, tandis que Weber s'introduisait dans la maison, il rejoignit Dolorès Kesselbach.

A lui seul, il avait arrêté les sept compagnons d'Altenheim!

Et il avait livré à la justice le chef mystérieux de la bande, le monstre infâme, Louis de Malreich!

III

Sur un large balcon de bois, assis devant une table, un jeune homme écrivait.

Parfois il levait la tête et contemplait d'un regard vague l'horizon des coteaux où les arbres, dépouillés par l'automne, laissaient tomber leurs dernières feuilles sur les toits rouges des villas et sur les pelouses des jardins. Puis il recommençait à écrire.

Au bout d'un moment, il prit sa feuille de papier et lut à haute voix :

Nos jours s'en vont à la dérive,
Comme emportés par un courant
Qui les pousse vers une rive
Que l'on n'aborde qu'en mourant.

« Pas mal, fit une voix derrière lui, Mme Amable Tastu n'eût pas fait mieux. Enfin, tout le monde ne peut pas être Lamartine.

— Vous!... Vous! balbutia le jeune homme avec égarement.

— Mais oui, poète, moi-même, Arsène Lupin qui vient voir son cher ami Pierre Leduc. »

Pierre Leduc se mit à trembler, comme grelottant de fièvre. Il dit à voix basse :

« L'heure est venue?

— Oui, mon excellent Pierre Leduc, l'heure est venue pour toi de quitter ou plutôt d'interrompre la molle existence de poète que tu mènes depuis plusieurs mois aux pieds de Geneviève Ernemont et de Mme Kesselbach, et d'interpréter le rôle que je t'ai réservé dans ma pièce... une jolie pièce, je t'assure, un bon petit drame bien charpenté, selon les règles de l'art, avec trémolos, rires et grincements de dents. Nous voici arrivés au cinquième acte, le dénouement approche, et c'est toi, Pierre Leduc, qui en est le héros. Quelle gloire! »

Le jeune homme se leva :

« Et si je refuse?

— Idiot!

— Oui, si je refuse? Après tout, qui m'oblige à me soumettre à votre volonté? Qui m'oblige à accepter un rôle que je ne connais pas encore, mais qui me répugne d'avance, et dont j'ai honte?

— Idiot! » répéta Lupin.

Et forçant Pierre Leduc à s'asseoir, il prit place auprès de lui et, de sa voix la plus douce :

« Tu oublies tout à fait, bon jeune homme, que tu ne t'appelles pas Pierre Leduc, mais Gérard Baupré. Si tu portes le nom admirable de Pierre Leduc, c'est que toi, Gérard Baupré, tu as assassiné Pierre Leduc et lui as volé sa personnalité. »

Le jeune homme sauta d'indignation :

« Vous êtes fou! vous savez bien que c'est vous qui avez tout combiné...

— Parbleu, oui, je le sais bien, mais la justice

quand je lui fournirai la preuve que le véritable Pierre Leduc est mort de mort violente, et que, toi, tu as pris sa place? »

Atterré, le jeune homme bégaya :

« On ne le croira pas... Pourquoi aurais-je fait cela? Dans quel but?

— Idiot! Le but est si visible que Weber lui-même l'eût aperçu. Tu mens quand tu dis que tu ne veux pas accepter un rôle que tu ignores. Ce rôle, tu le connais. C'est celui qu'eût joué Pierre Leduc s'il n'était pas mort.

— Mais Pierre Leduc, pour moi, pour tout le monde, ce n'est encore qu'un nom. Qui était-il? Qui suis-je?

— Qu'est-ce que ça peut te faire?

— Je veux savoir. Je veux savoir où je vais.

— Et si tu le sais, marcheras-tu droit devant toi?

— Oui, si ce but dont vous parlez en vaut la peine.

— Sans cela, crois-tu que je me donnerais tant de mal?

— Qui suis-je? Et quel que soit mon destin, soyez sûr que j'en serai digne. Mais je veux savoir. Qui suis-je? »

Arsène Lupin ôta son chapeau, s'inclina et dit :

« Hermann IV, grand-duc de Deux-Ponts-Veldenz, prince de Berncastel, électeur de Trèves, et seigneur d'autres lieux. »

Trois jours plus tard, Lupin emmenait Mme Kesselbach en automobile du côté de la frontière. Le voyage fut silencieux.

Lupin se rappelait avec émotion le geste effrayé de Dolorès et les paroles qu'elle avait prononcées dans la maison de la rue des Vignes au moment où il allait la défendre contre les complices d'Altenheim. Et elle devait s'en souvenir aussi car elle restait gênée en sa présence, et visiblement troublée.

Le soir ils arrivèrent dans un petit château tout vêtu de feuilles et de fleurs, coiffé d'un énorme chapeau d'ardoises, et entouré d'un grand jardin aux arbres séculaires.

Ils y trouvèrent Geneviève déjà installée, et qui revenait de la ville voisine où elle avait choisi des domestiques du pays.

« Voici votre demeure, madame, dit Lupin. C'est le château de Bruggen. Vous y attendrez en toute sécurité la fin de ces événements. Demain, Pierre Leduc, que j'ai prévenu, sera votre hôte. »

Il repartit aussitôt, se dirigea sur Veldenz et remit au comte de Waldemar le paquet des fameuses lettres qu'il avait reconquises.

« Vous connaissez mes conditions, mon cher Waldemar, dit Lupin... Il s'agit, avant tout, de relever la maison de Deux-Ponts-Veldenz et de rendre le grand-duché au grand-duc Hermann IV.

— Dès aujourd'hui je vais commencer les négociations avec le conseil de régence. D'après mes renseignements, ce sera chose facile. Mais ce grand-duc Hermann...

— Son Altesse habite actuellement, sous le nom de Pierre Leduc, le château de Bruggen. Je donnerai sur son identité toutes les preuves qu'il faudra. »

Le soir même, Lupin reprenait la route de Paris, avec l'intention d'y pousser activement le procès de Malreich et des sept bandits.

Ce que fut cette affaire, la façon dont elle fut

conduite, et comment elle se déroula, il serait fastidieux d'en parler, tellement les faits, et tellement même les plus petits détails, sont présents à la mémoire de tous. C'est un de ces événements sensationnels, que les paysans les plus frustes des bourgades les plus lointaines commentent et racontent entre eux.

Mais ce que je voudrais rappeler, c'est la part énorme que prit Arsène Lupin à la poursuite de l'affaire, et aux incidents de l'instruction.

En fait, l'instruction ce fut lui qui la dirigea. Dès le début, il se substitua aux pouvoirs publics, ordonnant les perquisitions, indiquant les mesures à prendre, prescrivant les questions à poser aux prévenus, ayant réponse à tout...

Qui ne se souvient de l'ahurissement général, chaque matin, quand on lisait dans les journaux ces lettres irrésistibles de logique et d'autorité, ces lettres signées tour à tour :

Arsène Lupin, juge d'instruction.
Arsène Lupin, procureur général.
Arsène Lupin, garde des sceaux.
Arsène Lupin, flic.

Il apportait à la besogne un entrain, une ardeur, une violence même, qui étonnaient de sa part à lui, si plein d'ironie habituellement, et, somme toute, par tempérament, si disposé à une indulgence en quelque sorte professionnelle.

Non, cette fois, il haïssait.

Il haïssait ce Louis de Malreich, bandit sanguinaire, bête immonde, dont il avait toujours eu peur, et qui, même enfermé, même vaincu, lui donnait encore cette impression d'effroi et de répugnance que l'on éprouve à la vue d'un reptile.

En outre, Malreich n'avait-il pas eu l'audace de persécuter Dolorès?

« Il a joué, il a perdu, se disait Lupin, sa tête sautera. »

C'était cela qu'il voulait, pour son affreux ennemi : l'échafaud, le matin blafard où le couperet de la guillotine glisse et tue...

Etrange prévenu, celui que le juge d'instruction questionna durant des mois entre les murs de son cabinet! Etrange personnage que cet homme osseux, à figure de squelette, aux yeux morts!

Il semblait absent de lui-même. Il n'était pas là, mais ailleurs. Et si peu soucieux de répondre!

« Je m'appelle Léon Massier. »

Telle fut l'unique phrase dans laquelle il se renferma.

Et Lupin ripostait :

« Tu mens. Léon Massier, né à Périgueux, orphelin à l'âge de dix ans, est mort il y a sept ans. Tu as pris ses papiers. Mais tu oublies son acte de décès. Le voilà. »

Et Lupin envoya au parquet une copie de l'acte.

« Je suis Léon Massier, affirmait de nouveau le prévenu.

— Tu mens, répliquait Lupin, tu es Louis de Malreich, le dernier descendant d'un petit noble établi en Allemagne au XVIIIe siècle. Tu avais un frère, qui tour à tour s'est fait appeler Parbury, Ribeira et Altenheim : ce frère, tu l'as tué. Tu avais une sœur, Isilda de Malreich : cette sœur, tu l'as tuée.

— Je suis Léon Massier.

— Tu mens. Tu es Malreich. Voilà ton acte de naissance. Voici celui de ton frère, celui de ta sœur. »

Et les trois actes, Lupin les envoya.

D'ailleurs, sauf en ce qui concernait son identité, Malreich ne se défendait pas, écrasé sans doute sous l'accumulation des preuves que l'on relevait contre lui. Que pouvait-il dire? On possédait quarante billets écrits de sa main, — la comparaison des écritures le démontra — écrits de sa main à la bande de ses complices, et qu'il avait négligé de déchirer, après les avoir repris.

Et tous ces billets étaient des ordres visant l'affaire Kesselbach, l'enlèvement de M. Lenormand et de Gourel, la poursuite du vieux Steinweg, l'établissement des souterrains de Garches, etc. Etait-il possible de nier?

Une chose assez bizarre déconcerta la justice. Confrontés avec leur chef, les sept bandits affirmèrent tous qu'ils ne le connaissaient point. Ils ne l'avaient jamais vu. Ils recevaient ses instructions, soit par téléphone, soit dans l'ombre, au moyen précisément de ces petits billets que Malreich leur transmettait rapidement, sans un mot.

Mais, du reste, la communication entre le pavillon de la rue Delaizement et la remise du Brocanteur n'était-elle pas une preuve suffisante de complicité? De là, Malreich voyait et entendait. De là, le chef surveillait ses hommes.

Les contradictions? les faits en apparence inconciliables? Lupin expliqua tout. Dans un article célèbre, publié le matin du procès, il prit l'affaire à son début, en révéla les dessous, en débrouilla l'écheveau, montra

Malreich habitant, à l'insu de tous, la chambre de son frère, le faux major Parbury, allant et venant, invisible, par les couloirs du Palace-Hôtel, et assassinant Kesselbach, assassinant le garçon d'hôtel, assassinant le secrétaire Chapman.

On se rappelle les débats. Ils furent terrifiants à la fois et mornes; terrifiants par l'atmosphère d'angoisse qui pesa sur la foule et par les souvenirs de crime et de sang qui obsédaient les mémoires; mornes, lourds, obscurs, étouffants, par suite du silence formidable que garda l'accusé.

Pas une révolte. Pas un mouvement. Pas un mot.

Figure de cire, qui ne voyait pas et qui n'entendait pas! Vision effrayante de calme et d'impassibilité! Dans la salle on frissonnait. Les imaginations affolées, plutôt qu'un homme, évoquaient une sorte d'être surnaturel, un génie des légendes orientales, un de ces dieux de l'Inde qui sont le symbole de tout ce qui est féroce, cruel, sanguinaire et destructeur.

Quant aux autres bandits, on ne les regardait même pas, comparses insignifiants qui se perdaient dans l'ombre de ce chef démesuré.

La déposition la plus émouvante fut celle de Mme Kesselbach. A l'étonnement de tous, et à la surprise même de Lupin, Dolorès qui n'avait répondu à aucune des convocations du juge, et dont on ignorait la retraite, Dolorès apparut, veuve douloureuse, pour apporter un témoignage irrécusable contre l'assassin de son mari.

Elle dit simplement, après l'avoir regardé longtemps :

« C'est celui-là qui a pénétré dans ma maison de la rue des Vignes, c'est lui qui m'a enlevée, et c'est lui qui m'a enfermée dans la remise du Brocanteur. Je le reconnais.

— Vous l'affirmez?

— Je le jure devant Dieu et devant les hommes. »

Le surlendemain, Louis de Malreich, dit Léon Massier, était condamné à mort. Et sa personnalité absorbait tellement, pourrait-on dire, celle de ses complices que ceux-ci bénéficièrent de circonstances atténuantes.

« Louis de Malreich, vous n'avez rien à dire? » demanda le président des assises.

Il ne répondit pas.

Une seule question resta obscure aux yeux de Lupin. Pourquoi Malreich avait-il commis tous ces crimes? Que voulait-il? Quel était son but?

Lupin ne devait pas tarder à l'apprendre et le jour était proche où, tout pantelant d'horreur, frappé de désespoir, mortellement atteint, le jour était proche où il allait savoir l'épouvantable vérité.

Pour le moment, sans que l'idée néanmoins cessât de l'effleurer, il ne s'occupa plus de l'affaire Malreich. Résolu à faire peau neuve, comme il disait, rassuré d'autre part sur le sort de Mme Kesselbach et de Geneviève, dont il suivait de loin l'existence paisible, et enfin tenu au courant par Jean Doudeville qu'il avait envoyé à Veldenz, tenu au courant de toutes les négociations qui se poursuivaient entre la Cour d'Allemagne et la Régence de Deux-Ponts-Veldenz, il employait, lui, tout son temps à liquider le passé et à préparer l'avenir.

L'idée de la vie différente qu'il voulait mener sous les yeux de Mme Kesselbach l'agitait d'ambitions nouvelles et de sentiments imprévus, où l'image de Dolorès se trouvait mêlée sans qu'il s'en rendît un compte exact.

En quelques semaines, il supprima toutes les preuves qui auraient pu un jour le compromettre, toutes les traces qui auraient pu conduire jusqu'à lui. Il donna à chacun de ses anciens compagnons une somme d'argent suffisante pour les mettre à l'abri du besoin, et il leur dit adieu en leur annonçant qu'il partait pour l'Amérique du Sud.

Un matin, après une nuit de réflexions minutieuses et une étude approfondie de la situation, il s'écria :

« C'est fini. Plus rien à craindre. Le vieux Lupin est mort. Place au jeune. »

On lui apporta une dépêche d'Allemagne. C'était le dénouement attendu. Le Conseil de Régence, fortement influencé par la cour de Berlin, avait soumis la question aux électeurs du grand-duché, et les électeurs, fortement influencés par le Conseil de Régence, avaient affirmé leur attachement inébranlable à la vieille dynastie des Veldenz. Le comte de Waldemar était chargé, ainsi que trois délégués de la noblesse, de l'armée et de la magistrature, d'aller au château de Bruggen, d'établir rigoureusement l'identité du grand-duc Hermann IV, et de prendre avec Son Altesse toutes dispositions relatives à son entrée triomphale dans la principauté de ses pères, entrée qui aurait lieu vers le début du mois suivant.

« Cette fois, ça y est, se dit Lupin, le grand projet de M. Kesselbach se réalise. Il ne reste plus qu'à faire avaler mon Pierre Leduc au Waldemar. Jeu d'enfant! Demain les bans de Geneviève et de Pierre seront publiés. Et c'est la fiancée du grand-duc que l'on présentera à Waldemar! »

Et, tout heureux, il partit en automobile pour le château de Bruggen.

Il chantait dans sa voiture, il sifflait, il interpellait son chauffeur.

« Octave, sais-tu qui tu as l'honneur de conduire? Le maître du monde... Oui, mon vieux, ça t'épate, hein? Parfaitement, c'est la vérité. Je suis le maître du monde. »

Il se frottait les mains, et, continuant à monologuer :

« Tout de même, ce fut long. Voilà un an que la lutte a commencé. Il est vrai que c'est la lutte la plus formidable que j'aie soutenue... Nom d'un chien, quelle guerre de géants!... »

Et il répéta :

« Mais cette fois ça y est. Les ennemis sont à l'eau. Plus d'obstacles entre le but et moi. La place est libre, bâtissons! J'ai les matériaux sous la main, j'ai les ouvriers, bâtissons, Lupin! Et que le palais soit digne de toi! »

Il se fit arrêter à quelques centaines de mètres du château pour que son arrivée fût plus discrète, et il dit à Octave :

« Tu entreras d'ici vingt minutes, à quatre heures, et tu iras déposer mes valises dans le petit chalet qui est au bout du parc. C'est là que j'habiterai. »

Au premier détour du chemin, le château lui apparut, à l'extrémité d'une sombre allée de tilleuls. De loin, sur le perron, il aperçut Geneviève qui passait.

Son cœur s'émut doucement.

« Geneviève, Geneviève, dit-il avec tendresse... Geneviève... le vœu que j'ai fait à ta mère mourante se réalise également... Geneviève, grande-duchesse... Et moi, dans l'ombre, près d'elle, veillant à son bonheur... et poursuivant les grandes combinaisons de Lupin. »

Il éclata de rire, sauta derrière un groupe d'arbres qui se dressaient à gauche de l'allée, et fila le long d'épais massifs. De la sorte il parvenait au château sans qu'on eût pu le surprendre des fenêtres du salon ou des chambres principales.

Son désir était de voir Dolorès avant qu'elle ne le vît, et, comme il avait fait pour Geneviève, il prononça son nom plusieurs fois, mais avec une émotion qui l'étonnait lui-même :

« Dolorès... Dolorès... »

Furtivement il suivit les couloirs et gagna la salle à manger. De cette pièce, par une glace sans tain, il pouvait apercevoir la moitié du salon.

Il s'approcha.

Dolorès était allongée sur une chaise longue, et Pierre Leduc, à genoux devant elle, la regardait d'un air extasié.

LA CARTE DE L'EUROPE

I

Pierre Leduc aimait Dolorès!

Ce fut en Lupin une douleur profonde, aiguë, comme s'il avait été blessé dans le principe même de sa vie, une douleur si forte qu'il eut — et c'était la première fois — la vision nette de ce que Dolorès était devenue pour lui, peu à peu, sans qu'il en prît conscience.

Pierre Leduc aimait Dolorès, et il la regardait comme on regarde celle qu'on aime.

Lupin sentit en lui, aveugle et forcené, l'instinct du meurtre. Ce regard, ce regard d'amour qui se posait sur la jeune femme, ce regard l'affolait. Il avait l'impression du grand silence qui enveloppait la jeune femme et le jeune homme, et, dans ce silence, dans l'immobilité des attitudes, il n'y avait plus de vivant que ce regard d'amour, que cet hymne muet et voluptueux par lequel les yeux disaient toute la passion, tout le désir, tout l'enthousiasme, tout l'emportement d'un être pour un autre.

Et il voyait Mme Kesselbach aussi. Les yeux de Dolorès étaient invisibles sous ses paupières baissées, ses paupières soyeuses aux longs cils noirs. Mais comme elle sentait le regard d'amour qui cherchait son regard! Comme elle frémissait sous la caresse impalpable!

« Elle l'aime... elle l'aime », se dit Lupin, brûlé de jalousie.

Et, comme Pierre faisait un geste :

« Oh! le misérable, s'il ose la toucher, je le tue. »

Et il songeait, tout en constatant la déroute de sa raison, et en s'efforçant de la combattre :

« Suis-je bête! Comment, toi, Lupin, tu te laisses aller!... Voyons, c'est tout naturel si elle l'aime... Oui, évidemment, tu avais cru deviner en elle une certaine émotion à ton approche... un certain trouble... Triple idiot, mais tu n'es qu'un bandit, toi, un voleur... tandis que lui, il est duc, il est jeune... »

Pierre n'avait pas bougé davantage. Mais ses lèvres remuèrent, et il sembla que Dolorès s'éveillait. Doucement, lentement, elle leva les paupières, tourna un peu la tête, et ses yeux se donnèrent à ceux du jeune homme, de ce même regard qui s'offre, et qui se livre, et qui est plus profond que le plus profond des baisers.

Ce fut soudain, brusque comme un coup de tonnerre. En trois bonds, Lupin se rua dans le salon, s'élança sur le jeune homme, le jeta par terre, et, le genou sur la poitrine de son rival, hors de lui, dressé vers Mme Kesselbach, il cria :

« Mais vous ne savez donc pas? Il ne vous a pas dit, le fourbe?... Et vous l'aimez, lui? Il a donc une tête de grand-duc? Ah! que c'est drôle!... »

Il ricanait rageusement, tandis que Dolorès le considérait avec stupeur :

« Un grand-duc, lui! Hermann IV, duc de Deux-

Ponts-Veldenz! Prince régnant! Grand électeur! mais c'est à mourir de rire. Lui! Mais il s'appelle Baupré, Gérard Baupré, le dernier des vagabonds... un mendiant que j'ai ramassé dans la boue. Grand-duc? Mais c'est moi qui l'ai fait grand-duc! Ah! ah! que c'est drôle!... Si vous l'aviez vu se couper le petit doigt... trois fois il s'est évanoui... une poule mouillée... Ah! tu te permets de lever les yeux sur les dames... et de te révolter contre le maître... Attends un peu, grand-duc de Deux-Ponts-Veldenz. »

Il le prit dans ses bras, comme un paquet, le balança un instant et le jeta par la fenêtre ouverte.

« Gare aux rosiers, grand-duc, il y a des épines. »

Quand il se retourna, Dolorès était contre lui, et elle le regardait avec des yeux qu'il ne lui connaissait pas, des yeux de femme qui hait et que la colère exaspère. Etait-ce possible que ce fût Dolorès, la faible et maladive Dolorès?

Elle balbutia :

« Qu'est-ce que vous faites?... Vous osez?... Et lui?... Alors, c'est vrai?... Il m'a menti?

— S'il a menti? s'écria Lupin, comprenant son humiliation de femme... S'il a menti? Lui, grand-duc! Un polichinelle tout simplement, un instrument que j'accordais pour y jouer des airs de ma fantaisie! Ah! l'imbécile! l'imbécile! »

Repris de rage, il frappait du pied et montrait le poing vers la fenêtre ouverte. Et il se mit à marcher d'un bout à l'autre de la pièce, et il jetait des phrases où éclatait la violence de ses pensées secrètes.

« L'imbécile! Il n'a donc pas vu ce que j'attendais de lui? Il n'a donc pas deviné la grandeur de son rôle? Ah! ce rôle, je le lui entrerai de force dans le crâne. Haut la tête, crétin! Tu seras grand-duc de par ma volonté! Et prince régnant! avec une liste civile, et des sujets à tondre! et un palais que Charlemagne te rebâtira! et un maître qui sera moi, Lupin! Comprends-tu, ganache? Haut la tête, sacré nom, plus haut que ça! Regarde le ciel, souviens-toi qu'un Deux-Ponts fut pendu pour vol avant même qu'il ne fût question des Hohenzollern. Et tu es un Deux-Ponts, nom de nom, pas un de moins, et je suis là, moi, moi, Lupin! Et tu seras grand-duc, je te le dis, grand-duc de carton? Soit, mais grand-duc quand même, animé par mon souffle et brûlé de ma fièvre. Fantoche? Soit. Mais un fantoche qui dira *mes* paroles, qui fera *mes* gestes, qui exécutera *mes* volontés, qui réalisera *mes* rêves... oui... mes rêves. »

Il ne bougeait plus, comme ébloui par la magnificence de son rêve intérieur.

Puis il s'approcha de Dolorès, et, la voix sourde, avec une sorte d'exaltation mystique, il proféra :

« A ma gauche, l'Alsace-Lorraine... A ma droite, Bade, le Wurtemberg, la Bavière... l'Allemagne du Sud, tous ces Etats mal soudés, mécontents, écrasés sous la botte du Charlemagne prussien, mais inquiets, tous prêts à s'affranchir... Comprenez-vous tout ce qu'un homme comme moi peut faire là au milieu, tout ce qu'il peut éveiller d'aspirations, tout ce qu'il peut souffler de haines, tout ce qu'il peut susciter de révoltes et de colères? »

Plus bas encore, il répéta :

« Et à gauche, l'Alsace-Lorraine!... Comprenez-vous? Cela, des rêves, allons donc! c'est la réalité d'après-demain, de demain. Oui... je veux... je veux... Oh! tout ce que je veux et tout ce que je ferai, c'est inouï!... Mais pensez donc, à deux pas de la frontière d'Alsace! en plein pays allemand! près du vieux Rhin! Il suffira d'un peu d'intrigue, d'un peu de génie, pour bouleverser le monde. Le génie, j'en ai... j'en ai à revendre... Et je serai le maître! Je serai celui qui dirige. Pour l'autre, pour le fantoche, le titre et les honneurs... Pour moi, le pouvoir! Je resterai dans l'ombre. Pas de charge : ni ministre, ni même chambellan! Rien. Je serai l'un des serviteurs du palais, le jardinier peut-être... Oui, le jardinier... Oh! la vie formidable! cultiver des fleurs et changer la carte de l'Europe! »

Elle le contemplait avidement, dominée, soumise par la force de cet homme. Et ses yeux exprimaient une admiration qu'elle ne cherchait point à dissimuler. Il posa les mains sur les épaules de la jeune femme et il dit :

« Voilà mon rêve. Si grand qu'il soit, il sera dépassé par les faits, je vous le jure. Le Kaiser a déjà vu ce que je valais. Un jour, il me trouvera devant lui, campé, face à face. J'ai tous les atouts en main. Valenglay marchera pour moi!... L'Angleterre aussi... la partie est jouée... Voilà mon rêve... Il en est un autre... »

Il se tut subitement. Dolorès ne le quittait pas des yeux, et une émotion infinie bouleversait son visage.

Une grande joie le pénétra à sentir une fois de plus, et si nettement, le trouble de cette femme auprès de lui. Il n'avait plus l'impression d'être pour elle... ce qu'il était, un voleur, un bandit, mais un homme, un homme qui aimait, et dont l'amour remuait, au fond d'une âme amie, des sentiments inexprimés.

Alors, il ne parla point, mais il lui dit, sans les prononcer, tous les mots de tendresse et d'adoration, et il songeait à la vie qu'ils pourraient mener quelque part, non loin de Veldenz, ignorés et tout-puissants.

Un long silence les unit. Puis, elle se leva et ordonna doucement :

« Allez-vous-en, je vous supplie de partir... Pierre épousera Geneviève, cela je vous le promets, mais il vaut mieux que vous partiez... que vous ne soyez pas là... Allez-vous-en, Pierre épousera Geneviève... »

Il attendit un instant. Peut-être eût-il voulu des mots plus précis, mais il n'osait rien demander. Et il se retira, ébloui, grisé, et si heureux d'obéir et de soumettre sa destinée à la sienne!

Sur son chemin vers la porte, il rencontra une chaise basse qu'il dut déplacer. Mais son pied heurta quelque chose. Il baissa la tête. C'était un petit miroir de poche, en ébène, avec un chiffre en or.

Soudain, il tressaillit, et vivement ramassa l'objet. Le chiffre se composait de deux lettres entrelacées, un L et un M.

Un L et un M!

« Louis de Malreich », dit-il en frissonnant.

Il se retourna vers Dolorès.

« D'où vient ce miroir? A qui est-ce? Il serait très important de... »

Elle saisit l'objet et l'examina :

« Je ne sais pas... je ne l'ai jamais vu... un domestique peut-être.

— Un domestique, en effet, dit-il, mais c'est très bizarre... il y a là une coïncidence... »

Au même moment, Geneviève entra par la porte du salon, et, sans voir Lupin, que cachait un paravent, tout de suite, elle s'écria :

« Tiens! votre glace, Dolorès... Vous l'avez donc

retrouvée?... Depuis le temps que vous me faites chercher!... Où était-elle? »

Et la jeune fille s'en alla en disant :

« Ah! bien, tant mieux!... Ce que vous étiez inquiète!... je vais avertir immédiatement pour qu'on ne cherche plus... »

Lupin n'avait pas remué, confondu et tâchant vainement de comprendre. Pourquoi Dolorès n'avait-elle pas dit la vérité? Pourquoi ne s'était-elle pas expliquée aussitôt sur ce miroir?

Une idée l'effleura, et il dit, un peu au hasard :

« Vous connaissiez Louis de Malreich?

— Oui », fit-elle, en l'observant, comme si elle s'efforçait de deviner les pensées qui l'assiégeaient.

Il se précipita vers elle avec une agitation extrême.

« Vous le connaissiez? Qui était-ce? Qui est-ce? Qui est-ce? Et pourquoi n'avez-vous rien dit? Où l'avez-vous connu? Parlez... Répondez... Je vous en prie...

— Non, dit-elle.

— Il le faut, cependant... il le faut... Songez donc! Louis de Malreich, l'assassin! le monstre!... Pourquoi n'avez-vous rien dit? »

A son tour, elle posa les mains sur les épaules de Lupin, et elle déclara, d'une voix très ferme :

« Ecoutez, ne m'interrogez jamais parce que je ne parlerai jamais... C'est un secret qui mourra avec moi... Quoi qu'il arrive, personne ne le saura, personne au monde, je le jure... »

II

Durant quelques minutes, il demeura devant elle, anxieux, le cerveau en déroute.

Il se rappelait le silence de Steinweg, et la terreur du vieillard quand il lui avait demandé la révélation du secret terrible. Dolorès savait, elle aussi, et elle se taisait.

Sans un mot, il sortit.

Le grand air, l'espace, lui firent du bien. Il franchit les murs du parc, et longtemps erra à travers la campagne. Et il parlait à haute voix :

« Qu'y a-t-il? Que se passe-t-il? Voilà des mois et des mois que, tout en bataillant et en agissant, je fais danser au bout de leurs cordes tous les personnages qui doivent concourir à l'exécution de mes projets; et, pendant ce temps, j'ai complètement oublié de me pencher sur eux et de regarder ce qui s'agite dans leur cœur et dans leur cerveau. Je ne connais pas Pierre Leduc, je ne connais pas Geneviève, je ne connais pas Dolorès... Et je les ai traités en pantins, alors que ce sont des personnages vivants. Et aujourd'hui, je me heurte à des obstacles... »

Il frappa du pied et s'écria :

« A des obstacles qui n'existent pas! L'état d'âme de Geneviève et de Pierre, je m'en moque... j'étudierai cela plus tard, à Veldenz, quand j'aurai fait leur bonheur. Mais Dolorès... Elle connaît Malreich, et elle n'a rien dit!... Pourquoi? Quelles relations les unissent? A-t-elle peur de lui? A-t-elle peur qu'il ne s'évade et ne vienne se venger d'une indiscrétion? »

A la nuit, il gagna le chalet qu'il s'était réservé au fond du parc, et il y dîna de fort mauvaise humeur, pestant contre Octave qui le servait, ou trop lentement, ou trop vite.

« J'en ai assez, laisse-moi seul... Tu ne fais que des bêtises aujourd'hui... Et ce café?... il est ignoble. »

Il jeta la tasse à moitié pleine et, durant deux heures, se promena dans le parc, ressassant les mêmes idées. A la fin, une hypothèse se précisait en lui :

« Malreich s'est échappé de prison, il terrorise Mme Kesselbach, il sait déjà par elle l'incident du miroir... »

Lupin haussa les épaules :

« Et cette nuit, il va venir te tirer par les pieds. Allons, je radote. Le mieux est de me coucher. »

Il rentra dans sa chambre et se mit au lit. Aussitôt, il s'assoupit, d'un lourd sommeil agité de cauchemars. Deux fois il se réveilla et voulut allumer sa bougie, et deux fois il retomba, comme terrassé.

Il entendait sonner les heures cependant à l'horloge du village, ou plutôt il croyait les entendre, car il était plongé dans une sorte de torpeur où il lui semblait garder tout son esprit.

Et des songes le hantèrent, des songes d'angoisse

et d'épouvante. Nettement, il perçut le bruit de sa fenêtre qui s'ouvrait. Nettement, à travers ses paupières closes, à travers l'ombre épaisse, il *vit* une forme qui avançait.

Et cette forme se pencha sur lui.

Il eut l'énergie incroyable de soulever ses paupières et de regarder... ou du moins il se l'imagina. Rêvait-il? Etait-il éveillé? Il se le demandait désespérément.

Un bruit encore... On prenait la boîte d'allumettes, à côté de lui.

« Je vais donc y voir », se dit-il avec une grande joie.

Une allumette craqua. La bougie fut allumée.

Des pieds à la tête, Lupin sentit la sueur qui coulait sur sa peau, en même temps que son cœur s'arrêtait de battre, suspendu d'effroi. *L'homme était là.*

Etait-ce possible? Non, non... Et pourtant *il voyait...* Oh! le terrifiant spectacle!... L'homme, le monstre, était là.

« Je ne veux pas... je ne veux pas... » balbutia Lupin, affolé.

L'homme, le monstre était là, vêtu de noir, un masque sur le visage, le chapeau mou rabattu sur ses cheveux blonds.

« Oh! je rêve... je rêve, dit Lupin en riant... c'est un cauchemar... »

De toute sa force, de toute sa volonté, il voulut faire un geste, un seul, qui chassât le fantôme.

Il ne le put pas.

Et tout à coup, il se souvint : la tasse de café! le goût de ce breuvage... pareil au goût du café qu'il avait bu à Veldenz... Il poussa un cri, fit un dernier effort, et retomba, épuisé.

Mais, dans son délire, il sentait que l'homme dégageait le haut de sa chemise, mettait sa gorge à nu et levait le bras, et il vit que sa main se crispait au manche d'un poignard, un petit poignard d'acier, semblable à celui qui avait frappé M. Kesselbach, Chapman, Altenheim, et tant d'autres...

III

Quelques heures plus tard, Lupin s'éveilla, brisé de fatigue, la bouche amère.

Il resta plusieurs minutes à rassembler ses idées, et soudain, se rappelant, eut un mouvement de défense instinctif comme si on l'attaquait.

« Imbécile que je suis, s'écria-t-il en bondissant de son lit... C'est un cauchemar, une hallucination. Il suffit de réfléchir. Si c'était *lui, si vraiment* c'était un homme, en chair et en os, qui, cette nuit, a levé le bras sur moi, il m'aurait égorgé comme un poulet. *Celui-là* n'hésite pas. Soyons logique. Pourquoi m'aurait-il épargné? Pour mes beaux yeux? Non, j'ai rêvé, voilà tout... »

Il se mit à siffloter, et s'habilla, tout en affectant le plus grand calme, mais son esprit ne cessait pas de travailler, et ses yeux cherchaient...

Sur le parquet, sur le rebord de la croisée, aucune trace. Comme sa chambre se trouvait au rez-de-chaussée et qu'il dormait la fenêtre ouverte, il était évident que l'agresseur serait venu par là.

Or, il ne découvrit rien, et rien non plus au pied

du mur extérieur, sur le sable de l'allée qui bordait le chalet.

« Pourtant... pourtant... », répétait-il entre ses dents.

Il appela Octave.

« Où as-tu préparé le café que tu m'as donné hier soir?

— Au château, patron, comme tout le reste. Il n'y a pas de fourneau ici.

— Tu as bu de ce café?

— Non.

— Tu as jeté ce qu'il y avait dans la cafetière?

— Dame, oui, patron. Vous le trouviez si mauvais. Vous n'avez pu en boire que quelques gorgées.

— C'est bien. Apprête l'auto. Nous partons. »

Lupin n'était pas homme à rester dans le doute. Il voulait une explication décisive avec Dolorès. Mais, pour cela, il avait besoin, auparavant, d'éclaircir certains points qui lui semblaient obscurs, et de voir Doudeville qui lui avait envoyé de Veldenz des renseignements assez bizarres.

D'une traite, il se fit conduire au grand-duché qu'il atteignit vers deux heures. Il eut une entrevue avec le comte de Waldemar auquel il demanda, sous un prétexte quelconque, de retarder le voyage à Bruggen des délégués de la Régence. Puis il alla retrouver Jean Doudeville dans une taverne de Veldenz.

Doudeville le conduisit alors dans une autre taverne, où il lui présenta un petit monsieur assez pauvrement vêtu : Herr Stockli, employé aux archives de l'état civil.

La conversation fut longue. Ils sortirent ensemble, et tous les trois passèrent furtivement par les bureaux de la maison de ville. A sept heures, Lupin dînait et repartait. A dix heures, il arrivait au château de Bruggen et s'enquérait de Geneviève, afin de pénétrer avec elle dans la chambre de Mme Kesselbach.

On lui répondit que Mlle Ernemont avait été rappelée à Paris par une dépêche de sa grand-mère.

« Soit, dit-il, mais Mme Kesselbach est-elle visible?

— Madame s'est retirée aussitôt après le dîner. Elle doit dormir.

— Non, j'ai aperçu de la lumière dans son boudoir. Elle me recevra. »

A peine d'ailleurs attendit-il la réponse de Mme Kesselbach. Il s'introduisit dans le boudoir presque à la suite de la servante, congédia celle-ci, et dit à Dolorès :

« J'ai à vous parler, madame, c'est urgent... Excusez-moi... J'avoue que ma démarche peut vous paraître importune... Mais vous comprendrez, j'en suis sûr... »

Il était très surexcité et ne semblait guère disposé à remettre l'explication, d'autant plus que, avant d'entrer, il avait cru percevoir du bruit.

Cependant, Dolorès était seule, étendue. Et elle lui dit, de sa voix lasse :

« Peut-être aurions-nous pu... demain. »

Il ne répondit pas, frappé soudain par une odeur qui l'étonnait dans ce boudoir de femme, une odeur de tabac. Et tout de suite, il eut l'intuition, la certitude qu'un homme se trouvait là, au moment où lui-même arrivait, et qu'il s'y trouvait encore, dissimulé quelque part...

Pierre Leduc? Non, Pierre Leduc ne fumait pas. Alors?

Dolorès murmura :

« Finissons-en, je vous en prie.

— Oui, oui, mais auparavant... vous serait-il possible de me dire?... »

Il s'interrompit. A quoi bon l'interroger? Si vraiment un homme se cachait, le dénoncerait-elle?

Alors, il se décida, et, tâchant de dompter l'espèce de gêne peureuse qui l'opprimait à sentir une présence étrangère, il prononça tout bas, de façon à ce que, seule, Dolorès entendît :

« Ecoutez, j'ai appris une chose... que je ne comprends pas... et qui me trouble profondément. Il faut me répondre, n'est-ce pas, Dolorès? »

Il dit ce nom avec une grande douceur et comme s'il essayait de la dominer par l'amitié et la tendresse de sa voix.

« Quelle est cette chose? dit-elle.

— Le registre de l'état civil de Veldenz porte trois noms, qui sont les noms des derniers descendants de la famille Malreich, établie en Allemagne...

— Oui, vous m'avez raconté cela...

— Vous vous rappelez, c'est d'abord Raoul de Malreich, plus connu sous son nom de guerre, Altenheim. le bandit, l'apache du grand monde — aujourd'hui mort... assassiné.

— Oui.

— C'est ensuite Louis de Malreich, le monstre, celui-là, l'épouvantable assassin, qui, dans quelques jours, sera décapité.

— Oui.

— Puis, enfin, Isilda la folle...

— Oui.

— Tout cela est donc, n'est-ce pas, bien établi?

— Oui.

— Eh bien, dit Lupin, en se penchant davantage sur elle, d'une enquête à laquelle je me suis livré tantôt, il résulte que le second des trois prénoms, Louis, ou plutôt la partie de ligne sur laquelle il est inscrit, a été autrefois l'objet d'un travail de grattage. La ligne est surchargée d'une écriture nouvelle tracée avec de l'encre beaucoup plus neuve, mais qui, cependant, n'a pas effacé entièrement ce qui était écrit par en dessous. De sorte que...

— De sorte que?... dit Mme Kesselbach, à voix basse.

— De sorte que, avec une bonne loupe et surtout avec les procédés spéciaux dont je dispose, j'ai pu faire revivre certaines des syllabes effacées, et, sans erreur, en toute certitude, reconstituer l'ancienne écriture. Ce n'est pas alors Louis de Malreich que l'on trouve, c'est...

— Oh! taisez-vous, taisez-vous... »

Subitement brisée par le trop long effort de résistance qu'elle opposait, elle s'était ployée en deux, et, la tête entre ses mains, les épaules secouées de convulsions, elle pleurait.

Lupin regarda longtemps cette créature de nonchalance et de faiblesse, si pitoyable, si désemparée. Et il eût voulu se taire, suspendre l'interrogatoire torturant qu'il lui infligeait.

Mais n'était-ce pas pour la sauver qu'il agissait ainsi? Et, pour la sauver, ne fallait-il pas qu'il sût la vérité, si douloureuse qu'elle fût?

Il reprit :

« Pourquoi ce faux?

— C'est mon mari, balbutia-t-elle, c'est lui qui a fait cela. Avec sa fortune il pouvait tout, et, avant notre mariage, il a obtenu d'un employé subalterne que l'on changeât sur le registre le prénom du second enfant.

— Le prénom et le sexe, dit Lupin.

— Oui, fit-elle.

— Ainsi, reprit-il, je ne me suis pas trompé : l'ancien prénom, le véritable, c'était Dolorès? Mais pourquoi votre mari...? »

Elle murmura, les joues baignées de larmes, toute honteuse :

« Vous ne comprenez pas?

— Non.

— Mais pensez donc, dit-elle en frissonnant, j'étais la sœur d'Isilda la folle, la sœur d'Altenheim le bandit. Mon mari, ou plutôt mon fiancé, n'a pas voulu que je reste cela. Il m'aimait. Moi aussi, je l'aimais, et j'ai consenti. Il a supprimé sur les registres Dolorès de Malreich, il m'a acheté d'autres papiers, une autre personnalité, un autre acte de naissance, et je me suis mariée en Hollande sous un autre nom de jeune fille, Dolorès Amonti. »

Lupin réfléchit un instant et prononça pensivement :

« Oui... oui... je comprends... Mais alors Louis de Malreich n'existe pas, et l'assassin de votre mari, l'assassin de votre sœur et de votre frère, ne s'appelle pas ainsi... Son nom... »

Elle se redressa et vivement :

« Son nom! oui, il s'appelle ainsi... oui, c'est son nom tout de même... Louis de Malreich... L et M... Souvenez-vous.. Ah! ne cherchez pas... c'est le secret terrible... Et puis, qu'importe!... le coupable est là-bas... Il est le coupable... je vous le dis... Est-ce qu'il s'est défendu quand je l'ai accusé, face à face? Est-ce qu'il pouvait se défendre, sous ce nom-là ou sous un autre?

C'est lui... c'est lui... il a tué... il a frappé... le poignard... le poignard d'acier... Ah! si l'on pouvait tout dire!... Louis de Malreich... Si je pouvais... »

Elle se roulait sur la chaise longue, dans une crise nerveuse, et sa main s'était crispée à celle de Lupin, et il entendit qu'elle bégayait parmi des mots indistincts :

« Protégez-moi... protégez-moi... Vous seul peut-être... Ah! ne m'abandonnez pas... je suis si malheureuse... Ah! quelle torture... quelle torture!... c'est l'enfer. »

De sa main libre, il lui frôla les cheveux et le front avec une douceur infinie, et, sous la caresse, elle se détendit et s'apaisa peu à peu.

Alors, il la regarda de nouveau, et longtemps, longtemps, il se demanda ce qu'il pouvait y avoir derrière ce beau front pur, quel secret dévastait cette âme mystérieuse. Elle aussi avait peur. Mais de qui? Contre qui suppliait-elle qu'on la protégeât?

Encore une fois, il fut obsédé par l'image de l'homme noir, de ce Louis de Malreich, ennemi ténébreux et incompréhensible, dont il devait parer les attaques sans savoir d'où elles venaient, ni même si elles se produisaient.

Qu'il fût en prison, surveillé jour et nuit... la belle affaire! Lupin ne savait-il pas par lui-même qu'il est des êtres pour qui la prison n'existe point, et qui se libèrent de leurs chaînes à la minute fatidique? Et Louis de Malreich était de ceux-là.

Oui, il y avait quelqu'un en prison à la Santé, dans la cellule des condamnés à mort. Mais ce pouvait être un complice, ou telle victime de Malreich... tandis que lui, Malreich, rôdait autour du château de Bruggen, se glissait à la faveur de l'ombre, comme un fantôme invisible, pénétrait dans le chalet du parc, et, la nuit, levait son poignard sur Lupin, endormi et paralysé.

Et c'était Louis de Malreich qui terrorisait Dolorès, qui l'affolait de ses menaces, qui la tenait par quelque secret redoutable et la contraignait au silence et à la soumission.

Et Lupin imaginait le plan de l'ennemi : jeter Dolorès effarée et tremblante entre les bras de Pierre Leduc, le supprimer, lui, Lupin, et régner à sa place, là-bas, avec le pouvoir du grand-duc et les millions de Dolorès.

Hypothèse probable, hypothèse certaine, qui s'adaptait aux événements et donnait une solution à tous les problèmes.

« A tous? objectait Lupin... Oui... Mais alors pourquoi ne m'a-t-il pas tué cette nuit dans le chalet? Il n'avait qu'à vouloir et *il n'a pas voulu.* Un geste, et j'étais mort. Ce geste, il ne l'a pas fait. Pourquoi? »

Dolorès ouvrit les yeux, l'aperçut, et sourit, d'un pâle sourire.

« Laissez-moi », dit-elle.

Il se leva, avec une hésitation. Irait-il voir si l'ennemi était derrière ce rideau, ou caché derrière les robes de ce placard?

Elle répéta doucement :

« Allez... je vais dormir... »

Il s'en alla.

Mais dehors, il s'arrêta sous des arbres qui faisaient un massif d'ombre devant la façade du château. Il vit de la lumière dans le boudoir de Dolorès. Puis cette lumière passa dans la chambre. Au bout de quelques minutes, ce fut l'obscurité.

Il attendit. Si l'ennemi était là, peut-être sortirait-il du château?

Une heure s'écoula... deux heures... Aucun bruit.

« Rien à faire, pensa Lupin. Ou bien il se terre en quelque coin du château... ou bien il en est sorti par une porte que je ne puis voir d'ici... A moins que tout cela ne soit, de ma part, la plus absurde des hypothèses... »

Il alluma une cigarette et s'en retourna vers le chalet.

Comme il s'en approchait, il aperçut, d'assez loin encore, une ombre qui paraissait s'en éloigner.

Il ne bougea point, de peur de donner l'alarme.

L'ombre traversa une allée. A la clarté de la lumière, il lui sembla reconnaître la silhouette noire de Malreich.

Il s'élança.

L'ombre s'enfuit et disparut.

« Allons, se dit-il, ce sera pour demain. Et cette fois... »

IV

Lupin entra dans la chambre d'Octave, son chauffeur, le réveilla et lui ordonna :

« Prends l'auto. Tu seras à Paris à six heures du matin. Tu verras Jacques Doudeville, et tu lui diras : 1° de me donner des nouvelles du condamné à mort; 2° de m'envoyer, dès l'ouverture des bureaux de poste, une dépêche ainsi conçue... »

Il libella la dépêche sur un bout de papier, et ajouta :

« Ta commission aussitôt faite, tu reviendras, mais par ici, en longeant les murs du parc. Va, il ne faut pas qu'on se doute de ton absence. »

Lupin gagna sa chambre, fit jouer le ressort de sa lanterne, et commença une inspection minutieuse.

« C'est bien cela, dit-il au bout d'un instant, on est venu cette nuit pendant que je faisais le guet sous la fenêtre. Et, si l'on est venu, je me doute de l'intention... Décidément, je ne me trompais pas... ça brûle... Cette fois, je puis être sûr de mon petit coup de poignard. »

Par prudence, il prit une couverture, choisit un

endroit du parc bien isolé, et s'endormit à la belle étoile.

Vers onze heures du matin, Octave se présentait à lui.

« C'est fait, patron. Le télégramme est envoyé.

— Bien. Et Louis de Malreich, il est toujours en prison?

— Toujours. Doudeville a passé devant sa cellule hier soir à la Santé. Le gardien en sortait. Ils ont causé. Malreich est toujours le même, paraît-il, muet comme une carpe. Il attend.

— Il attend quoi?

— L'heure fatale, parbleu! A la Préfecture, on dit que l'exécution aura lieu après-demain.

— Tant mieux, tant mieux, dit Lupin. Ce qu'il y a de plus clair, c'est qu'il ne s'est pas évadé. »

Il renonçait à comprendre et même à chercher le mot de l'énigme, tellement il sentait que la vérité entière allait lui être révélée. Il n'avait plus qu'à préparer son plan, afin que l'ennemi tombât dans le piège.

« Ou que j'y tombe moi-même », pensa-t-il en riant.

Il était très gai, très libre d'esprit, et jamais bataille ne s'annonça pour lui avec des chances meilleures.

Du château, un domestique lui apporta la dépêche qu'il avait dit à Doudeville de lui envoyer et que le facteur venait de déposer. Il l'ouvrit et la mit dans sa poche.

Un peu avant midi, il rencontra Pierre Leduc dans une allée, et, sans préambule :

« Je te cherchais... il y a des choses graves... Il faut que tu me répondes franchement. Depuis que tu es dans ce château, as-tu jamais aperçu un autre homme que les domestiques allemands que j'y ai placés?

— Non.

— Réfléchis bien. Il ne s'agit pas d'un visiteur quelconque. Je parle d'un homme qui se cacherait, dont tu aurais constaté la présence, moins que cela, dont tu aurais soupçonné la présence, sur un indice, sur une impression?

— Non... Est-ce que vous auriez?...

— Oui. Quelqu'un se cache ici... quelqu'un rôde par là... Où? Et qui? Et dans quel but? Je ne sais pas... mais je saurai. J'ai déjà des présomptions. De ton côté, ouvre l'œil... veille... et surtout, pas un mot à Mme Kesselbach... Inutile de l'inquiéter... »

Il s'en alla.

Pierre Leduc, interdit, bouleversé, reprit le chemin du château.

En route, sur la pelouse, il vit un papier bleu. Il le ramassa. C'était une dépêche, non point chiffonnée comme un papier que l'on jette, mais pliée avec soin — visiblement perdue.

Elle était adressée à M. Meauny, nom que portait Lupin à Bruggen. Et elle contenait ces mots :

« *Connaissons toute la vérité. Révélations impossibles par lettre. Prendrai train ce soir. Rendez-vous demain matin huit heures gare Bruggen.* »

« Parfait! se dit Lupin, qui, d'un taillis proche, surveillait le manège de Pierre Leduc... parfait! D'ici deux minutes, ce jeune idiot aura montré le télégramme à Dolorès, et lui aura fait part de toutes mes appréhensions. Ils en parleront toute la journée, et l'*autre* entendra, l'*autre* saura, puisqu'il sait tout, puisqu'il vit dans l'ombre même de Dolorès, et que Dolorès est entre ses mains comme une proie fascinée...

Et ce soir il agira par peur du secret qu'on doit me révéler... »

Il s'éloigna en chantonnant.

« Ce soir... ce soir... on dansera... Ce soir... Quelle valse, mes amis! La valse du sang, sur l'air du petit poignard nickelé... Enfin! nous allons rire. »

A la porte du pavillon, il appela Octave, monta dans sa chambre, se jeta sur son lit et dit au chauffeur :

« Prends ce siège, Octave, et ne dors pas. Ton maître va se reposer. Veille sur lui, serviteur fidèle. »

Il dormit d'un bon sommeil.

« Comme Napoléon au matin d'Austerlitz », dit-il en s'éveillant.

C'était l'heure du dîner. Il mangea copieusement, puis, tout en fumant une cigarette, il visita ses armes, changea les balles de ses deux revolvers.

« — La poudre sèche et l'épée aiguisée », comme dit mon copain le Kaiser... Octave! »

Octave accourut.

« Va dîner au château avec les domestiques. Annonce que tu vas cette nuit à Paris, en auto.

— Avec vous, patron?

— Non, seul. Et sitôt le repas fini, tu partiras en effet ostensiblement.

— Mais je n'irai pas à Paris?

— Non, tu attendras hors du parc, sur la route, à un kilomètre de distance... jusqu'à ce que je vienne. Ce sera long. »

Il fuma une autre cigarette, se promena, passa devant le château, aperçut de la lumière dans les appartements de Dolorès, puis revint au chalet.

Là, il prit un livre. C'était la *Vie des hommes illustres*.

« Il en manque une et la plus illustre, dit-il. Mais l'avenir est là, qui remettra les choses en leur place. Et j'aurai mon Plutarque un jour ou l'autre. »

Il lut la *Vie de César*, et nota quelques réflexions en marge.

A onze heures et demie, il montait.

Par la fenêtre ouverte, il se pencha vers la vaste nuit, claire et sonore, toute frémissante de bruits indistincts. Des souvenirs lui vinrent aux lèvres, souvenirs de phrases d'amour qu'il avait lues ou prononcées, et il dit plusieurs fois le nom de Dolorès, avec une ferveur d'adolescent qui ose à peine confier au silence le nom de sa bien-aimée.

« Allons, dit-il, préparons-nous. »

Il laissa la fenêtre entrebâillée, écarta un guéridon qui barrait le passage, et engagea ses armes sous son oreiller. Puis, paisiblement, sans la moindre émotion, il se mit au lit, tout habillé, et souffla sa bougie.

Et la peur commença.

Ce fut immédiat. Dès que l'ombre l'eut enveloppé, la peur commença!

« Nom de D...! » s'écria-t-il.

Il sauta du lit, prit ses armes et les jeta dans le couloir.

« Mes mains, mes mains seules! Rien ne vaut l'étreinte de mes mains! »

Il se coucha. L'ombre et le silence, de nouveau. Et de nouveau, la peur, la peur sournoise, lancinante, envahissante...

A l'horloge du village, douze coups...

Lupin songeait à l'être immonde qui, là-bas, à cent mètres, à cinquante mètres de lui, se préparait, essayait la pointe aiguë de son poignard...

« Qu'il vienne!... Qu'il vienne! murmura-t-il, tout frissonnant... et les fantômes se dissiperont... »

Une heure, au village.

Et des minutes, des minutes interminables, minutes de fièvre et d'angoisse... Des gouttes perlaient à la racine de ses cheveux et coulaient sur son front, et il lui semblait que c'était une sueur de sang qui le baignait tout entier...

Deux heures...

Et voilà que, quelque part, tout près, un bruit imperceptible frissonna, un bruit de feuilles remuées... qui n'était point le bruit des feuilles que remue le souffle de la nuit...

Comme Lupin l'avait prévu, ce fut en lui, instantanément, le calme immense. Toute sa nature de grand aventurier tressaillit de joie. C'était la lutte, enfin!

Un autre bruit grinça, plus net, sous la fenêtre, mais si faible encore qu'il fallait l'oreille exercée de Lupin pour le percevoir.

Des minutes, des minutes effrayantes... L'ombre était impénétrable. Aucune clarté d'étoile ou de lune ne l'allégeait.

Et, tout à coup, sans qu'il eût rien entendu, il *sut* que l'homme était dans la chambre.

Et l'homme marchait vers le lit. Il marchait comme un fantôme marche, sans déplacer l'air de la chambre et sans ébranler les objets qu'il touchait.

Mais, de tout son instinct, de toute sa puissance

nerveuse, Lupin voyait les gestes de l'ennemi et devinait la succession même de ses idées.

Lui, il ne bougeait pas, arc-bouté contre le mur, et presque à genoux, tout prêt à bondir.

Il sentit que l'ombre effleurait, palpait les draps du lit, pour se rendre compte de l'endroit où il allait frapper. Lupin entendit sa respiration. Il crut même entendre les battements de son cœur. Et il constata avec orgueil que son cœur à lui ne battait pas plus fort... tandis que le cœur de l'autre... Oh! oui, comme il l'entendait, ce cœur désordonné, fou, qui se heurtait, comme le battant d'une cloche, aux parois de la poitrine.

La main de l'*autre* se leva...

Une seconde, deux secondes...

Est-ce qu'il hésitait? Allait-il encore épargner son adversaire?

Et Lupin prononça dans le grand silence

« Mais frappe donc! frappe! »

Un cri de rage... Le bras s'abattit comme un ressort.

Puis un gémissement.

Ce bras, Lupin l'avait saisi au vol, à la hauteur du poignet... Et, se ruant hors du lit, formidable, irrésistible, il agrippait l'homme à la gorge et le renversait.

Ce fut tout. Il n'y eut pas de lutte. Il ne pouvait même pas y avoir de lutte. L'homme était à terre, cloué, rivé par deux rivets d'acier, les mains de Lupin. Et il n'y avait pas d'homme au monde, si fort qu'il fût, qui pût se dégager de cette étreinte.

Et pas un mot! Lupin ne prononça aucune de ces

paroles où s'amusait d'ordinaire sa verve gouailleuse. Il n'avait pas envie de parler. L'instant était trop solennel.

Nulle joie vaine ne l'émouvait, nulle exaltation victorieuse. Au fond il n'avait qu'une hâte, savoir qui était là... Louis de Malreich, le condamné à mort? Un autre? Qui?

Au risque d'étrangler l'homme, il lui serra la gorge un peu plus, et un peu plus, et un peu plus encore.

Et il sentit que toute la force de l'ennemi, que tout ce qui lui restait de force l'abandonnait. Les muscles du bras se détendirent, devinrent inertes. La main s'ouvrit et lâcha le poignard.

Alors, libre de ses gestes, la vie de l'adversaire suspendue à l'effroyable étau de ses doigts, il prit sa lanterne de poche, posa sans l'appuyer son index sur le ressort, et l'approcha de la figure de l'homme.

Il n'avait plus qu'à pousser le ressort, qu'à vouloir, et il saurait.

Une seconde, il savoura sa puissance. Un flot d'émotion le souleva. La vision de son triomphe l'éblouit. Une fois de plus, et superbement, héroïquement, il était le Maître.

D'un coup sec il fit la clarté. Le visage du monstre apparut.

Lupin poussa un hurlement d'épouvante.

Dolorès Kesselbach!

LA TUEUSE

I

Ce fut, dans le cerveau de Lupin, comme un ouragan, un cyclone, où les fracas du tonnerre, les bourrasques de vent, des rafales d'éléments éperdus se déchaînèrent tumultueusement dans une nuit de chaos.

Et de grands éclairs fouettaient l'ombre. Et à la lueur fulgurante de ces éclairs, Lupin effaré, secoué de frissons, convulsé d'horreur, Lupin voyait et tâchait de comprendre.

Il ne bougeait pas, cramponné à la gorge de l'ennemi, comme si ses doigts raidis ne pouvaient plus desserrer leur étreinte. D'ailleurs, bien qu'il *sût* maintenant, il n'avait pour ainsi dire pas l'impression exacte que ce fût Dolorès. C'était encore l'homme noir, Louis de Malreich, la bête immonde des ténèbres; et cette bête il la tenait, et il ne la lâcherait pas.

Mais la vérité se ruait à l'assaut de son esprit et de sa conscience, et, vaincu, torturé d'angoisse, il murmura :

« Oh! Dolorès... Dolorès... »

Tout de suite, il vit l'excuse : la folie. Elle était

folle. La sœur d'Altenheim, d'Isilda, la fille des derniers Malreich, de la mère démente et du père ivrogne, elle-même était folle. Folle étrange, folle avec toute l'apparence de la raison, mais folle cependant, déséquilibrée, malade, hors nature, vraiment monstrueuse.

En toute certitude il comprit cela! C'était la folie du crime. Sous l'obsession d'un but vers lequel elle marchait automatiquement, elle tuait, avide de sang, inconsciente et infernale.

Elle tuait parce qu'elle voulait quelque chose, elle tuait pour se défendre, elle tuait pour cacher qu'elle avait tué. Mais elle tuait aussi, et surtout, pour *tuer*. Le meurtrier satisfaisait en elle des appétits soudains et irrésistibles. A certaines secondes de sa vie, dans certaines circonstances, en face de tel être, devenu subitement l'adversaire, il fallait que son bras frappât.

Et elle frappait, ivre de rage, férocement, frénétiquement.

Folle étrange, irresponsable de ses meurtres, et cependant si lucide en son aveuglement! si logique dans son désordre! si intelligente dans son absurdité! Quelle adresse! Quelle persévérance! Quelles combinaisons à la fois détestables et admirables!

Et Lupin, en une vision rapide, avec une acuité prodigieuse de regard, voyait la longue série des aventures sanglantes, et devinait les chemins mystérieux que Dolorès avait suivis.

Il la voyait, obsédée et possédée par le projet de son mari, projet qu'elle ne devait évidemment connaître qu'en partie. Il la voyait cherchant, elle aussi, ce Pierre Leduc que son mari poursuivait, et le cherchant pour l'épouser et pour retourner, reine, en ce petit royaume de Veldenz d'où ses parents avaient été ignominieusement chassés.

Et il la voyait au Palace-Hôtel, dans la chambre de son frère Altenheim, alors qu'on la supposait à Monte-Carlo. Il la voyait, durant des jours, qui épiait son mari, frôlant les murs, mêlée aux ténèbres, indistincte et inaperçue en son déguisement d'ombre.

Et une nuit elle trouvait M. Kesselbach enchaîné, et elle frappait.

Et le matin, sur le point d'être dénoncée par le valet de chambre, elle frappait.

Et une heure plus tard, sur le point d'être dénoncée par Chapman, elle l'entraînait dans la chambre de son frère, et le frappait.

Tout cela sans pitié, sauvagement, avec une habileté diabolique.

Et avec la même habileté, elle communiquait par téléphone avec ses deux femmes de chambre, Gertrude et Suzanne, qui, toutes deux, venaient d'arriver de Monte-Carlo, où l'une d'elles avait tenu le rôle de sa maîtresse. Et Dolorès, reprenant ses vêtements féminins, rejetant la perruque blonde qui la rendait méconnaissable, descendait au rez-de-chaussée, rejoignait Gertrude au moment où celle-ci pénétrait dans l'hôtel, et elle affectait d'arriver elle aussi, ignorante encore du malheur qui l'attendait.

Comédienne incomparable, elle jouait l'épouse dont l'existence est brisée. On la plaignait. On pleurait sur elle. Qui l'eût soupçonnée?

Et alors commençait la guerre avec lui, Lupin, cette guerre barbare, cette guerre inouïe qu'elle soutint tour à tour contre M. Lenormand et contre le prince Sernine, la journée sur sa chaise longue, malade et défaillante, mais la nuit, debout, courant par les chemins, infatigable et terrifiante.

Et c'étaient les combinaisons infernales, Gertrude et Suzanne, complices épouvantées et domptées, l'une et l'autre lui servant d'émissaires, se déguisant comme elle peut-être, ainsi que le jour où le vieux Steinweg avait été enlevé par le baron Altenheim, en plein Palais de justice.

Et c'était la série des crimes. C'était Gourel noyé. C'était Altenheim, son frère, poignardé. Oh! la lutte implacable dans les souterrains de la villa des Glycines, le travail invisible du monstre dans l'obscurité, comme tout cela apparaissait clairement aujourd'hui!

Et c'était elle qui lui enlevait son masque de prince, elle qui le dénonçait, elle qui le jetait en prison, elle qui déjouait tous ses plans, dépensant des millions pour gagner la bataille.

Et puis les événements se précipitaient. Suzanne et Gertrude disparues, mortes sans doute! Steinweg, assassiné! Isilda, la sœur, assassinée!

« Oh! l'ignominie, l'horreur! » balbutia Lupin, en un sursaut de répugnance et de haine.

Il l'exécrait, l'abominable créature. Il eût voulu l'écraser, la détruire. Et c'était une chose stupéfiante que ces deux êtres accrochés l'un à l'autre, gisant immobiles dans la pâleur de l'aube qui commençait à se mêler aux ombres de la nuit.

« Dolorès... Dolorès... », murmura-t-il avec désespoir.

Il bondit en arrière, pantelant de terreur, les yeux hagards. Quoi? Qu'y avait-il? Qu'était-ce que cette ignoble impression de froid qui glaçait ses mains?

« Octave! Octave! » cria-t-il, sans se rappeler l'absence du chauffeur.

Du secours! Il lui fallait du secours! Quelqu'un qui le rassurât et l'assistât. Il grelottait de peur. Oh! ce froid, ce froid de la mort qu'il avait senti. Etait-ce possible?... Alors, pendant ces quelques minutes tragiques, il avait, de ses doigts crispés...

Violemment, il se contraignit à regarder. Dolorès ne bougeait pas.

Il se précipita à genoux et l'attira contre lui.

Elle était morte.

Il resta quelques instants dans un engourdissement où sa douleur paraissait se dissoudre. Il ne souffrait plus. Il n'avait plus ni fureur, ni haine, ni sentiment d'aucune espèce... rien qu'un abattement stupide, la sensation d'un homme qui a reçu un coup de massue, et qui ne sait s'il vit encore, s'il pense, ou s'il n'est pas le jouet d'un cauchemar.

Cependant il lui semblait que quelque chose de juste venait de se passer, et il n'eut pas une seconde l'idée que c'était lui qui avait tué. Non, ce n'était pas lui. C'était en dehors de lui et de sa volonté. C'était le destin, l'inflexible destin qui avait accompli l'œuvre d'équité en supprimant la bête nuisible.

Dehors, des oiseaux chantèrent. La vie s'animait sous les vieux arbres que le printemps s'apprêtait à fleurir. Et Lupin, s'éveillant de sa torpeur, sentit peu à peu sourdre en lui une indéfinissable et absurde compassion pour la misérable femme — odieuse certes, abjecte et vingt fois criminelle, mais si jeune encore et qui n'était plus.

Et il songea aux tortures qu'elle avait dû subir en ses moments de lucidité, lorsque, la raison lui revenant, l'innommable folle avait la vision sinistre de ses actes.

« Protégez-moi... je suis si malheureuse! » suppliait-elle.

C'était contre elle-même qu'elle demandait qu'on la protégeât, contre ses instincts de fauve, contre le monstre qui habitait en elle et qui la forçait à tuer, à toujours tuer.

« Toujours? » se dit Lupin.

Et il se rappelait le soir de l'avant-veille où, dressée au-dessus de lui, le poignard levé sur l'ennemi qui, depuis des mois, la harcelait, sur l'ennemi infatigable qui l'avait acculée à tous les forfaits, il se rappelait que, ce soir-là, elle n'avait pas tué. C'était facile cependant : l'ennemi gisait inerte et impuissant. D'un coup, la lutte implacable se terminait. Non, elle n'avait pas tué, soumise, elle aussi, à des sentiments plus forts que sa cruauté, à des sentiments obscurs de sympathie et d'admiration pour celui qui l'avait si souvent dominée.

Non, elle n'avait pas tué, cette fois-là. Et voici que, par un retour vraiment effarant du destin, voici que c'était lui qui la tuait.

« J'ai tué, pensait-il en frémissant des pieds à la tête; mes mains ont supprimé un être vivant, et cet être, c'est Dolorès!... Dolorès... Dolorès... »

Il ne cessait de répéter son nom, son nom de douleur, et il ne cessait de la regarder, triste chose inanimée, inoffensive maintenant, pauvre loque de chair, sans plus de conscience qu'un petit tas de feuilles, ou qu'un petit oiseau égorgé au bord de la route.

Oh! comment aurait-il pu ne point tressaillir de compassion, puisque, l'un en face de l'autre, il était le meurtrier, lui, et qu'elle n'était plus, elle, que la victime?

« Dolorès... Dolorès... Dolorès... »

Le grand jour le surprit, assis près de la morte, se souvenant et songeant, tandis que ses lèvres articulaient, de temps à autre, les syllabes désolées... Dolorès... Dolorès...

Il fallait agir pourtant, et, dans la débâcle de ses idées, il ne savait plus en quel sens il fallait agir, ni par quel acte commencer.

« Fermons-lui les yeux, d'abord », se dit-il.

Tout vides, emplis de néant, ils avaient encore, les beaux yeux dorés, cette douceur mélancolique qui leur donnait tant de charme. Etait-ce possible que ces yeux-là eussent été les yeux du monstre? Malgré lui, et en face même de l'implacable réalité, Lupin ne pouvait encore confondre en un seul personnage ces deux êtres dont les images étaient si distinctes au fond de sa pensée.

Rapidement il s'inclina vers elle, baissa les longues paupières soyeuses, et recouvrit d'un voile la pauvre figure convulsée.

Alors il lui sembla que Dolorès devenait plus lointaine, et que l'homme noir, cette fois, était bien là, à côté de lui, en ses habits sombres, en son déguisement d'assassin.

Il osa le toucher, et palpa ses vêtements.

Dans une poche intérieure, il y avait deux portefeuilles. Il prit l'un d'eux et l'ouvrit.

Il trouva d'abord une lettre signée de Steinweg, le vieil Allemand.

Elle contenait ces lignes :

« Si je meurs avant d'avoir pu révéler le terrible secret, que l'on sache ceci : l'assassin de mon ami Kesselbach est sa femme, de son vrai nom Dolorès de Malreich, sœur d'Altenheim et sœur d'Isilda.

« Les initales L et M se rapportent à elle. Jamais, dans l'intimité, Kesselbach n'appelait sa femme *Dolorès* qui est un nom de douleur et de deuil, mais *Lœtitia,* qui veut dire joie. L et M — Lœtitia de Malreich — telles étaient les initiales inscrites sur tous les cadeaux qu'il lui donnait, par exemple sur le porte-cigarettes trouvé au Palace-Hôtel, et qui appartenait à Mme Kesselbach. Elle avait contracté, en voyage, l'habitude de fumer.

« Lœtitia! elle fut bien en effet sa joie pendant quatre ans, quatre ans de mensonges et d'hypocrisie, où elle préparait la mort de celui qui l'aimait avec tant de bonté et de confiance.

« Peut-être aurais-je dû parler tout de suite. Je n'en ai pas eu le courage, en souvenir de mon vieil ami Kesselbach, dont elle portait le nom.

« Et puis j'avais peur... Le jour où je l'ai démasquée, au Palais de justice, j'avais lu dans ses yeux mon arrêt de mort.

« Ma faiblesse me sauvera-t-elle? »

« Lui aussi, pensa Lupin, lui aussi, elle l'a tué!... Eh parbleu, il savait trop de choses!... les initiales... ce nom de Lœtitia... l'habitude secrète de fumer... »

Et il se rappela la nuit dernière, cette odeur de tabac dans la chambre.

Il continua l'inspection du premier portefeuille.

Il y avait des bouts de lettre, en langage chiffré,

remis sans doute à Dolorès par ses complices, au cours de leurs ténébreuses rencontres...

Il y avait aussi des adresses sur des morceaux de papier, adresses de couturières ou de modistes, mais adresses de bouges aussi, et d'hôtels borgnes... Et des noms aussi... vingt, trente noms, des noms bizarres, Hector le Boucher, Armand de Grenelle, le Malade...

Mais une photographie attira l'attention de Lupin. Il la regarda. Et tout de suite, comme mû par un ressort, lâchant le portefeuille, il se rua hors de la chambre, hors du pavillon, et s'élança dans le parc.

Il avait reconnu le portrait de Louis de Malreich, prisonnier à la Santé.

Et seulement alors, seulement à cette minute précise, il se souvenait : l'exécution devait avoir lieu le lendemain.

Et puisque l'homme noir, puisque l'assassin n'était autre que Dolorès, Louis de Malreich s'appelait bien réellement Léon Massier, et il était innocent.

Innocent? Mais les preuves trouvées chez lui, les lettres de l'Empereur, et tout, tout ce qui l'accusait indéniablement, toutes ces preuves irréfragables?

Lupin s'arrêta une seconde, la tête en feu.

« Oh! s'écria-t-il, je deviens fou, moi aussi. Voyons, pourtant, il faut agir... c'est demain qu'on l'exécute... demain... demain au petit jour... »

Il tira sa montre.

« Dix heures... Combien de temps me faut-il pour être à Paris? Voilà... j'y serai tantôt... oui, tantôt j'y serai, il le faut... Et, dès ce soir, je prends les mesures pour empêcher... Mais quelles mesures? Comment prouver l'innocence?... Comment empêcher l'exécution? Eh! qu'importe!... Je verrai bien une fois là-bas. Est-ce que je ne m'appelle pas Lupin?... Allons toujours... »

Il repartit en courant, entra dans le château, et appela :

« Pierre! Vous avez vu M. Pierre Leduc? Ah! te voilà... Ecoute... »

Il l'entraîna à l'écart, et d'une voix saccadée, impérieuse :

« Ecoute, Dolorès n'est plus là... Oui, un voyage urgent... elle s'est mise en route cette nuit dans mon auto... Moi, je pars aussi... Tais-toi donc! Pas un mot... une seconde perdue, c'est irréparable. Toi, tu vas renvoyer tous les domestiques, sans explication. Voilà de l'argent. D'ici une demi-heure, il faut que le château soit vide. Et que personne n'y rentre jusqu'à mon retour!... Toi non plus, tu entends... je t'interdis d'y rentrer... je t'expliquerai cela... des raisons graves. Tiens, emporte la clef... tu m'attendras au village... »

Et de nouveau il s'élança.

Dix minutes après, il retrouvait Octave.

Il sauta dans son auto.

« Paris », dit-il.

II

Le voyage fut une véritable course à la mort.

Lupin, jugeant qu'Octave ne conduisait pas assez vite, avait pris le volant, et c'était une allure désordonnée, vertigineuse. Sur les routes, à travers les villages, dans les rues populeuses des villes, ils marchèrent à cent kilomètres à l'heure. Des gens frôlés hurlaient de rage : le bolide était loin... il avait disparu.

« Patron, balbutiait Octave, livide, nous allons y rester.

— Toi peut-être, l'auto peut-être, mais moi j'arriverai », disait Lupin.

Il avait la sensation que ce n'était pas la voiture qui le transportait, mais lui qui transportait la voiture, et qu'il trouait l'espace par ses propres forces, par sa propre volonté. Alors, quel miracle aurait pu faire qu'il n'arrivât point, puisque ses forces étaient inépuisables, et que sa volonté n'avait pas de limites?

« J'arriverai parce qu'il faut que j'arrive », répétait-il.

Et il songeait à l'homme qui allait mourir s'il n'arrivait pas à temps pour le sauver, au mystérieux Louis de Malreich, si déconcertant avec son silence obstiné et son visage hermétique. Et dans le tumulte de la route, sous les arbres dont les branches faisaient un bruit de vagues furieuses, parmi le bourdonnement de ses idées, tout de même Lupin s'efforçait d'établir une hypothèse. Et l'hypothèse se précisait peu à peu, logique, invraisemblable, certaine, se disait-il, maintenant qu'il connaissait l'affreuse vérité sur Dolorès, et qu'il entrevoyait toutes les ressources et tous les desseins odieux de cet esprit détraqué.

« Eh oui, c'est elle qui a préparé contre Malreich la plus épouvantable des machinations. Que voulait-elle? Epouser Pierre Leduc dont elle s'était fait aimer, et devenir la souveraine du petit royaume d'où elle avait été bannie. Le but était accessible, à la portée de sa main. Un seul obstacle... moi, moi, qui depuis des semaines et des semaines, inlassablement, lui barrais la route; moi qu'elle retrouvait après chaque crime, moi dont elle redoutait la clairvoyance, moi qui ne désarmerais pas avant d'avoir découvert le coupable et d'avoir retrouvé les lettres volées à l'Empereur...

« Eh bien, puisqu'il me fallait un coupable, le coupable ce serait Louis de Malreich ou plutôt Léon Massier. Qu'est-ce que ce Léon Massier? L'a-t-elle connu avant son mariage? L'a-t-elle aimé? C'est probable, mais sans doute ne le saura-t-on jamais. Ce qui est certain, c'est qu'elle aura été frappée par la ressemblance de taille et d'allure qu'elle-même pouvait obtenir avec Léon Massier, en s'habillant comme lui de vêtements noirs, et en s'affublant d'une perruque blonde. C'est qu'elle aura observé la vie bizarre de cet homme solitaire, ses courses nocturnes, sa façon de marcher dans les rues, et de dépister ceux qui pourraient le suivre. Et c'est en conséquence de ces remarques, et en prévision d'une éventualité possible, qu'elle aura conseillé à M. Kesselbach de gratter sur les registres de l'état civil le nom de Dolorès et de le remplacer par le nom de Louis, afin que les initiales fussent justement celles de Léon Massier.

« Le moment vient d'agir, et voilà qu'elle ourdit son complot, et voilà qu'elle l'exécute. Léon Massier habite la rue Delaizement? Elle ordonne à ses complices de s'établir dans la rue parallèle. Et c'est elle-même qui m'indique l'adresse du maître d'hôtel Dominique et me met sur la piste des sept bandits, sachant parfaitement que, une fois sur la piste, j'irai jusqu'au bout, c'est-à-dire au-delà des sept bandits, jusqu'à leur chef, jusqu'à l'individu qui les surveille et les dirige, jusqu'à l'homme noir, jusqu'à Léon Massier, jusqu'à Louis de Malreich.

« Et de fait, j'arrive d'abord aux sept bandits. Et alors, que se passera-t-il? Ou bien je serai vaincu, ou bien nous nous détruirons tous les uns les autres, comme elle a dû l'espérer le soir de la rue des Vignes. Et, dans ces deux cas, Dolorès est débarrassée de moi.

« Mais il advient ceci : c'est moi qui capture les sept bandits. Dolorès s'enfuit de la rue des Vignes. Je la retrouve dans la remise du Brocanteur. Elle me dirige vers Léon Massier, c'est-à-dire vers Louis de Malreich. Je découvre auprès de lui les lettres de l'Empereur, *qu'elle-même y a placées*, et je le livre à la justice, et je dénonce la communication secrète *qu'elle-même a fait ouvrir* entre les deux remises, et je donne toutes les preuves *qu'elle-même a préparées*, et je montre par des documents, *qu'elle-même a maquillés*, que Léon Massier a volé l'état civil de Léon Massier, et qu'il s'appelle réellement Louis de Malreich.

« Et Louis de Malreich mourra.

« Et Dolorès de Malreich, triomphante, enfin, à l'abri de tout soupçon, puisque le coupable est découvert, affranchie de son passé d'infamies et de crimes, son mari mort, son frère mort, sa sœur morte, ses deux servantes mortes, Steinweg mort, délivrée par moi de ses complices, que je jette tout ficelés entre les mains de Weber; délivrée d'elle-même enfin par moi, qui fais monter à l'échafaud l'innocent qu'elle substitue à elle-même, Dolorès victorieuse, riche à millions, aimée de Pierre Leduc, Dolorès sera reine. »

« Ah! s'écria Lupin hors de lui, cet homme ne mourra pas. Je le jure sur ma tête, il ne mourra pas.

— Attention, patron, dit Octave, effaré, nous approchons... C'est la banlieue... les faubourgs...

— Qu'est-ce que tu veux que ça me fasse?

— Mais nous allons culbuter... Et puis les pavés glissent... on dérape...

— Tant pis.

— Attention... Là-bas...

— Quoi?

— Un tramway, au virage...

— Qu'il s'arrête!

— Ralentissez, patron.

— Jamais!

— Mais nous sommes fichus...

— On passera.

— On ne passera pas.

— Si.

— Ah! nom d'un chien... »

Un fracas... des exclamations... La voiture avait

accroché le tramway, puis, repoussée contre une palissade, avait démoli dix mètres de planches, et, finalement, s'était écrasée contre l'angle d'un talus.

« Chauffeur, vous êtes libre? »

C'était Lupin, aplati sur l'herbe du talus, qui hélait un taxi-auto.

Il se releva, vit sa voiture brisée, des gens qui s'empressaient autour d'Octave et sauta dans l'auto de louage.

« Au ministère de l'Intérieur, place Beauvau... Vingt francs de pourboire... »

Et s'installant au fond du fiacre, il reprit :

« Ah! non, *il* ne mourra pas! non, mille fois non, je n'aurai pas ça sur la conscience! C'est assez d'avoir été le jouet de cette femme et d'être tombé dans le panneau comme un collégien... Halte-là! Plus de gaffes! J'ai fait prendre ce malheureux... Je l'ai fait condamner à mort... je l'ai mené au pied même de l'échafaud... Mais il n'y montera pas!... Ça, non! S'il y montait, je n'aurais plus qu'à me fiche une balle dans la tête! »

On approchait de la barrière. Il se pencha :

« Vingt francs de plus, chauffeur, si tu ne t'arrêtes pas. »

Et il cria devant l'octroi :

« Service de la Sûreté! »

On passa.

« Mais ne ralentis pas, crebleu! hurla Lupin... Plus vite!... Encore plus vite! Tu as peur d'écharper les vieilles femmes? Ecrase-les donc. Je paie les frais. »

En quelques minutes, ils arrivaient au ministère de la place Beauvau.

Lupin franchit la cour en hâte et monta les marches

de l'escalier d'honneur. L'antichambre était pleine de monde. Il inscrivit sur une feuille de papier : « Prince Sernine », et, poussant un huissier dans un coin, il lui dit :

« C'est moi, Lupin. Tu me reconnais, n'est-ce pas? Je t'ai procuré cette place, une bonne retraite, hein? Seulement, tu vas m'introduire tout de suite. Va, passe mon nom. Je ne te demande que ça. Le président te remerciera, tu peux en être sûr... Moi aussi... Mais marche donc, idiot! Valenglay m'attend... »

Dix secondes après, Valenglay lui-même passait la tête au seuil de son bureau et prononçait :

« Faites entrer « le prince ».

Lupin se précipita, ferma vivement la porte, et, coupant la parole au président :

« Non, pas de phrases, vous ne pouvez pas m'arrêter... Ce serait vous perdre et compromettre l'Empereur... Non... il ne s'agit pas de ça. Voilà. Malreich est innocent. J'ai découvert le vrai coupable... C'est Dolorès Kesselbach. Elle est morte. Son cadavre est là-bas. J'ai des preuves irrécusables. Le doute n'est pas possible. C'est elle... »

Il s'interrompit. Valenglay ne paraissait pas comprendre.

« Mais, voyons, monsieur le président, il faut sauver Malreich... Pensez donc... une erreur judiciaire!... la tête d'un innocent qui tombe!... Donnez des ordres... un supplément d'information... est-ce que je sais?... Mais vite, le temps presse. »

Valenglay le regarda attentivement, puis s'approcha d'une table, prit un journal et le lui tendit, en soulignant du doigt un article.

Lupin jeta les yeux sur le titre et lut :

L'exécution du monstre. Ce matin, Louis de Malreich a subi le dernier supplice...

Il n'acheva pas. Assommé, anéanti, il s'écroula dans un fauteuil avec un gémissement de désespoir.

Combien de temps resta-t-il ainsi? Quand il se retrouva dehors, il n'en aurait su rien dire. Il se souvenait d'un grand silence, puis il revoyait Valenglay incliné sur lui et l'aspergeant d'eau froide, et il se rappelait surtout la voix sourde du président qui chuchotait :

« Ecoutez... il ne faut rien dire de cela, n'est-ce pas? Innocent, ça se peut, je ne dis pas le contraire... Mais à quoi bon des révélations? un scandale? Une erreur judiciaire peut avoir de grosses conséquences. Est-ce bien la peine? Une réhabilitation? Pour quoi faire? Il n'a même pas été condamné sous son nom. C'est le nom de Malreich qui est voué à l'exécration publique... précisément le nom de la coupable... Alors? »

Et, poussant peu à peu Lupin vers la porte, il lui avait dit :

« Allez... Retournez là-bas... Faites disparaître le cadavre... Et qu'il n'y ait pas de traces, hein? pas la moindre trace de toute cette histoire... Je compte sur vous, n'est-ce pas? »

Et Lupin retournait là-bas. Il y retournait comme un automate, parce qu'on lui avait ordonné d'agir ainsi, et qu'il n'avait plus de volonté par lui-même.

Des heures, il attendit à la gare. Machinalement il mangea, prit son billet et s'installa dans un compartiment.

Il dormit mal, la tête brûlante, avec des cauchemars

et avec des intervalles d'éveil confus où il cherchait à comprendre pourquoi Massier ne s'était pas défendu.

« C'était un fou... sûrement... un demi-fou... Il l'a connue autrefois... et elle a empoisonné sa vie... elle l'a détraqué... Alors, autant mourir... Pourquoi se défendre? »

L'explication ne le satisfaisait qu'à moitié, et il se promettait bien, un jour ou l'autre, d'éclaircir cette énigme et de savoir le rôle exact que Massier avait tenu dans l'existence de Dolorès. Mais qu'importait pour l'instant! Un seul fait apparaissait nettement : la folie de Massier, et il se répétait avec obstination :

« C'était un fou... ce Massier était certainement fou. D'ailleurs, tous ces Massier, une famille de fous... »

Il délirait, embrouillant les noms, le cerveau affaibli.

Mais, en descendant à la gare de Bruggen, il eut, au grand air frais du matin, un sursaut de conscience. Brusquement les choses prenaient un autre aspect. Et il s'écria :

« Eh! tant pis, après tout! il n'avait qu'à protester... Je ne suis responsable de rien... c'est lui qui s'est suicidé... Ce n'est qu'un comparse dans l'aventure... Il succombe... Je le regrette... Mais quoi! »

Le besoin d'agir l'enivrait de nouveau. Et, bien que blessé, torturé par ce crime dont il se savait malgré tout l'auteur, il regardait cependant vers l'avenir.

« Ce sont les accidents de la guerre. N'y pensons pas. Rien n'est perdu. Au contraire! Dolorès était l'écueil, puisque Pierre Leduc l'aimait. Dolorès est morte. Donc Pierre Leduc m'appartient. Et il épousera Geneviève, comme je l'ai décidé! Et il régnera! Et je serai le maître! Et l'Europe, l'Europe est à moi! »

Il s'exaltait, rasséréné, plein d'une confiance subite, tout fiévreux, gesticulant sur la route, faisant des moulinets avec une épée imaginaire, l'épée du chef qui veut, qui ordonne, et qui triomphe.

« Lupin, tu seras roi! Tu seras roi, Arsène Lupin. »

Au village de Bruggen, il s'informa et apprit que Pierre Leduc avait déjeuné la veille à l'auberge. Depuis, on ne l'avait pas vu.

« Comment, dit Lupin, il n'a pas couché?

— Non.

— Mais où est-il parti après son déjeuner?

— Sur la route du château. »

Lupin s'en alla, assez étonné. Il avait pourtant prescrit au jeune homme de fermer les portes et de ne plus revenir après le départ des domestiques.

Tout de suite il eut la preuve que Pierre lui avait désobéi : la grille était ouverte.

Il entra, parcourut le château, appela. Aucune réponse.

Soudain, il pensa au chalet. Qui sait! Pierre Leduc, en peine de celle qu'il aimait, et dirigé par une intuition, avait peut-être cherché de ce côté. Et le cadavre de Dolorès était là!

Très inquiet, Lupin se mit à courir.

A première vue, il ne semblait y avoir personne au chalet.

« Pierre! Pierre! » cria-t-il.

N'entendant pas de bruit, il pénétra dans le vestibule et dans la chambre qu'il avait occupée.

Il s'arrêta, cloué sur le seuil.

Au-dessus du cadavre de Dolorès, Pierre Leduc pendait, une corde au cou, mort.

III

Impassible, Lupin se contracta des pieds à la tête. Il ne voulait pas s'abandonner à un geste de désespoir. Il ne voulait pas prononcer une seule parole de violence. Après les coups atroces que la destinée lui assenait, après les crimes et la mort de Dolorès, après l'exécution de Massier, après tant de convulsions et de catastrophes, il sentait la nécessité absolue de conserver sur lui-même tout son empire. Sinon, sa raison sombrait...

« Idiot, fit-il en montrant le poing à Pierre Leduc... triple idiot, tu ne pouvais pas attendre? Avant dix ans, nous reprenions l'Alsace-Lorraine. »

Par diversion, il cherchait des mots à dire, des attitudes, mais ses idées lui échappaient, et son crâne lui semblait près d'éclater.

« Ah! non, non, s'écria-t-il, pas de ça, Lisette! Lupin, fou, lui aussi! Ah! non, mon petit! Flanque-toi une balle dans la tête si ça t'amuse, soit, et, au fond, je ne vois pas d'autre dénouement possible. Mais Lupin gaga, en petite voiture, ça, non! En beauté, mon bonhomme, finis en beauté! »

Il marchait en frappant du pied et en levant les

genoux très haut, comme font certains acteurs pour simuler la folie. Et il proférait :

« Crânons, mon vieux, crânons, les dieux te contemplent. Le nez en l'air! et de l'estomac, crebleu! du plastron! Tout s'écroule autour de toi!... Qu'èque ça t' fiche? C'est le désastre, rien ne va plus, un royaume à l'eau, je perds l'Europe, l'univers s'évapore?.... Eh ben, après? Rigole donc! Sois Lupin, ou t'es dans le lac... Allons, rigole! Plus fort que ça... A la bonne heure... Dieu que c'est drôle! Dolorès, une cigarette, ma vieille! »

Il se baissa avec un ricanement, toucha le visage de la morte, vacilla un instant et tomba sans connaissance.

Au bout d'une heure il se releva. La crise était finie, et, maître de lui, ses nerfs détendus, sérieux et taciturne, il examinait la situation.

Il sentait le moment venu des décisions irrévocables. Son existence s'était brisée net, en quelques jours, sous l'assaut de catastrophes imprévues, se ruant les unes après les autres à la minute même où il croyait son triomphe assuré. Qu'allait-il faire? Recommencer? Reconstruire? Il n'en avait pas le courage. Alors?

Toute la matinée il erra dans le parc, promenade tragique où la situation lui apparut en ses moindres détails et où, peu à peu, l'idée de la mort s'imposait à lui avec une rigueur inflexible.

Mais, qu'il se tuât ou qu'il vécût, il y avait tout d'abord une série d'actes précis qu'il lui fallait accomplir. Et ces actes, son cerveau, soudain apaisé, les voyait clairement.

L'horloge de l'église sonna l'*Angelus* de midi.

« A l'œuvre, dit-il, et sans défaillance. »

Il revint vers le chalet, très calme, rentra dans sa

chambre, monta sur un escabeau, et coupa la corde qui retenait Pierre Leduc.

« Pauvre diable, dit-il, tu devais finir ainsi, une cravate de chanvre au cou. Hélas! Tu n'étais pas fait pour les grandeurs... J'aurais dû prévoir ça, et ne pas attacher ma fortune à un faiseur de rimes. »

Il fouilla les vêtements du jeune homme et n'y trouva rien. Mais, se rappelant le second portefeuille de Dolorès, il le prit dans la poche où il l'avait laissé.

Il eut un mouvement de surprise. Le portefeuille contenait un paquet de lettres dont l'aspect lui était familier, et dont il reconnut aussitôt les écritures diverses.

« Les lettres de l'Empereur! murmura-t-il. Les lettres au vieux chancelier!... tout le paquet que j'ai repris moi-même chez Léon Massier et que j'ai donné au comte de Waldemar... Comment se fait-il?... Est-ce qu'elle l'avait repris à son tour à ce crétin de Waldemar? »

Et, tout à coup, se frappant le front :

« Eh non, le crétin, c'est moi. Ce sont les vraies lettres, celles-là! Elle les avait gardées pour faire chanter l'Empereur au bon moment. Et les autres, celles que j'ai rendues, sont fausses, copiées par elle évidemment, ou par un complice, et mises à ma portée... Et j'ai coupé dans le pont, comme un bleu! Fichtre, quand les femmes s'en mêlent... »

Il n'y avait plus qu'un carton dans le portefeuille, une photographie. Il regarda. C'était la sienne.

« Deux photographies... Massier et moi... ceux qu'elle aima le plus sans doute... Car elle m'aimait... Amour bizarre, fait d'admiration pour l'aventurier que je suis, pour l'homme qui démolissait à lui seul les sept bandits qu'elle avait chargés de m'assommer. Amour étrange! je l'ai senti palpiter en elle l'autre jour quand j'ai dit mon grand rêve de toute-puissance! Là, vraiment, elle eut l'idée de sacrifier Pierre Leduc et de soumettre son rêve au mien. S'il n'y avait pas eu l'incident du miroir, elle était domptée. Mais elle eut peur. Je touchais à la vérité. Pour son salut, il fallait ma mort, et elle s'y décida. »

Plusieurs fois, il répéta pensivement :

« Et pourtant, elle m'aimait... Oui, elle m'aimait, comme d'autres m'ont aimé... d'autres à qui j'ai porté malheur aussi... Hélas! toutes celles qui m'aiment meurent... Et celle-là meurt aussi, étranglée par moi... A quoi bon vivre?... »

A voix basse, il redit :

« A quoi bon vivre? Ne vaut-il pas mieux les rejoindre, toutes ces femmes qui m'ont aimé?... et qui sont mortes de leur amour, Sonia, Raymonde, Clotilde Destange, miss Clarke?... »

Il étendit les deux cadavres l'un près de l'autre, les recouvrit d'un même voile, s'assit devant une table et écrivit :

« *J'ai triomphé de tout : et je suis vaincu. J'arrive au but et je tombe. Le destin est plus fort que moi... Et celle que j'aimais n'est plus. Je meurs aussi.* »

Et il signa : *Arsène Lupin.*

Il cacheta la lettre et l'introduisit dans un flacon qu'il jeta par la fenêtre, sur la terre molle d'une platebande.

Ensuite il fit un grand tas sur le parquet avec de vieux journaux, de la paille et des copeaux qu'il alla chercher dans la cuisine.

Là-dessus il versa du pétrole.

Puis il alluma une bougie qu'il jeta parmi les copeaux.

Tout de suite, une flamme courut, et d'autres flammes jaillirent, rapides, ardentes, crépitantes.

« En route, dit Lupin, le chalet est en bois : ça va flamber comme une allumette. Et quand on arrivera du village, le temps de forcer les grilles, de courir jusqu'à cette extrémité du parc... trop tard! On trouvera des cendres, deux cadavres calcinés, et, près de là, dans une bouteille, mon billet de faire-part... Adieu Lupin! Bonnes gens, enterrez-moi sans cérémonie.... Le corbillard des pauvres... Ni fleurs, ni couronnes... Une humble croix, et cette épitaphe :

CI-GIT
ARSÈNE LUPIN, AVENTURIER

Il gagna le mur d'enceinte, l'escalada et, se retournant, aperçut les flammes qui tourbillonnaient dans le ciel...

Il s'en revint à pied vers Paris, errant, le désespoir au cœur, courbé par le destin.

Et les paysans s'étonnaient de voir ce voyageur qui payait ses repas de trente sous avec des billets de banque.

Trois voleurs de grand chemin l'attaquèrent, un soir, en pleine forêt. A coups de bâton, il les laissa quasi morts sur place...

Il passa huit jours dans une auberge. Il ne savait où aller... Que faire? A quoi se raccrocher? La vie le lassait. Il ne voulait plus vivre... il ne voulait plus vivre...

« C'est toi! »

Mme Ernemont, dans la petite pièce de la villa de Garches, se tenait debout, tremblante, effarée, livide, les yeux grands ouverts sur l'apparition qui se dressait en face d'elle.

Lupin!... Lupin était là!

« Toi! dit-elle... Toi!... Mais les journaux ont raconté... »

Il sourit tristement.

« Oui, je suis mort.

— Eh bien,... eh bien,... dit-elle naïvement...

— Tu veux dire que, si je suis mort, je n'ai rien à faire ici. Crois bien que j'ai des raisons sérieuses, Victoire.

— Comme tu as changé! fit-elle avec compassion.

— Quelques légères déceptions... Mais c'est fini. Ecoute, Geneviève est là? »

Elle bondit sur lui, subitement furieuse.

« Tu vas la laisser, hein? Ah! mais cette fois, je ne la lâche plus. Elle est revenue fatiguée, toute pâlie, inquiète, et c'est à peine si elle retrouve ses belles couleurs. Tu la laisseras, je te le jure. »

Il appuya fortement sa main sur l'épaule de la vieille femme.

« Je *veux*... tu entends... je *veux* lui parler.

— Non.

— Je lui parlerai.

— Non. »

Il la bouscula. Elle se remit d'aplomb, et, les bras croisés :

« Tu me passerais plutôt sur le corps, vois-tu. Le bonheur de la petite est ici, pas ailleurs... Avec toutes tes idées d'argent et de noblesse, tu la rendrais malheureuse. Et ça, non. Qu'est-ce que c'est que ton Pierre Leduc? et ton Veldenz? Geneviève, duchesse! Tu es fou. Ce n'est pas sa vie. Au fond, vois-tu, tu n'as pensé qu'à toi là-dedans. C'est ton pouvoir, ta fortune que tu voulais. La petite, tu t'en moques. T'es-tu seulement demandé si elle l'aimait, ton sacripant de grand-duc? T'es-tu seulement demandé si elle aimait quelqu'un? Non, tu as poursuivi ton but, voilà tout, au risque de blesser Geneviève, et de la rendre malheureuse pour le reste de sa vie. Eh bien, je ne veux pas. Ce qu'il lui faut, c'est une existence simple, honnête, et celle-là tu ne peux pas la lui donner. Alors, que viens-tu faire? »

Il parut ébranlé, mais tout de même, la voix basse, avec une grande tristesse, il murmura :

« Il est impossible que je ne la voie plus jamais. Il est impossible que je ne lui parle pas...

— Elle te croit mort.

— C'est cela que je ne veux pas! Je veux qu'elle sache la vérité. C'est une torture de songer qu'elle pense à moi comme à quelqu'un qui n'est plus. Amène-la, Victoire. »

Il parlait d'une voix si douce, si désolée, qu'elle fut tout attendrie, et lui demanda :

« Ecoute... avant tout, je veux savoir. Ça dépendra de ce que tu as à lui dire... Sois franc, mon petit... Qu'est-ce que tu lui veux, à Geneviève? »

Il prononça gravement :

« Je veux lui dire ceci : « Geneviève, j'avais promis « à ta mère de te donner la fortune, la puissance, une « vie de contes de fée. Et ce jour-là, mon but atteint, « je t'aurais demandé une petite place, pas bien loin « de toi. Heureuse et riche, tu aurais oublié, oui, j'en

« suis sûr, tu aurais oublié ce que je suis, ou plutôt ce « que j'étais. Par malheur, le destin est plus fort que « moi. Je ne t'apporte ni la fortune, ni la puissance. « Je ne t'apporte rien. Et c'est moi au contraire qui « ai besoin de toi. Geneviève, peux-tu m'aider? »

— A quoi? fit la vieille femme anxieuse.

— A vivre...

— Oh! dit-elle, tu en es là, mon pauvre petit...

— Oui, répondit-il simplement, sans douleur affectée... oui, j'en suis là. Trois êtres viennent de mourir, que j'ai tués, que j'ai tués de mes mains. Le poids du souvenir est trop lourd. Je suis seul. Pour la première fois de mon existence, j'ai besoin de secours. J'ai le droit de demander ce secours à Geneviève. Et son devoir est de me l'accorder... Sinon?...

— Tout est fini. »

La vieille femme se tut, pâle et frémissante. Elle retrouvait toute son affection pour celui qu'elle avait nourri de son lait, jadis, et qui restait encore et malgré tout « son petit ». Elle demanda :

« Qu'est-ce que tu feras d'elle?

— Nous voyagerons... Avec toi, si tu veux nous suivre...

— Mais tu oublies... tu oublies...

— Quoi?

— Ton passé...

— Elle l'oubliera aussi. Elle comprendra que je ne suis plus cela, et que je ne peux plus l'être.

— Alors, vraiment, ce que tu veux, c'est qu'elle partage ta vie, la vie de Lupin?

— La vie de l'homme que je serai, de l'homme qui travaillera pour qu'elle soit heureuse, pour qu'elle se marie selon ses goûts. On s'installera dans quelque coin du monde. On luttera ensemble, l'un près de l'autre. Et tu sais ce dont je suis capable... »

Elle répéta lentement, les yeux fixés sur lui :

« Alors, vraiment, tu veux qu'elle partage la vie de Lupin? »

Il hésita une seconde, à peine une seconde et affirma nettement :

« Oui, oui, je le veux, c'est mon droit.

— Tu veux qu'elle abandonne tous les enfants auxquels elle s'est dévouée, toute cette existence de travail qu'elle aime et qui lui est nécessaire?

— Oui, je le veux, c'est son devoir. »

La vieille femme ouvrit la fenêtre et dit :

« En ce cas, appelle-la. »

Geneviève était dans le jardin, assise sur un banc. Quatre petites filles se pressaient autour d'elle. D'autres jouaient et couraient.

Il la voyait de face. Il voyait ses yeux souriants et graves. Une fleur à la main, elle détachait un à un les pétales et donnait des explications aux enfants attentives et curieuses. Puis elle les interrogeait. Et chaque réponse valait à l'élève la récompense d'un baiser.

Lupin la regarda longtemps avec une émotion et une angoisse infinies. Tout un levain de sentiments ignorés fermentait en lui. Il avait une envie de serrer cette belle jeune fille contre lui, de l'embrasser, et de lui dire son respect et son affection. Il se souvenait de la mère, morte au petit village d'Aspremont, morte de chagrin...

« Appelle-la donc », reprit Victoire.

Il s'écroula sur un fauteuil en balbutiant :

« Je ne peux pas... Je ne peux pas... Je n'ai pas le

droit... C'est impossible... Qu'elle me croie mort... Ça vaut mieux... »

Il pleurait, secoué de sanglots, bouleversé par un désespoir immense, gonflé d'une tendresse qui se levait en lui, comme ces fleurs tardives qui meurent le jour même où elles éclosent.

La vieille s'agenouilla, et, d'une voix tremblante :

« C'est ta fille, n'est-ce pas?

— Oui, c'est ma fille.

— Oh! mon pauvre petit, dit-elle en pleurant, mon pauvre petit!... »

ÉPILOGUE

LE SUICIDE

I

« A CHEVAL », dit l'Empereur.

Il se reprit :

« A âne plutôt, fit-il en voyant le magnifique baudet qu'on lui amenait. Waldemar, es-tu sûr que cet animal soit docile?

— J'en réponds comme de moi-même, Sire, affirma le comte.

— En ce cas, je suis tranquille », dit l'Empereur en riant.

Et, se retournant vers son escorte d'officiers :

« Messieurs, à cheval. »

Il y avait là, sur la place principale du village de Capri, toute une foule que contenaient des carabiniers italiens, et, au milieu, tous les ânes du pays réquisitionnés pour faire visiter à l'Empereur l'île merveilleuse.

« Waldemar, dit l'Empereur, en prenant la tête de la caravane, nous commençons par quoi?

— Par la villa de Tibère, Sire. »

On passa sous une porte, puis on suivit un chemin mal pavé qui s'élève peu à peu sur le promontoire oriental de l'île.

L'Empereur était de mauvaise humeur et se moquait du colossal comte de Waldemar dont les pieds touchaient terre, de chaque côté du malheureux âne qu'il écrasait.

Au bout de trois quarts d'heure, on arriva d'abord au Saut-de-Tibère, rocher prodigieux, haut de trois cents mètres, d'où le tyran précipitait ses victimes à la mer...

L'Empereur descendit, s'approcha de la balustrade, et jeta un coup d'œil sur le gouffre. Puis il voulut marcher à pied jusqu'aux ruines de la villa de Tibère, où il se promena parmi les salles et les corridors écroulés.

Il s'arrêta un instant.

La vue était magnifique sur la pointe de Sorrente et sur toute l'île de Capri. Le bleu ardent de la mer dessinait la courbe admirable du golfe, et les odeurs fraîches se mêlaient au parfum des citronniers.

« Sire, dit Waldemar, c'est encore plus beau, de la petite chapelle de l'ermite, qui est au sommet.

— Allons-y. »

Mais l'ermite descendait lui-même, le long d'un sentier abrupt. C'était un vieillard, à la marche hésitante, au dos voûté. Il portait le registre où les voyageurs inscrivaient d'ordinaire leurs impressions.

Il installa ce registre sur un banc de pierre.

« Que dois-je écrire? dit l'Empereur.

— Votre nom, Sire, et la date de votre passage... et ce qu'il vous plaira. »

L'Empereur prit la plume que lui tendait l'ermite et se baissa.

« Attention, Sire, attention! »

Des hurlements de frayeur... un grand fracas du côté de la chapelle... l'Empereur se retourna. Il eut la vision d'un rocher énorme qui roulait en trombe au-dessus de lui.

Au même moment il était empoigné à bras-le-corps par l'ermite et projeté à dix mètres de distance.

Le rocher vint se heurter au banc de pierre devant lequel se tenait l'Empereur un quart de seconde auparavant, et brisa le banc en morceaux.

Sans l'intervention de l'ermite, l'Empereur était perdu.

Il lui tendit la main, et dit simplement :

« Merci. »

Les officiers s'empressaient autour de lui.

« Ce n'est rien, messieurs... Nous en serons quitte pour la peur... mais une jolie peur, je l'avoue... Tout de même, sans l'intervention de ce brave homme... »

Et, se rapprochant de l'ermite :

« Votre nom, mon ami? »

L'ermite avait gardé son capuchon. Il l'écarta un peu, et tout bas, de façon à n'être entendu que de son interlocuteur, il dit :

« Le nom d'un homme qui est très heureux que vous lui ayez donné la main, Sire. »

L'Empereur tressaillit et recula.

Puis, se dominant aussitôt :

« Messieurs, dit-il aux officiers, je vous demanderai de monter jusqu'à la chapelle. D'autres rocs peuvent se détacher, et il serait peut-être prudent de prévenir les autorités du pays. Vous me rejoindrez ensuite. J'ai à remercier ce brave homme. »

Il s'éloigna, accompagné de l'ermite. Et quand ils furent seuls, il dit :

« Vous! Pourquoi?

— J'avais à vous parler, Sire. Une demande d'audience... me l'auriez-vous accordée? J'ai préféré agir directement, et je pensais me faire reconnaître pendant que Votre Majesté signait le registre... quand ce stupide accident...

— Bref? dit l'Empereur.

— Les lettres que Waldemar vous a remises de ma part, Sire, ces lettres sont fausses. »

L'Empereur eut un geste de vive contrariété.

« Fausses? Vous en êtes certain?

— Absolument, Sire.

— Pourtant, ce Malreich.

— Le coupable n'était pas Malreich.

— Qui, alors?

— Je demande à Votre Majesté de considérer ma réponse comme secrète. Le vrai coupable était Mme Kesselbach.

— La femme même de Kesselbach?

— Oui, Sire. Elle est morte maintenant. C'est elle qui avait fait ou fait faire les copies qui sont en votre possession. Elle gardait les vraies lettres.

— Mais où sont-elles? s'écria l'Empereur. C'est là l'important! Il faut les retrouver à tout prix! J'attache à ces lettres une valeur considérable...

— Les voilà, Sire. »

L'Empereur eut un moment de stupéfaction. Il regarda Lupin, il regarda les lettres, leva de nouveau les yeux sur Lupin, puis empocha le paquet sans l'examiner.

Evidemment, cet homme, une fois de plus, le déconcertait. D'où venait donc ce bandit qui, possédant une arme aussi terrible, la livrait de la sorte, généreusement, sans condition? Il lui eût été si simple de garder les lettres et d'en user à sa guise! Non, il avait promis. Il tenait sa parole.

Et l'Empereur songeait à toutes les choses étonnantes que cet homme avait accomplies.

Il lui dit :

« Les journaux ont donné la nouvelle de votre mort...

— Oui, Sire. En réalité, je suis mort. Et la justice de mon pays, heureuse de se débarrasser de moi, a fait enterrer les restes calcinés et méconnaissables de mon cadavre.

— Alors, vous êtes libre?

— Comme je l'ai toujours été.

— Plus rien ne vous attache à rien?...

— Plus rien.

— En ce cas... »

L'Empereur hésita, puis, nettement :

« En ce cas, entrez à mon service. Je vous offre le commandement de ma police personnelle. Vous serez le maître absolu. Vous aurez tous pouvoirs, même sur l'autre police.

— Non, Sire.

— Pourquoi?

— Je suis Français. »

Il y eut un silence. La réponse déplaisait à l'Empereur. Il dit :

« Cependant, puisque aucun lien ne vous attache plus...

— Celui-là ne peut pas se dénouer, Sire. »

Et il ajouta en riant :

« Je suis mort comme homme, mais vivant comme Français. Je m'étonne que Votre Majesté ne comprenne pas. »

L'Empereur fit quelques pas de droite et de gauche. Et il reprit :

« Je voudrais pourtant m'acquitter. J'ai su que les négociations pour le grand-duché de Veldenz étaient rompues.

— Oui, Sire. Pierre Leduc était un imposteur. Il est mort.

— Que puis-je faire pour vous? Vous m'avez rendu ces lettres... Vous m'avez sauvé la vie... Que puis-je faire?

— Rien, Sire.

— Vous tenez à ce que je reste votre débiteur?

— Oui, Sire. »

L'Empereur regarda une dernière fois cet homme étrange qui se posait devant lui en égal. Puis il inclina légèrement la tête et, sans un mot de plus, s'éloigna.

« Eh! la Majesté, je t'en ai bouché un coin », dit Lupin en le suivant des yeux.

Et, philosophiquement :

« Certes, la revanche est mince, et j'aurais mieux aimé reprendre l'Alsace-Lorraine... Mais, tout de même... »

Il s'interrompit et frappa du pied.

« Sacré Lupin! tu seras donc toujours le même,

jusqu'à la minute suprême de ton existence, odieux et cynique! De la gravité, bon sang! l'heure est venue, ou jamais, d'être grave! »

Il escalada le sentier qui conduisait à la chapelle et s'arrêta devant l'endroit d'où le roc s'était détaché.

Il se mit à rire.

« L'ouvrage était bien fait, et les officiers de Sa Majesté n'y ont vu que du feu. Mais comment auraient-ils pu deviner que c'est moi-même qui ai travaillé ce roc, que, à la dernière seconde, j'ai donné un coup de pioche définitif, et que ledit roc a roulé suivant le chemin que j'avais tracé entre lui... et un Empereur dont je tenais à sauver la vie? »

Il soupira :

« Ah! Lupin, que tu es compliqué! Tout cela parce que tu avais juré que cette Majesté te donnerait la main! Te voilà bien avancé... « La main d'un empereur « n'a pas plus de cinq doigts », comme eût dit Victor Hugo. »

Il entra dans la chapelle et ouvrit, avec une clef spéciale, la porte basse d'une petite sacristie.

Sur un tas de paille gisait un homme, les mains et les jambes liées, un bâillon à la bouche

« Eh bien, l'ermite, dit Lupin, ça n'a pas été trop long, n'est-ce pas? Vingt-quatre heures au plus... Mais ce que j'ai bien travaillé pour ton compte! Figure-toi que tu viens de sauver la vie de l'Empereur... Oui, mon vieux. Tu es l'homme qui a sauvé la vie de l'Empereur. C'est la fortune. On va te construire une cathédrale et t'élever une statue... jusqu'au jour où l'on te maudira... Ça peut faire tant de mal, les individus de cette sorte!... surtout celui-là à qui l'orgueil finira par tourner la tête. Tiens, l'ermite, prends tes habits. »

Abasourdi, presque mort de faim, l'ermite se releva en titubant.

Lupin se rhabilla vivement et lui dit :

« Adieu, digne vieillard. Excuse-moi pour tous ces petits tracas. Et prie pour moi. Je vais en avoir besoin. L'éternité m'ouvre ses portes toutes grandes. Adieu! »

Il resta quelques secondes sur le seuil de la chapelle. C'était l'instant solennel où l'on hésite, malgré tout, devant le terrible dénouement. Mais sa résolution était irrévocable et, sans plus réfléchir, il s'élança, redescendit la pente en courant, traversa la plate-forme du Saut-de-Tibère et enjamba la balustrade.

« Lupin, je te donne trois minutes pour cabotiner. A quoi bon? diras-tu, il n'y a personne... Et toi, tu n'es donc pas là? Ne peux-tu jouer ta dernière comédie pour toi-même? Bigre, le spectacle en vaut la peine... Arsène Lupin, pièce héroï-comique en quatre-vingts tableaux... La toile se lève sur le tableau de la mort... et le rôle est tenu par Lupin en personne... Bravo, Lupin!... Touchez mon cœur, mesdames et messieurs... soixante-dix pulsations à la minute... Et le sourire aux lèvres! Bravo! Lupin! Ah! le drôle, en a-t-il du panache! Eh! bien, saute marquis... Tu es prêt? C'est l'aventure suprême, mon bonhomme. Pas de regrets? Des regrets? Et pourquoi, mon Dieu! Ma vie fut magnifique. Ah! Dolorès! si tu n'étais pas venue, monstre abominable! Et toi, Malreich, pourquoi n'as-tu pas parlé?... Et toi, Pierre Leduc... Me voici!... Mes trois morts, je vais vous rejoindre... Oh! ma Geneviève, ma chère Geneviève... Ah! çà, mais est-ce fini, vieux cabot?... Voilà! Voilà! j'accours... »

Il passa l'autre jambe, regarda au fond du gouffre la mer immobile et sombre, et relevant la tête :

« Adieu, nature immortelle et bénie! *Moriturus te salutat*! Adieu, tout ce qui est beau! Adieu, splendeur des choses! Adieu, la vie! »

Il jeta des baisers à l'espace, au ciel, au soleil... Et, croisant les bras, il sauta.

II

Sidi-bel-Abbès. La caserne de la Légion étrangère. Près de la salle des rapports, une petite pièce basse où un adjudant fume et lit son journal.

A côté de lui, près de la fenêtre ouverte sur la cour, deux grands diables de sous-offs jargonnent un français rauque, mêlé d'expressions germaniques.

La porte s'ouvrit. Quelqu'un entra. C'était un homme mince, de taille moyenne, élégamment vêtu.

L'adjudant se leva, de mauvaise humeur contre l'intrus, et grogna :

« Ah! çà, que fiche donc le planton de garde?... Et vous, monsieur, que voulez-vous?

— Du service. »

Cela fut dit nettement, impérieusement.

Les deux sous-offs eurent un rire niais. L'homme les regarda de travers.

« En deux mots, vous voulez vous engager à la Légion? demanda l'adjudant.

— Oui, je le veux, mais à une condition.

— Des conditions, fichtre! Et laquelle?

— C'est de ne pas moisir ici. Il y a une compagnie qui part pour le Maroc. J'en suis. »

L'un des sous-offs ricana de nouveau, et on l'entendit qui disait :

« Les Marocains vont passer un fichu quart d'heure. Monsieur s'engage...

— Silence! cria l'homme, je n'aime pas qu'on se moque de moi. »

Le ton était sec et autoritaire.

Le sous-off, un géant, l'air d'une brute, riposta :

« Eh! le bleu, faudrait me parler autrement... Sans quoi...

— Sans quoi?

— On verrait comment je m'appelle... »

L'homme s'approcha de lui, le saisit par la taille, le fit basculer sur le rebord de la fenêtre et le jeta dans la cour

Puis il dit à l'autre :

« A ton tour. Va-t'en. »

L'autre s'en alla.

L'homme revint aussitôt vers l'adjudant et lui dit :

« Mon lieutenant, je vous prie de prévenir le major que don Luis Perenna, grand d'Espagne et Français de cœur, désire prendre du service dans la Légion étrangère. Allez, mon ami. »

L'autre ne bougeait pas, confondu.

« Allez, mon ami, et tout de suite, je n'ai pas de temps à perdre. »

L'adjudant se leva, considéra d'un œil ahuri ce stupéfiant personnage, et, le plus docilement du monde, sortit.

Alors, Lupin prit une cigarette, l'alluma et, à haute voix, tout en s'asseyant à la place de l'adjudant, il précisa :

« Puisque la mer n'a pas voulu de moi, ou plutôt puisque, au dernier moment, je n'ai pas voulu de la mer, nous allons voir si les balles des Marocains sont plus compatissantes. Et puis, tout de même, ce sera plus chic... Face à l'ennemi, Lupin, et pour la France!... »

TABLE

PREMIÈRE PARTIE

LA DOUBLE VIE D'ARSÈNE LUPIN

DEUXIÈME PARTIE

LES TROIS CRIMES D'ARSÈNE LUPIN

ÉPILOGUE

IMPRIMÉ EN FRANCE PAR BRODARD ET TAUPIN
Usine de La Flèche (Sarthe).
LIBRAIRIE GÉNÉRALE FRANÇAISE - 6, rue Pierre-Sarrazin - 75006 Paris.
ISBN : 2 - 253 - 00470 - 7 30/1655/7